소리

소리 1

초판 1쇄 발행 2013년 10월 13일
초판 2쇄 발행 2014년 10월 25일

지 은 이 정상래
발 행 인 권선복
편   집 김정웅
디 자 인 최새롬
마 케 팅 서선교
전 자 책 신미경
표지글씨 예광 장성연
발 행 처 도서출판 행복에너지
출판등록 제315-2011-000035호
주   소 (157-010) 서울특별시 강서구 화곡로 232
전   화 0505-613-6133
팩   스 0303-0799-1560
홈페이지 www.happybook.or.kr
이 메 일 ksbdata@daum.net

값 13,500원
ISBN 979-11-5602-001-1 04810
     979-11-5602-000-4(세트)

도서출판 행복에너지는 독자 여러분의 아이디어와 원고 투고를 기다립니다. 책으로 만들기를 원하는 콘텐츠가 있으신 분은 이메일이나 홈페이지를 통해 간단한 기획서와 기획의도, 연락처 등을 보내주십시오. 행복에너지의 문은 언제나 활짝 열려 있습니다.

소리

제1부 한이 혼을 부르다

정상래 대하소설 ①

재판을 펴내며

●

먼저 대하소설 「소리」가 예상과 달리 대단한 반향을 일으킨 데 대해 놀라움을 금할 수 없다. 필생의 소원으로 여기며 썼던 글이 완간된 지 불과 1년 만에 재판의 기쁨을 맛볼 수 있기 때문이다. 그동안 필자는 수많은 독자들로부터 찬사와 격려를 받아왔다. 밤낮으로 빗발치게 걸려오는 전화와 문자를 받으면서 흐뭇한 정감을 지울 수 없었다.

먼저 소설 「소리」는 읽을수록 흥미진진해서 책을 덮을 수가 없었다고 말했다. 자신도 모르게 책 속으로 빠져들면서 밤을 꼬박 지새워가며 읽었다는 독자들이 부지기수였다. 또한 책을 읽다 보면 복받치는 감정을 억누르지 못하여 얼마나 울었는지 모른다고 울먹이는가 하면, 한 많은 조상들의 삶이 묻어 난 한 편의 드라마를 보는 것 같아 슬픈 감회가 뭉클하게 솟아올랐다고 말했다.

두 번째로 글의 묘사력에 찬사를 보내는 이가 많았다. 우리의 전통문화를 수준 높게 그려냄으로써 한 편의 서정시와 같은 소설이었다는 반응이었다. 매끈하면서도 감칠맛 나는 문장이 읽는 즐거움을 더해주었고, 적절한 수사법 또한 실감을 더해주기에 부족함이 없었다고 입을 모았다. 더 나아가 향토적 미각이 살아 숨을 쉬고 있어 고도의 작품성을 지닌 소설이라고 평해주었다.

세 번째로 잊혀져가는 문화를 다시 되새겨놓아서 좋았다고 했다.

외래문화에 동화되어 있는 현대인에게 우리의 전통문화를 일깨워주는 데 부족함이 없는 작품이라는 것이다. 문화를 보존하지 못한 나라는 미래가 없다고 했는데 그 중심에 우뚝 선 소설이 「소리」였다고 칭찬을 아끼지 않았다.

위와 같은 견지에서 비춰볼 때 소설 「소리」는 성공한 작품이라는 인상을 지울 수 없다. 우선 독자들의 독서 욕구를 충족시켜주었다는 점에서 소설가로서 자부심을 느끼며 자긍심도 갖게 된다. 앞으로 보다 더 좋은 작품으로 독자들과 다시 만날 것을 약속하고 싶다.

재판을 계기로 몇몇 부분을 정정하거나 보충했음을 밝혀둔다. 작품에 충실성을 기하고자 삽입과 삭제를 가했던 것이다.

다시 한 번 도서출판 행복에너지 권선복 대표이사님과 김정웅 과장님 그 외 직원 모두에게 심심한 감사를 표하는 바이다.

鄭 相 来

이용부(보성군수)

예향 보성에서 태어나신 정상래 선생님의 대하소설『소리』작품이 새롭게 발간된 것을 온 군민과 더불어 진심으로 축하드립니다. 예향의 고장에 걸맞게 보성 출신 예술인들이 음악과 문학, 미술 등 다양한 방면에서 보성의 명예를 드높이며 왕성한 활동을 하고 있어 너무나 자랑스럽습니다. 우리 군은 판소리의 본 고장으로서 매년 정통 판소리 문화 축제인 '서편제보성소리축제'를 개최하여 우리나라 국악 발전에 크게 기여하고 있으며, 앞으로도 세계무형문화유산인 판소리의 계승과 발전을 위해 힘써 나갈 것입니다. 특히 한(恨)의 정서를 품고 있는 보성소리를 바탕으로 인간의 삶을 고스란히 전달해 주고 있는 대하소설『소리』가 온 국민에게 사랑받고 읽히어 수많은 독자들의 마음에 깊은 울림으로 남기를 소망합니다.

안양옥(한국교원단체총연합회 회장)

　문학은 삶의 현장에서 양분을 흡수하여 현실을 추상화시키는 동시에 현실성을 높여가는 언어예술입니다. 그 중심에 선 소설이 우리나라에 수용된 지 한 세기가 다 되었습니다. 단편과 장편에서 질적, 양적으로 괄목할 만한 성장세와 성과를 보여주었지만 한 시대를 다 담아낼 수는 없습니다. 독자들이 대하소설을 갈구하는 까닭이 여기에 있습니다.

　그래서 우리 전통문화를 바탕으로 한 시대를 조명하는 대하소설 『소리』의 출간에 큰 기대와 축하를 보냅니다. 저자는 한평생 교직생활을 해오면서 이 소설을 집필하는 데 십 년이란 인고의 세월을 보냈다고 합니다. 교직자이면서도 작가적인 열정을 뜻깊은 결실로 일구어 냈다는 점에서 귀감이 될 만합니다.

　소설 『소리』는 우리 민족에 대한 일제의 탄압과 통제가 극에 달한 시대의 정서를 강렬하게 보여주고 있습니다. 잊혀 가는 우리 문화의 재조명과 역사적 비극이 가져다주는 교훈은 교육 현장에서 보존적 자료로 널리 활용할 수 있으리라 확신합니다.

채치성(국악방송 사장)

　요즘 들어 우리나라, 우리 것이 얼마나 소중한지 깨닫게 됩니다. 그리고 반만년 역사를 자랑하는 한민족은 그 어떤 민족보다 끈끈하고 뜨거운 연(緣)으로 서로를 묶고 있습니다. 그 까닭은 끊임없이 외세의 침략을 받아온 우리의 역사에 비롯되며, 그 중심에 '한(恨)'의 정서가 있습니다.

　소설 『소리』는 우리의 '소리'를 통해 그 '한'이 무엇인지 잘 드러내고 있습니다. 일제 강점기, 견딜 수 없는 핍박 속에서도 소리를 통해 그 고통을 승화하고자 했던 우리 민족의 삶이 고스란히 담겨 있습니다. 하나의 민족을 이끄는 정서는 쉬이 사라지지 않으며, 앞으로도 그 민족을 이끌 혼불과 다름없습니다. 우리 민족의 '한'이 아름답게, 영원히 타오르는 광경을 독자들은 소설 『소리』에서 확인할 수 있을 것입니다.

제1부

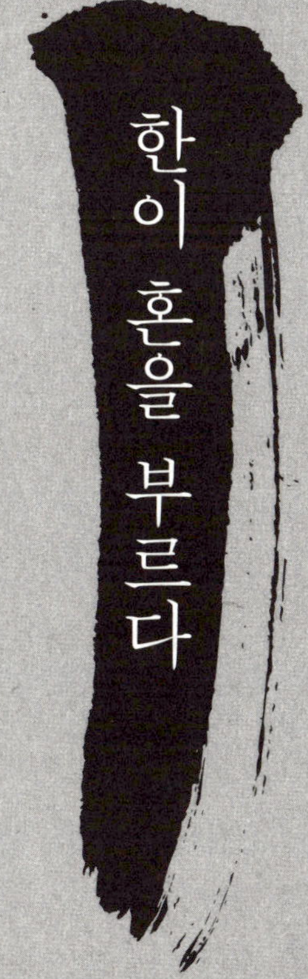

한이 혼을 부르다

Ⅰ
허물어진 저승집

청명절이 다가오자 봉화산에 봄기운이 완연하게 피어오르고 있었다. 봄은 남도의 맨 끝자락 봉화산에서부터 비롯된 것 같았다. 끝자락을 남해바다에 담그고서 봄의 정령을 맨 먼저 받아들이는 산이 봉화산이기 때문이다. 명산은 영산의 정기를 뿌릴 제산(諸山)들을 거느리고 있다고 하더니만 병풍 같은 산줄기를 불러 모아 호남정맥의 대간을 이루어 남해를 에둘러 막아 놓았다. 창해(滄海)의 물을 폐부 깊숙이 빨아들였다가 생명수로 빚어 북쪽을 향해 뿜어내기도 하고, 갯내 어린 거친 바닷바람을 몸으로 막아내면서 남쪽바다 용신에게 이곳에 산자수려한 길지를 세워야 한다고 추상같은 호령을 하고 있는 산이 또한 봉화산이다.

청명절이 다가오기 사흘 전에 창흑빛 바다에서 불어오는 살바람이 먹구름을 몰고 와 진득하게 봄비를 뿌려대더니만 어디로 사라졌는지 아침부터 날씨가 맑고 화창했다. 봉화산이 살가운 봄기운을 품어가고 있을 때 이곳을 찾는 부부가 있었다. 허순은 아내와 함께 하

루 종일 한양에서 광주까지 내려와 고향 가는 열차를 갈아타고 새벽
동이 틀 무렵 득량에 도착했다. 곧바로 역 마당 주막으로 들어간 부
부는 시큼하고도 맵짠 묵은 김치 가닥을 걸쳐가며 돼지국밥으로 허
기진 배를 채웠다. 오랜만에 고향 맛을 본 그는 정감이 가면서도 얼
굴 한구석에는 어두운 그림자가 드리워져 있었다. 녹차 잎을 우려
낸 물로 입을 헹궜지만 남도의 국밥이 진했는지 연신 트림을 해대며
발길을 재촉했다. 여독의 기운에서 자유롭지 못한 탓인지 무척 지쳐
있는 모습이었다. 비록 흐느적거리는 걸음걸이일지라도 매무새만
큼은 마치 딴 세상에서 온 사람들이나 다름없었다. 흑자색 중절모를
쓰고 금테 안경에 진청색 양복을 입은 풍골 좋은 중년 신사의 맵시
가 고향사람들의 눈길을 사로잡았다.

그뿐만이 아니었다. 그의 부인은 눈이 부실 정도로 수려한 미모였
다. 허연 얼굴에 기름기가 번지르르하고…… 농익은 복숭아처럼 발
그스름한 볼…… 회밤색 아이섀도를 칠한 눈꺼풀과 함께 어울리는
짙은 버들눈썹…… 뽈긋한 립스틱을 바른 도톰한 입술…… 요염하
고 아름다운 자태를 보노라면 저절로 질시와 부러움이 한꺼번에 엉
겨들 수밖에 없었다.

얇은 깃을 따라 백옥 같은 동정의 군청색 빌로도 치마저고리……
여미어 매어놓은 옷고름 위로 하얀 진주를 박은 나비 모양의 황금브
로치가 반짝거리고…… 백금귀고리가 차르랑거리며…… 진주알을
꿰어 만든 목걸이가 반득반득 빛나고…… 보기만 해도 보드라움이
몰캉거리는 진갈색 여우 목도리를 팔목에 걸치고…… 알록달록 악
어가죽지갑을 옆구리에 끼고 있는 맵시는 시골 사람들의 눈을 어지
러우리만큼 현란하게 만드는 것이어서 부러움이라기보다는 차라리

충격으로 다가왔다.

 부부는 득량역을 지나 마천리 가는 길로 발길을 돌렸다. 으슥한 산기슭을 돌아드는 길. 북쪽에선 배각산이 호남 정맥을 따라 내달리고 남쪽에는 오봉산이 창천을 괴고 있었다.

 섬동마을 앞을 지날 무렵 동쪽 하늘이 벌그스름해지면서 홍시 같은 햇덩이가 산마루에 솟아올랐다. 아침 햇살이 영롱한 광채로 부서지면서 새벽안개에 취해 있는 고향마을에 내려앉기 시작했다. 산자락에 옹기종기 매달린 꼬막껍데기 같은 초가집들이 잠에서 깨어 부스스 눈을 뜨면서 천연(天然)한 모습 그대로였다. 자욱한 안개 속에 덮인 봉화산머리가 엇비스듬히 고개를 내밀면서 어슴푸레하게 다가오고 있을 때, 산 아래 고향마을이 솜털 같은 안개를 털어가면서 아스라이 눈길을 끌어당겼다. 오랜만에 고향마을을 바라본 까닭인지는 몰라도 이상한 감회가 가슴속에서 뭉클하게 피어오르며 진한 애수를 불러일으켰다. 하지만 그는 어렸을 때 살았던 고향집을 들를 처지가 못 되었다. 쓰라린 가슴만 부여안은 채 눈길로 인사치레를 꾸리고서 곧장 동막동으로 향했다. 힘에 겨워 왜틀비틀 걷는 아내를 곁부축해가면서 봉화산 비탈 산길을 오르기 시작했다. 땅껍질을 벗고서 맨살을 드러낸 황톳길을 오르다가 길켠 너럭바위에 다리쉼을 청했다. 햇덩이는 벌써 붉은 노을을 걷어내고 본색으로 산야에 햇살을 뿌려대었다. 골안개가 산허리로 돌아드는 정든 고향마을을 향해 눈길을 뿌렸다. 옅은 안개에 묻혀 희뿌옇던 고향산천의 옛 모습이 그대로 드러났다. 아득히 펼쳐진 산자수명한 고장이 한눈에 들어왔다. 떠나간 지 삼십 년이 지났지만 변한 것이라곤 눈에 띄지 않았다. 옛적 그대로 그 모습이 남아있을 뿐이었다.

고향에는 이미 봄이 성큼 다가와 싱그러운 향기를 뿜어내고 있었다.

양지바른 둔덕 아래 올망졸망 마주앉은 초가지붕 사이로 진노랑 개나리꽃이 앙증맞은 봄을 품었고, 우물가 살구나무는 붉은 꽃망울로 봄을 머금었다. 저 멀리 강 언덕에는 아지랑이가 곰실대며 자오록한 봄을 피어올리고, 모도록이 솟아오르는 길컨 파란 새싹에서도 봄 냄새가 물씬물씬거렸다. 산자락에도 향긋한 내음이 알씬알씬 거리며 봄은 여물어가고 있었다.

봄은 도시에서보다 산과 들이 함께 어우러진 벽촌에서 훨씬 실다운 정경을 그려가고 있는 것 같았다.

순은 어릴 적 추억의 보따리를 뒤적이면서 다시 산길을 올랐다.

호젓한 산비탈 바윗길을 돌고 돌아 줄잡아 한 시간 정도는 걸었을 때였다. 구름도 쉬어간다는 운적 봉우리가 눈앞에 펼쳐지기 시작했다. 철없던 어린 시절. 무서움도 모르고 뛰어오르던 운적봉은 고향 생각이 문득문득 떠오를 때마다 항상 그 중심을 받쳐주는 곳이기도 했다. 고향을 그릴 때마다 늘 먼저 비춰지는 융연한 봉우리가 둥실둥실 뜬구름처럼 다가왔다.

기기한 기암괴석이 얽혀져 위구스럽기 그지없는 봉우리. 삼면에 솟구친 절벽이 북쪽을 향해 기를 뻗어 정맥을 이뤄내니 그래서 명산이라 불렀는지 모른다. 산굽이를 따라 자드락밭까지 펼쳐지는 울울창창한 솔숲은 창천을 향해 하늘을 괴었고, 산허리를 휘돌아 비탈진 돌무지에는 다북쑥머리 보득솔이 푸른 장판을 깔아놓았다. 청아한 산새들의 지저귐 소리는 옛날에 들었던 그대로 청청을 담아 아름다운 성관(盛觀)을 노래하며 오랜만에 찾아온 옛 친구를 반겨주는 것 같았다.

부부는 솔숲을 지나 시야가 탁 트이는 노루목으로 올랐다. 저 멀리 솔숲 사이로 하얀 폭포가 물살을 내뿜고 있었다. 산자락을 휘돌던 산곡이 갑자기 마당바위를 만나 폭포를 이루는 곳. 웅덩이를 만들어 내고서 소(沼)까지 이뤄놓았다. 맑은 물이 빙빙 돌고 있는 웅덩이를 바라보니 어렸을 때 일이 불쑥 떠올랐다. 비탈 산길을 헤매다가 더위에 지쳤을 때 어김없이 뛰어들었던 곳…… 땔감 마련을 위해 피가 나도록 산 바닥을 긁어대다가 그것도 모자라 진달래 등걸까지 파내고서 더위를 식히기 위해 미역을 감던 곳…… 생각만 해도 시원한 그 웅덩이가 지금에 와서는 한 폭의 동양화처럼 멋들어졌다.

우묵주묵한 너럭바위 곁에는 아직도 황토담집이 마른 새우처럼 웅크리고 있었다. 외로운 산골에 마치 고즈넉한 산사(山寺)처럼 홀로 폭포를 지키고 있는 모습은 옛날 그대로였다. 소리꾼들이 목청을 다듬던 곳이어서 소리골이라 불리던 곳. 피나는 독공의 소리가 지금도 귀청을 울리는 것 같았다.

순은 마당바위 폭포에 하염없이 눈길을 뿌릴 처지가 못 되었다. 기구한 운명으로 저승객이 된 사연 앞에 고개를 숙이러 온 까닭이었다. 형언할 수 없는 회한에 잠겨들지만 아내의 눈치를 살피지 않을 수 없는 일. 아내도 그 속사연을 모른 바는 아니지만……. 그는 모든 것을 내려놓고 지난날의 과오를 진정으로 회개하자고 다짐했던 것이다. 야간열차에 몸을 맡기고 천 리 길을 달려왔던 까닭도 지은 죄에 대한 보속을 위해서였다.

그는 밀려드는 슬픔을 감내하지 못하고 슬그머니 아내의 손을 잡고 다시 산을 올랐다.

바위 굽은 휘우듬 길을 돌아오를 때 햇덩이가 어느새 반공(半空)

을 기어오르며 훈훈한 봄의 향기를 아낌없이 뿌려대었다. 역시 남도의 봄 햇살은 따사로웠다. 산마루를 넘어 불어오는 햇살 품은 남풍이 서늘한 감마저 뿌려주는 것 같았다. 두 갈래 산자락으로 나눠지는 갈림길로 접어들었다. 순은 먼저 오른쪽으로 발길을 돌리지 않을 수 없었다. 눈길 안으로 들어오는 봉분은 삼백 년 동안 잠들어계신 선조의 묘여서 그냥 지나칠 수 없는 곳이었다. 그는 초가지붕만큼 도드라진 봉분 앞에 무릎을 꿇었다. 앉아 있기만도 겸연쩍은 것이 그의 솔직한 심정이었다. 울적한 심회를 감추지 못하고 어색한 표정을 지었다. 그것은 지난날의 회한이었고 죄책감에 대한 몸부림이었다. 이내 슬픈 감정의 동화가 회오의 눈물까지 내솟게 만들었다. 잠시 무념무상의 경지로 들어선 사람처럼 사색에 잠기듯 눈을 감았다. 무안쩍은 눈빛으로 남편을 바라보고 있던 아내가 먼저 입을 열었다.

"마치 신과 같은 조상신이라고 하셨잖아요. 어서 음덕을 기리며 참배해야지요."

부인은 여우 목도리를 봉분 옆 바위에 올려놓고 채근하듯 말했다. 마땅히 해야 할 일을 독촉하고 나선 것이다. 순은 아내와 보조를 맞춰가며 상석 앞에 나란히 섰다. 아직도 바윗돌처럼 굳은 표정을 버리지 못한 채 재배의 큰절을 올렸다.

"그동안 시제(時祭)에도 참석하지 못한 것을 속죄합시다."

그녀는 착잡한 심경이 얽혀든 마음으로 과오를 고백하라고 다시 채근했다.

"삼십 년이 되어서야 찾아 뵌 것을 조상님께 진심으로 속죄 드립니다. 유훈(遺訓)을 따르지 못했던 것도 저에게 돌이킬 수 없는 불찰이었으니 용서해 주시기 바랍니다."

순은 엄숙한 표정으로 자신의 잘못을 고백했다. 차분하게 가라앉은 목소리와 표정은 무척 근엄한 분위기를 느낄 수 있었다. 이윽고 일그러진 눈언저리를 닦아내더니 허공을 향해 회오의 한숨을 뿌리기까지 했다.

"조상신으로 숭앙받게 된 사적인 유래를 말씀해 주실 수 있을까요?"

부인은 말로만 들어왔던 선비가 새삼 궁금했던 것이다. 비록 때늦은 참배였지만 시가(媤家)의 조상에 대해 알고 싶었다. 이제껏 손부(孫婦)의 역할을 할 수 없었던 자신의 처지가 가슴을 옥죄어 왔던 터, 이제 그 무거운 짐을 내려놓고 싶은 마음이 간절했다. 한평생 역사 교사로 살아온 그녀였기에 그 골은 깊었던 것이다.

"참의 벼슬까지 지내신 뒤 남도로 유배를 오셨던 분이지요. 때문에 허씨 종파(宗派)를 남도에 뿌리고 죽어서도 삼백 년 동안 후손들을 하나로 묶어내 집성촌을 창성하게 일구어 내셨답니다. 우리 가문엔 신이나 다름없는 분입니다."

그는 감격 어린 표정으로 선조에 대해 간략하게 설명했다. 봉분의 선조는 조선 숙종 때 정삼품 참의 벼슬을 했던 사람이었는데 대역 반란사건을 막지 못했다는 죄목으로 이곳으로 유배를 온 선비였다. 선비는 유배생활 중에도 북향이 훤히 트인 이 노루목에서 하루도 거르지 않고 궁궐이 있는 쪽을 향해 문안을 올렸다는 것이다. 그랬다고 유배의 끈이 풀리지 않았지만 임금을 향한 충절은 대단했다고 전해 내려왔다. 종신유배로 낙착된 선비는 못내 후손들에게 학문을 전수하고 세도가문을 세운 후 이곳에 묻어달라는 유훈을 남겼다. 삼백 년 동안 선비의 유혼은 조상신이 되어 숭앙받고 문중을 다스려왔다. 후손들은 조상의 유훈을 신격화해오면서 공경 또한 곡진했다.

매년 시월 보름 시향제때면 온 마을에 축제의 잔치가 벌어졌다. 타관 객지로 떠난 이들도 이날만은 고향으로 되돌아와 참배하여 씨족의 단합됨을 보여주었다. 검은 제관을 쓰고 흰 도포를 입은 헌헌 장부들이 구름같이 모여들어 제사를 지낼 때면 타성바지에겐 부러움을 넘어 두려움을 줄 지경이었다. 묘역에 모여든 후손만도 족히 백 명에 이르니 과히 가문의 벌열을 짐작할 수 있었다. 시향을 위한 제답(祭畓)이 일곱 마지기가 넘었다. 여느 시제와 비교할 수 없을 정도로 제물을 차려 놓고 절을 올렸다.

백편과 찰편을 각각 두자 일곱 치로 쌓고, 소 반편은 육포로 떠야 하며, 삶은 돼지 한 마리는 통째로 진설했다. 숙과는 물론 약과와 건과 및 생과까지 겹겹 한 자 높이로 채웠다. 유자만도 삼백 개를 진설하는 것이 보통이었다. 순은 어렸을 때 인절미 떡을 받아먹었던 추억이 아렴풋이 떠올랐다. 거기에 짙은 향기를 뿜어내는 유자라도 하나 챙기고 나면 날아갈 듯 기뻐 산허리로 내달리던 기억도 역연히 떠올렸다.

"그래서 봉분이 왕릉처럼 크군요. 임금을 향한 충절을 기리기 위해 북향으로 묏자리를 잡았나 봅니다."

부인은 무슨 비밀이라도 찾아낸 것처럼 연방 고개를 끄덕여가며 천진스러운 표정을 지었다.

"이 자리에 묘를 써달라고 유훈으로 남기고 돌아가셨답니다."

순은 조상의 후생으로 태어났음을 자랑스럽게 여기기라도 하는 것처럼 당당히 말했다.

누가 봐도 노루목은 하늘 아래 명당임에 틀림없어 보였다. 풍수지리에 무학무식 백면부지한 자라 할지라도 금방 알 수 있는 자리였다. 북현무 남주작의 형상을 갖추고, 노루가 산길을 내달리다 폭포를 바라보고 모가지를 쭉 내밀었다고 해서 노루목이라 부르고. 쌍학이 푸른 물을 향해 비상하려 날개를 쭉 펴는 형상이라 해서 쌍학 봉이라는 불리는 까닭을 쉽게 추리해볼 수 있었다. 분명 천하에 으뜸가는 길지(吉地)라는데 이의를 달 수 없을 것 같았다.

"삼백 년이 지난 봉분이라면서 관리도 잘되고 있는 것 같아요."

그녀는 역사 선생님답게 의젓하게 물었다.

"그럼은요. 벼슬이 높았으니 당연히 조상을 받드는 자손들의 공경심이야 대단할 수밖에 없었지요."

순은 후손들의 지극한 공경심을 자랑삼아 들려주었다. 하지만 부인의 얼굴에 갑자기 어두운 그늘이 내려앉은 것 같았다. 참의 벼슬이란 어떤 위치인지 그녀는 잘 알고 있기 때문이다. 지금 남편의 벼슬이 그만 못지않았다. 어떻게 보면 더 높은 자리에 올라있었다. 그러나 그분의 유훈을 따르지 않았다고 해서 문중으로부터 버림을 받아야 한다는 것이 너무 가슴 아팠다. 씁쓸한 속내를 감추느라 그녀는 억지로 쓴 웃음을 지었다.

묘역에는 삼백 년 묵은 아름드리 고송 한 그루가 고결한 자태로 봉분을 굽어보고 있었다. 조상의 묘와 함께 역사를 이어오는 나무라고 했다. 백송은 길고 긴 세월의 풍상을 겪어온 모습을 고스란히 담고 있었다. 이미 뒤틀어진 고목이 다 되었지만 청절을 지켜온 탓인지 거스러미 하나 박힌 데 없었다. 아직도 푸른 넋을 간직하고 있었다. 명당의 정기를 뽑아내어 저 높은 기암(奇巖)을 향해 용틀임을 하듯 꿈틀거리는 것 같았다. 용의 비늘처럼 붉고도 허연 갑옷이 늠름함을 더해주었다. 솔잎을 따 먹으면 속살까지 희어진다고 전해 내려는 백송, 백송은 상서로움을 더해주고 후손에게 길상이 되어준다고 했다. 이런 철리의 지혜가 있기에 조상의 묘역에 심어놓았다고 했다. 그런데 신비롭게도 이 노송에는 뻐꾹새 소리가 그칠 날이 없다고 해서 쑥국송이라는 별칭도 갖고 있다. 은근슬쩍 다른 새집에 탁란을 해놓고 몸이 닳아 울어대는 새. 설움만큼이나 큰소리여서 십리 밖에서도 들을 수 있는 새. 사람들은 선조의 혼이 뻐꾹새가 되어 애한(哀恨)을 달래주기 위해 날마다 이 나무에서 우는 것이라고 여겼다.

부부는 묘역을 뒤로 하고 운적봉으로 휘어드는 갈림길로 나왔다. 산허리를 돌아들자 크고 작은 바위들이 옹기종기 박혀있었다. 볼품도 없는 가파른 산비탈이 아스라이 펼쳐져 있었다. 묘역이며 바위 틈에는 땔감으로도 쓸 수 없는 덩굴진 잡목들이 촌척을 가리지 않고 빽빽하게 들어차 있었다. 땅바닥으로 뻗어가는 돌배나무와 땅가시나무들이었다. 뾰족한 가시가 돋쳐 있어 찔리기만 하면 쓰리고 아프기 때문에 나무꾼은 물론이요 영악스러운 산짐승마저 피해 다니는 곳이었다. 이곳은 옛날부터 고장의 공동묘지였다. 가난한 사람들이 써놓은 허름한 봉분들이 올망졸망 땅바닥에 둘러붙어 있었다. 이곳에 써놓은 묘들은 몇 년도 안 되어 십중팔구 주인 없는 무덤이 되기 십상이었다. 때문에 가시넝쿨이나 칼날 같은 억새풀들이 산을 휘휘친친 감아놓았다. 황폐지나 다름없는 황량한 산비탈을 바라본 순은 벌써부터 탄식조의 한숨부터 흘렸다. 그곳에는 한 여인이 잠들어 있었기 때문이다. 청명절을 맞아 한 여인의 면례(緬禮)를 하기 위해 내려왔던 것이다. 부부는 턱까지 차오르는 숨을 몰아쉬며 실뱀같이 가느다란 산길을 올랐다.

먼저 간 일꾼들은 잡목을 베어가며 가시넝쿨을 걷어내고 있지만 정작 봉분은 찾지 못하고 허둥대는 것 같았다. 옛날 자기들이 쓴 묘라서 찾을 수 있다고 장담을 하더니만 막상 산을 오르고서는 한 발짝들 물러선 것이다. 허물어진 묘들이 가시넝쿨에 뒤덮여 누가 봐도 알아차릴 수 없을 것만 같았다. 이상하리만큼 다른 곳에 비해 그곳은 잡목들이 더 사납게 우거져 있었다. 아그배나무와 땅가시넝쿨은 말할 것도 없고 헌걸차게 솟구치는 억새풀이 진을 치고 있었다. 거기에다 팔뚝만큼 굵은 갈참나무, 오리나무, 상수리나무, 산죽나무들이 하늘을 가리고 칡넝쿨이 나무의 밑동을 칭칭 휘감고 있었다. 땅바닥에는 풀 한 포기 없이 검은 이끼만 삭막하게 끼어 있었다. 아무리 곱씹어 봐도 묏자리가 될 만한 곳은 아니었다. 그야말로 봉분이 있었는지조차 구분이 가지 않은 곳. 거기에다 길가였다. 원래부터 길가에 있는 묘는 아이들의 묘가 많았다. 세상에 태어나 피어보지도 못했으니 길손 구경이나 하면서 지내라고 길가에 묻어주는 것이 통례였다. 돌연한 상황을 바라본 순은 가슴이 텅 비어버린 것처럼 허전하면서 황당했다. 자신을 자탄하면서 망연스러운 눈으로 우거진 잡목만 바라보고 있을 뿐이었다. 묘의 관리는 자기의 몫이었는데도 정작 돌본 적이 없었기 때문이다. 입이 백 개라고 해도 할 말이 없어 얼굴이 홍당무같이 붉어졌다.

"포기허는 것이 낫겄네."

순천 당숙이 땅가시나무를 거두다가 혼잣말처럼 푸념을 쏟아냈다.

"묏등을 못 찾는디 면례를 어떻게 헐 것이요?"

가시나무 등걸을 파다 말고 삽을 꽂아놓고서 게두덜거리는 말로 거들고 나선 이는 점두였다. 희뿌연 담배 연기를 내뿜으며 말했다.

"그렇게 말이시. 여기는 아무 곳이라도 파기만 하면 유골이 나온당께. 잘못했다간 남의 묏둥을 뒤집는 일이제. 남의 묏둥 뒤집었다가 돌아올 우환을 어떻게 감당할 것잉가? 그만 작파하는 것이 낫겄어.”

상홍 어른도 삽을 내팽개친 채 담배 한 대를 꼬나물며 더덜거렸다.

“아이고! 그런 소리 허들지 마싯시오. 밤새 기차에서 꼬박 새워가며 왔는디 허탕치고 가서야 되겠소. 기필코 면례를 허고 가야지라우.”

마치 천상개비 코같이 답답하도록 가라앉은 코를 씰룩씰룩 거리며 성금이가 하소연을 늘어놓았다.

“나는 죽어도 못 찾겄네. 남의 유골 파헤쳐 살(煞)이라도 맞으면 어떻게 할 것잉가?”

상홍 어른이 두려움에 떠는 소리를 핀잔스럽게 내쏘았다.

“맞는 말이제. 남의 유골 파다가 살 맞으면 나만 서러운 것 아닝가? 그것만이 아니제. 남의 조상을 내 선영에 옮겨놓고 내 조상이라고 해서야 쓰겄능가. 그냥 이대로 놔둔다면 후환은 생기지 않을 것잉께 그냥 가도록 허세.”

까무잡잡한 얼굴에 누런 이빨을 드러내고 말하는 이는 보건 어른이었다. 혀를 쩍쩍 차면서 고개를 흔들어 대며 말했다.

“분명히 내가 알고 있었는디 잡목이 커붕께 모르겠네. 민순이가 꽃을 꺾어다가 놓아둔 것도 보고 했는디. 앗따 몇 년 사이에 이렇게 변해부렀을까?”

상투를 틀 것도 없이 백발의 속이 텅 빈 머리를 쓸어가며 순천 당숙이 고개를 절레절레 저었다. 그는 문중 일을 도맡아 보고 있는 어른이었다.

모두들 망연스러운 표정을 지으며 하소를 늘어놓을 뿐이었다.

“어떻게 할 것잉가? 묏둥을 찾을 수 없웅께 어쩔 도리가 없는 것

24

아닝가?”

순천 당숙이 순을 향해 씁쓸한 한숨을 쉬어가며 말했다. 그러나 순은 쉽게 포기하고 싶지 않았다. 삼십 년이 넘도록 머릿속에서 맴돌이쳤던 서글픈 사연을 더 이상 방치할 수 없었다.

그것은 자신이 지은 죄에 대한 회개요 보속이라는 생각을 지울 수 없었다. 세월이 흘러갈수록 속죄에 따른 두려움으로 하루도 개운하게 넘길 수가 없었던 것이다.

때문에 배각산 중턱에 가족 묘지를 조성한 뒤 그곳으로 면례를 하고자 했던 것. 부모님 묘소는 이미 가족묘지에 면례를 마쳐놓았다. 그날의 일이 끝나면 내년쯤에는 일찍 세상을 떠난 동생 허일의 묘를 이장할 계획이었다. 그런데 예상에도 없던 일이 발목을 잡은 꼴이 되고 말았다. 순은 괴로운 심사를 달랠 길이 없어 하염없이 한숨만 내쉬면서 당혹스러움을 감추지 못했다. 뼈저린 좌절을 안긴 우거진 잡목 숲을 원망스러운 눈길로 바라볼 뿐이었다.

비정하게 살아온 지난날이 가슴에 사무쳐들면서 세상이 새삼 허무하게 느껴지는 순간이었다. 그는 고개를 돌려 푸른 하늘에 뭉실 떠가는 구름을 향해 황망한 눈길을 뿌렸다.

부인도 마찬가지였다. 한숨짓는 남편을 처연한 눈길로 바라보고 있었다. 이내 씁쓰레한 입맛을 다시고 나서 운적봉 마루에 걸친 구름떼를 망연스럽게 바라보며 슬픔에 젖어들었다.

일을 시작하기도 전에 파장이 난 꼴. 일꾼들은 연장을 땅바닥에 내려놓은 채 담배만 뻐끔뻐끔 피워대었다. 면례를 포기할 수밖에 없다는 체념 속으로 빠져들었던 것이다.

“묘를 찾을 수 없으니 포기할 수밖에 없겠지요.”

순은 신 살구를 입에 넣은 사람마냥 낙심에 찬 어조로 입을 떼었
다. 비애에 젖어드는 눈을 감추려고 고갤 떨구면서 비정의 한숨까지
몰아쉬었다. 밤을 새우다시피 천 리 길을 내려온 노력이 수포로 돌
아가는 순간이었다.

"어째야 쓸 것이랑가? 잠도 못 자고 밤새 내려왔을 것인디. 오는
김에 허고 갔으면 행꼈지고 좋았을 것을 말이네. 아무리 봐도 묏등
은 찾을 길이 없으니 그냥 올라가소."

순천 당숙이 곰방대를 빡빡 빨아 허연 담배연기를 공중으로 뿜어
내가며 말했다. 그동안 그날의 면례를 위해 책임을 다했던 그는 허
탈한 심정을 가누지 못한 표정이었다.

"제 잘못입니다. 그동안 묘를 돌보지 못한 제 탓이지요."

순은 부인의 눈치를 힐끔 살피면서 자신이 저지른 죄를 속죄하듯
말했다.

"말이사 바른 말이제, 틀린 말이 아니제. 그나저나 저렇게 살다 갈
라믄 시상 멋 헐라고 태어나졌능가? 사는 시상도 억울했는디 죽어
저승집까지도 다 허물어졌으니 자네 맘이 좋을 리 없겠제."

상홍 어른이 싸늘한 시선을 순에게 건네면서 넋두리를 늘어놓았다.

"우리 동네에서 묏등을 아는 사람이 없겠능가?"

순천 당숙이 혹시나 하는 생각에 일꾼들을 향해 기억을 더듬어보
도록 권하고 나섰다.

"모르겠소? 집 나간 딸을 찾으면 몰라도…… 서방도 모르는디 남
이야 어떻게 안다요."

동아가 푸념을 섞어가며 넋두리 같은 말을 구시렁구시렁 중얼거
렸다.

"아이고 민순이가 온다고 해도 안당가? 집을 나간 지 언젠디. 지라고 해서 어떻게 알어?"

점두도 한 가락 걸치며 끼어들었다.

그때 저 멀리 노루목 산길을 돌아 지팡이를 짚고 올라온 노파가 눈에 띄었다. 구부정히 굽은 허리를 지팡이에 의지한 채 엉금엉금 비탈길을 오르고 있었다. 보기에도 산비탈 길은 노파에겐 너무 벅차 보였다. 그러나 노파는 무슨 까닭이 있는지 몰라도 사력을 다해 발걸음을 재촉하고 있었다. 죽기 살기 맹세를 한 사람처럼 식식 벅찬 숨을 몰아쉬면서……. 한 발짝 두 발짝 가까이 다가온 노파의 의관은 남루하기 그지없었다. 거무튀튀한 무명 적삼에 주절주절 꿰맨 연회색 치마를 입고 있었다. 산길인데도 헝겊을 댄 짚신을 신고 있었다. 얼굴은 마치 마른 대추처럼 주름으로 가득 차 있었고 가냘프고 왜소했다. 가까이 다가올수록 헉헉 숨을 몰아쉬며 목젖을 뒤흔드는 갈그랑거리는 소리를 내는 것이었다. 순은 그녀가 누군지 얼른 알아보지 못했다. 기억을 더듬어가면서 의심의 눈초리로 노파를 바라보았다. 워낙 오래 만에 고향을 찾은 까닭에 예전의 기억이 희미했던 것이다. 하지만 일꾼들은 첫눈에 알아보고서 묘의 주인을 만난 듯 무척 반색을 하고 나섰다. 기대를 저버리지 못할 까닭이 있어 보였다. 노파는 땅속에 잠들어 있는 여인과 뗄 수 없는 애처로운 사연을 안고 있었기 때문이다. 그녀가 젊었을 땐 고장에 제일가는 여쾌(女僧)였고, 여인을 중매했던 장본이었다.

묘 가까이 다가온 노파는 말도 없이 일꾼을 향해 따라오라고 손짓을 해대었다. 그리고는 곧장 땅가시넝쿨이 우거진 숲으로 들어갔다. 발걸음으로 거리를 재어보기도 하고 팔을 펴서 방위를 잡는 시늉을 하더니 잡목을 두루 살피기도 했다. 분명 뭔가를 찾는 눈치임에 틀림없어 보였다. 이내 확신에 찬 눈빛으로 이끼 가득한 땅바닥에 돌멩이를 주워 막대기를 쿵쿵 내리 박았다.

"여기를 파야 쓴당께라우. 여기가 묏등이란 말이요."

그녀는 묻지도 않았는데 거친 숨을 몰아가며 목청껏 소리쳤다. 어떻게 알고 있었는지 땅가시넝쿨이 뒤범벅이 된 곳을 막힘도 없이 짚어내었다. 의심을 살만한 행동이 아니었고, 자신감에 찬 눈빛이었다. 일꾼들은 하나같이 호기심에 찬 눈으로 그녀를 바라보았다.

"누구의 묏등을 찾는 줄이나 알고 오셨능가요?"

뒤를 따르던 순천 양반이 넌지시 떠보듯 물었다. 허나 노파는 귀가 먹었는지 쉽게 알아듣지 못했다.

"이양반이 누군 줄 아싱가요?"

이번에는 상홍 어른이 순을 가리키며 냅다 소리를 지르며 물었다. 그제야 순을 향해 고개를 돌려 힐끔 쳐다보고서

"민순이 아부지 아니요. 워매! 내가 이날을 얼매나 기다렸는지 아요?"

노파는 낚시 같이 꼬부라진 눈매로 은근슬쩍 힐끔거리고서 연득없는 말을 쏟아내었다.

"여기가 민순이 모친 묘등이 맞단 말이요?"

상홍 어른이 의심의 똬리를 틀어가며 물었다.

"맞당께라우. 내가 서있는 이 자리가 맞단 말이요."

노파는 꽂아놓은 막대기를 만지작거리며 시쁜 웃음을 머금었다.

"이것 좀 보싯시오. 이렇게 표시를 해놓았당께라우."

노파는 손가락으로 나무를 가리키면서 확신을 심어주려 들었다.

모두의 시선이 그녀의 손가락을 향했다. 그녀가 서있는 곁에는 다리 통만한 갈참나무가 있었다. 누가 그랬는지는 몰라도 갈참나무 가지에는 새끼줄이 감겨 있었다. 한번만이 아니었고 여러 차례 감아놓은 것으로 보였다. 오래된 새끼줄은 삭아 있었고 지난 가을에 감아놓은 것으로 보이는 것까지 여러 벌 표시를 해둔 것임에 틀림없었다.

"그것이 멋이다요?"

순천 양반이 의아쩍은 눈초리로 노파를 바라보며 물었다.

"이것이 표시랑께요. 민순이 어매 묏둥이란 것을 표시해 뒀당께라우."

노파는 마음이 썩 내키지 않는 표정을 지어가면서도 자신에 찬 어조로 말했다.

순은 가만히 있을 수 없었다. 그는 바지 끝을 걷어 올린 채 가시넝쿨을 걷어가며 잡목 숲으로 다가갔다. 지팡이를 빼내고 삽을 대신 꽂았다. 그러면서도 그때까지 노파가 누구인지 궁금했다.

"혹시 강동댁이 아니신가요?"

순은 고개를 갸우뚱거리며 물었다.

"중매해준 사람도 잊어부렀능가? 동막동에 사는 강동댁이 맞단 말이시."

상홍 어른이 말을 거들고 나섰다.

"안녕하세요? 몰라뵈어 죄송합니다."

그제야 알았다는 듯 모자를 벗어 들고 깍듯이 인사를 했다. 허나 노파는 별로 반가운 기색을 보이지 않았다. 시큰둥한 표정으로 눈길을 비껴가려 애를 쓰는 눈치였다. 그러나 순은 노파의 얼굴을 눈여겨 바라보았다. 가느스름한 눈매에 도드라진 코, 그리고 튀어나온

광대뼈, 비록 노안(老顔)이라 할지라도 예전의 기억이 희미하게 그려지는 것이었다.

"그동안 묘에 표시를 해두셨군요. 참으로 고맙습니다."

그는 또다시 고개 숙여 감사의 인사를 했다. 허나 노파는 별반 달가워하지 않은 기색이었다. 서릿발 같은 냉갈령을 대하듯 싸늘한 표정만을 지어보였다.

"워따매! 한시름 놓았능개비네. 저 양반이 오시지 않았다면 어쩔 번 했당가? 참말로 아심찬허게 오셔갖고 자네를 도와주시는구만!"

순천 당숙이 생그레 웃으며 노파에게 감사의 눈길을 보냈다. 그러나 노파는 칭찬에도 아랑곳하지 않는 눈치였다.

"조강지처 묏둥도 모르고 산 사람이 시상천지 어디 있겠소!"

노파는 시쁜 표정의 눈길을 쏘으며 말했다.

"멋헐라고 표시를 해뒀소?"

상홍이 귀에다 대고 큰 소리를 질렀다. 노파는 금방 알아듣고 속심을 털어놓았다.

"이런 날이 올 것이다 싶어서 못 죽었당께요. 묏둥을 저렇게 놔두고는 눈을 감을 수 없습디다. 내 잘못으로 시상다운 시상 살아보지도 못 하고 젊은 나이에 요절했는디 내가 어떻게 눈을 감겠소? 내가 죽어 불면 누가 묏둥을 찾아주겠냔 말이요?"

노파는 긴 한숨을 내쉬며 넋두리 같은 말을 늘어놓았다. 처진 눈언저리에 눈물까지 모아가며 눈꺼풀을 씀벅거리기까지 했다. 가슴 속에서 저절로 새어나온 한탄임에 틀림없었다.

솔직히 노파는 그동안 오늘이 있기만을 기다리며 살아왔다. 이런 날이 올 것을 예상하고 봉분 자리를 표시해두었던 것. 우거진 잡목

사이에 여인의 묘를 그대로 놔두고는 눈을 감을 수 없었기 때문이다. 세월이 흐르면 사람은 자신의 영화를 위해 남의 쓰라린 한스러움을 잊어가기 마련이지만 노파는 달랐다. 정작 여인이 길켠에 누워 있기까지 단초의 다리를 놓았던 자신을 원망하며 날마다 눈물지어 왔다. 피붙이도 아니요, 비록 피 한 방울 튄 적도 없지만 선비의 봉분 밑에서 원망의 호곡을 절규하다 저 세상으로 간 여인을 생각하면 이대로 놔두고 죽을 수 없었다. 호미로라도 봉분을 만들어주고 싶은 마음을 억누르느라 깊은 잠을 이루지 못했다. 그녀의 나이 여든 둘이었다. 노파는 날마다 해거름을 바라보며 남은여생이 줄어들고 있음을 안타까워해왔던 것이다. 그러던 중 그녀에게 반가운 소식이 날아들었다. 한양의 허순이 고향에 가족 묘지를 조성한다는 것이었다. 그녀는 한껏 마음이 부풀어 오르기 시작했다. 노파는 정화수를 떠놓고 빌어 왔다. 여인의 묘에도 면례가 이뤄지게 해달라고……. 그리고 면례하는 모습을 보고 죽게 해달라고…… 빌고 또 빌었다.

이윽고 기다렸던 날이 돌아왔다. 한양에서 여인의 남편이 내려온다는 소식을 듣고 설레는 마음을 달래지 못한 채 전날 밤을 뜬 눈으로 지새웠다. 한낱 비말에 불과한 것이라 할지라도 반드시 전해주고야 말겠다는 굳은 신념까지 챙겨들었다. 삼십년을 참고 견디며 간직해온 비련의 한을 품고 죽은 여인의 애절한 사연을 기어코 들려주고 말겠다고 굳게 다짐했다.

노파는 그이의 옆에 함께 있는 여인을 바라보는 순간 가슴살이 찢어지는 아픔이 밀려들었다. 마치 정실이라도 되는 것처럼 어지러울 정도로 현란한 치장을 한 채 아양스러움을 떠는 모습이 아니꼽살스럽기 그지없었다. 남의 가슴에 한을 심어주면 내 가슴에 대못이 박힌다는 것을 일깨워주고 싶은 충동이 부걱부걱 치밀어 올랐다.

"젊은 날에 지은 잘못을 참말로 뉘우치기라도 했소?"

노파는 순을 향해 생뚱맞은 말을 던지고 나섰다. 하지만 순은 대답도 못한 채 곁에 있는 부인의 눈치만 살피려 들었다.

"한 번이라도 이 묏둥에 와 본 적이 있었소?"

노파는 갈퀴눈을 지어가며 또다시 퉁명스럽게 쏘아붙였다. 부인을 향해서도 마뜩찮은 눈빛으로 원망스러움을 던졌다. 하지만 순은 얼굴이 벌게지면서 저 멀리 바위로 눈길을 돌리고 말았다.

"저기 노루목 조상님 묏둥엔 다녀간 적이 있었겠지라우?"

노파는 썰컹거리는 목소리로 연이어 질문을 던졌다.

"예. 두어 차례 참배했었지요."

순은 바윗돌 같은 굳은 표정을 짓고서 입을 열었다.

"시상에 거기까지 왔음시롬 조강지처 묏둥에는 오지 않았단 말이요? 저 묏둥에 든 조상님은 사람이었고, 여기에 든 마누라는 짐승이었답디여?"

노파는 화가 치미는 소리를 내질렀다. 흥분을 감추지 못하고 눈초리를 외오빼며 더듬거리는 말로 쏘아붙였다. 하지만 순은 할 말이 없었다. 난언한 표정만 지어가며 아무 말도 하지 못하고 머뭇거렸다.

노파가 선비를 들먹이고 나선 까닭은 두 무덤 사이에 떼어놓을 수 없는 말 못할 인과적 관계가 놓여 있었기 때문이다. 삼백 년 옛적에 돌아가신 선비 때문에 삼십 년 전 여인이 비련의 죽음을 맞았다는 것이다. 세월의 간극을 뛰어넘어 비정의 사연이 연출된 것. 원망스럽게도 지척에 같이 잠들어 있다는 것이 서글픈 일이었다. 한 뼘 거리에 있는 선비의 무덤과 비교한다면 인간의 간특(奸慝)함을 그대로 보여주고 있었다. 사백 년 긴 세월 비바람에 닳고 닳았어도 그 결 곡한 자태를 잃지 않은 선비의 무덤에 비해 삼십 성상도 견디지 못하고 남루한 흉상을 드러낸 여인의 무덤이 너무 극명하게 대비될 뿐이었다.

삼십여 년 전 유명을 달리한 여인은 노루목 산마루에 안장된 선비의 십대손 맏며느리였다. 젊은 나이에 불귀의 객이 되었다고 해서 돌보지 않은 자체가 너무 천박스러운 일이었다. 지금은 식별조차 할 수 없는 황량한 무덤으로 변했지만 처음 만해도 딸로 보이는 어린아이가 찾아와 애고지고 호천통곡을 하면서 철따라 봉분 앞에 예쁜 꽃도 꺾어다 놓아두곤 했다. 늙은 노부부도 간혹 찾아와 과일 조각이라도 차려놓고서 슬퍼하더니만 그것도 잠시 발길이 끊어진 지 오래되었다. 찾아주는 이 하나 없는 까닭에 억새풀과 잡목이 뿌리를 뻗어 순간 울창한 숲으로 변해가고 말았다. 임자 없는 영혼에게 제사를 바라는 것은 무리일 테지만 저승 집마저 흔적이 지워졌던 것이다.

"워매! 이것이 뭣둥이요? 자기는 꾀꼬리처럼 좋은 옷을 입고 삼시롬 마누라 저승집은 저렇게 놔두고 목구멍에 밥이 넘어갑뒤여? 죽어 구랭이 될 짓만 허고 살았제."

노파는 계속해서 그동안의 회포를 다 풀어낼 듯 몰아세웠다.

"조강지처를 누가 죽였는지나 알고 있소? 이 여자가 죽인지 아느 냔 말이요?"

노파는 갈수록 점입가경이었다. 곁에 서있는 부인을 향해 낚시 바늘 같은 눈초리로 쏘아보며 을러메듯 소리쳤다. 순은 말도 못한 채 마치 불상처럼 굳어지고 말았다. 부인은 남편의 눈치만 연신 살피며 땡감을 씹은 것처럼 떨떠름한 표정을 지었다. 솔직히 부부가 이렇게 책망을 받은 적이라곤 한 번도 없었다. 하늘에 나는 새도 떨어뜨린다는 높은 벼슬에 올랐지만 정작 노파의 호된 질책 앞에선 입도 뻥긋할 수 없었다. 산 이와 죽은 이의 갈림길에서 기억에 앙금이 진 그 어떤 것을 더듬고 있을 뿐이었다.

순의 눈앞에는 두 여인이 있음이었다. 생사를 달리하는 두 여인이 심란하고 망연스럽게 그의 가슴을 휘젓는 것이었다. 절대로 만나서는 안 될 두 여인이 호젓한 산속에서 생과 사로 다시 만난 것이다. 죽음과 삶의 의미가 넘나드는 회개와 용서의 만남인지도 모른다.

살아있는 부인의 숨소리와 무덤 속에서 들려오는 혼령(魂靈)의 숨소리였다. 순은 하릴없는 하늘을 쳐다보았다. 햇살은 유난히 눈부시게 쏟아져 내렸다. 솜털 같은 흰 구름이 둥실둥실 떠가는 것을 바라보면서 한숨을 섞어 흘렸다. 잠시 깊은 감회에 젖어들면서 귓전을 스치며 지나가는 솔바람에 지난날의 한스러움을 실어 보내고 싶은 심정이었다. 부인은 이심전심 남편의 심사를 알아차린 듯 살며시 눈을 감고 고개를 숙였다.

봉분을 찾은 일꾼들이 봉분을 파헤치기 시작했다. 잡목을 자르고 곡괭이로 뿌리를 찍어내면서 봉분을 헐었다. 이를 바라본 노파는 그제야 마음이 놓이는 것이었다. 이윽고 봉분 속이 훤히 드러났다. 순은 눈앞에 나타난 비참한 실상을 처연한 눈빛으로 바라보고 있다가 아내의 손을 잡고 파헤쳐진 봉분으로 향했다. 흙속에서 유골이 드러나기 시작했다. 순은 잠시 일꾼들의 일손을 멈추게 하고 무릎을 꿇고 앉아 두 손을 모았다. 부부는 눈을 감고 입속말로 종알거려가면서 기도를 하기 시작했다. 그동안 지은 죄를 속죄라도 하려는 사람처럼 깊은 참회에 빠져드는 것 같았다.

기도를 마친 순은 묘에서 파놓은 흙을 한 움큼 움켜쥐었다. 유골을 덮고 있던 흙은 짙은 황토색이었다. 삼십여 년을 여인과 함께해 주었던 흙…… 더울 땐 시원한 물을 건네주었고 추울 땐 이불이 되어주었던 아내의 친구 같은 흙이었다. 순은 살며시 입술에 가져다 대었다. 축축한 흙냄새가 향기롭게 뭉클뭉클 피어올랐다. 입술에 흙이 묻어도 그는 조금도 주저하지 않았다. 도리어 담담한 표정을 지어보이면서 산연히 눈물도 흘렸다. 부인도 가만히 있지 않았다. 하얗게 드러난 유골을 꺼내어 수건에 닦기 시작했다. 두려워하거나 무서워하는 눈빛이 전혀 보이지 않았다. 지난날의 과오를 뉘우치는 회한이 서려있는 눈빛이었다. 유골 앞에서 부부는 다시 고개를 숙인 채 두 손을 가지런히 모았다. 죽은 영혼이 영원한 안식을 누릴 수 있게 해달라고 숙연히 눈을 감고 기도했다.

그 모습을 곁에서 지켜보고 일꾼들은 뭐가 뭔지 알지 못하면서도 애달픈 심정의 눈길로 바라보고 있었다. 노파의 눈언저리에 이슬이 맺히기 시작했다. 호두껍데기처럼 움푹움푹 팬 깊은 골 주름에 눈물마저 흘러내렸다. 손등으로 눈가를 쓱쓱 문질러가면서 가슴속에 묻어 두고 기다렸던 사연을 어서어서 내려놓고 싶은지 입술에 침을 발랐다.

"인자 내가 여기 온 까닭을 알겠지라우?"

버캐가 하얗게 낀 입술을 움쭉거리며 물었다.

"알지요. 이 높은 산까지 올라오셔 묘를 찾아 주시니 몸 둘 바를 모르겠어요. 집에 계신 줄 알았으면 먼저 들렀어야 했던 것인데, 도리를 다하지 못한 점 죄송스럽게 생각합니다."

그는 배운 학식만큼이나 점잖게 말했다. 부인도 처음과는 사뭇 달

랐다. 얼굴에 엷은 미소를 흘려가면서 고개 숙여 목례부터 하고 나
섰다.

"총각 때 얼굴모습 그대로구만이라우. 하나도 변하지 않았소."

노파는 가느스름한 눈매를 지어가며 옛 생각을 떠올렸다. 반백의
머리였으나 아직 주름살 하나 없는 얼굴이 배꽃처럼 허연 탓인지는
몰라도 아무튼 집안에 인물 났다고 떠들썩했던 그 기억이 아슴아슴
떠올랐던 것이다. 풍만한 이마에 부리부리한 눈과 짙은 눈썹 그리고
도드라진 코가 영락없이 부친을 빼닮아 쉽게 떠올릴 수 있었다.

"잘못한 것이라곤 손톱만큼도 없는 사람인디 왜 조강지처를 박대
했소? 시상에 사람의 탈을 쓰고서 어찌 그럴 수가 있었냔 말이요? 내
가 못 죽고 산 것은 이 묏등 때문이었당께요. 인자 오늘 저녁에 눈을
감고 죽는다고 해도 한은 없을 것 같소."

노파는 마치 눈물을 꼭꼭 쥐어짜내듯 말했다. 까무잡잡한 얼굴에
서도 핏발이 선 것처럼 벌겋게 달아올랐다. 양미간에 골 주름을 잡
아가면서 악을 바락바락 쓰듯 말했다.

"모든 것이 제 잘못이지요. 얼마나 원통하셨으면 이런 말씀을 하
시겠어요. 저 때문에 고통을 받은 것 사죄드립니다."

순은 참회하듯 진솔한 표정을 지으며 용서를 청하고 나섰다. 하지
만 노파는 아직도 서운함을 다 떨어내지 못한 눈치였다. 입술을 샐
기죽 내민 채 눈꼬리가 찢어지도록 비틀고서

"유학 때부터 다른 여자와 만났음시롬 이 묏등의 조강지처와 혼인
한 것이 맞지라우?"

노파는 설익은 밥을 썰컹썰컹 씹어 먹은 표정으로 말했다. 게슴츠
레한 눈으로 눈매를 비틀어가며 부인을 한번 힐끔 쳐다보기도 했다.

36

“솔직히 이 사람을 먼저 만났지요.”

그는 곁에 있는 부인을 가리키며 양심에 거리낌 없이 흉중을 털어놓았다.

“그랬음시롬 왜 선을 보고 장가를 갔냔 말이요? 지금까지 호강하고 사는 것이 누구 덕인지나 아는 것이요?”

눈살이 찢어지도록 찌푸린 채 바락바락 고함을 지르며 말했다. 순은 자신을 비웃는 것 같은 느낌이 들어 말문이 막혀들었다. 그렇다고 노파를 허물할 일은 아니었다.

“왜 말을 못 허는 것이요?”

노파는 뒤틀린 심사를 펴지 못한 듯 턱살을 쳐들며 다그쳤다.

“여기에 잠들어 있는 사람 덕만은 아니지요.”

순은 적당히 얼버무리듯 말꼬리를 휘어 돌리고서 얼른 시선을 피해버렸다.

노파는 삼십년을 기다려온 본정이 일순간 싹 달아나는 순간이었다. 솟아오르는 억분을 누를 수 없어 미우를 찡그리며 다시 말을 이어나갔다.

“그래서 살아있는 이 여자의 덕이 크단 말이지라잉?”

노파는 아니꼽살스럽다는 듯 눈을 치떠 부인을 쏘아보며 물었다. 조금도 물러설 기색이 아니었다. 이제껏 이 순간을 위해 죽지 못하고 살아온 마당에 무서울 것도 두려울 것도 없었다.

“솔직히 벼슬길에 오른 것은 이 사람 덕이었지요.”

순은 망설이다가 노파와 부인의 눈치를 살피고서 이내 당당한 투로 대답했다. 굳이 감추고 싶은 생각이 없었다. 노파는 야속하다는 듯 이기죽이기죽 빈정거리는 말투로 곧장 다시 쏘아붙였다.

"지금은 잘 살고 있는 개빈디. 그것은 저 묏둥에 있는 부인이 화살을 받아준 덕인 줄 알기나 허고 오셨소?"

"화살이라니요?"

"워매! 화살도 불화살을 맞었는디 조강지처가 왜 죽었는지도 모르요? 하기사 그 뱃속에서 나왔으니 어떻게 알겄소? 워매! 톱니바쿠 속에 불알를 넣고 견디고 말제 죽산댁 시집살이는 못 견딘당께라우. 그럼시롬 면례를 해주면 무슨 소용이 있다요?"

노파는 악에 받치는 듯 핀잔스러운 투로 눈을 흘기며 말했다. 순은 익히 그 속뜻을 알아차리고도 남았다. 하지만 말대답을 할 수 없어 혼자서 곱씹어야 할 일로 받아들였다.

"그건 그렇고 하나뿐인 살붙이 딸을 찾을라요 내버려둘라요?"

노파는 가슴에 맺혀있는 슬픈 심회를 인정도 없이 찔러왔다. 순은 일순간 얼굴이 벌겋게 상기되어 눈꺼풀이 가늘게 떨고 있었다. 아내가 죽자 집을 나간 딸이 스무 해가 지나도록 생사 불명이어서 말도 못 하고 혼자서 가슴앓이로 살아왔던 것이다. 순은 황망한 눈빛으로 노파를 바라보다가 민망할 정도로 얼굴이 일그러지더니 산등성이 너머 흰 구름 비껴 앉은 햇덩이를 향해 고개를 돌렸다. 한참동안 미간을 찌푸린 채 고뇌에 잠겨 있다가 모종의 확신이 선 듯 날선 눈빛으로 바라보고서 입을 열었다.

"예, 기어코 찾고야 말겠습니다. 그래야 저도 눈을 감을 수 있겠지요."

그는 다짐이라도 하겠다는 듯 입술을 옥깨물면서 의연함을 잃지 않았다.

"내가 뭣 땀새 남의 딸을 찾아라고 허겠소만 내 잘못으로 이뤄진

일이어서 그런당께라우. 벼슬길로 나간 사람이람서 내 살붙이 딸도 못 챙겨서야……. 어린 것이 날마다 꽃을 들고 어매 묏등이라고 찾아와 통곡을 했쌌드구만 아부지마저 모른 척해붕께 집을 나가부렀답디다. 하나밖에 없는 피붙이가 지어미 한을 둘러쓰고 화살촉이 박혀 어디로 떠나고 말았당께요. 얼매나 한이 되었으면 집을 나갔겠소? 아직 죽었는지 살았는지 모른다고 헙디다. 어매 없는 아부지는 차라리 놈보다 못하다고 하더니만 배운 사람임시름 그래서야 쓰겄소?”

노파는 거미줄같이 자글자글한 주름을 깊이 새기며 한탄을 쏟아내었다. 순은 머쓱한 표정을 지은 채 사람들의 눈치를 살피다가 이내 고개를 숙이고 말았다. 이윽고 눈언저리에 어룽거리는 이슬을 손으로 훔쳐내며 훌쩍이기까지 했다. 부인도 마찬가지였다. 눈가에 맺혀드는 이슬을 손수건으로 콕콕 찍어가며 허공을 향해 한숨만을 내뿜었다.

노파는 여기서 멈추고 싶지 않았다. 삼십 년 동안 가슴에 묻어두었던 비련의 한을 어서어서 내려놓고 싶었다. 여인이 안고 죽은 애절한 사연을 기어코 들려주겠다고 입술을 옥물면서 쿵쿵 생기침부터 토해내고서

“나는 저 묏등에 누워 있는 여인이 화살을 받아가며 사는 꼴을 이 두 눈으로 똑바로 보았구만이라우. 워매! 워매! 시어머니가 불화살을 쏘아댕께 좀 피해서 살고 싶다고 허드구만요. 그렇다고 피할 곳이 있겠소? 아니면 도와준 사람이 있겠소? 남편은 과거보러 간다고 한양으로 가놓고 삼 년이 되도록 소식 한마디 없제, 시아버지는 중풍으로 떨어져 죽은 목숨이나 다름없었으니 의지할 곳이란 눈곱만큼도 없었지라우. 땅문서 짊어지고 시집와서 머슴도 그런 상머슴이

없었구만이라우. 시집올 때까지 꾸정물에 손도 담가 보지도 않은 천석꾼집 요조공주(窈窕公主)로 키운 딸이라는 것을 잘 알 것 아니요? 그런 처녀를 데려다 일꾼으로 부려묵다니요? 낮으론 품앗이로 세월을 보내야 하고 밤으론 길쌈에 똥빨래로 잠도 제대로 못자며 일만 하다가 죽었당께라우. 얼마나 괴로웠으면 농사일이 없을 때 소리를 조금 배워볼란다고 했을 것이요. 양반집 딸이 오죽했으면 소리를 배울라고 했겄난 말이요? 북풍한설 몰아치는 추운 날에도 소리골을 오르락거리며 소리를 헙디다. 기어코 남편보다 한 가지만이라도 잘 한 것을 보여주고 싶다고 허드구만요. 명창이 되면 한양으로 가서 남편 앞에 쑥대머리를 불러주는 것이 소원이라고 했는디……. 그것마저 못 하게 했당께요.”

노파는 말을 하다 말고 울음을 터트리고 말았다. 목청으로 잠겨드는 갈그랑거리는 소리를 생기침으로 달래며 눈언저리를 쓸어내고 훌쩍거리더니 황소 같은 어깻숨소리를 내뱉고서 다시 말을 이었다.

“남편을 보지 못하고 죽으면 저승에 가서 혼령이 되어서라도 남편을 만나고 싶다고 허드랑께요. 이다음 남편이 죽으면 묏등에 상사목으로 다시 나고 싶다고도 헙디다. 그랬는디 소리 좀 헌다고 해서 느닷없이 소리꾼에게 붙어묵었다고 애먼 소리까지 뒤집어 씌웠당께요. 얼마나 원이 되고 한이 되었으면 소리를 하다가 물에 빠져 죽었을 것이난 말이요? 그냥 내버려 뒀드라면 죽지는 않았을 것인디…….”

노파는 비탄에 잠겨들면서 복받치는 울음을 참지 못했다. 연신 두 볼에 잘금잘금 흐르는 눈물을 훔쳐가며 깊디깊은 탄식을 쏟아내었다. 함께하던 일꾼들도 이내 처연한 심회로 빠져드는 것 같았다. 표정이 싸늘하게 굳어지면서 처처한 눈길로 노파를 바라보았다.

"나 땜새 속아서 시집와 갖고 젊은 나이에 저승객이 된 것도 서러운디 가시밭에 묻어놓고 돌봐주는 사람 하나 없으니 얼매나 울었을 것이냐고요? 제삿날이라고 해서 어느 누가 찬물 한 그릇이라도 떠놨겄소? 내가 죽일 년이랑께요. 내가 중매를 잘못해 갖고 남의 귀한 딸 팔자를 망쳐놓았당께요. 왜 여자가 있음시롬 말도 안 허고 장가를 갔소? 처갓집 덕으로 배워놓고 몹쓸 짓을 했냔 말이요. 남의 가슴에 한을 묻어놓으면 내 가슴에 대못이 되어 돌아오는 줄도 모르요? 죽어 구랭이 될 짓을 해놓고 양심의 가책도 없는개비요? 천벌을 받을 짓을 해놓고 면례해주면 멋할 것이냔 말이요?"

노파는 합죽한 입가에 부걱부걱 뿜어져 나오는 게거품 쏟아가며 입심을 털어놓았다. 그것은 지난날 운명의 실타래였다.

2
귀국선에 몸을 싣다

저 멀리 동쪽에는 바다가 이른 새벽부터 파란 띠를 두르고 드러누워 있었다. 바다와 하늘은 본시 하나인 듯 하늘이 갈수록 바다를 향해 내려앉고 바다는 구름을 만들어 하늘로 밀어 올리는 것 같았다. 하얀 솜털 같은 구름들이 송이송이 하늘로 빨려 들어가 둥실둥실 떠가고 배들은 하늘과 바다를 스멀스멀 들락거리고 있었다.

새빨간 햇덩이가 바다를 뚫고 솟구치는 장엄한 광경은 여객선을 기다리는 사람들의 입에 탄성을 자아내게 만들었다. 끝없이 넓은 동녘 아침노을이 출렁이는 바닷물에 쏟아지자 노을빛은 파도에 깨져 수없이 물비늘이 되어가고 있었다.

파도는 바다를 뒤집어가며 하얀 비누거품을 일구어내면서 밀려들었다. 모래톱에 찰싹찰싹 부딪치면서 솨 소리와 함께 모래를 핥아대었다. 또 다른 파도는 거세게 울렁이다가 바위에 부서지면서 물기둥이 되어 하늘 높이 치솟아 올랐다. 바다를 향해 길게 뻗어있는 부두 머리에 물결이 부딪힐 때마다 물보라가 부옇게 흩어지곤 했다. 부두

에 매달린 여객선들이 세찬 파도에 밀려 뒤뚱뒤뚱 떠나갈 시각만을
기다리고 있었다.

갈매기들이 날개를 펄럭이며 하늘 높이 선회하다가 넘실거리는
바닷물에도 교묘히 내려앉았다. 맨발로 헤엄을 치는 모습은 기이함
을 넘어 장관으로 다가오는 모습이었다. 이내 뱃머리 위를 빙빙 돌
아 꽈아오 꽈아오 울어대며 비상의 즐거움을 노래했다.

세찬 바닷바람이 살 속으로 파고드는데도 사각모를 쓴 조선 유학
생들이 부푼 기분을 안고서 삼삼오오 몰려다니고 있었다. 겨울방학
을 맞아 귀국선을 타려는 모습이 무척 여유롭게 보였다.

도후쿠대학에 적을 두고 있는 법학도 허순(許瞬)도 겨울방학을 맞
아 고국으로 가는 배를 타기 위해 개찰의 채비를 갖추고 있었다. 시
모노세키 항구에는 집채보다도 큰 여객선이 부두에서 고동을 울리
며 떠날 채비를 알렸다. 현해탄을 건너 여수로 갈 배였다. 뱃고동 소
리에 승객들은 서로들 뱃머리로 몰려들고 있었다. 철썩대는 바닷물
만 무심코 바라보고 있던 순도 뱃머리로 다가가기 위해 발길을 돌렸
다. 비록 남루한 옷차림일지라도 그는 사각모자를 쓴 당당한 유학생
이었다. 옷가방을 어깨에 둘러매고 승선권을 챙기면서 잰걸음을 놀
렸다.

그때 아리따운 한 여자가 다가와 불쑥 말을 걸어왔다.

"집에 가니?"

"응."

"그런데 어제 저녁 왜 모임에 나오지 않았어?"

"바빠서."

"고향이 전라도라 했지?"

“응, 보성.”

“그래서 여수 가는 배를 탄다고 했구나.”

“그래.”

“너는?”

“난 부산행 배를 타야 해.”

도후쿠제국대학 동창생이었다. 이름은 윤선자였고 역사학과에 다니고 있었다.

“이번 방학에는 학비 안 벌어도 돼?”

“아니 벌어야지.”

“그런데 왜 일하지 않고 귀국하는 거야? 다시 올 거니?”

“응, 곧바로 와야 돼.”

“일할 자리는 구해놓았어?”

“아니. 구해봐야지.”

검정색 양장에 보라색 털 스웨터를 걸쳐 입고 하이힐을 신은 그녀는 일본에서도 보기 드문 멋을 내고 있었다. 들고 있던 가방을 열고 갈색종이 봉투를 꺼내 내밀었다.

“이거 가다 배고프면 먹어.”

선자가 들고 서있는 것은 설고빵(카스텔라)이었다. 순은 얼른 손을 내밀지 못하고 두 눈만 멀거니 뜬 채 쳐다보고 있었다.

“자! 어서 받으라니깐. 여수까지 가려면 배고프잖아.”

봉투를 받아든 순은 짐짓 실없는 웃음을 생그레 보이며 고개를 끄덕였다.

“고마워.”

순은 이렇게 동창생들로부터 도움을 받아가며 유학생활을 하고 있었다. 부모님으로부터 학비 도움 없이 이국땅에서 학업에 정진하고 있는 그의 처지를 동창생들은 이미 다 알고 있는 터였다. 궁상스런 자신의 처지가 부끄럽기도 하지만 반면으로 동창생들이 너무 고마웠다. 나중에 출세해서 꼭 갚고 말겠다는 의지를 불태워가며 학문에 전념할 뿐이었다.

그의 꿈은 대학을 졸업하여 가난의 굴레에서 벗어나는 것이었다. 때문에 법학과에 지원했고 법조인이 되는 것이 꿈이었다. 그에게 빵을 사준 선자는 법조인의 딸로 부유한 가정에서 태어났다고 했다. 그녀는 역사학자가 되기 위해 유학을 왔다고 했다. 일본 역사학자들이 왜곡하고 있는 식민 사관을 바로잡기 위해 역사학을 전공하게 되었다고 했다. 기필코 민족의 바른 역사관을 정립해서 국난을 극복하고, 민족정신을 키워나가겠다고 말해왔다. 일본 유학생들을 대상으로 조선역사 연구회를 결성 주도적으로 이끌어가는 데 앞장서기도 했다.

시간만 있으면 일본의 역사적 고적지를 탐방 조선과 관련된 내용을 조사하는 일에 몰두했다. 그녀가 좋아하는 사람은 민족지도자 홍암 나철이라고 들먹여왔다. 홍암 나철은

"동양평화를 위해 한·일·청 삼국은 상호친선동맹을 맺고 조선에 대해서는 선린의 교의로써 부조하라!"라는 내용을 담은 의견서를 일본 정계에 전달한 인물이었다. 그뿐 아니라 일본궁성 앞에서 사흘간 단식항쟁을 펼쳤던 애국투사였다. 우연하게도 홍암 나철 선생과 순이 같은 고향이라는 의미로 정이 간다고 말해왔다. 순도 선자가 싫지만은 않았다. 따뜻하게 대해줄 뿐 아니라 물질적 도움을 주려고 애를 쓰기 때문이다. 선자는 그에게 용기를 북돋워 주기 위해 자기

아버지의 이야기를 들려주곤 했다. 자기 아버지는 강원도 정선 두메산골 어려운 가정에서 태어났으며 고학으로 공부한 것이 비슷한 환경이라고 말해줬다. 때문에 아버지처럼 변호사 시험에 합격해야 한다고 격려도 잊지 않았다. 순은 선자의 부친을 귀감으로 삼아 우상(偶像)으로 떠받들기로 했다. 자신도 반드시 법조인이 되겠다고 다짐을 하며 학업에 전신전력을 쏟아가고 있는 중이었다.

이윽고 그를 태운 여객선이 부웅부웅 힘찬 뱃고동 소리를 대여섯 차례 울려대더니 푸른 바다로 유유히 미끄러져 나갔다.

살을 에는 겨울바람이 옷 속으로 파고드는데도 갑판으로 나온 그는 선자를 향해 손을 흔들어주며 소리쳤다.

"먼저 갈께. 나중에 만나."

"그래 잘 가!"

선자는 부두에 서서 뱃머리가 가물가물 멀어질 때까지 손을 흔들어 주었다.

그녀의 모습이 어슴푸레해질 때까지 바라보고 있었다. 사랑하는 청춘남녀가 마치 이별이라도 하는 것처럼…….

순이 귀국선을 탄 것은 고향을 떠난 지 이 년하고도 십 개월이 되었다. 숙식은 물론 학비 마련을 위해 센다이에서 상점을 돌며 창문을 닦고, 음식배달과 주방청소를 했다. 폐품을 주워 고물상에 내다 파는 일까지 억척스럽게 일을 했다. 그러면서도 밤에는 형설지공으로 공부에 매진했다. 주경야독의 땀을 흘린 지 삼 년이 지났을 때 그의 앞에는 값진 보람이 기다리고 있었다. 도후쿠제국대학 법학부에 합격통지서를 받아든 것이었다. 그때부턴 더 많은 일을 해야 했다. 방학에도 쉴 시간이 없었다. 다음 학기 학비를 마련해야 할 절박한 사정 때문에 하루도 그냥 지나칠 수 없었다. 그런 와중에 부모님으로부터 편지가 날아들었다. 겨울방학을 하거든 곧장 고향엘 다녀가라는 전갈이었다. 비록 촌음을 아껴야 할 처지였지만 고향을 떠나온 지 오래되었고 가족도 보고 싶어 귀국선에 올랐던 것이다.

어느덧 뱃머리는 일본 열도를 돌아 대한해협으로 나아가고 있었다. 푸른 바다에 집채 같은 파도가 밀려와 뱃머리에 부딪쳐 쏴쏴 소리를 내며 산산이 부서졌다. 저 멀리 물결치며 다가오는 은빛 파도가 배를 부술 기세로 몰려오는 모습은 영락 조선을 향해 약탈을 부리는 일본과 같아 보였다. 여객선은 파도에 굴하지 않고 정도를 찾아 대한해협으로 나아가고 있었다. 파도는 뱃머리에 부딪치자마자 산산조각이 되어 흔적 없이 사라져버리는 것이다.

거친 풍랑 속에서도 저 멀리 대마도가 한눈에 들어왔다. 햇덩이가 겨울바람을 이기지 못하는 듯 부연 구름 속으로 몸을 숨기는 것 같았다. 바람은 파도의 몸집을 잔뜩 불려주었고, 파도는 쉴 새 없이 뱃머리를 두들겼다. 그러나 그는 세찬 바닷바람도 두려워하지 않고 뱃머리에 올라 앉아 고국의 하늘만 바라보았다. 하늘을 바라본 순간 이상야릇한 정감이 파도처럼 밀려들었다. 무엇보다 자신도 모르게 어엿한 성인으로 성장한 자아를 발견하게 되었다. 몸과 마음을 한껏 단련시켜준 타국생활. 유학생이라는 자부심과 긍지를 갖게 해주었고, 굳센 믿음에서 우러나오는 꿈이 영글어가고 있음이었다.

'나는 어엿한 유학생, 누구나 할 수 있는 일이 아니다. 나는 이미 성공한 사람이다. 내 앞에 불가능이란 없다.'며 두 주먹을 불끈 쥐고 으하하 소리쳤다. 열정과 보람과 긍지 앞에선 겨울바람도 춥지 않았다. 아무리 어려운 일이 닥쳐도 참고 견디자, 눈물로 뒤를 돌아볼 순

없다, 앞을 보고 웃자고 허공을 향해 맹세했다. 부모님 앞에 졸업장을 바치는 그 날까지. 아니 법조인이 되어 세상을 호령하는 그날까지 최선을 다할 거라고 다짐 했던 것이다.

냉한의 해풍이 불어닥쳐 턱이 떨리고 손발이 시려도 갑판에 서서 아슴아슴 가물거리는 고국 땅을 바라보았다. 지난날 추억의 파편들이 파도처럼 밀려들었다. 그것들은 하나 같이 머릿속에서 맹렬히 충돌하기 시작했다.

보통학교 시절 형들 사이에 끼어 웅변가로서 청중을 매료시켰던 일. 미술대회에서 아름다운 운적봉의 풍경화를 그려 최고상을 받았던 일이며 동시낭송대회에서도 최고상을 받았던 기억들이 맴돌이치면서 흐뭇한 미소를 머금게 해주었다. 그러나 한편으론 주마등처럼 머리를 때리며 스쳐지나가는 것도 있었다. 의지의 힘으로 이겨낼 수 없었던 고통의 순간들이 눈앞에서 가물거렸다. 철부지 어린 시절엔 마냥 먹고 노는 것보다 더 좋은 일은 없는데도 가정형편은 가만히 놓아주질 않았다. 지게를 지고 농사일을 도와야 했고, 들판을 헤매며 꼴은 베어야 했으며 산을 오르내리며 나무도 해서 날라야 했다. 공책이 없어 맹감잎(청미래덩굴)을 말려 글씨를 썼는가 하면 마분지를 잘라 공책을 만들어 쓰기도 했다. 연필 끝이 닳아 몽당연필이 될 땐 대나무에 끼워 써야 했고, 지우개대신 손가락 끝에 침을 발라 문지르기 일쑤였다. 새 책을 살 수 없어 누더기 같은 헌책을 구입해서 읽어야 했던 것이다.

햇덩이가 어느덧 서산으로 기울고 있을 때 고국산천이 저 앞에 어른어른 거리며 다가오고 있었다. 오랜만에 돌아오는 고국의 땅. 열심히 공부해서 봉사하겠다고 다짐했던 그 땅이 눈앞에 아릿아릿 나타나고 있었다. 꿈에 그리던 고향 땅이 가물거리자 눈가에 이슬이 하염없이 맺혀들었다. 이윽고 회한의 추억 하나가 머리를 옥죄기 시작했다.

그의 나이 열두 살 적. 어느 추운 겨울밤에 있었던 일이다.

그는 어릴 때부터 책읽기를 좋아했다. 읽고 싶어도 책이 부족한 터라 같은 책을 몇 번이고 반복하여 읽었다. 춘향전이나 심청전 그리고 구운몽 같은 고전소설과 이솝이야기와 같은 동화책, 그리고 아라비안나이트와 같은 책을 일본어로 번역한 것들이었다. 등잔불 아래 책을 읽다 보면 책장 넘기는 바람에 불이 꺼지기도 하고 피어오르는 그을음에 콧구멍이 검어지기도 하지만 이불을 뒤집어쓰고서라도 책을 읽는 일에 몰두하곤 했다.

추운 어느 날, 그날도 호롱불 아래서 책을 읽고 있었을 때였다. 그런데 군불을 지피던 어머니가 냉갈령 같은 불호령으로 다그치는 것이었다.

"지금 뭣하고 있냐? 책이 밥을 주디 옷을 주디? 우리 형편에 무슨 놈의 책만 읽고 있냔 말이다. 차돌에 바람 들면 쑥돌보다 못한 것인디 어설픈 공부해서 어디다 쓸래? 문전옥답 다 넘어가서 우리 모두 굶어 죽게 되었단 말이다. 어서 가서 아부지 모시고 오랑께. 워매! 멋을 묵고살라고 하구한 날 술타령만 헌다냐!"

이미 집안에 심상찮은 일이 벌어지고 있다는 눈치는 채고 있었지만 자세한 내막까지 알지 못했던 것. 그런데 논밭이 팔렸다는 어머니의 외침에 가슴이 뜨끔했던 것이다. 미처 생각지도 못한 일이 집안을 흐트러뜨리면서 쑥대밭으로 만들어가기 시작했다. 일순간 생활고에 허덕이면서 동냥치나 다름없는 처참한 삶으로 내몰렸다.

원래 집안이 가난했던 것은 아니었다. 조부님으로부터 물려받은 논이 열배미가 족히 넘어 먹고 사는 데 지장은 없는 형편이었다. 가을이면 곡간에 알곡을 가득 채워놓고 지낼 수 있었다. 그런데 재액과도 같은 시련이 뜻하지 않게 집안에 휩싸이게 되었다.

본디 아버지는 풍골이 준수하기로 고을에서 제일가는 귀공자형이라고 불려왔다. 헌칠한 키에 훤한 이마 그리고 도드라진 콧날이며 도독한 입술까지…… 이목구비가 수려하여 누가 봐도 빼어난 옥골선풍이었다.

거기에다 타고난 천구성도 좋아 시조창이면 시조창, 육자배기면 육자배기, 소리창은 말할 것도 없거니와 춤사위까지…… 타고난 끼로 봐서 전생에 기생오라비라는 애칭을 붙여주었던 것이다.

때문에 사람들은 귀공자로 생긴 끌밋한 풍채는 천부적으로 타고난 명창이니 소리를 배우라고 꼬드기기 일쑤였다. 아버지 또한 마다하지 않고 명창이 되려했지만 할아버지의 반대로 꿈을 접었다고 했다. 그러나 할아버지께서 돌아가시자 타고난 재주 남 못준다고 명창에 대한 미련을 버리지 못한 채 명창이 되어 돌아오겠다고 어머니를 설득해오던 터. 늦바람이 용마름을 벗긴 꼴이 되고 말았다. 하지만 어머니는 개 쌍놈들이나 하는 짓을 왜 하려드느냐고 말려보지만 막무가내였다. 아버지는 그동안 노자를 챙겨놓았던 까닭에 어느 날 홀연히 집을 떠나고 말았다. 당시 광주 속골에는 조선에서 제일가는 명창이 소리를 가르친다는 소문이 있었다. 어머니는 수소문을 듣고 당장 광주 속골로 달려갔다. 그러나 이미 아버지는 딴 곳으로 떠난 뒤였다. 또 다른 곳, 나주, 화순 그리고 담양까지 소문을 따라 나섰지만 아버지의 행방은 묘연했던 것이다. 어머니는 혼자 힘으론 찾을 수가 없다는 것을 간파했고, 결국은 다른 사람의 손을 빌리게 되었던 것이다. 어머니는 앞뒤 생각도 없이 덤뻑 외당숙을 집으로 불러들였다. 한 사람도 아니고 세 사람을 한꺼번에 부른 것. 헌데 그것이 문제가 되고 말았다. 난봉기에다 주색잡기에 능한 호주가였던 것인데 닥치는 대로 장리쌀을 내어 손에 쥐어 주었다. 그들은 아버지를 찾기보다 제 몫 꾸리기에 바빴다. 고양이에게 생선가게를 내맡긴 것이나 다름없는 일. 찾으러 간답시고 돈만 챙기고 노름에 기생집에 흔전만전하다가 마침내 대대로 내려온 기름진 옥토가 고스란히 남의 손으로 넘어가게 되었던 것이다. 남원에서 소리공부를 하던 아버지가 이 년 만에 돌아왔다. 집안 소식도 궁금하고 노자도 떨어져 잠깐 다녀갈 요량이었는데 와서 보니 집안 살림이 거덜 나다시피 되어 있었다. 장리쌀 빚만 해도 마흔 가마가 넘어서 당장 갚아야 할 쌀이 예순 가마였다. 논을 팔지 않고서는 도저히 부채를 감당할 수 없었다. 결국 아버지는 명창의 꿈을 접을 수밖에 없었고 부부 사이에 엇박자 소리만 커지기 시작했다. 아버지는 술잔을 기울이는 횟수가 늘어나게 되었고, 어머니의 성화는 도를 넘기고 있었다. 아버지는 날마다 주막거리에서 살다시피 했다.

동짓달 스무 날이었다. 그날도 아버지는 종일 주막거리에서 술타령 중이었다.

"어서 가서 아부지 모시고 오란 말다. 멋하고 자빠졌냐?"

잠시 머뭇거릴 틈도 없이 또다시 불호령이 떨어졌다. 가랑눈이 싸락싸락 내리는 늦은 밤이었다. 홀로 아버지를 찾으러 고샅으로 나왔다. 캄캄한 밤길을 홀로 걸으니 소름이 끼칠 정도로 무서움이 밀려들었다. 그러나 무서움도 잠시 총총걸음을 치며 풍경정 주막거리로 달려갔다. 이윽고 주막집 사립문을 들어선 그의 눈길에 사람들의 그림자가 방문에 아른거렸다. 그림자만 보아도 얼른 아버지임을 알아차릴 수 있었다. 또 다른 사람은 허박 어른의 목소리였다. 공술 얻어먹기로 이골이 난 사람이라고 알려진 사람. 허구한 날 일도 않고 술만 마셔대므로 바늘 꽂은 땅 한 뙈기 없이 반평생을 살아온 이였다. 멀쩡했던 사람이 술로 바보가 되어 가족으로부터 버림받은 지 오래되었다. 슬하의 아들 셋은 모두 남의 집 꼴머슴살이로 떠났고, 딸 둘은 부잣집 식비로 보낸 지 오래되었다. 부인 아니었으면 벌써 굶어죽었을지도 모를 일이지만 덕분에 목숨을 부지하고 있을 뿐이었다. 손톱이 닳도록 부인의 길쌈덕분에 입에 풀칠이라도 하고 살았다. 그런데도 부인이 짜놓은 삼베 필을 몰래 훔쳐다 넘겨주고 술을 마신다는 사람이 아버지의 술동무라니 기가 찰 노릇이었다.

"아이고! 외상값이 얼맨지나 아능가요? 더 이상은 못 준당께라우."

앙칼진 여자의 목소리가 문풍지를 후려치며 날아들었다. 술집 주인의 인정이라곤 눈곱만큼도 없어보였다. 문중의 사노 순금의 부인이었다. 남편이 주독이 들어 젊은 나이에 세상을 떠나자 막된 여자가 되어 술장사를 하고 있었다. 그것은 아버지를 무시하며 내뱉는 소리였다. 그러나 아버지는 외마디 소리도 못하고 듣고만 있었다. 노비로 부릴 때가 엊그제였는데 되레 아버지를 구박하는 것처럼 들렸다.

"논배미가 벌겋게 두 눈 뜨고 있는디 무슨 걱정이랑가! 어서 술이나 가져오랑께. 장부에 달아노면 어른께서 비민히 갚아주시겄능가. 정렬이 술값 떼어먹은 것 봤능가? 논, 논, 논이 있는디. 땅문서 주면 될 거 아닝가."

이미 취기가 목까지 올랐는지 혀 꼬부라진 소리를 해대었다.

"워워매! 남의 공술이나 얻어 마시는 주제에 멋을 안다고 큰소리요 큰소리는!"

또다시 무참스럽게 깔아뭉개는 소리가 문고리를 흔들었다.

"그러지 말고 술을 가져오란 말이시. 얼른 가져오랑께."

주모의 일침에는 아랑곳도 하지 않으면서 곤드레만드레 곤죽이 되어 혀 꼬부라진 입으로 술을 가져오라고 소리쳤다. 하지만 주모는 콧방귀를 뀌듯 노골적으로 비아냥거리듯 말했다.

"워매! 논문서가 살아서 걸어온답디여? 벌써 대촌양반 손에 넘어갔는디 땅문서를 준다고라우? 아이고 소가 웃겄소."

주모는 얄밉게 간살웃음을 쳐가며 조롱기를 섞은 어조로 비웃었다.

"천하의 풍류객한테 그 무슨 말버릇잉고? 어서 한잔 가져오란 말이시."

취중에서도 아버지는 준엄하게 꾸짖고 나섰다.

"오늘 공술 한 잔 딱 적선할 텡게 앞으론 외상 달라고 하지마쇼잉."

이젠 한잔 술에도 목을 매야 하는 처지가 된 것이다. 주모는 양은 주전자를 들고 방문을 열고 나오면서 중얼거리기 시작했다.

"빈털털이 주제에 술은 처묵고 싶은개비네."

한순간의 실수가 노비의 조롱대상이 된 것이다. 잠시 주모는 주전자를 들고 방으로 들어갔다.

"자! 마지막 술잉께, 한 잔씩만 들고 후딱 가싯시요. 나도 잘랑께."

시답잖은 말투로 잔에 술을 따랐다. 빈정거림에도 아랑곳하지 않고 잔술을 꿀꺽꿀꺽 술을 들이켰다. 옥골선풍이라고 칭송받던 아버지. 한 잔 술을 구걸하는 처지로 변할 줄이야 진정 몰랐던 것이다.

그 후로 어머니는 날품팔이로 뛰어들었고, 그걸로 생계를 유지할 수밖에 없었다.

보리쌀도 아껴먹기 위해 맷돌로 갈아 겨우 콩나물과 우거지를 섞어 죽을 쑤어 먹었다. 어머니는 장남인 그에게 남의 집 꼴머슴이라도 들어가라고 성화를 부렸다.

처참하리만큼 몰락해가는 가족을 목격한 그는 울부짖기 시작했다. 마치 산속에서 길을 잃고 방황하는 사람과 다를 바 없었다. 목에 풀칠이라도 하려면 어차피 꼴머슴으로 들어갈 수밖에 없는 처지가 되었던 것이다. 그러나 그는 꼴머슴생활을 하더라도 객지에서 하고 싶었다. 하루아침에 알거지 쪽박신세가 되어 꼴머슴이 되었다는 비아냥거림을 피하고 싶을 뿐이었다. 그는 입술에서 피가 나도록 악물었다. 어차피 남의집살이를 할 바엔 도시로 가야겠다고, 동냥치 노릇을 해서라도 공부를 해야겠다고 다짐했던 것이다. 그길로 달려간 그가 칠 년 만에 이젠 어엿한 대학생이 되어 돌아온 것이다.

하루해가 뉘엿뉘엿 서산마루에 접어들 때 배는 남해바다를 지나 여수항으로 접어들었다. 그의 앞에 오동도가 다가왔다. 석양에 바라본 바다는 짙푸른 빛을 띠면서 호수처럼 잔잔했다. 서쪽 하늘에 꽃치자 빛 노을이 불타올랐다. 오동도 동백이 노을빛에 불그름히 반짝거렸다. 이제 그리운 고국 땅이 지척, 마음이 설레면서 두근거리기 시작했다. 바닷물도 못내 반가운 듯 철썩철썩거리며 출렁거렸다. 하선은 시작되었고, 그는 천천히 대합실로 향했다. 대합실 입구에서는 일본순사들이 승객들의 신분을 조사하고 있었다. 오랜만에 돌아온 고국에서 일본순사를 먼저 만나야 하는 것이 너무 억울하고 분했다. 그는 떨떠름한 표정을 지으며 학생증을 제시하고서 밖으로 나왔다.

설고빵으로 고픈 배를 달래가면서 곧장 여수역으로 달려갔다. 해는 서산으로 지면서 마래산그늘이 어두움을 몰고 내려왔다. 광주로 떠날 마지막 중기 기관열차가 하얀 김을 칙칙 뿜어내면서 뙤애앳 뙤애앳 기적을 울려대었다.

그는 안도의 한숨을 내쉬었다. 이제 차에 오르기만 하면 늦은 밤일지라도 고향에 갈 수 있다는 안도의 숨이었다. 그는 득량까지 표를 샀고, 맨 앞 칸 구석지에 자리를 잡았다. 객차라고 하지만 짐을 실어 나르는 화차에 불과한 차였다. 텅 빈 짐칸에 나무의자만 달랑 몇 개 놓여 있었다. 천장에는 검정 갓을 쓴 백열등이 흐릿한 불빛을 비추면서 흔들거렸다. 내 땅 까마귀는 검어도 귀엽다고 하더니만 짐칸일지라도 고국의 열차가 일본열차보다 더 정겹고 포근했다. 기차는 한참 동안 석탄과 물을 삼킨 후 또다시 뙤애앳 뙤애앳 목청을 가다듬고서 칙칙폭폭, 칙칙폭폭, 덜컹덜컹거리며 스르르 미끄러지기 시작했다. 눈썹 같은 초승달이 서쪽 하늘에서 어슴푸레하게 빛나고 있었다. 여수 시내가 점점 암흑으로 빠져들면서 민가의 희미한 호롱불빛만이 차창 가에 반짝거렸다. 율촌역에 이르자 눈썹달도 지새고 조국산천은 암흑의 세계로 빠져들었다. 고향이 가까워질수록 마음은 설레면서도 불안과 초조감이 밀려들었다. 아버지께서 전갈을 보낸 까닭이 궁금하면서도 부모님을 뵌다는 것은 설렘으로 다가왔다. 그러나 고학(苦學)의 길을 생각한다면 그렇게 여유로울 수만은 없었다. 하루를 열흘처럼 쪼개어 쓴다고 해도 부족한 것은 시간이었다. 모처럼 찾아온 고향이지만 진득하게 지낼 일이 아니었다. 당장 내일이라도 되돌아가야 한다는 조바심이 가슴속에서 두방망이질을 해대었다. 그는 지친 몸을 의자에 기댄 채 눈을 감았다. 기차는 어둠

속을 뚫고 힘차게 고향을 향해 내달렸다. 그가 눈을 떴을 땐 어느덧 벌교를 지나 조성역을 벗어나고 있었다. 기차도 너른 평야를 지나갈 때는 숨소리마저 죽이며 슬금슬금 거렸다. 끝없이 펼쳐진 조성평야를 뒤로 하고 예당을 지나 득량역으로 다가가고 있었다. 밤은 어느새 이경(二更)으로 들어섰고 민가의 불빛이 꺼져가면서 세상이 온통 흑막으로 변해가는 느낌이었다.

칠흑같이 캄캄한 밤, 차에서 내린 그는 오봉산을 껴안고 정홍리로 향했다. 꿈에 그리던 고향땅을 밟았다는 감격이 눈물을 찡 돌게 만들었다. 찬바람만 스산하게 불어오지만 흥분된 마음을 잠재울 길이 없었다. 밤하늘의 별들도 고향땅에서 바라보니 유난히 반짝거리는 것 같았다. 금방이라도 쏟아질 것처럼 황황히 빛나고 있었다. 가을걷이가 끝난 들녘에는 볏짚 더미만 쌓여 있을 뿐 허전함 그대로였다. 왼쪽으로 돌면 섬동이요, 오른쪽으로 돌면 복재였다. 캄캄한 밤이어도 고향 길이어서인지 낯설지 않았다. 풍경정을 지나 성각시들로 들어섰다.

어둠 속에 싸여 있는 고향이 눈앞에 선뜻 나타났다. 대나무 숲이 온 마을을 포근하게 감싸고 있는 호음동, 자신도 모르게 마음부터 넉넉하고 뿌듯해졌다.

삼경에 이르는 시각, 마을은 이미 적막에 잠겨있었다. 대밭모퉁이를 돌아 대문에 이르렀을 때 개들이 컹컹 짖어대었다. 설레는 마음을 잠시 눌러가면서

"어머니! 어머니!"

대문을 쿵쿵 두드리며 소리쳤다. 대문 틈으로 안방의 불빛이 감실거렸다. 아직 잠자리에 든 것은 아닌 것 같았다. 그는 계속해서 쾅쾅

두드리며 어머니를 불러대었다. 잠시 후 방문 열리는 소리가 삐걱거
리더니

"누구요?"

"저예요. 어머니!"

"순이냐?"

"예, 어머니."

어머니는 육감으로 아들을 알아차린 것 같았다. 어쩔 줄을 모르고
맨발로 내달려 대문으로 나왔다. 대문을 열자마자 목덜미를 덥석 끌
어안고 얼굴을 쓰다듬으며

"그동안 타국에서 얼마나 고생했냐?"

안부부터 물었다. 눈가에는 어느새 연한 눈물이 맺히는 것 같았
다. 어루만진 손마디가 마른 장작개비와 다름없이 딱딱했다. 죽산
김부자 외동딸로 시집와서 자존심 하나로 살아온 분인데…… 밥은
굶어도 남에게 지고는 못 산다던 분이었는데…….

"고생 많이 하셨지요?"

"이역 만리타국에서 돈 벌어 공부하고 있는 니가 고생이제 내가
무슨 고생이겄냐."

"저도 괜찮습니다."

"어서 들어가자."

순은 오랜만에 어머니의 손을 꼭 잡고 안으로 들었다.

"어서 아버지께 문안드려야제."

예상과는 달리 아버지부터 챙기려 들었다.

"예, 어머니."

"여보 영감! 우리 순이가 왔당께라우."

남편을 대하는 태도가 공손하면서 친절한 어조로 떠받드는 모습
이었다. 7년 전 집을 떠날 때까지 만해도 남편에 대한 공경심이란
찾아볼 수 없었던 것인데…… 재물 거덜 냈다고 식전 마수 까마귀
보듯 했던 것인데 예전과 사뭇 다른 모습이었다. 아무튼 기분이 썩
좋았다. 아버지도 만면에 웃음꽃을 가득 머금고서 속옷 차림으로 방
문을 열고

"그래! 우리 순이가 왔다고?"

"예, 아버님."

"먼 길 오느라 애썼다."

그는 아버지의 손을 꼭 잡고 방으로 들었다. 등잔에는 들기름에
심지를 박은 호롱불이 고소한 냄새를 풍기며 그을음과 함께 일렁거
렸다. 뿌연 불빛 아래 마주친 부모님의 얼굴은 남루하고 궁상스럽게
보였다. 그는 공손히 무릎을 꿇고 큰절을 올렸다.

"부모님 그동안 귀체 강건하셨는지요?"

"오냐. 나야 괜찮제. 타국에서 얼매나 고상이 많았냐?"

"괜찮습니다."

"편지는 받었느냐?"

"예, 아버지."

"돈 한 푼 보태주지 못했는디 사각모를 쓰고 왔구나!"

"아니어요 아버지. 가서만금(家書萬金)이라 하지 않았습니까? 아
버지께서 보내주신 서신이 황금 만 냥보다 더 소중함을 느꼈습니다."

그는 공손하면서도 당당한 어조로 말했다. 자신감 넘치는 말투에
서 유학생의 엄위가 묻어나고 있었다. 부모님의 얼굴에 환한 웃음꽃
이 피어나고 있었다. 사각모자를 쓰고 교복을 입고 나타난 늠름한

아들에서 시선을 거두지 못한 눈치였다. 헌칠한 키에 빼어난 미모, 거기에다 배움까지 가슴이 뿌듯하고도 남을 일이었다. 주안(酒顔)의 옹기처럼 까무스름한 얼굴이면서도 아버지는 싱글벙글 웃음집을 매단 채 곰방대만 연신 빨아대었다.

어머니도 예전의 그 모습이 아니었다. 말끝마다 핏대를 세우며 을러메고 다그치던 모습은 온데간데 없었다. 분명 그때의 금실이 아닌 것만은 틀림없었다. 까닭을 알 수 없지만, 창상지변(滄桑之變)이라고 할까 믿기 어려울 정도였다.

"어머니! 그동안 보릿가루에 콩나물죽으로 사셨능가요?"

처연한 눈빛으로 바라보며 지난날의 애틋했던 심회부터 묻고 나섰다.

"별 수 있겄냐. 목구멍이 포도청이라 날마다 품팔이도 허고, 질삼도 해감서 살아왔제. 다행히 일이가 머슴살이 새경을 가져와서 그럭저럭 굶어죽지 않고 살아왔당께."

아직도 마음 한구석에 남아있는 서운기를 지우지 못하고 눈치를 힐끗 살피려 들었다.

"굽은 나무가 선산을 지킨다고 하더니 일이가 효자노릇을 다했구만요."

하나밖에 없는 동생이 남의 집 꼴머슴으로 들어간 것이 가슴이 아팠지만 마음만은 흐뭇했다. 자신이 해야 할 일을 동생한테 맡긴 꼴이어서 동생한테 미안한 생각이 불쑥 솟구쳤다.

"다 내 탓이제. 귀신에 씌어갖고 정신을 못 차려 느그 동생을 고생시킨 것이랑께. 생각허면 헐수록 내가 바보짓을 했단 말이다. 늙어갖고 명창이 된들 어디다 쓸 것이냐?"

쓰라린 지난 역정을 구들장이 꺼지도록 한숨으로 내뱉은 것 같았
다.

"제가 해야 할 일을 일이가 하는 것이지요. 꼭 성공해서 동생의 고
마움 잊지 않고 갚고야 말겠습니다."

그는 입술을 지그시 물며 다짐하듯 말했다. 그는 동생 일과 두 살
차이였다. 형이 타국으로 떠나간 탓에 진즉부터 벌교 척령리에서 머
슴살이를 하고 있었다. 한 해에 쌀 네 가마니를 새경으로 받아 고스
란히 부모님께 가져다 드리고 있다고 했다. 만일 그가 아니었다면
노인들의 생활은 비참할 수밖에 없었다. 동생이 장남 아닌 장남 역
할을 톡톡히 한 셈이었다.

순이 고향집에 온 지 이틀이 지나가고 있었다. 그는 마음이 급해
지기 시작했다. 학비를 벌기 위해서는 단 하루가 아쉬웠던 것이다.
마음만은 벌써 일본에 가 있었다. 돌아가야 한다고 말씀드릴 기회만
망설망설하고 있었다. 내일을 꼭 떠나야겠다고 마음먹고 있었지만
동생이 온다는 소식을 듣고 그냥 떠날 수가 없었다. 늦은 밤 하루 일
을 끝내고 기다렸던 동생이 찾아왔다.

"마침 와줘서 고맙다. 얼마나 힘드냐?"

"괜찮구만요."

"니 얼굴 볼 낯이 없다."

"타국에서 공부한 성이 더 고생이제, 내가 고생이겠소?"

"아니다. 모든 것이 니 덕분이다. 아무튼 부모님 모시느라 수고 많
았다."

그는 동생의 손목을 붙잡고 감격의 눈물을 흘리며 회포를 풀었다.

"공부를 끝낼 때까지는 내가 모셔야제 별 수 있겠소. 걱정 말고 공

60

부나 열심히 허싯시오."

허일은 나이는 어렸지만 형의 처지를 잘 이해해주는 것 같았고, 제법 의젓해 보였다.

잠시 후 집에는 또 다른 가족들이 한꺼번에 찾아들었다. 큰누님가족과 둘째 누님 가족이었다. 큰누님 순심은 매형과 함께 고흥대서에서 큰 염전을 일궈 생계를 꾸려가고 있었다. 둘째 누나 순자는 벌교 마동으로 시집가 농사를 짓고 살았다. 매형은 매우 성실한 사람이었다. 누님 가족들이 한꺼번에 찾아와 모두를 만날 수 있다는 것이 참 기뻤다. 순심은 대문에 들어서자마자 반가워 얼싸안을 듯 두 손을 덮싸쥐며 소리쳤다.

"워매! 내 동생이 이렇게 많이 커부렀네. 참말로 장하다. 유학생이 되어 돌아왔으니 얼매나 장헌 일이냐!"

순심은 늘어지는 소리로 감탄하면서 유학생을 강조하려 들었다. 순에게는 동경과 연민을 느끼게 해 주는 말이었다. 매형들도 고개를 끄덕이면서 경탄의 눈길을 보냈다.

"그러제. 유학생이 누구 애기 이름이랑가? 하늘이 낸 사람이제 보통 사람이간디."

큰 매형 송기석도 가늘고 보드라운 솜털수염을 들썩여 가며 경탄을 금치 못했다.

"유학만 마치면 벼슬은 따 논 당상이겄제?"

작은 누나는 기대에 찬 눈빛으로 바라보면서 인중 자국을 허물어 가며 웃음 지었다.

"그걸 말이라고 형가? 벼슬도 보통 벼슬이간디. 날아가는 새들도 떨어뜨리고 말겄제."

둘째 매형이 새살스럽게 호들갑을 떨어가며 칭송을 하고 나섰다.

"워매, 쪼깜 있으면 내 동생 때문에 살판나는 시상이 돌아오겠구만."

순심은 입을 쩍쩍 다시며 떡보기도 전에 김칫국부터 마시는 말을 꺼내들었다.

"그것도 모릉가? 나무는 큰 나무 덕을 못 봐도 사람은 큰사람의 덕을 본 것이랑께. 처남이 잘되면야 우리 집안에 경사가 나는 것잉께 덕을 보고 살겄제."

집안 분위기가 화기애애해지면서 잔술이 비워지고 있었다. 그때 방문을 열고 정렬 어른 부부가 들어와 아랫목에 자릴 잡았다. 꽤 심각한 표정을 짓는 것이었다. 말 못 할 고민이 있는 사람들처럼 얼굴 표정이 무겁고 칙칙해 보였다. 잠시 방안 공기가 싹 가라앉는 느낌이었다. 까닭을 모른 그들은 서로들 눈길을 바꿔가면서 고개를 비틀기 시작했다. 죽산댁이 먼저 기다렸다는 듯이 입을 뗴었다.

"느그들을 부른 까닭이 있단 말이다. 우리 집에 경사가 있을 것 같당께."

갑자기 입가에 웃음매를 키워가며 속마음을 드러내는 것이었다.

"경사라니요 갑자기 그것이 무신 말쓈이시다요?"

큰 사위 송기석이 놀란 토끼처럼 퉁방울을 지어가며 물었다.

"내 큰아들도 장가를 보내야 쓰지 않겠능가? 나이가 열여덟 살이 되었으께 보낼 때가 되었단 말이시. 즈그 친구들은 벌써 장가가서 아들딸 낳고 사는디 내 아들만 늦어서 쓰겄능가?

"그러믄이라우. 갈 때는 가야쓰지라우. 그런디 학교졸업을 허고 난 뒤에 가는 것이 좋지 않을께라우?"

송기석은 개운치 않다는 듯 고개를 비끄러매며 눈초리를 세웠다.

"아니랑께. 혼인발이 있을 때 서둘러야 쓸 것 아닝가? 장인어른께서도 그렇게 생각허고 계시다네."

죽산댁은 이미 단안을 내린 것 같은 표정으로 결연한 의지를 드러내었다. 순은 너무 당황스러웠다. 아닌 밤에 홍두깨를 내미는 꼴과 다름없는 일이었다.

"장가라니요? 저 그럴 때가 아닙니다. 지금은 열심히 공부해야 합니다."

순은 적잖이 당혹스러워 개 벼룩 털듯 고개를 살래살래 저으며 말했다. 솔직히 혼인에 대해 생각해본 적도 없었고 관심도 없었던 것이다. 오직 학교를 졸업하고 변호사 시험에 합격하는 일념 외에는 그 어떤 일에도 신경 쓸 겨를이 없었다.

"너한테 말은 안했다만 선을 보기로 했응께 같이 가야 쓰겄다."

잠자코 바라만 보던 정렬 어른도 단박 따라야 할 것처럼 닦아세우려 들었다.

"선을 보다니요?"

"공부헌다고 해서 인륜대사를 미룰 수는 없는 것이제? 공부하고 출세하는 일이야 니가 알아서 허지만 혼사만은 부모의 말을 따라야 헌다. 그것이 옛날부터 내려온 집안 법도란 말이다. 니가 혼인을 해야 동생도 장가를 보낼 것 아니냐?"

입술을 지그시 깨물면서 결연한 의중을 내비치는 것이었다. 분명 속심을 떠보려는 심사는 아닌 것 같았고 벌써 약정을 해놓은 것임에 틀림없어 보였다.

"워매! 혼사란 서로 맞어야 허는 것인디 우리 동생하고 맞은 처녀가 있습디여?”

큰 누님이 입 꼬리가 찢어지도록 흔연스럽게 호들갑을 떨고 나섰다.

“집안이야 말할 것도 없고, 처녀도 이쁘단다. 거기다가 혼인만 한다면 혼수로 논을 다섯 마지기나 보낸다고 헌단다. 그것뿐 아니란다. 공부하는 학비도 다 대어준다고 헌담서야. 그보다 더 좋은 혼처가 어디 있겄냐? 아닌 밤에 찰시루떡 벼락을 맞은 꼴이제. 니가 등짝에 귀복(龜卜)을 찍고 태어나더니 기가 막힌 팔잔개비다. 금덩이 같은 수박이 넝쿨째 우리 집으로 굴러온 것이랑께.”

가슴속에 풍선이 부풀어 오르는 것처럼 만면에 웃음집을 매달아 가면서 말을 제대로 하지 못했다.

“어디 사는 누구인디라우?”

작은 누님이 눈가에 실금을 퍼덕이며 소리쳤다. 모두들 사물대는 충동을 잠재우지 못하고 귀를 쫑긋거리며 어머니에게 시선을 모을 뿐이었다.

“저기 강골 이씨 집안이랑께.”

“워매! 거기 이씨 집안허고는 혼사도 허지 말라고 조상님께서 허셨담서라우?”

순자 누님이 눈알을 희번덕거리며 신경을 잔뜩 곤두세우고 나섰다.

“조상이 무슨 소용이 있다냐? 밥 믹여 주는 것도 아니고, 옛날에 다 됐다고 해서 지금까지 그렇게 살 필요는 없제.”

죽산댁은 생뚱맞다는 듯 올빼미 눈을 하고 쏘아보았다. 갑자기 이상한 긴장감이 방안에 감돌기 시작했다.

순은 비록 혼인에 관심은 없다고 말은 했지만 알 수 없는 강한 호기심 같은 것이 일기 시작했다. 그것은 학비를 대어준다는 말에 귀가 번쩍 뜨인 것이다. 그러면서도 내심을 감추고 부러 엉큼스럽게 시치미를 떼고 나섰다.

"장가라니요? 저는 아직 나이도 어리고 공부에 전념해야할 때인데 당치 않습니다."

"사람은 다 팔자대로 사는 것이란디 그것도 아직 모르냐? 팔자 도망은 못 간 것이어서 뒤에서 쫓아오는 호랭이는 피해도 앞에 다가온 팔자는 못 피하는 것이란 말이다. 늘그막에 아들을 둔 통에 이 나이가 되도록 손자를 못 안아 본 것이 얼마나 서운한지 넌 모르지야? 어미애비가 항상 살아있는 것도 아닌 것이고, 부모 말을 안 들겠다는 것이냐? 잔말 말고 이참에는 눈 꼭 감고 따르도록 해야 쓰겄다."

정렬 어른도 쌈지에 가루담배를 꺼내 장죽에 채운 뒤 호롱불에 가져다 대어 불을 붙이고서 말결을 달고 나섰다.

"효자가 따로 있다냐. 부모가 하자는 대로 따르는 자식이 효자제. 내가 아들 하나 잘 둔 덕분에 참말로 훌륭한 집안에서 며느리를 데려 오게 되겠는디 선도 보기 전에 빗장을 걸어 잠그겄다 그 말이냐? 누차 이야기다만 혼사만은 부모 말을 따라야쓰께 내가 시킨 대로 해라."

장죽을 쭉쭉 빨아 내뱉는 노인의 표정에서 비장한 결의를 엿볼 수 있었다. 위엄이 번뜩거리는 어투였다. 추상과 같은 불호령 앞에 그는 하고 싶은 말이 있다 할지라도 더 이상 어찌할 도리가 없었다. 그 것은 부모님께 불복으로 비춰질 수 있었기 때문이다.

"이런 것을 보고 선산에 봉이 운다고 헌 것이다. 노루목 할아버지께서 돌봐 주신 것잉께 혼담이 생겼제, 그렇지 않고서 어떻게 된다냐? 샌님 덕분에 나팔 분다는 것은 이런 것을 두고 허는 말이제. 아들 잘난 덕분에 우리도 쌀밥 묵고 살고, 너도 편하게 공부한다면 그보다 더 좋은 것이 뭣이 있겄냐? 꿩 먹고 알 먹고, 부모 좋고 너 좋으면 되는 것잉게 그러코롬 해야써. 알았지야?"

죽산댁도 고개를 끄덕여가며 흔연히 맞장구를 치고 나섰다. 내심으로 벌써 결정을 해 둔 것임에 틀림없었고 방학을 하거든 집에 다녀가라는 전갈의 깊은 속뜻을 알 것만 같았다. 하지만 그는 묵직한 쇠망치로 뒤통수를 한 대 얻어맞는 기분이었다.

"오죽 알아보셨으면 이렇게 말씀하시겄능가? 원래부터 배필은 부모님께서 정해주신 것이제. 그래야 집안이 편한 것이랑께. 부모님 말씀을 잘 따르면 세상사가 모두 만사형통이제. 유학을 갔웅게 그런 규수를 배필로 맞이하제 아무라도 헐 수 있당가? 인자 자네 앞길은 훤하네 훤혀. 자네가 그리하면 작은 처남한테도 큰 도움이 되는 것이제. 젊은 나이에 머슴살이를 시작했으니 돈도 모아야 쓸 것 아닝가? 그래야 장개도 갈 것이고. 그런디 자네가 집을 떠나 있는 탓으로 장남 노릇을 하느라 모아놓은 것이 하나도 없다네. 지금부터라도 부지런히 모아야 쓸 것 아닝가부네."

돌다리도 두드려간다는 신중한 성격인 둘째 매형 김준기가 시종 입을 다물고 있다가 얄기죽거리며 야살스러운 수다를 떨고 나섰다.

"어서 부모님께 그렇게 하겄다고 말씀드리소. 그래야 쓰네. 들어봉게 자네하고 천생연분이구만. 노루목 할아부지가 이가 성바지하고 혼사를 해도 된다고 문을 열어주셨는개비네."

큰 매형 송기석이 침을 삼켜가며 아양스러움을 내뱉었다.

"하믄 그래야지라우. 그리로 장가만 가면 모든 것이 한꺼번에 풀리겄구만. 부모님도 믹여살리고, 편하게 공부도 할 수 있고 그리고 동생도 살게 해주고. 워매! 일석이조가 아니라 삼조겄구만!"

둘째 누나 순자도 까르륵까르륵 가살스러운 웃음을 지어가며 맞장구를 치고 나섰다.

"말이라고 헝가? 부모님이 허시는 일인디 못 하겠다고 허면 개쌍놈이제. 당연히 해사제."

큰누나 순심도 사이를 비집고 끼어들면서 눈초리를 치켜세웠다.

"부모님 의향이 그러시다면 선은 보도록 하겠습니다."

온 식구가 밀어붙이는 말에 그는 마지못한 대답을 하고 나섰다. 그것은 단순한 심상을 이룬 말이 아니었다. 비록 집을 떠나 타국에 머물고 있지만 순리대로 세상을 살고 싶었고, 부모님께 불효자가 되고 싶진 않았던 것이다. 죽산댁이 일각에 반색을 하며 입심을 뽑아 들었다.

"처갓집은 잘살아야 쓴단 말이다. 그래사 덕을 볼 것 아니냐?. 소도 언덕이 있어야 비빌 것이고 염라대왕도 돈 앞에서는 한 눈을 감는단다. 돈 앞에 장사 없는 것이랑께."

죽산댁이 상글상글한 눈웃음을 지어가며 탐욕스러운 눈망울로 바라보았다. 하늘이 무너져도 자존심만은 굽히지 않았던 분인데 새삼 변심에 놀라지 않을 수 없었다. 재물 읽고 얼마나 맘고생이 심했으면 이렇게까지 변했을까 싶은 생각이 들었다.

"내일 처자의 부모님을 만나 뵙기로 했응께 같이 가야 쓰겄다."

"내일이요?"

"소뿔도 단김에 빼라고 허능 것이랑께. 맘 변하기 전에 혼사를 치러야 쓸 것 아니냐?"

어안이 벙벙하여 외마디 소리도 하지 못한 채 눈알만 굴리고 말았다.

"느그 각시가 될 처자는 오남매 중 셋째 딸이란다. 옛말 하나 그른 것 없다고 셋째 딸이라면 묻지 말고 장가들라고 헌단다. 그런데다 부잣집이라서 훈장을 집에다 모셔놓고 천자문이며 명심보감 동몽선습을 가르쳤담서야. 여자도 식자를 갖췄으면 좋겠제. 못 배운 여자가 어떻게 니 각시가 되겠냐? 다 혈만 헝께 너한테 권한 것이겠제."

죽산댁의 마음이 한껏 들떠 있는 듯싶었다. 눈빛이 충동을 억누르지 못하고 떨쳐내느라 애를 쓰는 것 같았다. 필생 자신만의 계율로 살아온 자존감도 접은 듯하고 의연한 삶의 지표도 내팽개침에 틀림없었다. 순은 숙명과도 같은 자신의 소신을 꺼내들었다.

"제가 유학을 간 것이 출세만을 위해 갔겠습니까? 출세도 하면서 집안 좋고 배운 여자를 배필로 맞아들이기 위함이지요."

전혀 흔들림 없이 확고부동하던 어머니는 가슴속에 쌓이는 감정을 가누지 못하고 말꼬리를 사정없이 낚아채고 나섰다.

"막내딸만은 탈탈 골라 여우겠다고 별러왔다고 허드라. 그런디 그 집에서 먼저 사우 삼겠다고 우리한테 알려왔제. 우리는 아직껏 입 밖으로 뻐끔도 안 했다. 우리 집은 그 집에다 대믄 부끄러워 말도 못하제. 그래도 내가 아들을 잘 둔 통에 그런 사람하고 사돈을 맺는 것 아니겠냐? 그래서 사람 낳고 재물 난다고 허는개비드라. 이참에 눈 딱 감고 장가들도록 혀. 부모 없이 니가 저절로 생겨난 줄 아냐? 니 맘에 든 여자가 있다고 해도 내 눈에 안 들면 어림 반 푼도 없는 것 잉께. 알았지야?"

죽산댁이 더는 말을 못하도록 입막음을 하고 나섰다.

"아이고 여자는 자식 잘 낳고 집안 살림 잘하면 되는 것이제 많이 배우면 멋한다요? 어설피 배워 웃어른도 몰라보고 서방 등골 빼먹은 여자보다 낫지라우. 저는 아직 땅문서 가지고 시집온 여자 못 봤구만이라우. 워매! 인자 우리 친정 밥걱정은 안 헐 것 같응께 살 것네.”

순심 누님이 눈알을 반짝거리며 호기심에 찬 어조로 말했다. 그동안 친정을 생각하면 가슴이 아팠던 것처럼 비춰졌다.

“남의 머슴살이 십 년을 해도 다랑이 논 한 배미도 못 사는디 다섯 마지기나…….”

허일이 입을 짝 벌린 채 눈알을 휘굴려가며 놀라는 표정을 지었다.

“그러지야. 누가 그 많은 논을 혼수로 준다냐? 일본 유학생이라고 형께 그런 것이제. 그것만이 아니랑께. 학비까지 대어준다고 허드란 말이다. 얼매나 좋은 일이냐?”

죽산댁은 말끝마다 호탕한 웃음을 감추지 못했다.

“누가 중매를 섰능가요?”

“오래 전부터 강동댁이 ‘내가 중매할 것잉게 기다리라’고 입에 달고 다니드랑께. 그러더니 기어코 해내드란 말이다.”

이렇게 혼담이 오가는 가운데는 강동댁이 있어서 가능한 일이라고 했다. 뚜쟁이 강동댁은 동막동 외딴 곳에 살고 있었다. 남편은 오일장을 다니며 삼베장사를 하는 장돌뱅이였는데 추운 겨울날 징검다리 냇물을 건너다 굴러 떨어지고 말았다. 목숨을 건졌지만 가슴팍을 심하게 다쳐 그때부터 시난고난 앓기 시작했다. 결국은 일 년 만에 저 세상으로 가고 말았다.

그녀의 나이 서른여덟이었을 때였다. 남편이 일찍 죽자 강동댁은 팔을 걷고 뚜쟁이 삶으로 뛰어들었다. 입이 하도 달아서 청산유수라고 불렀다. 사람들에게 달라붙으면 천당을 지어 주고도 남을 여자였다. 허씨들 집안 처녀총각 혼담이 거의 그 사람 입에서 이뤄지고 있었다. 그녀가 늘 죽산댁에게 다가와 한 말이 있었다. 큰아들 순은 자기가 기어코 중신을 서겠다는 것이었다. 이다음 참판 정승을 지낼 인물이라고 추켜세우며 소문을 내고 다녔다. 유학만 마치면 고관대작은 따 놓은 당상이라고 부러 큰소리를 쳐댔다. 그럴 만도 한 것이 고을에서 단 하나밖에 없는 유학생이었기 때문이다. 자존심 강한 죽산댁이라 할지라도 은근히 귀가 솔깃해졌다. 강동댁은 모름지기 정렬 어른에게 혼수로 땅문서를 가져올 수 있는 집안으로 중신을 하겠다고 속삭거리곤 했다. 그녀가 평소 마음에 두고 있던 규수가 있었다. 재색을 겸비한 보기 드문 아리따운 처녀였다. 비단 인물뿐만이 아니었다. 부모로 말할 것 같으면 보성고을에서 가장 뼈대 있는 양반가문에다 재물이 천 석이 넘는 부자였다.

그녀의 부친 용철 어른은 선비 중에서 선비로 칭송받아 왔다. 배움이 많은 데다 심성마저 유순하고 인정이 넘치는 사람이었다. 양반에서 천민에 이르기까지 격의 없이 대해주는 인품이 온후하고 고아하여 고을 사람들로부터 존경을 받아왔다. 용철 어른 부부는 셋째 딸이 과년에 이르자 자신도 모르게 중매쟁이에 귀청을 내맡기고 있었다. 일전에 대실댁이 강동댁을 만나 좋은 총각 있으면 혼인을 시키겠다고 넌지시 마음을 내비친 적이 있었다. 강동댁은 셋째 딸 중신은 내 몫이라고 아양스레 혀를 놀렸다. 부잣집 중신을 서야 푸짐한 중매 구전이 보장되기 때문에 정성을 다하는 것이 의당한 일이었다.

집안 좋은 부잣집 딸이라고 해서 임자가 곧잘 나타난 것만은 아니었다. 맑은 물에는 고기가 없고 오일장터에는 보석상이 안 오듯이 용철 어른이 자식들 혼인을 치르러들 때면 정작 중매를 서겠다는 사람들이 오질 않아서 애를 먹곤 했다. 강동댁은 내심으로 정렬 어른 순 정도면 용철 어른 사윗감으로 손색이 없을 거라고 짚이는 데가 있었다. 하지만 선뜻 나서지 못하는 것이 있었다. 그것은 집안 간 알력이었다. 두 집안 간에는 옛날부터 대대로 묵은 감정이 내려오고 있다. 그것은 약 삼백 년 전 일이었다. 보성이란 대표적인 유배 지역이었다. 당시 찬성 벼슬에 올랐던 김해 허씨 조상께서 유배를 왔다. 또 다른 광주 이씨 선조께서는 벌써 귀양살이를 하고 있었다. 두 분께서 서로 다른 당파에 속했던 터라 귀양 중에도 사이가 원만치 못했다. 그런데 늦게 온 이씨 조상께서 유배에서 풀려날 기미가 보이자 허씨 선비께서 밀고를 하고 말았다. 결국은 둘 다 망하는 꼴이 되어 이종순유배가 되었고, 이곳에 뼈를 묻으면서 남긴 유훈은 자손 대대로 상종을 말라는 당부였다.

이를 잘 알고 있었지만 강동댁은 포기하지 않고 사전 포석부터 깔기 시작했다. 용철 어른이 벼슬 욕심이 대단하다는 것을 알고 있기 때문이다. 정작 자식들이 벼슬과 인연을 맺지 못한 사실, 기껏해야 큰 사위가 승주 별양면서기를 하는 것만으로도 자랑으로 여기고 있는 처지였다. 그래서 늘 아쉬워하고 사위자식이라도 벼슬길로 나아갈 사람을 구하려 애를 쓰고 있다는 것을 알고 있었다. 강동댁은 가려운 데를 긁어주기 위해 지궁스럽게 매달리기 시작했다. 일본 유학을 마치면 고관대작은 따 논 당상이라고……. 순을 추켜세우고 잘생긴 인물 자랑을 해대었다. 허나 용철 어른의 반응은 예상과는 달리 시큰둥했다. 오히려 허씨라고 무시하려 들기까지 했다. 하지만 강동댁은 절대로 포기하지 않았다.

되레 진드기처럼 악착같이 달라붙었다. 그런지 일 년이 지났을 즈음 그간 애썼던 것이 헛되지 않고 보람으로 다가왔던 것이다. 용철 어른이 은근슬쩍 뜸을 떠보려 들었다. 총각에 대해서 궁금한 것을 물어오기 시작했다. 이를테면 진짜 유학을 갔는지…… 어떻게 가게 되었는지…… 재물도 없으면서 무슨 재주로…… 졸업을 하고 나면 어떤 일을 하게 될 것인지……. 허나 그중 가장 관심을 끄는 것은 진정 벼슬길로 나아갈 수 있는지를 되묻곤 했다.

하더니만 어느 날 갑자기 대문을 걸어 잠그는 것이었다. 얼음처럼 더 차가운 문중 사람들의 시선에 짓눌려 없었던 것으로 하자고 입까지 닫아걸었던 것. 일각에 애쓴 보람이 허공으로 날아가면서 뻐그러뜨려지고 말았다. 그러나 강동댁은 물러서지 않고 찰거머리처럼 부인 대실댁에 붙어 설복하기 시작했다. 그녀는 학생 제복에 사각모자를 쓴 순의 사진을 대실댁에게 약여히 보여주었다. 본디 키꼴이 장대한 데다 이목구비가 뚜렷하면서도 시원시원하게 잘생긴 얼굴이라 홀딱 반하지 않을 수 없었다. 거기다가 사각모자에 대학생복까지 늠름한 모습에 그만 정신이 홀랑 뽑혀나가는 것만 같았다.

대실댁은 사진을 돌려주지도 않고 품속에 넣고 다녔다. 이불 밑 송사가 옥합을 뚫는 법. 대실댁은 밤마다 남편의 귓가에 순을 자랑하는 칭양(稱揚)의 소리를 날리기 시작했다. 그것만이 아니고 부러 사진을 꺼내어 머리맡에 놓아두었다. 열 번 찍어 안 넘어간 나무 없다고 용철 어른의 마음이 출렁거리는 것 같았다. 은근슬쩍 부인의 의중을 묻다가도 깊은 시름에 빠져드는 것 같았다. 남 주자니 배 아프고 먹자니 목에 걸린다는 하소연과 같은 한숨이 새어나오는 것 같았다. 이렇게 두어 달 동안 벙어리 냉가슴 앓듯 끙끙거리고 지내다가 드디어 빗장을 풀고 말았다. 사사로운 감정에 연연하지 않고 소신대로 살겠다고…… 동냥치 첩도 제멋에 하는 것인데 내 딸을 내

맘대로 못하느냐고 원망기를 토해내었다. 그것은 문중에 대해 화살을 겨눈 것이었다. 금지옥엽으로 키어온 막내딸만은 벼슬다운 벼슬자리에 오를 사람한테 시집을 보내겠다고 어금니를 사리물기까지. 그의 셋째 딸 성요의 나이 열일곱 살일 때였다.

사람이 살아가는 데 어려운 일로 고민스러워지면 두고 쓰는 말이 있다. 그것은 사주팔자대로 살면 된다는 것. 사주는 사람이 태어난 생년, 생월, 생일, 생시의 간지 여덟 자를 오행과 음양의 조화 여부를 보아서 운명의 길흉을 판단하는 잣대이다. 때문에 자식이 태어나면 곧장 사주팔자를 보기도 하고 혼삿말이 나올 땐 으레 음양객이나 역술인을 찾아가 묻는 것이 옛날부터 전해 내려오는 풍습이었다.

성요가 태어났을 때도 예외 없이 음양객을 찾아 사주팔자를 보고 뜻풀이를 해두었다. 그때는 성요 할머니가 살아계셨을 때였다.

성요 할머니는 자식욕심이 하늘을 찌르고도 남은 분이어서 며느리 몸에 산기가 있을 때면 산방을 차리고 직접 자기가 아기를 받아내었다. 그럴 때마다 내가 다 키워줄 터이니 생긴 대로 낳으라고 성화를 대기까지. 한 줄은 양에 안차니 두 줄도 좋다고⋯⋯. 그저 많이만 나아달라고 안달복달했던 것이다. 그리고 손자손녀가 태어나면 곧장 용하다는 음양객을 찾아 사주를 직접 챙겨놓아 두는 것까지 할머니의 몫이었다. 그것만이 아니었다. 자기 몸은 사리지 않고 오직 손자손녀 보는 재미로 산다고 해도 과언이 아니었다.

도가 지나치면 화근을 불러오는 법. 이제 겨우 돌 넘은 어린 손자에게 날마다 생삼을 갈아 꿀에 타서 먹이는데 정성을 쏟았던 것이다. 때문에 큰손자 윤재는 꿀을 좋아하게 되었고 꿀 없는 밤을 생각할 수 없을 정도였다. 그런데 하루는 할머니가 이웃마을 혼인 잔치에 가고 집을 비웠을 때 일이었다. 방 안에 놓아두었던 꿀방구리가 어린 것의 눈에 띄었던 것이다. 꿀인 것을 알아차린 어린 것은 중정 없이 퍼먹기 시작했다. 달콤한 것에 맛이 들린 아이는 거침없이 먹어치웠고 그것이 탈을 일으키고 말았다. 어린 것이 진한 석청을 한 사발이나 먹어치웠으니 견뎌낼 방도가 없었던 것. 식은땀을 뻘뻘 흘리고 턱을 덜덜 떨며 온몸이 축 쳐지더니 한동안 사경을 헤매고 말았다. 깨어나서도 며칠 동안 밥도 제대로 먹지 못한 채 잠만 자고 지내더니 나중에는 굼뜨고 눈치 없는 얼간이가 되고 말았다. 세상 물정도 모르고 말귀도 어두운 사람이 되었던 것이다. 그랬음에도 할머니는 어렸을 적 좋은 약으로 취했으니 살아생전 잔병 없을 것이라고 푼더분한 말로 위안을 삼았다.

성요가 태어날 시 핏덩이였을 때 그 모습을 본 사람은 할머니와 식비(食婢) 막례뿐이었다. 그런데 갓 태어난 어린 것한테 무슨 일이 있었는지는 몰라도 부둥켜 안고 겁에 질려 눈알을 허겁게 굴리는 것이었다. 그리고 막례에게 누구에게도 알려선 안 된다고 입막음을 단단히 해두었다. 무슨 일인지 알 수 없지만 혼자서만 가슴속에 묻어두고 살았다. 성요는 낳은 엄마보다 할머니 품속을 더듬으며 자랐다. 성요가 아무 탈 없이 잘 자라고 있어도 늘 걱정을 하며 때로는 혼자 절에 가서 손녀를 위해 공양을 바치고 백일기도를 드렸다. 점집이면 점집, 당골 무당집에도 가서 촛불을 켜놓고 무당굿도 마다하지 않았다. 그것을 액땜이라 했다. 도대체 무슨 일이 있었기에 혼자서만 만단애걸을 하는지 모를 일이었다. 도무지 이해가 가지 않는 할머니의 생활철학. 스님도 음양객도 단골무당도 알지 못하는 독특한 것이었다.

성요의 사주가 그다지 좋지 않다고 여겼기 때문에 나쁜 사주를 팔
아넘겨야 한다는 생각에 사로잡혀 있었다. 어느 날 백일기도를 다녀
오던 길에 법승으로부터 부적을 받아왔다. 벼락 맞은 복숭아나무로
만든 나무 부적이었다. 성요에게 두루주머니를 채워주고 그 안에 부
적을 넣어 차고 다니게 했다. 백팔 일 동안 절대로 꺼내지 말고 몸에
서 떼어내지도 말라 일러주었다. 어린 것은 무슨 뜻인지도 모른 채
할머니 말씀에 따라 부적을 차고 다녔다. 할머니는 달력에 동그라미
를 그려가며 날짜를 세었다. 어느덧 백팔 일이 되는 날 할머니는 부
적을 꺼내 주머니조차 고이 접어 장방 안에 보관해두었다. 그런 일
이 있은 후 곧장 할머니는 식비 막례 혼처를 구하려 들었다.

막례 나이 열넷이었다. 소문난 뚜쟁이는 다 불러들여 막례 서방
감을 구해 오면 쌀 두 섬을 주겠노라고 내걸기도 했다. 아직은 이른
나이였음에도 불구하고 막례 부모를 불러 좋은 혼처가 나왔으니 혼
수는 걱정 말고 시집을 보내자고 설득했다. 막례 부모는 논밭뙈기
하나 없이 자식들만 일곱을 두고 있어 찌들게 가난한 터, 형제간 순
서도 따질 겨를이 없었다. 데려갈 사람만 있으면 식구 하나라도 덜
어낼 욕심으로 흔쾌히 승낙을 했다. 다행이 신랑감이 나타났다. 해
평 살던 박점성의 둘째 아들 홍섭이었다. 점성은 몇 해 전 이태 동안
이나 용철 어른 집에서 머슴살이를 했던 사람이었다. 심성이 착해
서 오랫동안 데리고 있으려 했지만 어느 날 갑자기 전어 잡이 배를
타러 회천으로 간다고 했다. 그런데 얼마 가지도 않아 졸지에 풍랑
을 만나 물귀신이 되어 시체도 찾지 못했다고 했다. 조실부한 홍섭
은 어려서부터 남의 집 꼴머슴으로 떠돌아다니다가 순천으로 가서
돌 깨는 석수장이 기술을 배우고 있었다. 성품이 지 애비를 닮아 순

하고 부지런하여 여자 하나 들어가면 밥은 굶리지 않을 것이라고들 입을 모았다. 할머니는 이불이며 그릇 그리고 신랑 옷까지 서운하지 않게 혼수를 챙겨주었다. 할머니의 도움으로 절에 가서 작수성례로 혼례식을 마쳤다. 그런데 보낸 혼수 속에 부적이 든 두루주머니를 넣어 보낸 것이다. 몰래 보낸 것도 아니고 그들에게 그 사실을 알려주시고 그 대가로 쌀 두 섬을 얹혀 주었다. 왜 그리 하였는지 죽는 날까지 발설하지 않고 저 세상으로 가고 말았지만 나중에 들은 바에 의하면 할머니는 손녀의 사주가 신통치 않아 막례에게 묻어가라고 액땜을 했다는 것이다. 손녀가 태어날 때 타고 난 살(煞)을 시집 간 막례에게 붙여 팔아치웠던 할머니의 독특한 손녀사랑이었다. 그렇다고 막례가 그 살을 가져간 것은 아니지만 아무튼 손녀를 위한다면 지극정성을 다한 것이다. 나쁜 살을 남에게 딸려 보냈으니 길운만 남을 것이라고.

"내 손녀가 타고난 액운은 내가 다 가지고 가서 저승에 뿌릴란다."

내가 죽고 없어도 성요 시집보낼 때 절대로 사주팔자며 궁합은 봐서는 안 된다고 단단히 못을 박아두었다. 이미 나쁜 액운은 벌써 부적에 붙여 팔아버렸으니 안심하라고 당부하고는 이태 전에 저 세상으로 간 후였다.

용철 어른은 요모조모 생각해보고 궁리를 해봐도 사윗감으로 손색이 없다고 생각했다. 또 달리 생각해보면 일본 유학생이라 너무 과분한 생각마저 들었다. 일순간 얼굴에 화색이 돌기 시작하였고 눈빛이 비장하게 보였다. 마음의 결정을 내린 듯 강하게 밀어붙일 작정이었다. 아직 고을에서 일본 유학을 갔다는 소릴 들어본 적도 없을 뿐 아니라 유학이란 말 자체가 생소한 것이 사실이었다. 그런데 딸자식과 유학생 사이에 혼담이 있는 것만으로도 심장이 두근거리고 손발이 저려올 지경이었다. 벼슬은 따 논 당상일 터이니 나중에 흉허물을 덮어버릴 것은 뻔한 일이었다. 비록 부담이 될지언정 문중 간 화해를 위한 전화위복의 계기가 될 수 있다고 여겼다. 인간 만사 새옹지마(塞翁之馬)라고 하더니 내 딸에게 이런 광명이 찾아올 줄이야 누가 알았던가. 그는 조상님께 부끄러울 일이나 눈 한번 딱 감고 순을 사위로 맞이하기로 마음먹었다. 문중 대소가 사람들에겐 할 말이 없지만 나중에는 도리어 우러러볼 날이 올 것이라는 확신을 갖게 되었다. 부부는 밤마다 기와집을 그렸다 부수고 초가집도 지어가는 궁리를 하느라 밤잠을 설쳐가며 이른 끝에 얻은 결정이었다.

좋은 일에는 시샘이 따르기 마련이고 가신 돋친 꽃이 더 예쁜 법. 이것을 호사다마(好事多魔)라고 하지 않던가. 부인의 애달픔과 간절한 권면이 있었지만 살아생전 손녀의 액땜을 해놓고 저승까지 가지고 가겠다던 어머니의 감사함에 저절로 고개가 숙여졌던 것이다. 그 이면에 뚜쟁이 강동댁의 역할도 무시할 수 없는 일이지만. 아무튼 혼인이 성사되면 서운함이 없도록 배려해 줄 것이라고 속다짐을 하면서 이제는 자신이 직접 나서기로 했다.

용철 어른의 곁에는 항상 믿을 만한 사람이 대기하고 있었다. 어느 것 하나 감추지 않고 허심탄회하게 털어놓을 수 있는 사람이 곁에 있다는 것은 참으로 행복한 일이었다. 언제나 속마음까지 읽어줄 줄 아는 사람, 어려운 일에도 재치 있게 잘 처리하는 책사. 정직하면서도 맡은 일에 최선을 다하는 이가 구재순이었다. 그는 유앵동에 살면서 용철 어른의 책사로 일하고 있었다. 농토의 수를 매기고 받아들이는 일을 도맡은 사람이었다. 해년마다 가을걷이가 시작되면 한집식구처럼 집에서 살아야 했다. 곡수를 다 받고 나면 일꾼만큼 새경을 받기 때문에 용철 어른 일이라면 몸을 사리지 않았다. 후리 후리한 체격에 시원하게 벗겨진 이마가 매력적이었다. 선비의 냄새도 물씬 묻어난 사람이다. 논어 맹자 정도는 읽었고 특히 주역의 원리에 따라 길흉화복을 점치는 데 능했다. 사람과 잘 어울리며 말을 조리 있게 잘했다. 마을 사람들은 그에게 사주와 궁합을 봐달라 조르기도 하고, 반풍수여서 지관으로도 불려 다니곤 했다. 용철은 곧바로 재순을 집으로 불러들였다.

컬컬하고 허물없는 재순은 용철 어른 앞에 발을 꿰고 궁금한 듯 입만 쳐다보고 있었다.

"할 말이 있어 자네를 불렀네."

쉰이 훨씬 넘은 나이에도 호탕한 웃음기를 머금고서 먼저 말을 꺼내들었다. 만면에 미소가 넘쳐나고 있는 것으로 봐 좋은 일이라는 것을 직감할 수 있는 분위기였다.

"무슨 좋은 일이라도 생기셨습니까? 그렇지 않아도 한번쯤 들리려던 참이었구만이라우."

재순은 한 달에도 댓 번 정도는 용철 어른을 찾아뵙고 문안드리는 것을 소홀히 하지 않았다. 길을 오가다가도 들리기도 하고 일부러 찾아와 재물관리도 의논했다.

대소가 사람들은 일가친척도 아닌 사람을 가까이하는 것에 대해 못마땅하다고 투정을 부리기도 하지만 그만큼 공정한 사리판단을 하는 사람이 없다는 판단 아래 시비곡절(是非曲折)을 따지지 않았다.

"자네 호음동에 사는 정렬이란 사람을 알고 있능가?"

예감에도 없는 물음을 받은 재순은 매우 당황스러웠다. 재순은 이

내 머릿속을 더듬으며 기억을 찾아내기 시작했다. 어리둥절한 표정으로 대답했다.

"예, 알고는 있구만요."

재순은 고을에 사는 사람이라면 모르는 사람이 거의 없을 정도였다. 사주며 관상 그리고 궁합까지 보려고 고을 사람들이 찾아오기도 하지만 발이 넓어서 남녀노소를 불문하고 지인이 많은 사람이었다. 장이 서는 날이면 할 일도 없으면서도 장마당에 나가 지인들과 돼지국밥 한 그릇을 가운데 놓고 오가는 사람들과 술잔을 비우기 일쑤였다.

"혹시 근자에 만난 적이 있었능가?"

"아니구만요. 전에는 자주 만났던 것인데 꽤 오래되었습니다요."

"그랬능가? 자네가 보기에 정렬이란 사람이 어떤 사람이라고 생각허능가?"

"풍골이 빼어나고 풍류를 좋아하는 사람이라는 기억이 얼른 떠오릅니다요. 술 한 잔 들어가면 어김없이 육자배기 한 곡 정도는 거미똥구멍에서 실 빠져 나오듯 불러대는 사람이랑께요. 인물 좋고 허우대 좋고 심성 또한 착하기로 소문난 사람이구만요."

눈초리에 슬며시 잔주름을 잡아가면서 껄껄 호걸웃음으로 허풍을 치듯 말했다.

"풍류객이라는 말은 들었네만."

"춤 잘 추고 소리를 잘해서 잔치가 있는 곳에서는 늘 융숭한 대접을 받는 사람이랑께라우. 그렇지만 문중 사람들과는 삐꾸러져 지낸다고 허드구만요."

"어허! 김해 허씨라고 허면 고을에서 둘째가라고 허면 서러울 정도로 이름난 양반인디 그럴만한 이유라도 있당가?"

"소리꾼처럼 천한 짓을 하고 다니면서 양반체통을 더럽힌다고 그런 것 같습디다. 양반은 얼어 죽어도 곁불은 쬐지 않는다고 허질 않습디까?"

"그럴 수도 있겠제. 그러나 아들을 잘 뒀다고 허든데……."

무슨 일이 있었는지는 몰라도 고민스러워하는 표정이 어렴풋이 얼굴에 드러나는 것이었다.

천하의 재순이 그냥 넘어갈 리가 없었다. 고을에 소문이 쫙 난 마당이어서 고을 사람들은 모두 다 정렬을 부러워하고 있었다. 술통에 빠져 살면서도 어쩌다 그런 아들을 낳는지 비결이 뭐냐고 묻는가 하면 딸을 둔 사람들은 농담 삼아서라도 사돈을 맺자고 아양스런 소리를 해대었던 것이다. 소리꾼이라고 찬웃음을 쏘아대던 양반들도 이제는 함부로 대하지 못한 눈치들이었다. 그도 그럴 것이 아들이 고관 벼슬로 나갈 것이 뻔한데 나중에 탓을 물으면 어쩔 것이냐는 것이었다. 곧장 둘러매고 매 맞으러 가는 일을 해서는 안 된다는 입소문이 깔려 있었던 것이다. 그는 단박 지레짐작 눈치를 채고서 입정을 떨기 시작했다.

"아들이 아비를 쏙 빼닮아 허우대 좋고 인물 좋다고 헙디다. 그런데다 일본 유학생이랑께라우. 득량고을에서 일본으로 유학을 간 자는 그뿐이어서 자랑이 자자하당께요. 굴러가는 계란에도 모가 있다고 하더니만 술타령만 하는 줄로만 알았더니만 아들 하나만은 잘 낳아 놓았드랑께요."

재순은 은근히 부러워하는 눈빛을 감추지 못한 채 주워 담은 입소문을 거침없이 털어놓았다.

"인자 잘 알았네. 어려운 중에서도 유학을 갔다는 것은 참으로 장한 일이 아니것능가? 내가 들먹인 것은 혹시 도와줄 길이 없을까 싶어 물어보는 것이네.”

용철은 한결 차분하게 가라앉는 목소리로 입술을 들썩였다.

“도와주시다니요? 허씨 성바지 하고는 견원지간 상극으로 살아오심서 도와주시다니요? 혼담이라도 있었는개빈디요?”

재순은 허허로운 뭇웃음을 쳐가며 단박 눈치를 채고 나섰다.

“역시 자네는 눈치 하나 빠르당께. 자네가 정렬을 한번 만나 줄랑가?”

용철은 은근슬쩍 도와달라고 등을 떠밀고 나서는 것이었다. 재순의 눈빛이 반짝거렸다. 그것은 자기의 생리에 딱 맞는 일이었다.

“어르신 일이라면 당연히 그래야지라우. 제가 나서지 않으면 누가 나설 것입니까요?”

그는 마치 기다리기라도 했다는 듯이 입심 좋게 능청을 떨었다. 용철 어른이 갑자기 고개를 숙여 뭔가 곰곰이 생각에 빠져드는 표정을 지었다. 잠시 후 마음의 결정을 내린 듯 인중에 잔주름의 깊이를 더해가면서 입을 떼었다.

“정렬이 입에 풀칠하기도 어렵담서. 자식 공부를 시키다봉께 그렇게 된 것 아니겠능가. 생각해볼수록 장한 사람이드랑께.”

용철 어른이 미간에 주름살을 세워가며 애틋한 마음을 담아내었다.

“여태껏 부모한테 학비 한 닢 대 달라고 하지 않았담서라우. 혼자 독학을 한다고 허드랑께요.”

“나도 대강은 들었네. 학생은 공부에 전념해사제 학비를 버는데 신경 쓰게 해서야 쓰겠능가? 처지가 애처롭고 가엾다는 생각이 들고 또 마침 내 딸 녀석과 혼담이 들어와서 자네를 찾은 것이네. 시간이 없으니 곧장 다녀와야 쓰겄구만.”

“감히 제가 어르신께 보탬이 될랑가 모르겄소만 가서 잘 알아보고 오겠습니다요.”

“어려울 것이야 뭐가 있겄능가? 다만 내 뜻을 전해주면 되는 것이제.”

재순은 신바람이 나서 콧노래를 부를 지경이었다. 얼굴표정이 평온해지면서 벗겨진 이마에 밝은 광채가 번쩍번쩍 타오르는 것 같았다.

“이왕지사 혼담이 오갔으면 혼사가 이뤄져야지라우. 보자니 어르신 얼굴에도 그리되길 바란다고 써졌당께요. 그럴러면 꼭 전해 줄 말이 있을 것 아닙니까요?”

호기심으로 가득 찬 눈알을 대굴대굴 굴려가며 물었다. 용철은 잠시 골몰히 생각하는 듯 머뭇거리다가 찹쌀떡같이 착 달라붙은 말을 늘어놓았다.

“정렬 어른을 만나서 내 말을 전해 주면 자네 임무는 끝나는 것이제. 먼저 그 쪽에서 혼담을 요청해 왔응께 뜸을 떠 보소. 그렇다고 내가 먼저 혼인을 하자는 것도 아닝께 조심허고. 서로 머리를 맞대고 의논을 허다 보면 좋은 인연도 맺어질 수 있을 것 아닝가? 만일 천생연분이라도 되어 짝을 맺게 된다면 그만한 대가는 해드리겠다고 전해드리게.”

용철 어른은 한 가락 속심을 깔고서 여유로움이 묻어난 말을 꺼내들었다. 정렬 어른의 입장은 염두에 두지도 않은 채 가진 자의 자만함을 드러낸 것이다. 엄밀히 말한다면 혼담의 열쇠를 쥐고 있는 이는 정렬 어른임에도 나름대로 계책을 세워가며 자신감을 내비쳤다.

"벌써 맘속으로는 사윗감으로 점찍어 놓으셨구만이라우."

재순은 짐짓 빙그레 웃음을 지어가며 입을 떼었다.

"그건 아니랑께. 하여간 만나보고 나한테 알려주소."

하지만 재순은 막상 일어서려니 입맛도 떨떠름하려니와 마음도 홀가분하지 않았다. 혼인이란 섣불리 결단하면 마음속에 화석이 되어 박힐 일이어서 함부로 끼어들었다간 만장 가운데 서 총 맞아 죽을 일이었다. 특히 두 집안 문중 간의 알력이 끊일 날이 없다는 것을 잘 알고 있었기 때문이다. 혼사는커녕 서로 헐뜯고 싸우는데 이골이 난 사람들이라는 누구보다 잘 알고 있는 이 또한 그였다. 비록 심부름이라고 하지만 혹시 말을 꺼냈다가 책망이나 듣지 않을까 심히 두려운 것도 사실이었다. 그래도 한 가닥 마음이 놓인 것은 허씨 집안에서 먼저 혼담이 들어왔다는 말에 안도의 한 숨을 쉴 수 있지만

"문중이 무슨 소용 있겠습니까? 사람 보고 딸을 주는 것이지 문중 봐야 쓰겠습니까요. 이제는 두 집안 간 쳐놓은 장막을 한 가닥씩 거둬낼 때가 되었다고 봅니다요."

돌덩이처럼 굳어져 가는 표정을 지으며 훈수를 하듯 말했다. 그것은 조상이 남겨놓은 케케묵은 감정에 휘말리지 말아야 한다는 충고이기도 했다.

"맞는 말이제. 솔직히 말해서 허가라고 하면 나부터 상종하지 않고 살아왔네. 마치 상추 밭에 개똥처럼 못 볼 것으로만 여기고 살았제. 지금에 와서 생각허면 쓰잘대기 없는 짓을 하고 살았단 말이시. 그때가 언젠디 조상일로 척을 지고 살아서야 쓸 것잉가? 인자 나부터 마음의 빗장을 열어야 힐 것 같네."

"아마 허씨하고 혼사허겠다고 허면 이씨 문중에 벌집을 쑤셔 놓은

것이 될 것인디요.”

재순은 용철 어른의 마음을 슬쩍 넘겨짚고 물었다. 그러나 용철 어른은 이미 각오라도 해 둔 듯 담담한 표정을 지어보였다.

“처음에는 당연히 그러겄제. 그렇다고 해서 무작정 조상님의 유훈만 따라 살아가서야 쓰겄능가? 돌아가신 조상이 무서워 맘대로 짝도 못 만난다면 억울해서 어떻게 살겄어. 인자부터는 문중 눈치나 보면서 살고 싶지는 않네.”

용철 어른은 단호한 어조로 말했다.

“지당하신 말씀입니다요.”

재순은 이마의 주름살을 펴가며 상글상글 웃음을 지었다. 그는 그 길로 호음동 정렬 어른 집으로 향했다. 동짓달이 가까워오자 마을을 휩쓸고 지나가는 바람소리가 매섭게 들려왔다. 두터운 구름이 밀려와 금방이라도 눈이 내릴 것만 같았다. 썩무들을 지나 중산마을 앞을 지날 즈음에는 눈발이 날리기 시작했다. 대밭모퉁이를 돌아 정렬 어른 집 대문에 이르렀다.

“계십니까? 계십니까?”

구재순은 대문으로 들어서자마자 어른을 찾았다.

“누구시오? 어디서 오셨능가우.”

나이가 지긋한 여인이 방문을 열고 나오며 의심의 눈초리를 곧추세우며 물었다.

“예. 저는 저기 강골에서 왔구만이라우.”

“어쩐 일로 오셨능가요?”

“정렬 어른 계십니까요?”

“지금 안 계시구만이라우.”

"어디 가셨습니껴?"

"저기 육촌 형님 딸 혼례식에 가셨구만이라우."

"긴히 드릴 말씀이 있어 왔는디 쪼깐 뵐 수 있을까라우?"

"급하다고 허셨능가요? 무슨 일이기에……? 잠깐 기다리고 계실 라요? 내가 가서 모시고 올께라."

"그렇게 허싯시오."

여인은 곧장 대문으로 나갔다. 재순은 가랑눈이 내리는 마당에 서 서 기다리고 있었다. 잠시 후 정렬 어른이 대문으로 들어오면서

"어허! 날씨도 추운디 자네가 어떤 일로 오셨능가?"

정렬 어른은 반갑게 맞아주면서도 궁금하다는 듯 의문의 눈짓을 건넸다.

"그동안 잘 계셨습니까요? 뵌지 오래되었구만이라우."

재순은 허리 굽혀 각듯이 인사부터 챙겨들었다

"참말로 오랜만이시. 자네도 잘 지냈능가?"

"예. 어르신."

"날씨가 차갑네. 방으로 들어가세."

정렬 어른은 곧장 마루로 다가가 방문부터 열면서 어서 들어오라 고 손짓부터 했다.

방으로 들어간 정렬 어른은 쌈지부터 꺼내어 방바닥에 놓고서

"자. 쓴 담배지만 한 대 피워볼랑가?"

"고맙습니다요."

둘이는 가루담배를 꺼내 네모난 종이에 둘둘 말아 허끝으로 침을 바른 다음 성냥불을 붙여 쭉쭉 빨아대었다. 잠시 방 안에 담배연기 가 자욱하도록 석연찮은 침묵만 흐르고 있었다.

"나이는 못 속인다고 허드니만 어르신께서도 주름살이 가득하시구만요."

"이 사람아, 지금 내 나이 쉬운이 다 되었네. 적은 나이가 아니제."

"하기사 그러시겠네요."

"그건 그렇고 어쩐 일로 오셨능가?"

재떨이에 담배꽁초를 눌러 끄면서 궁금스러운 표정을 지어냈다.

"예. 훌륭한 아들을 두게 된 비결이라도 있으싱가요?"

재순은 눈언저리에 웃음기를 매달고서 새삼스러울 것 없는 듯 아들 칭송부터 들고 나왔다.

"과찬의 말씀이네. 아직 공부 중인디 훌륭하다고까지 허겄능가?"

다시 담배를 꼬나문 정렬은 입으로 들어간 담배가루를 퉤퉤하고 뱉어내고는 싱글벙글 웃음 지으며 말했다.

"말씀드리고 싶은 것은 다름이 아니구만요. 혹시 강골부잣집과 혼담이 오간 적이 있었능가요? 용철 어르신께서 궁금해 허시기에…….지가 의중을 알아보고 오겄다고 이렇게 찾아왔구만이라우."

그는 서글서글한 웃음집을 모아가면서 넌지시 혼담을 꺼내들었다.

"오호! 무슨 일잉가 했더니 그래서 오셨구만."

흔연스럽게 껄껄 웃으며 넉살스러운 넋두리를 쏟아내었다.

"오간 것이 사실인개비구만요. 잘허셨습니다요."

"그러고 봉께 자네가 용철 어른의 책사라 했제. 나는 용철이라는 분에 대해 대해선 잘 모르네. 직접 만나 뵌 적이 없어 다만 말로만 들었당께. 들은 바에 의하면 인품이 훌륭한 분이시람서?"

어릿한 예감 속으로 잠겨들다가 짐짓 눈빛을 곤추세우며 긴장의 끈을 잡아당기며 말했다.

“하믄이라우. 고을에서 그분만 한 인품을 갖춘 사람은 없을 것입니다요. 혼사만 이뤄진다면야 그보다 더 훌륭한 사돈은 없을 것입니다요. 처자 또한 고매한 품성과 학식을 두루 갖췄기에 자부로서 부족함도 없을 것이고요.”

재순은 뒤통수가 근질거리고도 남을 말로 칭찬을 곁들여 가며 입심을 발랐다.

“그렇지 않아도 일전에 중신장이 강동댁이 왔다 갔다네. 용철 어른이 고명한 딸이 두고 있다고 허드구만. 사주팔자에 조혼을 해야 한다고 허드람서. 어떻게 알아보았는지는 몰라도 내 아들놈하고 궁합도 맞고 해서 중신을 서야겠다고 하고서 갔었다네. 하지만 감히 사돈 맺자고 내가 나설 수 있겠능가?”

정렬 어른은 그간에 있었던 일을 허심탄회하게 들려주었다. 솔직히 말해서 용철 어른과 비교한다면 가문은 그렇다고 치더라도 재물과 인품 그리고 명예 어느 것 한 가지도 상대가 될 수 없었다.

“아시다시피 용철 어른 허면 고을에서 제일가는 부잣집이 아닙니까요? 재물은 있다고 허지만 자식들이 기대에 미치지 못해왔당께요. 그것이 한이라고 늘 되뇌이더구만요. 그래서인지 어르신 아들이 맘에 든 것 같습디다. 벌써 사윗감으로도 생각허고 계신 것 같던디요. 저한테 혼사가 이뤄진다면 그만한 대가를 해드리겠다고도 허시드구만요. 그렇게 된다면야 아들도 고학하지 않고 공부할 수 있을 것이고, 재물도 주실 거구만요.”

“내 비록 아들놈이 일본 유학을 갔다고 허지만 가진 것도 없네. 지가 고학을 해가며 공부를 허니 뒷바라지를 못한 부모 맘이 오죽 허겠능가. 소도 언덕이 있어야 문지른다고 허는디 졸업까지 갈 것인지 그것도 걱정이랑께. 그 후에도 문제가 아니겄능가. 학교만 졸업했다고 해서 금방 벼슬길로 나가는 것도 아닐 것이고……. 하지만 배웠응게 출세는 허겄제. 어찌하던 간에 그런 부잣집에서 혼인을 하자고 허니 마음이야 푼푼……."

어쩐지 자신감이 없는 표정으로 고개를 떨어뜨린 채 말끝을 흐리고 말았다. 분명 예전 모습은 아니었다. 젊었을 때 그 패기에 찬 얼굴은 어디로 갔는지…… 늠름하고 활달한 기상은 어디고 가고…… 호탕한 성격으로 풍류와 멋을 알던 호남자였건만…… 재물을 탕진하고 나서부터는 자신감마저 거물거물해지는 것 같았다. 하지만 고매하고 겸손한 성품은 예나 지금이나 그대로였다.

"고을에서 일본 유학을 간 자가 어르신 자제밖에 더 있습니까요? 벼슬도 따 논 당상인디 사윗감으론 그보다 뭘 더 바라겄습니까? 아드님은 용철 어른의 사위가 되는데 부족함이 없것구만요."

"그렇게 말해주니 몸 둘 바를 모르겄네. 가시거든 어른께 고맙다고 전해주소."

"예. 꼭 그렇게 전해드리겠습니다요. 어르신들께서 한번 만나보심이 좋을 듯합니다요."

재순은 담배 한 개비를 말아 입에 물고 환한 미소를 지어가며 말길을 달았다. 그것은 두 어른끼리 진지한 합석을 권유하고 나선 것이다. 예리한 눈썰미를 지닌 사람이어서 심연 속에 잠겨있는 속내를 쉽게 꿰뚫은 것 같았다. 이미 정렬 어른의 속마음의 표상을 읽고 있음이었다. 이씨 가문의 위실을 탓하려 들지 않은 채 고마운 마음까지. 그는 용철 어른이 바라는 대로 나아가고 있다는 예감을 지울 수 없었다.

3

운명의 선을 보다

순이 귀국한 지 그날로 삼 일째 되는 아침이었다. 하루빨리 일본으로 되돌아가야 할 급한 마음에 안절부절못하는 데도 정작 부모님께서는 아랑곳하지 않았다. 부모님과 그의 생각이 엇박자로 돌아가고 있었던 것. 그러나 그의 눈앞에는 오직 도후쿠대학교와 학비 마련을 위해 일해야 할 센다이 상점들만이 아른거렸다. 지금 곧바로 가서 밤늦게까지 일을 한다고 해도 신학기 납부금을 마련하기란 빠듯할 것 같아 마음이 조급해지고 있었다.

혹시 잘못되기라도 한다면 학기등록을 미룰 수밖에 없다는 생각에 초조와 불안감마저 밀려들었다. 그런데 아버지는 신바람 난 표정을 짓더니 장롱 속에 고이접어 넣어둔 명주 바지저고리를 꺼내 입었다. 어머니도 비단결이 부드럽게 빛나는 누비솜 저고리와 치마를 입고 머리에는 동백기름을 발라 빗은 행장은 난생 처음 보는 차림이었다.

"얼른 따라오란 말이다. 학생복을 입고 사각모자를 쓰고 가야 쓴당께."

어렴풋 생각이 떠오르긴 하지만 무거운 긴장이 짜릿하게 심장을 찔러오는 것이었다. 허나 부모님은 만면에 봉싯봉싯 미소를 머금고 정겹게 이야기를 나누었다. 다정한 눈빛으로 바라보면서 말하는 모습은 내외간 금실이 더할 나위 없이 좋아보였다.

누구를 기다리는지는 몰라도 여유로움이 철철 넘쳐나는 눈빛. 기다리던 사람은 강동댁이었다. 겨울인데도 마치 들일을 하다 햇볕에 그을린 사람처럼 살갗이 검의 퇴퇴했다. 짧은 회색 광당포 적삼 밖으로 삐져나오는 속옷을 가리려고 적삼 끝을 자꾸 잡아당기는 모습이 어색하게 비쳐졌고, 갈매 무명치마를 곱게 입고 치마허리를 바짝 당겨 졸라맸다. 동백기름을 발라 곱게 빗은 검은 머리에 나무비녀가 칙칙하게 보였다. 대문을 들어선 그녀는 쓸개라도 빼어줄 것처럼 생글생글 웃음 지으며 다가와 인사를 하며 너스레를 떨기 시작했다.

"워워매! 벌써 다 커부렀소. 장가 가면 딱 맞건는디."

고개를 끄덕끄덕 흔들며 싱글벙글 웃고 앉아 있던 어머니는 강동댁의 말꼬리를 잡고 자리에서 일어났다.

"아믄. 나이가 몇인디. 지금 장가가면 딱 맞지 않겄능가."

"아들을 늦게 두셨응께 쬐끔 빠르다 싶을 때가 좋겄지라잉."

"그래서 지금 가는 거 아닝갑네."

오래간만에 부모님 얼굴에 웃음꽃이 피는 듯했다. 부모님은 행장을 갖추고 강동댁을 따라 대문을 나서며 얼른 따라오라고 손짓을 했다. 고샅을 지나 동네 앞길로 나아가자 마을 사람들의 시선이 그에게로 모아졌다. 사각모에 학생복을 입은 모습을 처음 보기 때문이다. 어머니는 아들이 자랑스러운지 목을 곧게 세우고 양어깨를 공작처럼 펴서 흔들었다.

신작로로 나아가도 오가는 사람마다 순을 유심히 쳐다보았다. 마치 일본 순사로 여기는 듯 눈을 비틀기도 했다. 감색 학생복에 사각모자를 쓴 장대한 풍채는 위엄이 잘잘 흐르고 의기양양하게 보였다.

가을걷이가 끝난 초겨울 들판은 쓸쓸하고 황량한 모습을 감추지 못했다. 일찍 심은 논보리들이 푸릇푸릇 돋아나자 까마귀 떼들이 내려앉아 보리를 파먹느라 우글거리고 있었다. 태어나서 처음으로 부모님과 함께 나들이 길에 나선 순은 고향산천이 어머니 품속처럼 포근히 다가오는 느낌이었다. 낯설은 이국땅. 타국만리에서 고학으로 살아가는 시름의 삶을 잠시 잊어지는 것 같았다. 허나 어디로 가는지 알지도 못한 채 걷고 있는 그의 마음만은 홀가분하지 않았다. 지난 밤 나누었던 예감에 이끌리긴 하지만…….

아무튼 우시장으로 끌려가는 송아지와 같다는 생각을 지울 수 없었다. 칠팔월 수수 이파리 꼬이듯 점점 오리무중으로 빠져들면서 궁금증만 더해갔다. 길을 나선 지 한나절이 지나서야 보성읍내에 이르렀다. 고을에서 제일 번화한 거리라서 길거리도 건물도 낯익었다.

중심가를 지나 기다란 골목 맞은편으로 우남다방이라는 입간판이 보였다. 검정 콜타르를 칠한 판때기에 하얀 색으로 써놓은 간판이었다. 현관 앞에 이르자 아버지가 유리창으로 안을 기웃기웃 들여다보다가 문을 열고 따라 들어오라고 손짓을 했다. 문을 열자ak자 향기로운 차향 냄새가 코끝을 찡하게 만들었다.

"어서 오십시시오."

하얀 저고리에 짧은 검정치마를 입은 다방 여자들이 웃음 진 얼굴로 반갑게 맞아주며 자리로 안내했다. 둥그런 석탄 난로 옆구리에서 연통이 기역자 모양으로 굽혀진 채 밖으로 연기를 뽑아내고 있었다.

노란 양은 주전자에서는 하얀 김이 모락모락 피어올랐다. 구석구석마다 사람들이 마주보고 앉아 정다운 이야기를 주고받고 있었다. 차를 나르는 여자들이 찻잔을 쟁반에 받쳐 들고 바쁘게 왔다 갔다 했다. 마담으로 보이는 여자가 다가와 아버지와 귓속말을 주고받고서 미닫이문으로 막아놓은 별실로 안내해 주었다. 안에는 연세가 지긋한 부부가 앉아 있었다. 일본에서나 볼 수 있는 검정 양복 차림에 고급 중절모자까지. 중후한 인품을 풍기는 노신사였다. 차림새만큼이나 고매하고 정중하게 보였다.

곁에 앉아 있는 부인 또한 외용에서부터 인후한 성품을 풍길 뿐 아니라 초로의 나이임에도 여전히 고운 자태를 지니고 있었다. 반백의 머리를 곱게 빗고 금색 비녀를 꽂았으며 명주 비단 치마저고리에 일본 사람들이나 입을 수 있는 검정색 털스웨터를 입고 있었다. 잘 다듬어진 매무새에서 풍겨오는 숭고함은 정말 점잖해보였다.

마담의 안내를 받고 별실로 들어서자 곧장 일어서서 서로들 깍듯이 허리 굽혀 인사부터 챙겼다. 잠시 동안 무거운 침묵이 흐르고 있었다.

"워매…… 사돈 맺으라고 날씨도 딱 좋아분갖소. 하늘도 좋은 사돈이 될 것을 아능개비라우. 두 부부가 앉아 있는 것을 봉께 참말로 멋저분당께요."

긴장이 흐트러뜨리기라도 하려는 듯 호들갑스럽게 너스레를 떨고 나섰다. 강동댁의 얼렁대는 말이 무거운 분위기를 화기애애하게 일궈가는 요긴한 양념이 되어 한 고비를 넘어가고 있었다. 마주보는 부부의 얼굴에 스멀대는 웃음기가 번지르르 흐르고 잔속의 차가 비워져갈 즈음 강동댁이 용철 어른 부부를 바라보고서 폐첩을 떨었다.

"허우대 좋고 잘생긴 총각 데려왔응께 잘 보싯시요잉. 헌칠한 풍채 좀 보시랑께라우. 거기에다 일본 유학생인디 무슨 말을 더 보탤 것이 있겠소."

"인사부터 올려라. 용철 어른 내외분이시어. 너를 보기 위해서 오셨단다."

아버지는 점잖고도 정중한 말을 꺼내들었다.

"안녕하세요? 처음 뵙겠습니다. 허순이라고 합니다."

순은 제법 근엄한 표정을 지어가며 용철 부부에게 정중한 인사부터 했다. 용철 부부가 고개를 끄덕여가며 가볍게 응대를 해주었다.

"이리 앉소. 타국에까지 가서 공부하느라 얼마나 애를 쓰능가?"

부부는 눈길을 고정시킨 채 이내 자리를 가리키며 앉기를 권했다.

"사각모자에 제복 입은 학생은 못 보셨지라우? 그것뿐이다요. 이 수려하게 생긴 이목구비를 보시랑께요. 얼굴만 봐도 배가 부르지라우? 오뚝 솟은 콧날이며 깊고 선명한 인중에다 도톰한 입술 좀 보싯시요, 거기다가 훤하게 생긴 이마에 쌍꺼풀까지 남자로서 첨 보게 잘생겨부렀당께요. 사람이 벼슬길로 나아가더라도 인물이 좋아야 높이 오르것지라우. 뭐니뭐니 해도 인물 가난이 제일로 서러운 것이랑께요."

강동댁은 계속해서 가살스러운 웃음을 깔깔 거리며 오도깝스럽게 넉살을 부렸다. 그는 엉겁결 부부와 눈을 마주쳤다. 부부는 생글생글 웃음기를 입가에 매달면서 시선을 떼지 못하고 바라만 보고 있었다.

"인자 하고 싶은 말 여기다 다 털어놓고 혼삿날만 받아부싯시요잉."

강동댁이 해사하게 웃으며 자신만만한 말투로 말했다. 장난기가 좀 동한 것 같아 귀에 거슬리기는 했지만 두 부부는 서로 강동댁 속

마음을 짐작하고 있다는 표정을 지어보였다.

"제 큰 자식이이구만요. 일본 도후쿠대학 법학부에 다니고 있습니다요."

어른이 먼저 차분하면서도 자신에 찬 어조로 용철 부부에게 아들을 소개하고 나섰다.

아버지의 점잖고 언중한 소개에 맞춰 순은 자리에서 일어나 공손하게 인사를 했다. 용철 어른 부부는 살가운 눈빛으로 바라보며 그냥 앉으라고 손짓을 해주었다.

"처음 중신이 들어왔을 때만 해도 조마조마 했었는데 이렇게 만나봉께 마음이 놓입니다요."

용철 어른이 연한 웃음을 화사하게 흘리면서 속심을 털어놓았다.

"워메메 워메…… 그동안 내 속을 누가 알아줄 것이랑가요? 이렇게 좋은 것을……. 시방 총각한테는 선보러 간다고 말도 않고 데리고 왔당께라우. 이제 마님께서 말씀허싯시오. 사우감으로 괜찮지라우?"

강동댁이 목젖에 걸린 가시라도 뽑아낸 것처럼 생기침을 해가며 넉살 좋게 깔깔거렸다. 찡그렸다 웃기를 반복해가며 야살까지 피워대는 것이었다.

"인자 자세히 말해주마. 일본에서 일찍 오라고 한 것도 오늘 이 자리에 오기 위해서였단 말이다. 이제 너도 나이가 찼응께 혼인할 나이가 되었제. 부모는 자식이 크면 짝을 맺어줘야 하는 것이 가장 큰 일잉 것이다. 이 어른으로 말할 것 같으면 우리 득량에서 양반이면서도 인품 또한 뛰어나신 분이시란다. 과년(瓜年)에 찬 여식(女息)을 두셨는디 강동댁이 중신을 서서 오늘 너를 보러 나오신 것이랑께. 옛날 웃대에는 두 집안 간에는 불미스러운 일이 있어왔다고 허드라마는 조상님의 일로 자식 혼사까지 막아서야 쓰겠냐? 나는 그렇게 살고 싶지 않다.”

아버지는 그제야 참아왔던 복잡한 고뇌의 그림자를 아들에게 털어놓았다. 이미 마음속으로 결정해 놓은 것이나 다름없었다. 담담하게 부모의 도리를 다하겠다는 듯 여유로움이 묻어난 모습이었다.

“진즉부터 고을에 자네에 대한 칭찬이 자자헌 관계로 잘 알고 있었네. 오늘 여기에 나오라고 헌 것은 아버님께서 말씀하셨듯이 자네를 한 번 보고 싶어서였제. 과년에 찬 여식을 두고 있어 정혼을 시킬 때가 된지라 좋은 배필을 찾던 중 강동댁이 자네를 알려주드구만. 소문에 의하면 총명하고 굳은 의지를 갖고 있는 훌륭한 인재라고 하기에 직접 한 번 만나보고 싶었던 것이었는데 마치 방학이 되어 좋은 기회가 되어주 무척 다행이구만. 형설지공(螢雪之功)으로 유학까지 참말로 자랑스럽구만. 자네 아버님과는 어려서부터 교분을 쌓아온 터라 만나서 담소를 나누다 보면 서로 통할 것이라는 기대 속에 오늘 이 자리를 마련했던 것인데 만나 뵈니 역시 뜻이 통하는구만. 아무튼 바쁜 시간을 내줘 고맙네.”

여유롭게 웃어가며 다정스럽게 말했다. 백옥 같은 신실한 심덕이 얼굴에서 배어나오면서 사람의 마음을 빨아들이는 것 같았다. 용철 어른은 고개를 돌려 순의 어머니를 향해 예의를 표한 뒤 공손한 태도를 취하며 말을 이어갔다.

“귀한 시간 뺏어가며 먼 곳까지 오시게 해서 낯을 들고 말씀드리기 송구스럽습니다요. 의당 저희 집으로 모셔서 딸자식도 뵈여드려야 허는 것이 도리인 줄 압니다만 그리 못헌 것을 양해해 주시기 바랍니다요. 지가 정렬 어르신과 혼담이 오간 줄 알기라도 헌다면 대소가 사람들의 입정에 오르내릴 것이 뻔한 일이기에 이리 되었습니다요. 양해해주시기 바랍니다. 그렇다고 두 집안 간 혼사가 두렵지는 않습니다요. 조상님들로 인해 발목을 붙잡고 있던 관행과 편견에 얽매이고 싶지 않구만요. 이미 맘속으론 벗어던진 지 오래되었구만이라우. 삼백 년 묵은 구습이 발목을 잡아서야 되겠습니까? 인자 바꿀 때가 되었다고 봅니다. 훌륭한 아들은 낳으신 마님이 자랑스럽구만요. 헌칠한 키에다 잘생긴 풍채, 거기다가 학식까지 나무랄 데 없으니 얼마나 자랑스럽습니까요?"

용철 어른은 죽산댁을 향해 아들을 잘 낳아놓았다고 칭찬을 아끼지 않았다. 마디마디마다 식견과 인품이 배어 있어 존경받을 만한 사람이라는 소문이 헛되지 않음을 알 수 있었다.

어머니는 청양의 소리에 당혹스러움 표정을 지으며 얼굴이 붉어졌다. 그러면서도 고개를 끄덕이며 웃음집마저 벌어졌다.

"주제넘은 짓인 줄 알면서 한마디 물어봐도 되겠능가?"

용철 어른이 고개를 돌려 순을 향했다. 점잖고 위품이 있는 표정으로 질문을 던졌다. 석탄난로의 훈기에 발그족족해진 얼굴표정은 형언할 수 없을 정도로 고매하게 느껴졌다.

"예, 말씀하시지요."

순은 차분한 어조로 넙신거리며 말했다.

"지금 다니는 대학의 이름이 무엇이라 했능가?"

"예. 일본 동북부 센다이에 있는 동북대학입니다."

"대학에서 무슨 공부를 하고 있는 것잉가?"

"예, 저는 법학을 공부하고 있는 중입니다."

"아! 그러는구만. 법학을 공부하면 앞으로 어떤 일을 하게 되는 것이랑가?"

　법학 정도는 용철 어른 식견으론 이미 알고 있을 것 같았지만 아무 내색도 하지 않고 부러 겸손스럽게 물어왔다.

　"개인적인 분쟁을 해결해주는 일과 사회 질서를 유지하는 일을 하게 됩니다. 특히 변호사가 되어 법조인으로 살아가는 사람이 많습니다."

　용철 어른은 변호사란 말에 호기심에 가득 찬 눈빛으로 되물었다.

　"변호사가 됨사 좋제. 그렇게 될라믄 어떻게 해야 헌당가?"

　"졸업한 뒤 변호사 시험에 합격해야 합니다."

　순은 자신이 나아갈 길을 자신감에 찬 얼굴로 조목조목 피력해나갔다.

　"그러면 꿈이……."

　"저는 법조인이 되기 위해 법학도가 되었습니다. 반드시 변호사 시험에 합격하여 정의로운 사람이 잘 사는 나라가 되도록 이 몸을 바치겠습니다. 그리고 가난한 사람일지라도 열심히 공부하면 성공할 수 있는 본보기가 되도록 하겠습니다."

　용철은 그만 말문이 막혀 들었다. 말로만 듣던 변호사, 그런데 그 길로 나가겠다는 당찬 포부를 듣고 너무 감격무지하여 말을 잇지 못했다. 당당하고 자신감 넘치는 말투는 그를 황홀하게 매료시키고 말았다. 한동안 정신이 나간 것처럼 멍히 순을 바라보고 있었다. 생각보다 늠름하고도 위풍당당한 모습에 도취되어 헤어 나오지 못하고 있었다. 예상을 뛰어넘은 귀골함에 정신이 몽롱해지면서도 어서어서 심중소회를 들어보고 싶었다.

　"부모님께서 정해주신다면 혼인은 헐 계획잉가?"

용철 어른은 호기(好奇)에 찬 눈빛으로 단도직입적 질문을 던졌다. 그것은 피해 갈 수 없는 심문이나 다름없었다. 의도가 다분히 반영된 질문이었고 다그침이었다. 순은 비록 새삼스런 느낌이 드는 것은 아니지만 마음속에서 적잖이 다툼질이 일기 시작했다. 그렇다고 피해갈 수 없는 막다른 골목길이라는 것을 알아차린 그는 비껴가려 하지 않았다. 잠시 주의를 모으고 있을 때 순간적 재치가 번뜩 떠오른 것이었다.

"그렇게 해야지요. 부모님께서 계시기에 제가 있는 것 아니겠습니까?"

순은 부끄러워하는 기색 하나 없이 당당하고도 떳떳하게 말했다. 표정에서부터 의연함이 물씬 배어나오고 있었다. 비록 신학문을 공부하고 있다고 할지라도 부모님께 효도하는 것이 먼저이고 그 다음 나라에 보국하는 것을 신념으로 살아왔기 때문이다. 그는 백행의 근본은 효행이며 이를 벗어나지 않겠다고 힘주어 말할 수 있었다. 용철 어른의 입가에 웃음기가 뭉실뭉실 피어나면서 온 얼굴로 번져나갔다. 대실댁도 싱긋싱긋한 웃음기를 얼굴에 띄웠다. 지켜보고 있던 아버지의 미간에도 흐뭇한 미소가 두둥실 피어올랐고 어머니도 흐뭇한 마음을 감추지 못하고 손을 꼭 쥐어주었다.

일순간 난로의 훈기가 따뜻함을 더해주면서 가슴들을 훈훈하게 적셔주었다. 분위기가 한껏 고조되면서 서로들 웃음집을 키워가고 있었다.

"워매! 시상에 없는 효자구만이라우. 그보다 뭘 바라겠소?"

강동댁이 또다시 넉살을 뿌려가며 경망을 떨고 나섰다.

"내 아들만큼 효자가 어디 있당가? 혼자 가서 유학생이 된 사람 내

아들 말고 또 어디 있는가 보소. 조선팔도에 내 아들밖에 없을 것이랑께. 그것이 효자아니겄능가?"

어머니는 오기진 채 실뚱머룩한 눈빛을 쏘아가며 말했다.

"인자 되았구만이라우. 서로 손을 꼭 잡고 사돈을 맺자고 해부러랑께라우."

강동댁이 자리에서 벌떡 일어서며 재우치듯 말했다.

"혹시 졸업을 하고서 일본에 머물고 싶은 생각은 없는 것잉가?"

용철 어른이 다시 신중하고 점잖은 목소리로 질문을 던졌다. 끓어오르는 물주전자를 멍하니 바라보고 있던 그는 정색을 띤 얼굴로 바라보고서

"아닙니다. 절대로 그런 일은 없을 것입니다."

그는 입술에 침을 발라가며 단호한 어조로 말했다.

"저는 나라 잃은 설움을 톡톡히 맛보고 있습니다. 신명을 바쳐 나라를 위해 목숨을 바칠 각오가 되어 있습니다."

순은 다시 어금니를 욱물면서 확호불발의 굳은 신념을 토해내었다. 사람들의 마음을 끌어당기려는 듯 눈빛에는 불굴의 의지가 맺혀 있었다. 정렬 어른이 그지없이 흐뭇한 표정을 지으며 눈가에 형형한 안광을 번쩍 거렸다. 죽산댁도 마찬가지였다. 만면에 희색이 돌면서 안안한 눈웃음을 그려내었다.

"어허! 그래사제. 왜 내가 묻는고 허면 서갑준이란 친구가 순천에 살고 있는디 큰아들을 일본으로 유학을 보냈다네. 그런디 부모님의 기대를 저버리고 일본 여자와 눈이 맞아 그곳에 눌러 앉아부렀담서. 못 묵고 못 입고 아껴서 가르쳐놨더니 죽 쒀서 개 준 꼴 아니겄능가?"

용철 어른이 내심 불안하게 여긴 것이 바로 그것이었다. 그것은 유학생들이 고국으로 돌아오지 않는다는 소문을 들은 바 있었기 때문이다. 당시만 해도 일본에 유학을 갔다가 돌아오지 않는 젊은이들이 꽤 있다고 했다. 애국심이 부족하여 조국의 비통함을 외면하고 국민의 절규에 귀를 막고 조정을 원망하며 조국을 등지는 젊은이가 되지 않을까 싶은 노파심에서 하는 말이었다.

"저는 반드시 조국에 돌아와 법조인이 되어 자주독립을 쟁취하는 데 앞장 설 것입니다."

순은 턱살이 꿈틀거리도록 어금니에 힘을 주어가며 말했다. 이미 굳은 각오가 서있는 듯 싸늘한 눈빛까지 지어보였다.

그는 나름으로 독립정신과 애국심을 배워가고 있던 중이었다. 그가 애국심을 키워가고 있는데 도움을 주고 있는 이는 선자였다. 여자의 몸으로 민족의 왜곡된 식민 사관을 바로 잡겠다고 조선역사 연구회를 결성하여 이끌어가고 있는 투철한 민족 사관에 매료된 상태였다. 그것뿐 아니었다. 그녀가 들먹이면서 좋아하는 사람이 특히 홍암 나철이라는 것이 좋았던 것이다. 보성 출신으로 을사조약(乙巳條約)이 체결되자 의분을 참지 못하고 매국(賣國) 대신들의 암살을 기도하였다가 거사 직전에 발각되어 유배되었던 이가 홍암 나철이었다.

그는 기어코 조국의 독립을 위해 노력할 것을 마음속으로 다짐하며 살아왔다.

대화 분위기가 화끈 달아오르고 실내 공기가 더워지자 용철 부인 대실댁이 털스웨터를 벗어 무릎 위에 올려놓고서 무거운 말문을 열었다. 그녀는 동글갸름한 얼굴에 반달 모양의 짙은 눈썹이 인상적이었다. 눈웃음을 칠 때면 한쪽 볼에 보조개가 살짝 잡혀 매력을 더해주었다.

"참으로 장하고 기특한 일이구만이라우. 아직 어린 나이인데 타국에까지 가서 학비까지 마련해감서 공부를 허고 있다니 참말로 장한 일이구만요. 처음 대면인데도 얼굴이나 풍채가 훤하고 이목구비가 빠진데 없이 시원시원하게 잘생겼구만요. 강동댁도 내 딸을 봐서 알겄지만 지 아버지를 쏙 빼닮아갖고 얌전하게 잘 자라줘서 어디에다 내놓을 만은 헙니다요."

서글서글한 입모양을 지어가며 점잖은 어조로 말했다. 초로의 나이임에도 목소리가 아주 또렷했다. 본디 의혼(議婚)이 있어 맞선을 볼 땐 친정어머니뻘 되는 분은 참석하지 않은 것이 예사였는데 법도와 관례에 벗어난 채 대실댁이 참석했던 것이다. 두 집안 간에 얽히고설켜 내려온 편견 때문에 관행을 따를 형편이 아니었다.

한참이 지나서야 용철 어른이 담배를 꺼냈다. 그는 정렬 어른에게도 권하고 나서 한 개비를 입에 물고 불을 붙였다. 담배연기는 난로의 열을 이기지 못한 채 머리를 흔들며 일렁거리기 시작했다. 아버지는 쉬지 않고 뻐끔뻐끔 담배를 빨아가면서 심연에 묻어두었던 속심을 허심탄회하게 꺼내들었다.

"말을 안 했다만 낯선 타국에서 몸뚱아리 보존하기조차 힘들 터인디 학비까지 벌어가면서 공부하느라 얼매나 힘들었겄냐? 부모가 원망스러웠지야? 월사금 한 푼 못 해준 부모마음은 하루도 편할 날이 없었단 말이다. 다행이 인품이 높으신 어른을 만나게 된 것을 보믄 너에게 천운이 내린개비다. 딴 맘 묵지 말고 부모 하자는 대로 해야 쓰겄다."

　담배꽁초를 비벼 끄면서 당장 혼인을 해야 한다고 강다짐 받듯 말했다. 이미 심중을 굳힌 아버지의 진한 인상이 스멀거리며 머릿속을 스쳐지나갔다. 순간 술에 취해 방향감각을 잃은 사람처럼 눈앞에서 강물이 출렁였다. 이제 나이 열일곱, 한참 학업에 열중 할 시기인데 혼인이라니……. 때 이른 멍에를 메는 것 같아 그동안 자신과의 약속들이 한낱 백일몽이 되어 허무하게 무너지고 있다는 느낌도 들었다. 머릿속에서 날카로운 톱니바퀴가 엇박자로 돌아가기도 하고 폭풍과도 같은 바람이 황망한 갈림길로 몰아내는 것 같기도 했다. 빗겨갈 여유도 없는 가운데 이상스럽게 퍼뜩 떠오르는 얼굴. '우리 아버지께서도 강원도 심신산골 어려운 가정에서 태어나 온갖 고통을 참고 고학으로 공부하서 변호사 시험에 합격하셨지.'
　선자의 또렷한 음성이 귓가에 들려오면서 혼란스러운 번민만을 재촉하는 것이었다.

4
입도선매의 혼인이 이뤄지다

　겨울방학을 맞아 현해탄을 건넌 순은 부모님의 뜻을 거역할 수 없어 곧바로 일본으로 돌아갈 수 없었다. 엉겹결에 혼인식을 치르기로 한 것. 선을 보고 난지 며칠도 되지 않아서 곧바로 택일을 했던 것이다.

　오래 끌어 좋을 일 없을 거라는 양가 부모님의 뜻에 따라 설 전에 혼인식을 마치기로 했다. 앙숙으로 살아온 두 집안 간 혼인이라서 말이 많을 것이라는 예감 속에 일사천리로 진행했다.

　호음동 마을에 느닷없는 혼인 잔치가 열린다는 소문이 마을에 떠돌았다. 그것도 유학생 허순이 장가를 든다는 것이었다. 설 안에 대사를 치루겠다는 소문이었다. 섣달이라고 해보았자 불과 열흘 남짓 남겨놓고서, 아닌 밤에 홍두깨를 내민 듯 사람들을 어리둥절하게 만들고 말았다.

　솔직히 정렬 어른은 혼인잔치를 치를 여력이 없었다. 토지라곤 산골짜기 천수답 두 떼기가 전부였기 때문이다. 그곳의 수확량으로는 시한을 넘기고 나면 곧장 바닥이 나곤 했다. 다행히 꼴머슴살이 하는 둘째 아들 허일이 새경 쌀을 보태준 까닭에 근근이 버티며 살아가는 처지였다.

"워매! 무슨 놈의 혼인잔치를 설사병에 뒷간 가듯 급허게 헌당가?"

"그렁께 말이어라우. 급하다고 바늘허리에 실 매어 쓰는 것 아닌디 도둑장개를 보내는 것도 아니고……."

흉보는 사람들의 목소리가 날로 커지고 있었다.

"유학 가서 공부험시롬 졸업도 안 했는디 장개부터 보낼까이?"

이웃에 사는 새터댁이 알 수 없다는 듯 고개를 갸웃거렸다.

"멋 갖고 잔치를 헐 것이랑가? 동생 새경으로 형 장가 보낸 부모도 있는개비구만."

"그런 까닭이 있드랑께라우. 돈 보고 간다고 허든디요."

유정댁이 마치 고자질이라도 하는 것처럼 시큰둥한 목소리로 말했다.

"돈이라니 그것이 무신 말이랑가?"

"저그 저 강골 부잣집에서 논 준당께 부랴부랴 혼삿날을 정했는 갚습디다."

"멋이여? 강골 이가들 집안 말이어?"

"그런다고 허드랑께라우."

"워매매! 돈 앞에서는 염라대왕도 한쪽 눈을 감는다고 허드구만 별 수 없는개비네."

새터댁이 핀잔스럽게 뼁등그리는 소리를 내질렀다.

"돈만 보고 간다면 암시랑토 않당께요. 철천지원수로 등을 돌리고 사는디 그 집안하고 사돈을 맺어서 쓸 것이요. 조상 없었으면 지가 어느 뱃속에서 나왔냔 말이요? 눈이 멀어도 보통 먼 사람이 아니제.”

“맞는 말이랑께. 조상 박대해서 잘된 사람 봤소? 노루목 할아부지가 저승에서 얼매나 서운하다고 허시겠능가?”

조용했던 마을에 벌집 쑤셔놓은 것처럼 우물가에서도 마을회관에서도 옥신각신 수런수런거림이 그치질 않았다. 혼사를 치르기도 전에 뭇매질을 당하고 있었다.

“개쌍놈도 그런 혼사는 하지 않을 것이네. 이가하고 혼인을 할라믄 성부터 갈고 허소.”

문장 어른 허용이 정렬 어른을 향해 대성질호(大聲叱呼)를 쏟아내었다. 허나 그는 꿀 머금은 벙어리처럼 말대꾸도 못 했다.

“혼담이 있을 땐 먼저 문중 어른과 의논을 해야 허능 것을 모르능가? 더군다나 조상님께서 남기신 유훈을 거역험서. 어디서 배워묵지 못한 호로자식이 될라고 허능가? 그래도 고집을 부려감서 혼인을 강행할라고 헌다면 문중을 떠나도록 허소. 자네를 우리 문중 사람으로 여기지 않을 것이네.”

문장 어른은 시비곡절(是非曲折)을 따지듯 엄중하게 꾸짖고 나섰다. 문중과 의절을 하라고 엄포성 경고까지 서슴지 않았다.

“삼백 년 전에 비한다면 세상이 바뀌어도 수십 번 바뀠는디 지금도 그대로 살아야 쓰겠습니껴? 그만큼 등지고 살았으면 허제, 얼매나 더 있어야 헐 것이요? 인자 우리부터 마음을 바꿔묵고 살도록 헙시다.”

그러나 정렬 어른은 예정대로 밀고 나가겠다고 신념을 굽히지 않았다. 문중의 의견을 따르는 것이 문중사람들의 도리였지만 그는 소신을 굽히지 않았다. 하지만 옛부터 내려온 풍습이란 하루아침에 고쳐질 수 없는 일. 집성촌을 이루고 있던 양반마을에서 문중의 뜻을 거역하기란 문중 어른들과 한바탕 설전을 벌려 갈등의 골만 키워놓은 꼴이 되고 말았다.

혼인잔치 상 차리는 것보다 더 힘든 일은 혼사를 치르기도 전 문중 사람들로부터 배척을 당한 것이었다.

조상도 모른 채 문중을 저버린 짓이라고…… 후레자식이라는 비아냥거림까지 고을에 퍼지기 시작했다. 대소가 사람들의 발길도 끊어졌다. 문중사람들에게 도움을 청하고 싶어도 만나주질 않았다. 한순간에 이웃이 천리 길보다 멀어지면서 완전히 외톨이 신세로 전락되었다. 허물을 들춰내면서 속을 긁어 파는 뜬소문이 돌고 돌아 들어오는 것이었다. 항간에는 입에 담지 못할 악담까지 서슴없이 날아들었다. 비록 어느 정도 예상은 하고 있었지만 막상 눈앞에서 그 꼴을 볼 때면 눈에 쌍심지가 켜지는 것이었다. 하지만 양가는 어떤 모멸감이 닥치더라도 괘념치 말고 혼인식이 끝날 때까지 참고 지내자고 약조를 했던 바였다. 어두움이 짙을수록 빛은 더 밝기 마련이고 설움이 크면 살이 찐다는 것처럼 모진 시련을 이겨내면 닥쳐올 광영은 더욱 빛날 것이라는 데 힘을 보탰던 것이다.

비단 호음동에서만 있는 것은 아니었다. 용철 어른이 살고 있는 강골 마을에서도 마찬가지였다. 문중사람들과 각을 세워가면서까지 혼사를 치르려 든 용철 어른을 향해 질책이 빗발쳤다. 조상을 우선시하는 관행으로부터 자유로울 수 없었던 것. 비록 그는 인품 좋고 재물이 많았지만 예외가 될 수 없었다. 하지만 조상의 유훈이 천만년 이어질 순 없는 일이어서 속된 풍습에 갇혀 살고 싶지 않았다. 조상의 다툼이 빚어낸 한스러움이 후손의 혼인길까지 막아서야 될 일인가. 그는 혼인은 남녀 간 사람이 만나 한 몸을 이루는 것이니 사람이 우선되어야 한다고 보았다. 문벌보다는 인물이요, 인물보다는 학식이라고 여겼다. 재물은 있다가도 없어지고 없다가도 생기는 것이지만 사람을 키워놓으면 만세를 빛내는 길이어서 그 길을 마다할 수 없었다. 학식이 높으면 벼슬을 하게 될 것이고 벼슬이 높으면 자연스럽게 양반이 되는 법. 이리 보나 저리 보나 순은 부족한 것이라곤 손톱만큼도 없어보였다. 열 번을 되짚어 봐도 딸자식 배필로는 과분하다는 생각을 지울 수 없는데도 흔연히 승낙해준 것만으로도 감지덕지한 일. 하늘에서 천운을 내려주지 않고서야…… 언감생심 꿈도 꾸지 못할 일이 눈앞으로 다가왔던 것이다. 사위자식도 자식이니만큼 삼정승 부럽지 않은 인물이 되도록 도와주자고 입술을 굳게 다져물었다. 그때가 되면 문중 사람들도 좁은 소견이었음을 스스로 인정하고 고개를 숙일 것이라는 확신에 도달했던 것이다.

대소가 사람들과 불미스러운 마찰 속에서도 혼인날짜는 점점 다가왔다.

"영감! 호음동에서 귀에 담지 못할 말이 들려오드랑께요."

"그 무슨 말이요? 귀에 담지 못할 말이라니?"

"사돈댁에는 잔치를 할 만한 돈이 없는 것 같습디다. 밀개떡에다 보리단술로 잔치상을 차린다고 해도 버거울 판이라고 마을 사람들이 수근거린답디다."

"나도 그렇게 들었소."

"재산이라곤 사는 집에다 산골짜기 천수답 두 뙈기가 전부라서 시한을 넘기기도 빠듯하다고 허드랑께요. 사우가 돈을 버는 것도 아니고 유학생인디 뭘 가지고 잔치를 할 것이요."

안타까운 한숨을 뽑아 쉬며 말하는 대실댁의 얼굴 표정에는 초조한 빛도 역력했다.

"삼정승이 될 사우를 맞이하는디 그냥 보고 있을 수 있겠소? 잔치 비용이야 다 대줘야지요."

"이왕 대줄라면 빨리 가져다줘야 쓰지 않겠소?"

"그렇지 않아도 오늘 저녁에 재순이보고 다녀오라고 해뒀소. 남의 이목도 있고 해서 늦은 밤에 보낼 참이요."

"그렇게 하싯시오."

마을을 굽어보는 봉화산 운적봉의 그늘 진 골짜기에는 축복이라도 해 주려는 듯 사흘 전에 하얀 눈이 내려 소복하게 쌓여있었다. 집 뒤란에 서있는 장둥이 감나무가 초겨울바람을 견디다 못해 앙상한 가지만 드러냈는데도 까치가 쌍쌍으로 날아들어 깍깍거렸다. 새로 맞이할 집주인을 기다리는 듯 팔짝팔짝 날갯짓을 치면서…….

취죽(翠竹) 숲이 마을을 보듬고 돌아앉은 아늑한 강골마을에 혼인잔치가 열린다는 소문이 고을에 퍼져나갔다. 부잣집에 막내딸 혼인잔치가 있다는 소문에 온 고을이 잔치 분위기로 들뜨기 시작했다. 고을에 혼인 잔치가 있으면 대소가 사람들은 물론 타성바지까지도 함께 모여 축하해주는 것이 풍습으로 내려왔다. 그것만 아니었다. 방랑객이며 동냥치 그리고 술주정꾼과 각설이에겐 더없는 희소식이었다. 오랜만에 목을 축여가며 배불릴 수 있기 때문에 더없는 기회일 수밖에 없다. 더군다나 고을에서 제일가는 부잣집이라는데 가슴까지 뜨겁게 달구었던 것이다.

반면 호음동 신랑 집 찬치만은 세간의 관심을 끌지 못했다. 되레 비아냥거림만이 퍼져나갔다. 유학생이라서 엄두도 낼 수 없는 집안과 사돈을 맺게 되었다고…… 사람팔자 알 수 없다더니…… 정렬 어른이 늙은 막에 팔자를 바꿔달았다고 부러운 눈초리로 바라보는 이가 늘어만 갔다.

이윽고 섣달 열이렛날이 돌아왔다. 대한의 절기인데도 새벽닭이 추운 줄도 모르고 홰를 치기 시작했다. 밤사이 호암지게 눈발이 휘날리더니 마당에 눈이 부시도록 하얀 소복을 입혀놓았다. 눈발은 멈췄으나 하늘이 온통 먹구름으로 뒤덮여 낮인지 밤인지 구분이 가지 않았다. 대실댁은 마음이 타들어갔다. 막내딸이 초례청에 드는 날이어서 고을 사람들을 다 먹이고도 남을 음식을 장만했건만 정작 먹어줄 사람이 없었다. 문중은 물론이요 대소가까지도 담장 밖에서 넘어다볼 뿐 대문 안으로 발을 들여놓지 않았다. 와야 할 사람들은 오지 않고 방랑객과 동냥치 그리고 각설이들만 득실거린 채 잔칫집이 타성바지로 초례를 치렀던 것이다.

한편 마음이 싱숭생숭 내치락들이치락하는 까닭에 밤새 한잠도 이루지 못한 순이 닭이 우는 소리에 자리에서 일어났다. 초행을 가는 날이라 마음이 설레면서도 불안한 심지를 지울 수는 없었다. 꿈에서도 보지 못했던 여자를 배필로 맞이해야 할 운명의 시간, 지금껏 살아온 삶의 무게가 더해지는 순간이었다. 인생의 기쁨과 슬픔이 교차하는 기로에 서서 느껴지는 허무한 심회가 가볍지는 않았다. 앞으로 출세의 길로 나아가려면 넘어야 할 험난한 계단이 무리를 지어 달려오고 있는데, 때 이른 혼인으로 처음부터 발목이 잡힌 것만 같기도 하면서…… 한편으로 생각하면 고학생의 몸. 고통에서 벗어나 공부에만 전념할 수 있다는 여유로운 생각…… 궁핍한 생활고에 신음하고 계신 부모님에 대한 짐을 덜 수 있다는 해방감에서 나온 웃음기를 가슴에 품기도 했다. 그러나 마음이 편치 않았다. 정작 축복 받아야 할 혼인잔치가 눈총을 받아야 한다는 것이 문중사람들에게 못내 섭섭했던 것이다. 조상의 유훈이 무엇이기에 혼인조차 가로막으려 든단 말인가? 문중은 말할 것도 없고 대소가 친척마저 얼굴마저 내밀지 않았다. 심지어 문중 노복마저 발을 끊게 만들었다. 대문 안으로 고개만 쑥 내밀다가도 그냥 지나쳐 가는 대소가 사람들을 바라볼 때엔 울분이 부글부글 끓어올랐다. 나중에 두고 보자고 어금니를 윽물어가며 속울음을 삼킬 수밖에 없었다.

아침을 대충 때운 순은 청색 단령포를 입고 붉은 바탕에 학이 새겨진 각대를 두르고 목화(木靴)를 신은 순이 사모(紗帽)를 쓰고 처갓집에서 보내준 말을 타고 초행길에 올랐고 초례를 마친 순은 다음 날 신부를 가마에 태워 신행길에 올랐지만 자기 집에도 대소가 사람들의 모습을 볼 수 없었다. 정작 문중 사람들은 부러 모른 채하려 들었다. 더 나아가 아예 집에 가지도 말라는 문장 어른의 지시도 내려졌다. 진정 축복받아야 할 혼인잔치가 책망으로 바뀌어 지는 것이 마음을 짓눌러오고 있었다. 도대체 무슨 억하심정이 있다고 생자들이 조상신의 유훈에 휘말려 등을 돌려야 하는지 안타까울 뿐이었다.

이렇게 문중과의 갈등을 빚어가며 순과 성요의 혼인은 이뤄졌다.

5
한양낭군

　애틋한 마음으로 오늘을 기다려온 지 어언 삼 년이란 세월이 지났다. 처갓집 도움으로 아무 불편 없이 대학을 마친 순은 졸업하자마자 귀국했다. 이제 진정으로 입신출세를 위한 시험이 그의 앞에 기다리고 있었다. 법학부를 졸업한 그는 변호사 시험에 응시하기 위해 한양으로 올라갈 계획을 세우고 있었다. 법학도로서 당당히 나아가야 할 길이었고 또 시험에 응시할 자격을 취득하였기 때문이다. 이제부터 정작 시험을 위해 촌음을 아껴야 할 처지에 놓이게 되었다. 출세를 위해 잠시도 지체할 수 없는 그는 또 다시 아내를 남겨두고 타국이 아닌 한양을 향해 집을 떠나기로 마음먹었다. 떠나기 전 처갓집 장인장모님을 찾아뵙고 문안 인사 겸 송별인사를 드리기 위해 부인과 함께 강골마을로 향했다. 사각모자에 학생제복을 입은 사람이 아니라 사회인으로써 양복차림이었다. 지난여름에도 고향에 왔을 때 다녀가긴 했지만 졸업 후 어엿한 사회인이 되어서인지 그때와는 사뭇 감정마저 다른 것 같았다. 모두가 자기를 눈여겨 지켜보고 있을 거라는 괘념이 솔솔 피어나기 때문이었다.

모두 하나같이 대학만 졸업하면 금방이라도 벼슬길에 오르는 줄 알고 있는 것도 그를 옥죄어 오는 것 중 하나였다. 유학을 마치면 곧장 암행어사라도 되는 줄 알고서 기대에 찬 눈길로 바라보는 것 같았다. 당장 처갓집에선 입신출세에 대한 장밋빛 기대에 젖어 처자식 거취문제부터 들고 나올 것 같은 예감이 밀려들었다. 모든 것이 강박관념으로 다가오면서 벌써부터 부담스러운 것만은 사실이었다.

동짓달 차가운 바람이 대문을 나설 때부터 옷 속 깊이 스며들기 시작했다. 태어난 지 두 돌이 다가오는 어린 딸을 포대기에 싸서 등에 업은 성요는 오랜만에 남편과 함께한 친정 나들이가 마냥 좋은지 추운 줄도 모른 채 만면에 웃음집을 매달고서 종종걸음으로 남편을 따랐다.

차가운 강바람이 오싹오싹 살 속으로 파고들어도 어린 것만 포근히 감싸주며 마냥 싱글벙글 웃음을 지으며 걸었다. 무지개와 같은 달콤한 꿈이 그녀의 얼굴에 살며시 내려앉아 있었다. 남편을 따라 한양으로 갈 것이라는 연분홍 꿈이었다. 한낱 꿈으로만 여겨왔던 것이 현실로 다가오자 그 감격이란 말로 표현할 수 없는 기쁨이었다. 유학을 마치고 돌아온 남편이 한없이 자랑스럽고 믿음직스러웠다. 길을 가다가도 연신 남편을 쳐다보며 걸었다. 미더운 눈웃음을 지어내는 그녀에겐 차가운 바람이 오히려 훈풍으로 날아들었다. 독수공방에 유정 낭군을 기다리며 지내왔던 삼 년의 세월이 하늘의 새털구름처럼 머릿속을 스멀거리며 스쳐지나가고 있었다. 아빠 없이 키워낸 딸이 도리질을 치며 재롱 꽃을 피워낼 때면 혼자 웃다가도 그것도 잠시 남편에 대한 그리움으로 변해가던 일들이…… 액자 속 남편의 사진을 바라보며 가슴 조이던 날들이 지난 추억으로 잠겨들면서 마음은 하늘을 날을 것만 같았다. 이제 두 번 다시 남편과 이별의 슬픔이 없을 거라는 안도감이 밀려들 때면 화랭이춤이라도 덩실덩실 추고 싶은 심정이었다. 친정아버지는 부부간 생이별 속에 살아간 딸 심정은 아랑곳하지 않고 사위자랑에 침이 말랐던 것. 내 사위는 신언서판(身言書判)을 다 갖춘 남자라고…… 조선팔도를 다 헤집고 다녀도 내 사위만큼 잘 난 남자는 볼 수 없다고 입심을 뽑고…… 머지않아 내 딸은 고관대작 부인이 되어 정경부인이 부럽지 않게 될 것이라고 치켜세우고…… 우러러 볼 날만 남았다고 입맛을 달 때면 한양으로 가는 날만 기다렸던 것이다.

친정집이 다가올수록 아버지의 말씀이 점점 귓가에 맴돌면서 남편과 함께 있으니 그 기쁨이 배로 날아들었다.

동지가 지난 겨울들녘은 만물이 움츠리며 잠에 취한 듯 삭막한 찬바람만 불고 있었다. 북쪽에서 날아온 쇠기러기 떼들이 지혜로운 팔자의 대오를 정연하게 그린 채 끼억끼억 울음을 허공에 뿌리며 남쪽으로 날아가고 있었다. 오불고불 정수리 들판을 휘돌아 흘러내리던 시냇물이 써무들 봇물에 이르러 돌돌거리다가 콸콸 넘치며 쪽쪽 소리를 내질렀다. 졸졸 거리는 시냇물이 축하의 장단을 쳐대는 것 같았고 하늘거리는 치마폭이 마치 나비처럼 사뿐사뿐 춤으로 보였다.

불길한 예감의 까마귀 떼들만이 냇둑에 검은 수를 놓며 고즈넉하게 내려앉아 까옥까옥 울어대었다. 제멋대로 울어대어 부모와 자식은 물론이요 어른과 아이의 죽는 순서를 뒤바뀌게 해주었다는 흉조. 무질서한 서열을 만들어놓았다는 불길한 징조의 까마귀의 울음소리도 그 순간만은 까치 울음소리와 다름이 없이 다가왔다. 성요는 호호탕탕한 황량한 겨울 들판 길도 꽃길을 걸어가는 것처럼 향기가 그윽하였고 솔숲에서 불어오는 쓸쓸한 겨울바람이 즐거운 새소리가 되어 귓가에 맴도는 듯했다. 친행길이 왜 이리도 가까운지 반겨줄 부모님의 웃음기 어린 모습이 눈앞으로 다가오는 것 같았다. 마음이 기쁘면 하는 일마다 즐거움이고 행복인 듯. 하지만 남편은 정작 웃음 한번 주지 않았다. 오히려 무슨 걱정거리에 사로잡힌 사람처럼 입을 꼭 다문 채 앞만 보고 걸었다. 서리 맞은 잔국처럼 흐느적거리는 모습도 엿보이면서. 아무런 내색도 없이 깊은 생각에 잠긴 채 내키지 않은 걸음을 걷는 사람처럼 보였다. 졸업이 가져다 준 기대치가 짓눌러 온지는 몰라도 마음을 졸이는 눈빛이 역력했다. 어느덧 그리던 친정마을이 한눈에 쏙 들어오는 마시당 고개에 올라섰다. 수백 년 동안 한 자리에서 몸을 키어온 동백나무 짙푸른 잎들이 겨울에 피어낼 꽃망울을 움켜잡고 따스한 햇살에 뻔득거렸다. 포근한 대숲 사이로 꼬막껍질을 엎어놓은 것처럼 자금자금한 초가집들이 올망졸망 붙어있었다. 가을을 지난 지붕들은 누르스름한 새 옷으로 갈아입었다. 샐긋이 솟아오른 굴뚝에서는 군불을 지피는 뿌연 연기가 모락모락 피어오르고 있었다. 고갯마루 솔밭 잔등 아래 친정집 사랑채가 살며시 고개를 내밀었다. 어렸을 때 살았던 정든 집이 병풍 같은 노송들에 에둘러 싸여 있었다. 백년이 넘도록 한결같은 마음으로 백로들을 불러 모아 따스한 보금자리가 되어주는 노송들, 청솔가지 솔숲에 솜털처럼 새하얀 눈꽃을 피워낸 백로 떼들이 옛 주인을 반기기라도 하는 듯 푸드덕 깃을 치며 까욱거렸다. 성요는 어릴 적처럼 목이 터지도록 엄마를 불러보고 싶었다. 출가(出嫁)한 지 삼 년이 지났는데도 잊지 못할 옛 추억이 새록새록 되살아나기 시작했다. 저 멀리 한양에 간다면 잊힐지 모를 일이지만 아무튼 천만무량의 감회에 젖어들기 시작했다. 마치 적년회포가 되어 굴비두름처럼 하나씩 밀려오면서 어릴 적 아름다운 추억을 하나씩 몽글몽글 그려주었다. 무엇보다 먼저 친구들 얼굴이 하나씩 스쳐지나가는 것이었다. 꽃님이, 경님이, 덕례, 숙자, 기순이. 점례. 등잔불 밑에 쭈그리고 앉아 모란꽃 수를 놓고…… 봄이면 자운영 밭에 뒹굴면서 나물을 캐고…… 단옷날이면 뒷동산 상수리나무에 매어놓은 그네를 타고…… 크림 화장품을 한 주걱 사서 서로 쿡쿡 찍어 얼굴에 발라대던…… 추석날이면 보름달 아래 강강술래를 하던 일들이 아름작아름작 떠올랐다. 정겨운 옛 추억 속으로 빠져 실실이 더듬다보니 어느새 발길이 대문에 닿아 있었다. 어디서 보셨는지는 몰라도 친정어머니부터 싱글벙글 웃는 얼굴로 다가왔다. 사위 손부터 맞잡은 어머니는 기쁨에 눈물을 글썽이며 반가워 어쩔 줄을 모르는 표정이었다.

"워메! 어서 오게! 그동안 얼마나 고생했능가?"

"괜찮았습니다. 장모님. 그동안 잘 계셨습니까?"

"나야 잘 있었제. 타국에서 공부한 자네가 얼매나 애를 썼는지……."

말끝을 맺지 못한 채 안타까운 눈빛을 뿌려대었다.

남편도 장모님의 따뜻한 마중에 기분이 좋아 씽긋씽긋 웃음을 짓다가 이내 처연한 눈길을 모았다. 어머니는 포대기에 싸인 외손녀를 덜렁 안고서 얼굴에 볼비빔을 하더니 손등을 쪽쪽 빨고는 어허둥둥 타령까지. 막내사위 올 때 되었다고 진즉부터 온갖 준비를 다 해놓았다. 남편이 좋아하는 식혜, 수숫단자, 굴비, 장대, 새조개와 꼬막은 물론 청주까지 직접 빚어놓았다. 백년손을 맞이한 식구들이 모두

한 자리에 모여들었다.

아버지는 유학을 마치고 돌아온 사위가 마냥 자랑스러운지 만면의 희색을 감추지 못하고 싱글벙글 좋아하였다. 그동안 가슴 조이던 초조함이 일순간 풀려가는 표정이 역력했다.

문중으로부터 당한 수모를 소석(昭析)이라도 하고 싶은 눈빛이었다. 막내딸 시집보내놓고 적지 않은 갈등과 고뇌 속에서 번민이 너무 많았다고……. 남편 없이 시부모께 지극 봉양하고 살아온 딸이 기특하다…… 부엌문이 어디 붙은 줄도 모르며 자랐던 딸이었는데…… 손이 트고 발이 갈라져도 불평 한마디 없이 제 할 일을 묵묵히 해내는 모습이 가련하다…… 의절(儀節)에서나 행실에서나 엄전스러운 양반의 기품을 조금도 잃지 않고 살아간 딸이 자랑스럽다…… 고진감래(苦盡甘來)라고 했으니 남편이 돌아오면 고관대작 부인은 따놓은 당상이나 다름없는 일이다…… 말마따나 신언서판을 다 갖추게 되었으니 이제 승승장구할 앞날이 훤히 내다보일 뿐이다…… 내일을 기다리며 꼭 참고 기다리도록 해라…… 효는 모든 덕의 으뜸이니 한 치도 흠절이 없도록 하라고 신신당부로 입에 침이 마를 지경이었다. 공부를 마치고 돌아온 사위가 대견스러워 인정이 묻어난 웃음을 지어보이면서.

남편은 오랜만에 장인장모님께 곡배를 하듯 큰절을 올렸다. 그동안 보내준 후의에 감사함을 담아드리는 듯 공손함이 흘러넘치는 것 같았다.

"그동안 타국에서 공부하느라 얼매나 애썼냐?"

"애라니요. 도와주셔서 저는 편하게 공부만 할 수 있었습니다. 하지만 제가 집을 비운 사이 혼자서 부모님 모신 민순 엄마가 고생이 많았지요."

　순은 겸손스럽게도 그동안의 공훈은 아내에게 돌리려 들었다. 함께 한 사람들 모두에게 도타운 미소를 덧칠해 주는 것이어서 모두들 함박웃음에 빠져들었다. 그중에서도 살가운 정을 느끼며 좋아하는 이는 친정어머니였다. 사위의 정에 흠뻑 빠져들면서 입을 다물지 못했다. 자애로운 웃음기를 피어내고 있다가

　"내 사우도 자랑스럽지만 내 딸도 참으로 기특허제. 솔직히 어려서는 구정물 통에 손 한 번 담그지 않고 컸다는 것을 사위가 잘 알지 않능가. 그런데도 시집을 가더니만 지극정성 시부모 봉양을 감쪽같이 해내는 것을 보고는 자랑스러웠다네. 어디서 그런 힘이 나왔는지 그것도 삼 년간이나……."

　어머니는 부러 사위 앞에 딸 자랑을 하러 드는 것 같았다. 사위에게 아내의 고마움을 잊어서는 안 된다고 속다짐이라도 강요하는 것으로 비쳐졌다. 앞으로는 떨어지지 말고 함께 살아야 한다는 당부와 같은 말. 남편도 장모님의 속뜻을 알아차리고 고개를 끄덕였다. 아내를 돌아다보고 무구(無垢)의 미소까지 지어보였다. 그동안 고생에 대한 위로의 눈빛을 보여주는 것 같았다. 속다짐이라도 하려는 듯…… 속정이 도탑고 따뜻한 사람이라는 것을 보여주기라도 하려는 듯 염화시중 같은 맑은 웃음을 지어 보였다. 성요도 남편의 곰살가운 표정에 아내의 연정이 가득 묻어난 발그레한 얼굴로 살포시 웃어주었다. 아버지는 부지불식간에 짐짓 사위의 속마음을 확인이라도 하고 싶은 듯

　"이제 벼슬길로 나갈 일만 남았제."

　"예. 그리 해야지요."

"이제 훤한 앞날만 남았구나."

"그런 것만은 아닙니다. 최선을 다해야지요."

"일본 유학을 마쳤으니 거리낄 것이 뭐가 있겠능가?"

"시험에 합격해야 합니다."

"시험? 무슨 시험인데?"

"갑오경장 때 없어졌던 과거(科擧)와 같은 시험입니다."

"뭐, 과거라고 했는가?"

"예, 그와 비슷한 시험이지요."

1894년 갑오개혁으로 폐지 된 과거시험을 설핏 떠올린 것 같았다. 용철 어른은 여섯 살 때부터 서당에서 천자문과 명심보감을 공부했다. 어릴 때부터 오직 과거시험을 준비하느라 소학이며 사서삼경을 줄줄 외우곤 했다. 세 차례나 소과에 응시했으나 결국은 낙방했다고 했다. 그 후로 과거라고 말만 들먹여도 진절머리가 난다고 했던 것인데, 일순간 넋이 나가신 것처럼 멍하니 봉화산만 쳐다보았다. 하늘에 올라가 생별을 따는 것보다 더 힘든 것이 과거라고 되뇌던 일이 목전으로 다가오자 눈앞이 침침했던 것이다. 과거제도가 없어졌으니 시험은 없을 것이고 특히 유학까지 마치고 돌아온 유능한 사람이라서 금방이라도 높은 자리에 앉힐 것으로 여겼던 것이다. 그간 너무나 큰 괴리가 있었음을 이제야 알아차린 것이다.

혹시 시험에 떨어지기라도 하면 어떨까 싶은 조바심에서 고개를 갸우뚱거렸다.

"그러면 그 시험을 언제 있능가?"

"내년 팔월에 있습니다."

"그렇게 멀리?"

"일 년에 한 번밖에 없습니다."

"시험은 어디서 보는 것인데?"

"한양으로 가야 합니다."

"그래야 허겄제."

벼슬길에 올라 한양으로 데려갈 줄 알고만 있던 터에 시험을 보러 간다는 것은 망연스러운 일이었다. 아직 벼슬길이 아니라서 딸을 딸려 보내는 것이 거북스러운 일이라는 것을 알아차리기라도 한 듯 금세 얼굴이 칙칙하고 무겁게 내려앉았다.

"살 방이라도 있능가?"

"아닙니다. 가서 알아봐야지요."

"그러면 식구들과 함께 갈 것잉가?"

"나중엔 데려 가야지요."

"그때가 언젠데?"

"가봐야 알 것 같습니다."

순도 일순간 목소리가 낮게 가라앉으면서 초조해하는 기색을 드러냈다.

"그러믄 언제 떠날 것인가?"

"설 지나고 날씨가 풀리면 곧장 떠나야 할 것 같습니다."

"그래야 허겄제."

순은 선뜻 말을 하지 못하고 방 안을 둘러보며 눈치를 살피더니 가냘픈 눈동자로 아내와 눈을 마주치고는 에둘러 말막음을 하려 들었다.

"마누라가 곁에 있어야 밥도 해주고, 또 딸 재롱도 보고 살 거 아닝가부네."

대실댁이 처연한 눈빛을 쏘아가며 속심을 털고 나섰다.

"지금 제겐 그럴 여유가 없습니다. 나중에 합격하고 나서 그리해야지요."

"그때가 언제 올까이! 삼 년 동안이나 떨어져 살았는디 또 독수공방이구만."

"시험에 합격해야 모든 일이 풀릴 것입니다. 어쩔 수 없으니 그때까지만 서로 고생하면 되겠지요."

"정 그렇다니 더 할 말은 없네만 부부는 일신인디 떨어져 살아서 뭐가 좋겠능가."

"예, 알겠습니다. 될 수 있는 한 빨리 데려가도록 최선의 노력을 다하겠습니다."

남편은 못내 표정이 굳어지면서 이리저리 눈치를 살폈다. 예전과 달리 아주 딴사람이 되어 시무룩한 표정까지 흘려보냈다.

또다시 생이별이라니 성요는 일각에 떡심이 풀려들었다. 예상과는 달리 너무 빗나간 일이 또 다시 밀려오는 것. 노심초사해왔던 것이 현실로 다가오자 초조한 빛을 감추지 못했다. 어떤 질긴 두려움이 꿈틀거리며 다가오기 시작했다. 남편은 이미 아내의 맘속을 훤히 꿰뚫고 있으면서도 입을 닫아걸고 침묵을 지켜왔던 것. 기대했던 것이 한순간에 모두 사라져버린 듯 몽롱한 눈길로 남편을 바라보았다. 하지만 남편의 출세를 위해선 아내는 어떤 희생도 감수해야 한다는 신조는 버리지 않았다.

피할 수 없는 운명임을 알아차린 아버지도 한숨을 피어 올리며

"어차피 피해갈 수 없는 시험이라면 죽기 살기로 맞닥뜨려야 허지 않겠능가?"

"예, 그리하겠습니다."

"그만한 실력을 갖췄을 텡께 금방이라도 합격허겠제."

"죽기 살기로 달려들겠습니다."

"그래야제. 호랭이도 하찮은 토끼를 잡을 때 온 힘을 다한다는 것이네. 그러니 자만하지 말고 열심히 해야 써. 그렇다 보면 좋은 일이 있지 않겄는가."

"예, 장인어른."

"인생사란 다 때가 있는 벱이여. 주어진 때를 놓치면 고생길이 불을 보듯 뻔한 일이제. 기차 떠난 뒤에 손들어본들 무슨 소용있당가. 그렇다고 무리해서도 안 되는 것이 사람의 삭신이제. 한사코 건강도 돌봄서 허도록 허소."

"예, 장인어른."

유현하신 아버지는 참으로 막내사위를 사랑스러워했다. 비록 사위자식이지만 집안의 자존심을 지켜줄 이는 그뿐이라고 서슴없이 흠탄을 쏟아내곤 했다. 문중사람들의 갖은 비식거림에도 굴하지 않고 호연지기를 가진 사람이라고 순을 사위로 품었던 것이다.

"성요 너도 아내로써 본분을 다해야 헌다. 지아비가 벼슬길로 나아가기 위해 집은 나서는 것잉게, 서운해하지 말고 참고 기다림서 부모님께 효도하며 행실도 바르게 해야 헌다. 공자님께서는 '악한 일을 하여 하늘에 죄를 얻으면 나중에는 빌 곳이 없다'고 하셨다. 이를 획죄어천(獲罪於天)이면 무소도야(無所禱也)라'고 허제. 그리고 '백행지본(百行之本)이면 인지위상(忍之爲上)이니라'했다. 백행에 있어 가장 근본은 참는 것이라고 했다. 그러니 허 서방이 벼슬길에 오를 때까지 어떤 어려움이 있드라도 참고 기다리도록 해야 헐 것 아니냐?

 자고로 사람이 벼슬만 높이 올라간다고 해서 현인이 되는 것은 아닌 것이랑께. 그만큼 참을 줄 아는 도량도 갖춰야 하는 것이다. 참고 견딤서 아내의 본분을 잘 지키도록 해라."

 용철 어른은 어진 가르침을 들먹이며 아내의 본분을 다하라고 일러주었다. 순은 장인어른의 지혜에 탄복하지 않을 수 없는 듯 연신 허리를 굽실거렸다. 성요는 가슴이 헐렁 비어버린 것 같아도 아버지의 말씀을 가슴에 새겨 넣었다.

 ……설이 지나자 기나긴 겨울이 물러간 듯 따스한 봄기운이 날아들었다. 겨우내 봉화산 골짜기에 쌓인 잔설이 녹아내려 살이 붙은 소리골 마당바위 계곡수가 요란스럽게 콸콸대었다. 남쪽 바닷가 득량 고을에는 벌써부터 봄 향기가 그윽하게 피어오르면서 들녘에 아지랑이가 가물가물거렸다. 푸른 새싹들도 슬그머니 고개를 내밀기 시작했다. 따듯한 봄볕 아래 푸름을 더해가는 보리밭은 온통 초록색 돗자리를 깔아 놓은 것 같았다. 너른 남쪽바다가 내려다보이는 봉화산 동백 숲에는 올해도 어김없이 붉은 빛이 만연했다. 순정처럼 훨훨 타오르는 붉은 꽃잎 속에 새침데기 노란 수술, 언제 보아도 싱그러움을 더해주는 동백꽃이 봉화산 자락을 붉게 물들여놓았다. 봄을 알리는 청순한 동백꽃은 남편을 향한 아내의 그리움을 상징하는 꽃이라고 전해 내려왔다. 어느 금실 좋은 부부가 다시 만날 것을 기약하고 헤어졌지만 남편은 끝내 돌아오지 않았다. 아내는 남편을 기다리다 지쳐 결국 죽음을 맞이했다는데 못내 다시 동백꽃으로 피어났다고 했다. 이렇게 죽은 아내의 형상을 닮은 꽃이 동백꽃이다. 모진

추위를 견디며 눈이 내린 겨울에 피고, 꽃잎이 지는 추한 꼴을 보이기 싫다고 해서 통째로 떨어지는 꽃, 정녕 다 피지 못하고 죽은 아내가 남편을 그리워하는 마음을 피워낸다고 해서 순정의 꽃이라 했다. 까닭을 아는지 몰라도 성요는 동백꽃을 좋아했다. 유학을 마치고 한양으로 떠나가야 하는 남편에게 동백꽃 속에 애틋한 심정을 담아주고 싶어 봉화산 동백 숲으로 나왔다. 남편과 헤어질 것을 알면서도 못내 아쉬움을 달랠 길 없어 가슴이 뻐개지는 심통이 밀려들었다. 초례청을 거친지 삼 년이란 세월이 지났건만 떨어져 살아간다는 것이 너무 안타까웠다.

벼슬길에 오를 일이어서 쌍수를 들어 성원해야 할 일이지만 이별의 아픔과 그리움을 가슴에 묻어놓고 살아간다는 것이 쉬운 일은 아니었다. 그러나 훗날 데리러 온다는 기약을 남겨놓고 떠나갈 남편을 편히 보내주고 싶었다. 남쪽바다에는 봄기운을 이뤄내는 파도가 하얀 거품을 이뤄내며 나뒹굴고 있었다. 마치 봄바람에 흐느적거리는 보리밭 이랑처럼.

성요는 슬픔에 젖은 얼굴로 호호망망한 남녘 쪽빛 바다를 하염없이 바라보고 있었다. 아내의 무릎을 베개 삼아 누워있는 순의 이마에는 활짝 핀 동백꽃이 올려져있었다. 성요는 동백꽃 속에 자신의 애틋한 심정을 담아 올려놓고서 하염없이 바라보면서 수심에 잠겨들었다.

수심 깃든 표정으로 애달픈 한숨을 뿜어내는 아내를 바라보며 순이 무거운 입을 열었다.

"동백의 꽃말이 무엇인 줄 알아?"

"꽃말이랑께 무슨 뜻이다요?"

“꽃의 특징에 따라 상징적으로 의미를 부여한 말을 꽃말이라고 허는 거야.”

“그러믄 동백꽃말은 멋일까요?”

“순정이라고 하는 거야.”

“순정이라고요?”

“응.”

“왜 순정이라 했을까요?”

순은 몸을 곧추세워 앉은 다음 아내의 볼에 살며시 입을 가져다대며 말을 이었다.

“당신 같이 착한 여자의 남편사랑이지.”

성요의 만면에 웃음꽃이 살며시 내려앉았다. 그래도 그녀의 마음 구석에는 납덩이 같이 무거운 슬픔이 짓눌러 오고 있었다. 그것은 남편을 떠나보내야 하는 애틋하고도 그리운 마음이었다. 그녀는 바다에서 유유히 피어오른 하얀 구름조각에 이별의 슬픔을 살며시 실어 보내고 싶지만 그것은 하릴없는 일이었다. 구름들은 그녀의 마음을 아는지 모르는지 아랑곳하지 않은 채 줄줄이 장수봉산마루를 넘고 있었다. 잠시 수평선 위로 회색 뭉게구름이 여울처럼 피어오르더니 안개 같은 이슬비를 보시시 뿌려주었다. 속마음을 알아주기라도 하듯 석별의 정이 진득하게 배어난 이슬비였다.

저 멀리 하늘과 바다가 만난 끝자락에 고흥반도가 눈길 안으로 들어왔다. 그녀는 은근슬쩍 속정을 꺼내들었다.

“야! 일본이 보이구만요. 저기가 일본 맞지요?”

아내의 가냘픈 목소리에는 속마음이 녹아 있었다. 순은 부러 해맑은 얼굴로 방싯거리며 손가락으로 동쪽을 가리켰다.

"아니야. 저긴 고흥이고 일본은 이쪽이야!"

그녀는 일부러 동쪽을 바라보려고도 하지 않았다. 하늘에서 찬물을 뿌려대는 것처럼 일시에 분위기가 숙연해지고 있었다. 고개 숙인 그녀의 눈시울에는 이슬방울이 맺혀드는 것 같았다. 임과 이별을 아쉬워했던 눈물이었다. 순은 아내의 슬픈 마음을 달래주려 살며시 어깨춤을 잡고 등을 쓸어내렸다.

"지는 일본이 싫구만이라우."

목이 메어 훌쩍이는 소리가 날아들었다. 그것은 그녀의 본심이었고 가지 말라는 애원하는 소리로 들렸다. 허나 순에게는 일본이 좋은 것은 아니지만 그래도 고마운 곳이었다. 그에게 꿈을 키워준 곳이고 미래를 가져다 줄 곳이었다. 순은 엷은 미소를 머금은 채 에두르며 물었다.

"왜!"

그녀는 조금도 머뭇거림 없이 눈길을 건네며 말했다.

"우리 사이를 갈라놓았던 것이어서 밉구만이라우."

순은 아내의 볼을 손으로 살포시 어루만지며 동백꽃다발을 건네주었다.

"밉기는? 내가 공부할 수 있도록 해준 곳인데."

"당신한텐 좋은 곳일지라도 지한테는 밉당께요."

"그러네! 삼 년 동안이나 떨어져 살았으니."

"이 꽃이 다시 피는 날이 오면 좋겠소. 그때면 시험에 합격할 것잉께 이별이 없겠지라우."

"곧 오겠지. 단번에 합격해서 데리러 올 테니까 걱정 말어."

"꼭 시험을 봐야 허능가요?"

그녀는 이미 알고 있었으면서도 생판 모르는 척 천연덕스럽게 묻다가 이별의 서운함이 못내 아쉬운 표정을 지어가며 침울한 표정을 지었다.

"그럼 당연히 봐야지. 이래 봐도 나는 도후쿠후 대학 법학부 졸업생이라니까. 기어코 합격하고 말테니 넉넉잡고 일 년만 기다리면 돼. 그땐 우리 앞에 광영만 가득할 거야."

순은 어금니까지 앙다물면서 두 손을 꼭 쥐어주며 생그레 웃음을 지어 안심시키려 들었다.

힘없이 고개를 끄덕이는 그녀의 얼굴에는 체념의 빛이 음울히 자리 잡고 있었다.

순은 아내의 코끝에 동백꽃을 따서 가져다 대어주면서 상글한 웃음을 지었다. 성요는 동백꽃의 향기를 빨아들여 감상에 젖어들면서

"이 꽃이 다시 피는 날이 언제 돌아올랑가 모르겠소."

가느스름한 눈길로 동쪽 하늘을 바라보고서 뿌르르 떨리는 입술로 계속 말을 이었다.

"네 낭군 돌아올 때까지 보고파도 참아야지라우. 보고프면 눈을 꼬옥 감고 지낼라요."

남편에 대한 그녀의 순수하고도 열정적인 마음은 순을 가만 놔두지 않았다. 그는 아내를 꼭 껴안아 가슴에 묻으며 입술을 가져다 대었다. 그녀도 살포시 눈을 감고 남편의 입술을 더듬었다. 순은 입술을 슬그머니 들어 올리며 애원하듯 속삭였다.

"조금만 참아. 열심히 공부해서 돌아올게! 난 꼭 출세해야 하거든! 예쁜 딸을 낳아 내게 주신 것도 부족해서 학비까지 대어주신 처갓집에 은혜를 갚기 위해선 죽도록 공부해야 돼!"

성요는 남편의 곰살가운 위로의 말에 입술이 부르르 떨리고 눈물이 볼을 타고 흘러내리고 있었다. 뿌듯한 감회에 젖은 그녀는 애잔히 입술을 열었다.

"출세허면 어디서 살 것잉가요?"

"한양에서 살아야지."

"한양에서라우? 우리 같은 사람들도 가서 살 수 있다요?"

"그럼, 가서 살 수 있지. 거기에는 공부 많이 하는 사람들, 그리고 성요같이 예쁜 사람들이 사는 곳이제. 전기불도 켜고, 전차도 타고, 궁궐도 있어 아름다운 곳이야."

"진짜로 거기 가서 살 것이라고라우?"

"그럼!"

"벌써부터 떨리구만요."

"조금만 기다리면 다 이뤄지니까 걱정 말어. 내 꼭 출세해서 한양에서 살자!"

순은 따뜻한 정회(情懷)를 내뿜으며 아내를 끌어안았다. 가슴을 뭉클하게 만들었고 또 남편으로서 굳은 신뢰심을 심어주는 데 부족함이 없어 보였다. 아내의 안면에 봉싯봉싯 미소가 피어나고 있었고, 순의 생글거리는 얼굴모습이 동백꽃처럼 아름다웠다.

……이른 봄이라고 하지만 아직은 밤 대숲을 흔들어대는 차가운 바람소리가 쇄쇄거리며 스산하게 들려오고 있었다. 고요한 적막이 어디에서 왔는지 잠시 머무르는 어두운 밤이었다. 구름 한 점 없는 맑은 하늘에 반짝거리는 별빛 사이로 은하수가 옥양목 자락을 펴놓은 것 같았다. 뒷동산에서는 소쩍새가 소쩍소쩍 슬픈 울음소리를 서

글프게 흘리고 있었다. 밤은 점점 깊어 차가운 밤공기가 겨드랑이 사이로 파고들어 오싹오싹 거리는데도 순이 부인과 함께 툇마루에 나와 반짝거리는 별을 헤아리기라도 하려는 듯 구만리장천만 쳐다보고 있었다. 어깻죽지를 장작으로 얻어맞고 숨통을 부여잡은 사람처럼 무슨 말을 해야 할지 모른 채 웅크리는 모습이었다. 입술마저 꼭 다물고 하염없는 창공으로 눈길을 주고 있었다. 삼 년이란 긴 세월을 생이별 속에 살아왔으면서도 날이 새면 또다시 헤어져야 하는 괴로움의 한숨소리를 밤공기 속으로 보내고 있었다. 아내는 자고나면 떠나가야 할 남편을 붙잡아두고 싶은지 밤마저 붙들고 놓아주지 않으려는 심산이었다. 이제 그리움 안에서 남편을 손꼽아 기다리며 살아야 할 시간이 다가오고 있었다. 고독에 짓눌린 채 액자 속의 들어있는 남편의 사진과 살아가야 할 때가 다시 온 것이다. 혼수이불이 방바닥에 깔리기도 전에…… 한 이불 덮고 오순도순 정을 나누기도 전에…… 신혼의 단꿈을 멀리 한 채 벼슬길이 기약 없는 이별을 재촉해왔던 것이다. 남겨두고 떠나야 할 아내가 못내 안타까워 살며시 입을 열었다.

"그날이 언제일지 모르지만 그때까지만 기다려주오. 내 꼭 성공해서 데리러 올게."

머칠 동안 굶은 사람처럼 가냘픈 목소리는 어둠 속으로 낮게 깔려들고, 한숨소리는 말끝을 타고 공기 중으로 흩어지고 있었다. 그는 아내의 왼손을 살며시 끌어다 쥐어가며 말을 이었다.

"또 헤어지려니 가슴이 저려 오는군. 장인어른께서 말씀하셨듯이 '백행지본(百行之本)'이면 인지위상(忍之爲上)'이라 하셨듯 우리의 슬픈 이별 뒤에는 반드시 광영이 있으리라 확신하니, 부디 몸조심하고 잘 있어. 꼭 출세해서 돌아올 터이니.”

이어 순은 아내를 앙가슴 속으로 살포시 끌어당겼다. 남편의 품안으로 빨려 들어간 성요가 못내 입을 열었다.

“부모님 봉양 잘하고 있을 텡께 집안 걱정하지 말고 가싯시오. 빠른 시일 내에 뜻을 이루시길 빌라요.”

“식구들을 위해서라도 반드시 합격하여 이몽룡처럼 어사가 되어 마패를 차고 귀향할 터이니 그때까지만 기다려주오.”

입술이 비틀어지도록 어금니를 사리물고 큰소릴 친 남편을 바라본 성요의 입가에 반가운 웃음기가 내려앉았다. 미더운 남편의 당찬 다짐을 뒷받침이라도 해주려는 듯 그녀도 입술을 앙다물고 오른손을 불끈 쥐었다.

“가서서는 종종 편지도 해주고요.”

그녀의 가냘픈 말끝에 가느다란 한숨이 새어나오고 있었다.

“그래 알았어.”

“친정집에서 쌀 석 섬 값을 주십디다. 아무에게나 알리지 말고 가지고 가라고 하셨어요. 그리고 나중에 또 보자고 허시드구만요. 연락이랑 끊지 말고 처갓집에도 안부편지 좀 해주싯시오.”

“알았어. 이제 조선 땅 안에 살고 있으니 어렵진 않지.”

부부는 밤을 새다시피 하며 잠을 이루지 못했다. 이별의 전날 밤을 뜬 눈으로 지새운 성요 의 귓가에 어디선가 닭이 홰를 치는 소리가 스멀거리며 들려왔다. 닭장에서 들려오는 소리는 새벽녘에야 간신이 눈을 붙였던 그녀의 선잠마저 깨워놓고 말았다. 지성이면 감천이라고 정성이 다하면 하늘도 감동하여 뜻을 이룰 수 있는 것. 성요는 친정어머니로부터 이 말을 전해 들었다. 그리고 아침마다 치성을 드리면 더 빨리 이룰 수 있다고 들었다. 과거시험을 치르러 떠나가는 남편을 위해 새벽치성을 드리기로 작정했던 것. 새벽마다 성황당에 올라 정화수를 떠놓고 비는 일로 하루를 시작하기로 했다. 호음동마을 뒷동산 자락에는 옛날부터 마을 성황당이 있었다. 마을을 벗어나 휘우듬한 산내들을 돌고 돌면 고갯마루 밑에 물랑골이라는 샘물. 삼년 가뭄에도 끄떡없이 맑은 물이 솟아나는 곳이다. 이 샘물은 신령이 준 물이라고 해서 신수(神水)며 약수(藥水)라고 알려져 왔다. 물랑골 가기 전 바로 위 고갯마루에는 오래전부터 돌무덤이 자리 잡고 있었다. 수백 년 동안 쌓였는지는 몰라도 마치 노적을 쌓아놓은 나락 볏가리처럼 큰 무덤 같은 산을 이뤄 놓았다. 크고 작은 돌들이 마치 커다란 무덤의 봉분처럼 쌓여 있는 곳이다. 이곳을 지나칠 땐 저마다 돌을 주워 던지는 풍습이 이어져 내려오고 있기 때문. 사람들은 이 돌무덤을 할머니 묘라 하고 보통 할매당이라 불렀다. 할매당 바로 아래에는 수령이 삼백 년이 넘었다고 하는 팽나무 세 그루가 물랑골 샘물을 에둘러 싸고 있다. 일명 성황나무 혹은 삼신나무라고 불려왔다. 고목이 다 된 듯 보이면서도 죽은 거스러미 하나 없이 서로 팔짱을 끼고 다정하게 푸른 숲을 이뤄왔다. 사람들은 이 성황나무를 기둥삼아 대나무를 엮어 울을 막은 뒤 흰색, 노란색, 청색으로 삼색 천을 매달아 새끼줄을 둘러놓았다. 새끼줄 안으로 들어가면 비석을 뉘여 놓은 것처럼 널따란 제단도 쌓아놓았다. 촛불을 켜놓고 정화수를 받치기 쉽게 하기 위해 쌓아놓은 계단처럼 생긴 일종의 밥상 모형. 그 아래는 여자의 하문 같은 돌 틈으로 맑은 샘물이 솟아 흘러넘치고 있는데 이물이 정화수로 사용되는 신수다. 이곳은 옛날부터 아무나 함부로 드나드는 곳이 아니라고 믿었다. 신령이 있는 곳, 성황신이 있다고 믿었다. 원래 성황당은 국가나 고을의 방어 시설의 단순한 이름이었으나 고려 때부터 성황신앙이 전래되어 각 수령이 제사를 지냄으로써 신성시 되었다고 한다. 죽어 성황신이 되어 후손들에게 전해져 보살펴주시니 대대로 문관과 무관에 어진 신하가 태어난다고 노래하는 대목에서 알 수 있다. 이곳은 호음동마을 성황당이어서 마을 사람들이 정월 대보름이면 신령에게 제사를 바쳐왔다. 제단에 정화수를 떠놓고 빌며 치성을 드리면 소원 성취할 수 있다고 믿었다. 때문에 당골들이 무당굿을 하는 곳이기도 했다. 그것만이 아니었다. 젊은 여자가 삼신나무를 부둥켜안기를 세 번씩 하고 세 바퀴 돌면 삼신할멈의 도움으로 태잉(胎孕)의 신효(神效)를 얻을 수 있다고도 했다. 특히 아침 햇살이 맨 먼저 비춰준다고 해서 이른 새벽 맑은 물로 머리를 감고 정갈하게 빗은 다음 떠오르는 해를 향해 합장배례로 천지신명에게 비는 아낙네들이 많았다. 성요가 이곳을 찾은 지 삼 일째 되는 날이었다. 동쪽 하늘의 희뿌연 빛이 아직 어둠을 이겨내지 못했다. 어둠속에 묻혀있는 산길을 걷노라면 오싹오싹 소름이 끼치고 다리가 달달 떨려도 그녀는 이미 무서움을 떨쳐버린 뒤였다. 비탈진 황토밭 길켠엔 수북이 솟아 있는 땅 고드름을 밟아가면서 비탈길을 기어오르고 있었다. 건너편 캄캄한 솔숲에서 기궤한 소리가 들리기도 했다. 파르르 떨고 있는 굴참나무 잎 사이로 산새 한 마리가 애달피 울어대었다. 푸드득 깃을 치며 창공으로 나르는 산비둘기 소리에도 놀라지 않고 앞만 보고 달려가고 있었다. 다리쉼도 없이 된비알 길을 오른 그녀의 이마에는 어느새 굵은 땀방울이 송송 맺혀 있었다. 하얀 서리꽃이 내려앉은 돌덩이를 시린 손으로 주워들고 할매당 앞에서 합장배례를 하고 나서 돌을 쌓았다.

맘속에 있는 소원을 이뤄달라고…….

곧바로 물랑골 성황당으로 내려갔다. 제단 위에도 바위틈에도 눈처럼 하얗게 서리가 끼어 있어 밟으면 파삭파삭 거렸다. 돌 틈에서 솟아오른 물길에서는 김이 모락모락 피어오르고 있었다. 엄동설한에는 따뜻하고 삼복더위에는 얼음처럼 시원하기로 유명한 것이 또한 물랑골 샘물이었다. 그녀는 돌 틈에서 솟아나는 신수를 바가지에 담아 돌 구덩이로 날랐다. 그리고는 곱게 올린 낭자머리 비녀를 빼고 머리를 풀었다. 팔뚝까지 찰랑찰랑 풀어헤친 머리를 신수에 담갔다. 비장함이 묻어나면 추운 줄도 모르는 법. 머리칼을 물속에 담그고 흔들어대더니 손으로 쭉쭉 훑어 물을 짜고 나서는 품속에서 꺼내든 삼베수건으로 물기를 닦았다. 이어 참빗으로 정결하게 빗어 내렸다. 제단으로 다가간 그녀는 촛불을 켰다. 보시기에 신수를 떠다 그 앞에 올려놓았다. 무릎을 꿇고 두 손바닥을 모은 뒤 눈을 감으며 조아리기 시작했다. 진정된 소원의 주문이 그녀의 입술로 새어나오고 있었다.

'비나이다. 비나이다. 신령님께 비나이다. 본관은 김해 허씨요 이름은 순. 정미생 삼월 열 하룻날 사시 생인 우리 군주 순을 위해 비나이다. 날이 밝으면 한양으로 과거 길을 떠날 우리 군주 순이 장원 급제하여 금의환향하도록 해주시길 간절히 비나이다.'

귀밑머리에서 고드름이 열리는 것 같고 입술이 새파래지는데도 그녀의 빔은 그칠 줄을 모르고 있었다. 어느덧 동녘 하늘이 번해지고 밝아오기 시작했다. 동녘에서 쪽빛 어둠과 붉은 빛이 서로 자리다툼을 벌이고 있었다. 붉은 빛을 뿌려가며 이글거리는 햇덩이가 바닷물을 박차고 창공으로 튀어 올랐다. 동쪽 하늘이 온통 붉은 쉿물을 부어놓은 것 같았다. 그녀는 고갯마루에 올라 또 다시 두 손을 모으고 햇덩이를 향해 넙죽 큰절을 올렸다. 그러하기를 세 번, 어느새 햇덩이는 새벽노을을 박차고 올라 삼신나무 가지에 걸려 있었다. 햇덩이를 나뭇가지에 매달아놓고 싶은 절박한 심정이었다. 남편과 같이 있을 시간이 길어질 수 있기 때문일지 모른다. 이내 서글픈 눈물을 짓다가 못내 소매 끝으로 눈물을 찍어낸 그녀는 총총걸음으로 산길을 내리 걸었다. 지나간 신혼 생활은 오직 기다림으로 얼룩진 세월뿐이었다. 기다림은 이제 그녀의 운명과 같은 것이 되어버렸다. 아니 숙명으로 바꾸어 가슴에 묻어두었다. 기다림은 가슴속에 벌써 모진 병이 되어 뿌리를 내리고 있음에도 출세하는 그날까지는 또다시 이어질 수밖에 없는 숙명이라고. 무엇인가를 기다리고 산다는 것은 삶에 무력감을 가져오기도 하지만 한편으론 자신을 채찍질하는 희망이 될 수 있는 것이다. 무지개를 잡는 것처럼 한낱 허무한 꿈이 될 수도 있고 마음에 설렘을 가져다주기도 한다. 그러나 이다음에 또 다시 태어나 부부를 맺는다면 이별 없는 삶을 살고 싶었다. 기다리며 산다는 것은 고통의 줄기에서 뻗어 나온 가지였던 것이다.

　산길을 내려오는 그녀의 눈길 안으로 서산마루에 걸려 있는 조각달이 들어왔다. 누런 바가지를 엎어놓은 것 같은 새벽달이 밝은 빛을 햇덩이에게 넘겨주고 뿌연 안개만 뒤집어쓴 채 나그네 길을 재촉하고 있었다. 빛나는 햇덩이를 피해 스산하게 고갯마루를 넘어가는 모습이 자신과도 같아 보였다. 이렇게 새벽치성을 마치고 집으로 돌아온 그녀는 아침을 장만했다. 천리만리 머나먼 길을 떠나가는 남편의 허리춤에 채워줄 간식도 준비했다. 고구마도 그리고 보리개떡도 쪄서 나무도시락에 담아놓았다.

　모처럼 온 가족이 모여 아침 식사를 하는 동안 떠나갈 큰아들이 못 잊히는지 시아버지가 먼저 당부말씀부터 꺼내들었다.

　"인자 유학을 마치고 벼슬 시험을 보러 간다고 헝께 그것만으로도 얼마나 장한 일이냐. 열성을 다해서 꼭 시험에 합격하도록 허그라. 가문도 빛내고 너도 잘살아야제. 무엇보다 여기까지 온 것은 네 처갓집 덕이라는 것을 잊으면 못쓴다. 알았냐? 니 처는 언제까지 혼자 살도록 나둘 작정이냐? 부부는 떨어져 살면 못 쓰게 바삐 서둘러서 데려가도록 해라."

　"예, 아버지."

　"그러고, 내가 너한테 꼭 해두고 싶은 말이 있다. 너도 인자 어른이 되었응께 세상물정을 알아야 써. 남자가 필히 조심해야 할 것이 있다면 세 가지가 있다고들 말해왔는디 첫째로 말을 조심해야 허는 것이다. 말은 입 밖으로 쏟아놓으면 다시 담을 수 없는 것이제. 세 치 쎄바닥이 사람 잡는다고 허질 않더냐? 또 쎄바닥 밑에 독이 들어 있어서 뼈도 없는 것이 뼈를 부순다고 허는 것이 말이랑께. 타관객지에서는 한사코 말을 조심하고 살아야 쓴다. 다음으로는 발을 조심을 해야 헌다. 남자는 아무 곳에나 발을 딛어서는 안 되는 것이랑께. 앉을 자리 보고 다리를 뻗어야 허는 것이다. 열 사람 죽으러 가는 데는 가도 한 사람 살러 가는 데는 가지 말라고 허능 것이다. 남자가 발 한번 잘못 딛었다가 신세 조지는 사람이 허다헌 것이다."

　정렬 어른은 식사를 하다 말고 당부하듯 말했다. 이제는 배우는 학생이 아니라 의젓한 성인남자로 지켜야 할 당위적인 내용이었다.

　"예, 아버지. 명심하겠습니다."

　순은 머리를 조아려가며 대답했다.

"나도 한번 실수를 해갖고 늙어서 빌어먹게 되었는디 며느리 덕분에 밥술이라도 묵고 사는 것 아니겄냐? 다행스럽게 훌륭한 아들을 둬갖고 부잣집으로 장개를 보낸 탓에 입에 풀칠이라도 허고 사는 것이제. 너는 꼭 처갓집 은공을 갚아야 쓴다. 그리고 니 처를 금쪽같이 여기고 살아야제. 그럴러면 객지에 혼자 가서 지낼지라도 한사코 계집을 조심해야 쓰는 것이다. 사내는 어디로 가나 계집이 있는 것이고 사내 잘나면 피마자 대에 개똥참외 달라붙듯 허는 것이다. 계집은 남의 것이 곱고 자식은 제 새끼가 곱는뱁잉께 한사코 여자를 조심허그라. 본디 계집은 붉은 고추와 같은 것이라고 허능 것이다. 고추가 발그스름하게 익을 땐 태깔 좋고 먹음직스럽지 않더냐. 그것뿐이냐 달착지근하며 향기도 나는 뱁이다. 그런데 입에 넣고 씹어보면 어쩌드냐? 금방 후회가 막심허제. 목구멍은 타는 듯허고 코도 맹맹하게 만들고 정신을 얼얼하게 하여 눈물까지 쏟게 허질 않더냐. 나중에는 귀까지 따가움서 사람을 못살게 허는 것이지야. 입으로 들어왔응께 입만 못살게 굴어야 허는디 머리에 붙어 있는 모두를 괴롭히는 뱁이제. 그 말이 무슨 말인 줄 알겠냐?"

"예. 아버지."

"사내는 여자를 조심허라고 허는 것이여. 잘못했다간 자기만 괴롭힌 것이 아니라 집안 식구는 물론 대소가까지 못살게 허는 뱁이란 말이다. 그래서 여자 아니 걸린 살인 없는 것이고 여자 입에 오르내리면 삼대에 걸쳐 재수가 없다는 것이랑께. 객지에서는 한사코 여자를 조심해야써. 이점 명심허도록 해라."

"예. 명심하겠습니다. 아버지."

순은 새삼 다짐하듯 대답했다.

“하믄 그래야제.”

“저는 길이 아니라고 판단되면 가지 않을 것이고 옳은 일이 아니라면 발을 내딛지 않겠습니다. 제가 존경하는 법조인이 계십니다. 저는 꼭 그분과 같이 법조인이 되어 정의롭게 나라를 되찾는 일에 앞장서고 가난에서 벗어나며 가문의 명예를 빛내는 일에 혼신의 힘을 다할 것입니다. 그날까지 부디 귀체 강건히 보존하십시오. 그동안 문중에서 저의 혼인에 대해 왈가왈부한 것 잘 알고 있습니다. 제가 벼슬에 오르고 나면 다 실없는 짓임을 알게 될 터이니 너무 심려하지 마십시오.”

목에서 마치 철소리가 새어나오듯 서슬을 모으고 있는 것처럼 대장부다운 늠름한 위용이 튀어나왔다. 겨울바람을 집어 삼키고도 남을 만큼 비장한 기상을 느끼게 했다. 그것은 비록 입다짐이 될지 모를지언정 부모님께 자신의 포부를 밝히고자 한 말이었다. 법학도로서 법조인의 꿈을 말씀드림으로써 부모님을 안심시켜드리고 아내에겐 믿음을 주기 위함이었다.

“아이고! 이제 내 아들은 이도령처럼 벼슬 할 일만 남은개비다. 아무리 봐도 니가 내 아들을 만난 것은 원앙이 녹수를 만난 것이랑께. 남자는 밖으로 돌고 여자는 안으로 도는 것이니 안에서 받쳐주지 못하면 속병이 든 사람처럼 싸대다가 말라죽기야 더 하겠냐. 집에서 새는 바가지는 들에 가서도 새는 법이란다. 아무리 바빠도 바늘은 허리에 매어 쓰지 못하는 벱이니 니 남편 시험에 합격헐 때까지는 여기서 니 할 도리를 다허고 있그라. 집도 절도 없이 집을 떠나니 객지에서 얼매나 고생이 많겠냐? 혼자 몸도 힘들 것이어서 너를 데리고 가지 못한다고 허드라. 살 곳도 없는디 너를 어떻게 데리고 가겄냐? 그믐달 보자고 초하룻날부터 보채서는 안 되는 것이제. 옛말에 마음이 지척이면 천 리도 지척이라고 했당께. 니가 여기서 지성을 다해준다면 금방 벼슬길에 오를 것이다. 그렇게 혼자 떠난다고 서운해 하지 말고 치성이나 지극정성으로 잘하란 말이다.”

시어머니는 좌중의 눈치를 살펴가면서 냉정한 목소리로 또박또박 말했다. 눈빛은 마치 종이를 찢어 발릴 것만큼 이글거렸고 목소리는 목덜미를 덥석 붙잡아 매는 것처럼 매몰차게 밀어붙이는 말이었다. 성요는 마치 앙가슴을 장작개비로 한 대 얻어맞은 것처럼 가슴이 먹먹해지는 것 같았다. 며느리로 해야 할 일을 못하겠다고 방문을 걸어 잠근 것도 아닌데 시어머니는 먼저 포석을 깔고 나선 것. 속심이 훤히 들여다보이는 말이었다. 며느리하고는 핏줄 당길 일이 없으니 각심하고 살아가라고 일깨워주는 듯했다.

일순간 귓가에 친정아버지의 가르침이 스치고 지나간 것이다. ‘지 아비가 벼슬길로 나아가기 위함이니 조금도 서운해하지 말고 참고 기다려라. 부모님께 효도하며 행실도 바르게 해야 한다.’

“예, 어머니.”

하지만 먹먹했던 가슴은 풀리지 않았다. 되레 수심이 가슴속으로 파고드는 느낌이었다.

아침이 끝나자 순은 양복을 입고 떠날 채비부터 했다. 기차시각에 맞춰야 하는 까닭에 서둘러야 할 판이었다. 방으로 들어간 그가 가방을 꾸리고 있을 때

“친정아버지께서 주셨구만요. 노자에 보내쓰라고요. 석 섬 값이라고 허십디다.”

성요는 주머니를 남편의 손에 건네주었다. 주머니 안에는 쌀 석

섬 값이 들어 있었다. 주머니를 받아든 순은 물끄러미 아내를 바라
보다가 어깨춤을 끌어당겨 안은 채

"사위자식을 위해 늘 도와주신 데 대해 감사드린다고 말씀 전해드
려. 기어코 성공해서 이 은혜 잊지 않겠다고……."

순은 가슴에 이마를 묻고 있는 아내의 얼굴을 쓸어가며 목이 잠겨
드는 목소리로 말했다.

"객지에서는 돈이 힘인 것인디 부족허면 연락허싯시오. 친정에 부
탁……."

성요는 못내 아쉬운 듯 목이 메어 말을 차마 마치지 못했다. 남편
의 가슴에 안긴 그녀에게 요동치는 맥박소리가 들려오면서 입술을
포개려 들었다. 성요는 지그시 눈을 감았다.

"최선을 다해 될 수 있는 대로 빨리 데리러 올게. 그때까지 잘 지
내고 있어."

성요는 연민에 찬 눈빛을 뿌리며 침묵의 한숨을 뿜어내었다. 고개
만 끄덕거리던 그녀가

"시험이 끝나면 오실라요?"

"가봐야 알겠지만 그럴 계획이어. 자세한 것은 나중에 편지 할 터
이니 그리 알고."

어느새 아내의 눈언저리에 눈물자국이 어룽어룽 거렸다. 속 모른
어린 딸 민순이는 아장거리다가 아빠 바지를 붙들고 안아달라고 안
달을 부렸다. 아빠도 없는 사이 태어난 딸이었는데 얼굴을 익히지
도 못하고 살아야 할 운명일지 모르지만……. 피는 못 속인다고 아
빠를 찾아가 안아달라는 것을 보고서 더 쓴 울음을 머금었다.

순은 얼른 어린 딸을 안아 목마를 태웠다. 어린 것이 아빠의 목덜

미 위에서 한없이 깔깔 웃어댔다. 아빠와 다시 헤어짐을 아는지 모르는지…… 언제 만날 줄 알지 못하면서 마냥 좋아 웃어대었다.

남편은 딸을 목마 태운 채 마당으로 나갔다. 성요가 가방을 들고 뒤를 따라 나갔다. 마당에는 시어머니가 먼저 나와 기다리고 있엇다. 성요는 부엌으로 다가가 보리개떡과 찐 고구마를 담은 나무도시락을 들고 나왔다. 대문 밖으로 따라 나온 식구들이 마을 앞까지 뒤를 따랐다. 동리 사람들도 그가 떠나가는 그를 보고 가던 길을 멈춰 선 채 배웅해줬다.

"아버지, 이제 떠나겠습니다. 다시 올 때까지 부디 건강하십시오."

순은 고별인사를 드리러 아버지 앞으로 다가와 무릎을 꿇었다.

"오냐, 한사코 몸조심해라. 글공부도 열심히 해서 느그 식구 빨리 데려가고. 알았제."

"예, 아버지."

시아버지는 아들의 모습이 무척이나 자랑스러우면서도 며느리를 남겨두고 떠나가는 것이 못내 아쉬운 눈치였다. 이어 순은 어머니께 다가가 무릎을 꿇은 채

"어머니, 다녀오겠습니다. 꼭 합격하도록 최선을 다하겠습니다. 안녕히 계십시오."

두 손을 마주 잡고 고별인사를 드렸다.

"오냐, 걱정 말그라. 이 도령처럼 말을 타고 내려오니라."

"그렇게 해야지요.

"장하다. 내 아들! 가서 편지 허고. 몸도 성하게 잘 있어."

어린 손녀의 팔을 들어 흔들어 대며

"민순아, 아빠 가신당께. 아빠, 안녕히 가싯시오 허고 인사해야제.

아빠 안녕 해."

아직 어린 것은 멀뚱멀뚱 쳐다보고만 있었다.

"아부이. 아녕."

말을 배우고 있는 어린 것은 혀가 도는지 더듬거리며 인사를 했다.

어린 딸을 바라본 순은 금세 눈망울이 붉어졌다. 딸의 손을 끌어다 살며시 뽀뽀를 해주고 볼을 쓰다듬고 나서 돌아섰다. 어린 딸도 아빠와 헤어짐을 알기나 하는지 울음보를 터뜨리고 말았다. 성요는 앞으로 나서지 못하고 멀리 담벼락 밑에서 서글픈 눈망울로 남편을 바라보고 있었다. 순은 아내에게 다가가 가방을 건네받으며 마지막 인사를 건네었다.

"여보! 내 꼭 출세해서 데리러 올 터이니 조금만 기다려."

그녀는 슬픔에 젖어 목소리도 나오지 않았다. 고개만 끄덕이다 그만 눈물을 참지 못하고 고개를 돌리고 말았다.

"빨리 합격허기를 빌께요."

순은 다시 돌아서 아내를 바라보며 입술을 꼭 다물고 어금니를 악물었다.

"걱정하지 마."

마지막으로 마을 사람들에게 깍듯이 허리 굽혀 인사를 한 순은 총총걸음을 재촉하기 시작했다. 발길이 내키지 않은 듯 아내의 얼굴을 연신 돌아보며 손을 흔들었다.

시아버지는 장죽을 흔들고, 시어머니는 민순이 팔을 들어 흔들어 보였다. 점점 멀어져가는 남편의 뒷모습을 바라보며 한 발짝씩 걸어 나온 성요는 마을 어귀에 서서 산굽이를 돌아 가물가물 사라져가는 남편에게 눈물 젖은 수건을 흔들어대고 서 있었다.

6
화전놀이

삼월삼짇날은 삼이 두 개가 겹쳤다고 하여 중삼(重三)이라 부르는 날이다. 삼이란 숫자는 옛날부터 길이요 양기가 그득한 숫자를 나타낸다고 믿었다. 우리 민족에게 삼이란 숫자는 실로 많이 나오고 있다. 죄를 지으면 삼대(三代)에 걸쳐 죄를 받을 것이고 재물이 많으면 삼대에 걸쳐 먹을 수 있다고 했다. 아이를 잉태해주는 신도 삼신할멈이고 신체(神體)를 안방에 모시는 그릇조차도 삼신 바가지와 삼신단지라고 했다. 사람이 죽으면 삼일장(三日葬)을 치르는 것이 보통이었다. 하늘과 땅 그리고 인간을 세상의 구성요소로 보았던 우리 조상은 신화에서도 하늘의 환인과 하늘과 땅을 이어주는 환웅 그리고 그의 아들 단군 셋이서 우리 민족을 일으켰다고 믿었다. 저승길도 삼일은 머물게 하기 위해 삼일장을 하고 삼강오륜, 삼강행실도, 삼배, 삼색실, 삼족 등 삼은 우리 생활에 가장 많이 쓰인 숫자임에 틀림없다. 그래서 삼은 완전한 수, 행운의 수라고 했다. 양수(陽數) 삼이 겹치는 음력 삼월삼짇날은 더더욱 길일이어서 천지만물이 피어

나는 기운을 받을 수 있는 날이기 때문에 보성고을에서도 삼월삼짇
날만큼은 꽃잎을 따서 전을 부쳐 먹으며 아녀자들이 춤추고 노는 화
전놀이의 풍습이 이어져 왔다. 남자들은 농악놀이는 물론이려니와
물가에 굽이도는 물에 잔을 띄어 그 잔이 자기 앞에 오기 전에 시 한
대목을 지은 뒤 읊는 풍류를 즐기곤 했다. 또 이날은 제비가 돌아온
다고 해서 제비집을 손질도 해주는 날이다. 흥부와 놀부전에 의하면
제비는 은혜를 갚는 영험이 있는 새이다. 도와주면 복을 가져다주고
미워하면 해를 가져다주는 새라고 해서 융숭한 대접을 받아왔다. 추
녀 밑에 집을 지으면 고맙게 생각하고 그 밑에 쉼터 공간으로 받침
을 만들어 주고, 마루에 똥을 싸도 불평하지 않고 치워주기를 마다
하지 않았다. 알을 까면 보호해주고 새끼까지 지켜주며 심지어 제비
에게 해를 입히면 학질에 걸린다고 하여 어린아이들이 손도 못대게
했다. 다른 새들 같으면 높은 나뭇가지라도 올라가 알을 꺼내고 새
끼들을 잡아 귀찮게 하는 것인데 비하면 대단한 대접을 받는 새임에
틀림없었다.

남쪽 해안선과 마주한 보성은 다른 지역보다 봄이 일찍 찾아오는
곳이다. 삼월삼짇날이 돌아오자 남쪽바다에서 따스한 훈풍이 불어
오고 있었다. 그동안 자리를 지키고 있던 차가운 겨울이 슬그머니
장수봉을 넘어 북쪽으로 슬렁슬렁 달아나고 내어준 빈자리에는 따
사로운 봄 향기 가득한 꽃소식으로 채워가고 있었다. 양춘 일색 봄
빛이 무르익어 먼 산 아지랑이 가 연두색 버들 숲을 어르기 시작하
고…… 울타리를 노랗게 물들인 개나리꽃이 하늘거리고…… 우물가
아낙네 빨래터 뒤로 살구꽃이 연분홍색을 칠해 놓았다. 대숲을 보
듬고 앉아 있는 초가지붕 사이로 담홍색 복숭아꽃이 한껏 제빛을 자

142

랑하고, 장독 가에 하얀 목련꽃들은 마치 하늘에서 내려온 선녀처럼 하얀 소복을 걸쳐 입었다. 마을을 감싸고 있는 봉화산자락을 진달래 꽃이 붉은 빛으로 물들여놓았고, 골짜기 사이사이엔 연분홍 벚꽃이 화려한 수를 놓았다. 꽃 피는 춘삼월의 삼촌행락이 산신제와 함께 열리면 화류놀이가 가무음곡(歌舞音曲)을 부르기 마련이다. 삼국유사에 의하면 신라시대에도 봄이 되면 남녀가 시냇가에 모여 잔치를 베풀고 노래를 불렀다고 기록되어있고, 조선시대에도 양반 부녀자들 사이에 가장 기품 있고 풍류적인 놀이가 화전놀이라고 했다.

호음동 마을에도 삼짇날에는 백이재 골짜기 정토골에 모여 산신제를 지내고 화전놀이를 해왔다. 봉화산에서 뻗어 내려온 산줄기가 시래봉을 만나 동쪽으로 뻗어 내린 정토골은 산천경개가 아름다운 곳이다. 으슥한 골짜기에 청정한 소나무며 맑은 계곡물이 굽이돌면서 만들어낸 깊은 소(沼)와 깎아지른 절벽의 기이한 바위들의 조화로움까지. 가히 감탄을 자아낼 만 한 곳이다. 소가 폭포수를 이뤄 절벽을 타고 떨어지다가 수양버들이 넌출하게 휘늘어진 곳을 끼고 돌면 적막산중 봉화산사가 자리 잡고 있다. 실실이 풀어져 흐느적거리는 버들잎 사이 고즈넉한 기와집에서 법승의 독경 소리가 들려오는 곳. 산사의 우아함을 보여 주는 단청추녀 끝에서 풍경이 땡그랑 거리는 곳. 용마루가 창공을 향해 우람하게 솟구쳐 치올리고 있는 산사는 인생의 영혼을 맑게 해주는 고요한 선원, 유구한 세월 고장의 수도의 장으로 자리를 지켜온 정궁(淨宮)이기도 하다. 산사의 뒤뜰에는 넓은 마당바위가 마치 밥상처럼 펼쳐져 있는 아름다운 비경을 한눈에 볼 수 있는 곳, 문자 그대로 강산풍월(江山風月)이 아니고서야. 편편한 풀밭 그리고 맑은 물, 넓은 쉼터에다 바위까지 그야말로 더할 나위 없는 이곳은 하루를 즐기기에 안성맞춤이라 할 수 있었다.

 마을의 안녕과 가정의 복락 그리고 가뭄과 홍수의 피해를 막아달라고 산령께 비는 산신제. 겨우내 움츠렸던 심신을 풀어내고 이웃과 상부상조하는 마음을 키우기 위한 가무음곡이 함께하는 화전놀이는 마을을 온통 잔치 기분에 들뜨게 만들곤 했다.

 동녘하늘이 붐하더니 어느새 훤히 밝아오고 있었다. 뿌연 햇살이 마을에 쏟아지자 남정네들이 아침부터 당산에 모여 그날의 흥을 돋우려는 듯 꽹과리를 까강까강 울려 대니 온 동네 사람들의 마음이 들썩거리기 시작했다. 아낙들은 설레는 맘으로 화전놀이 음식을 만들고 맵시를 꾸미느라 유난히 바쁜 아침을 보내고 있었다. 삼 짇날 화전놀이 음식으로는 진달래 꽃잎을 넣어 만든 꽃잎 전(煎), 쑥떡, 인절미, 기정 떡, 찰밥, 보리단술, 식혜, 술, 그리고 각종 봄나물과 과일들이었다. 이날만은 나름대로 푸짐하게 마련한 음식으로 이웃 간에 서로 나눠먹는 인정어린 삶이 전해 내려오고 있었다. 지난 해는 유독 여느 해에 비해 날씨가 좋아 논농사는 물론 밭작물까지 풍년이었다고 하지만 쌀을 공출로 빼앗겨 겨울에 식량이 동이 난 집이 아주 많았다. 땀 흘려 일해 거둬놓은 곡식을 빼앗긴 사람들은 나라 잃은 울분을 토할 길 없는 각골통한(刻骨痛恨)이지만 총칼이 무서워 참을 수밖에 없었고 나라를 되찾을 그날을 간절히 바랄 뿐이었다. 따라서 화전음식에 쌀로 만든 떡 종류와 찰밥은 부잣집 외에는 생각도 할 수 없는 처지가 되었다. 때문에 보리와 밀기울로 만든 개떡이 그 자리를 차지했던 것이다. 개떡은 밀이나 보리를 맷돌로 둘둘 탄 다음 껍질조차 사카린을 탄 물로 반죽을 한 뒤 대바구니 뚜껑을 솥 위에 거꾸로 올려놓고 삼베를 깔아 먹기 좋을 만큼 크기로 쪄내는 떡이다. 입에 넣으면 입천장이 벗겨질 것같이 거칠지만 그래도 사카린의 달착지근한 맛으로 많이 먹었다. 이보다 조금 낳은 것은 보리나 밀 빵인데 쌀보리 가루와 밀가루를 반죽하여 소다를 넣은 다음 개떡처럼 쪄내는 음식이다. 껍질을 벗겨낸 탓에 거친 맛이 없어 입천장이 벗겨질 염려가 없는 부드러운 떡이다. 소다를 타는 까닭은 부드럽게 하기도 하지만 빵이 부풀어 올라 양이 많아지도록 만드는 효과도 있기 때문이다. 그래도 이 정도는 먹고살 만한 사람들의 떡이었다. 가난한 사람들은 이마저 준비하기가 버거울 정도였다. 그들은 삶은 쑥에다 밀가루나 보릿가루를 섞어 솥에 삶아 버무림을 해서 끼니를 때웠다. 봄이면 식량이 나물인지 아니면 곡식인지 분간하기 어려울 지경이었다. 그래도 화전놀이를 할 때면 그동안 아껴두었던 것으로 정성껏 준비하여 서로들 나눠먹는 미풍양속은 버리지 않았다. 이웃 간 상부상조(相扶相助)의 정신을 키워주는 데 화전놀이가 한몫을 해주는 것임에는 틀림없었다.

화전놀이가 열리면 장사꾼도 모여든다. 대개 어린아이들이 좋아하는 굧은 군것질음식과 아녀자들을 현혹시키는 화장품 정도였다. 넓적한 판때기 엿판을 등에 짊어지고 엿가위를 뎅그렁뎅그렁하며 다니는 엿장수, 엿 조각을 종이에 싸서 파는 일명 엿 사탕인 비과, 돼지고기 비계 기름을 듬뿍 발라서 검붉은 앙꼬를 넣어 구워낸 붕어빵, 겨우내 땅속에 묻어놓았다가 꺼내어 숯불에 노란 살이 드러나도록 짝 벌어지게 구워놓은 밤, 투명한 봉지에 형형색색 물감을 타놓은 단물은 어린아이들에게 입을 쩍쩍 다시게 하고 침을 흘려대는 음식이었다. 하지만 여자들의 눈을 끄는 것은 일명 화장품 장수들, 큰 북을 덩덩 두드리며 괴나리봇짐처럼 커다란 화장품 깡통을 짊어지고 팔러 다니는 사람들이다. 그들은 처녀나 아녀자들을 대상으로 크림이나 가루분을 주걱으로 퍼 담아주며 쌀과 물물교환을 하고 다녔다.

또 남자들의 입맛을 다시게 하는 것들도 있었다. 네거리 주막집에서 풍막을 쳐놓고 검은 가마솥에 돼지 머리와 다리를 삶아 낸 국물에 고기 몇 점 떨어뜨려 파는 돼지국밥과 막걸리도 있었다. 남자들은 막걸리 사발을 들이 키고 고기국밥을 안주로 먹고는 수염을 손바닥으로 쭉 문지르는 것이었다. 아침부터 술을 마셔대는 사람도 있는가 하면 오후가 되면 아주 술독에 빠진 사람처럼 비틀비틀거리는 사람도 많았다.

삼짇날 새벽에도 성요는 닭이 울자 성황당으로 가서 정화수를 떠놓고 치성을 드렸다. 하루하루를 세어가며 비가 오나 눈이오나 지극 정성을 다한 성황당 길이 그날로 두 달이 되어가고 있었다. 오직 그녀의 맘에는 낭군이 과거에 합격해서 마패를 목에 걸고 금의환향(錦衣還鄉)만을 간절히 바랄 뿐이었다. 어둠에 쌓인 산길을 달려 치성을 드리고 돌아와 대문을 들어선 그녀 앞에 예감에도 없었던 일이 펼쳐지고 있었다. 시어머니가 일찍부터 삼짇날 화전놀이 음식을 장만하고 있었던 것. 시아버지 생신에 떡쌀로 쓰려고 아껴뒀던 찹쌀을 찧어 꽃잎 전을 부치고 밀개떡도 찌고 찹쌀밥도 지어놓았다. 어느새 보리단술까지도…….

예상치 못한 일이 그녀를 무척 당황하게 만들어서 감불생심(敢不生心)이란 말이 떠올랐다.

하지만 내심으론 흐뭇한 미소가 피어오른 기분이었다. 작년까지

만해도 갓 시집온 새 각시라고해서 삼짇날 화전놀이에도 가지 말라
고 했던 시어머니가 애발스럽게 음식을 만들고 있는 것을 본 순간
시어머니가 너그러워졌다는 생각을 덮을 수 없었다. 작년에는 좌우
정황이 그런 곳을 갈 계제가 못되었다. 나이 열여덟에 시집와서 남
편은 떠나가고 홀로 떨어져 살고 있으니 새 각시나 다름없어서 시어
머니의 눈살이 너무 매서웠기 때문이다. 꽃 각시가 그것도 혼자 지
내면서 밖으로 나가는 것을 가만 두고 보지 않으려 들었다. 그도 그
럴 것이 혼자 지내는 젊은 예쁜 여자는 보쌈질을 해간다는 풍속이
만연해 있었다. 때문에 혹시나 하는 두려운 마음에 선잠을 잘 수밖
에 없다고 했다. 시어머니는 여자와 그릇은 내돌리면 깨지는 것이라
고 늘 되뇌었다. 때문에 화전놀이고 잔치집이고 간에 가는 것을 일
절 좋아하지 않았다. 샘터에 가 있는 시간만 길어도 찾으려 들었고
바깥사람들과 만나는 것조차 달갑지 않게 여겼다. 시장 같은 곳에는
아예 생각하지 못했고 여럿이 모여 노는 곳에도 가지 말라고 당부를
잊지 않았다. 치성을 드려도 이른 새벽에 가야지 낮에는 가지 말라
했고 혹시 늦도록 오지 않으면 시아버지가 마중을 나오곤 했다. 그
녀를 머쓱하게 한 것은 비단 시어머니의 매서운 눈초리뿐만 아니었
다. 광주 이(李)씨 며느리라는 대소가의 따가운 시선이었다. 일부러
들으라고 쏘아대는 핀잔 섞인 집안사람들의 지싯거림은 그녀의 귀
청을 괴롭혔던 것이다. 철천지원수로 등을 돌리는 집안하고 사돈을
맺었다고…… 조상 유훈을 거역해서 잘된 자손 못 봤다며…… 문중
을 떠나라고 해도 떠나지 않고 있다는 비아냥거림이 가슴에 멍울이
되었던 것이다. 또 다른 아낙네들의 빈정거림도 가슴을 짓눌러왔다.
뭘 보고 시집와서 삼 년이 넘도록 독수공방에 유정낭군 기다리듯 묻

혀 지내느냐고 설컹거리는가 하면 땅까지 싸 짊어지고 와서 기껏 하는 일이 생과부냐고 비아냥거리기도 했다. 젊은 시절은 다시 안 오는 것이라고 너스레까지 떨어대는 것이었다. 그럴 때면 다시는 사람들을 만나고 싶지도 그리고 만나지도 말자고 속다짐을 해왔다. 사람들의 핀잔스러움이 비단 그녀에게만 날아든 것만은 아니었다. 시아버지는 시아버지대로 피할 수 없는 수모를 겪으며 참고 지낸다고 했다. 항렬로 보나 나이로 보나 문중회의 말석은 자존심을 상하게 했고 조상님의 시월 시향제에는 아예 참석조차 하지 말라는 문장 어른의 꾸지람도 있었던 터였다. 사대육신이 멀쩡한 놈이 부모유산 말아먹고 나더니 조상님을 저버리고 동냥질을 해왔다고 속살거림으로 된장질을 해대는 것이었다. 땅문서에 아들을 팔아넘겨 가문의 체통을 잃은 자라고 모멸감을 착살스럽게도 나불거렸다. 하지만 시아버지는 갖은 조소와 멸시에도 굴복하지 않겠다고 다짐을 해왔다. 이다음 아들이 벼슬길에 나서면 모든 것이 묻 힐 것이고, 도리어 굽실굽실 아부하며 달려들 때가 올 것이라고 되레 큰소릴 쳐보지만 갈등의 골만 커져왔다.

그런데 그동안 참고 지내왔던 부모님이 마음을 바꿔먹었다. 당하고만 있을 수 없어 정면으로 맞닥뜨리겠다는 날카로운 서슬을 세웠던 것이다. 일순간에 이렇게 변할 수 있을까 싶은 마음이 들었다. 성요는 넋을 잃은 사람처럼 망연스런 눈으로 바라만 보고 있었다. 그것은 분명 며느리를 배려해주는 일이라는 생각에 눈물이 날 정도로 감격스러웠던 것이다. 삼월삼짇날 화전놀이가 있다는 것을 모르는 바는 아니었지만 관심에도 없었던 일이 새삼스러워지게 된 까닭이었다.

"아가! 오늘은 실밧등에서 우리 마을 화전놀이를 하는 날잉께 같이 가도록 허자."

"저도요?"

"그래, 새 각시 태는 벗었응께 갈 만허제."

"하지만 한 번도 가 본 적이 없는디요."

"해년마다 우리 식구만 빠징께 물위에 뜬 기름뎅이로 못쓰것드란 말이다. 우리가 조상 묏둥을 팔아먹은 것도 아니고, 문중 살림 팔아다 내 아들 장가보낸 것도 아닌디 뭣땀시 우리 식구를 두고 입방아를 찧어대는지 모르것다. 한동네 살면서 사람들을 피해감서 살 필요가 있것냐? 나도 이제 큰소리 칠만 헝께 가야 쓰것다. 내아들이 과거에 급제허면 다들 내 앞에서 굽실거릴 것들이 입만 살아갖고 꼴짓들을 허는 것이제. 그렁께 오늘만은 맘을 단단히 묵고 너도 같이 가자. 니가 가면 내 맴도 후련허것다."

성요는 마음이 내키지 않아 얼른 대답을 하지 못했다. 머뭇거리는 며느리를 보고 다시 한 번 속심을 찔러대었다.

"조상 생각함서 그런다냐? 다들 내 사는 꼴 보고 배 아파 그렁 것이제. 너같이 이쁜 며느리 데려왔고, 내 아들 과거시험 보러 간 것이 셈이 나서 그렁것이란 말이다. 오늘은 내가 한바탕 해 봐야 쓰것다. 오늘 화전놀이는 내가 확 휘어잡아 불란다. 코가 쑥 빠지게 말이여. 소리가 멋인지도 모른 자들이 절로 찢어진 입으로 되야지 목 딴 소리를 질러대는 것이제. 장단을 칠 줄 알것냐 아니면 춤을 추것냐. 그래서 오늘은 소리의 맛을 보여주려고 일부러 학동아범을 불렀다. 원래 소리꾼들은 양반들만 노는 데는 안 오는 것인디 오늘만은 나랑 같이 가자고 했다. 분명히 천한 것들이 왔다고 흉을 볼 것이다만 나중에는 오줌을 질질 싸것제. 곧 학동이 우리 집으로 올 것잉께 너도 배삐 서둘러라.”

“예 아버님. 어머니께서도 가실 건가요?”

“그럼 가야 허고 말고. 우리 식구 다 가야제. 며느리 자랑 좀 해야 쓰겄다.”

아랫입술을 앙다물며 다짐하듯 말했다. 뿜어져 나오는 독기가 눈망울을 붉게 물들이며 눈두덩에 좁쌀 같은 독기마저 옹기종기 돋아나는 것 같았다. 시아버지 입에서 이런 소리가 튀어 나올 줄은 꿈에도 생각하지 못했다.

그녀 또한 시아버지 말에 일리가 담겨져 있다는 생각이 들었다. 시집온 지도 삼 년이 넘었고 딸을 낳아서 세 살이 되어 가는데도 아직껏 입방아에 오르내리는 것이 못마땅했다. 올해부터는 지난 새 각시 때와는 다르다는 것을 보여주고 싶기도 했다.

정렬 어른이 모처럼 밤색 중절모에 흰 두루마기를 입고 흰 고무신을 신었다. 치장에는 관심을 보이지 않던 분인데 그날만은 예사롭지 않은 매무새로 한껏 자태를 뽐내었다. 일찍부터 누굴 기다리는지 마당을 씽글뻥글 왔다 갔다 하고 있었다.

성요도 시집온 지 삼 년 만에 삼층장을 지키고만 있던 옷을 꺼내 들었다. 이다음 한양에 갈 때 입으려고 고이 접어 넣어두었던 비단 초록치마와 꽃자주색 색동저고리였다. 오랜만에 머리에 동백기름을 발라 곱게 빗은 낭자머리에 육각 족두리를 쓰고 청옥비녀를 꽂았다. 보라색 옷고름을 감아 고를 매고 방문을 열고 나왔다. 마당으로 나온 그녀가 왼손으로 치맛자락을 잡아당기고, 오른발을 살짝 추거 세운 뒤 얼굴을 살짝 돌려 시아버지를 향했다.

“아버님! 괜찮은가 봐주시겠어요.”

“앗따 이쁘다! 하늘에서 내려온 선녀 같구나.”

정렬은 웃음집이 벌어지면서 흠탄을 아끼지 않았다. 치장을 하고 나온 며느리는 갓 시집온 새색시나 다름없었다. 요요한 한 송이 꽃이었다. 동백기름을 발라 빗은 낭자머리가 고기비늘처럼 햇살에 반짝이고, 칠보 육각 족두리가 뒤꽂이 위에서 반짝반짝 찰랑거렸다. 단아하게 여민 색동저고리와 초록빛 치마가 요염하게도 어울리면서 마치 전설에 나오는 선녀와 다를 바 없었다. 매어놓은 옷고름이 마치 푸른 연잎 위로 자주색 꽃이 원앙처럼 피어있는 것 같고, 유난히 오뚝 솟은 신발 코숭이가 자주색 바탕에 그려진 복사꽃과 잘 어울렸다. 부드러운 곡선으로 그려낸 맵시와 자태는 산제비나비가 유도화에 앉아 나풀거리는 모습 그대로였다. 이리 보고 저리 봐도 이 세상 사람이 아닌 천상에서 온 선녀임에 틀림없어 보였다. 며느리가 이렇게도 예쁠 줄은 알지 못했던 것이다. 원앙처럼 꾸미고 나온 며느리의 모습을 바라본 시어머니도 입가에 웃음기가 그득 담겨져 있었다.

성요가 여염집 규수처럼 옷매무새를 단장하기까지는 은근히 친정집 자랑 한 번 하고 싶은 생각이 바탕에 깔려있었다. 과거 보러 떠난 남편을 은근슬쩍 뚱겨주고 싶은 속셈도 드러내고 싶었던 것이다.

이때 대문 밖에서 사람들의 인기척 소리가 들렸다. 대문을 열자마자 초로의 중늙은이가 개립을 쓴 채 장구를 메고 들어왔다. 그의 뒤에는 아들로 보이는 어린 것이 평량립을 쓰고 제 몸보다 큰 북을 메고 있었다.

“마님! 편히 주무셨습니까요?”

마당으로 다가온 그들은 넙죽 고개 숙여 인사부터 챙겨들었다.

"자네도 잘 있었능가?"

"예. 마님."

긴 저고리에 중대님을 친 바지를 입고 있는 그는 소리꾼이라 했다. 장터나 마을의 큰 마당으로 돌아다니며 소리판을 벌이던 사람을 두고 부르는 말이다. 소리를 팔아 생계를 부지해가던 사람들. 그들이 있는 곳에서는 언제나 흥이 있었다. 잠시 뒤에 대문으로 들어오는 이들은 하얀 소복을 입고 하얀 옥양목 천으로 머리를 감싼 채 고깔을 쓰고 있었다.

"인사드리도록 허소. 이 집 마님이시다네."

그들은 마치 무릎을 꿇듯 넙죽이 절을 했다. 소리골에 모여 학동아범에게 창을 배우고 있는 제자들이었다. 당골들이어서 꽹과리와 징 그리고 칠금방울을 들고 있었다.

"자 이제 가도록 허세. 나를 따라오소."

시아버지는 앞장서서 그들을 데리고 백이재 골짜기 정토골에 있는 실밧둥으로 향했다.

성요는 시어머니와 함께 그들의 뒤를 따랐다. 뒷동산으로 나아가자 벌써부터 마을 사람들이 산길을 오르고 있었다. 정토골에 이르렀다. 화전놀이에 앞서 산신제 준비가 시작되었다. 마을 공동으로 지내는 제사는 일 년에 세 차례. 정월 대보름날이면 마을 당산제와 성황제 그리고 삼짇날 산신제가 그것이었다. 이런 공동 제사에는 반드시 마을 당골을 불러다 당굿이며 산신굿을 했다. 당골이란 신의 초월적인 신병(神病)의 체험을 거쳐 신비한 능력을 지닌 사람으로 인간과 신의 사이를 연결해 주는 일을 맡아 하는 이를 두고 부르는 말이다. 그들은 선령(善靈)은 물론 악령(惡靈)까지 직접 통할 수 있다

고 한다. 고을에 살면서도 지역을 나누어 일정지역을 도맡아 굿을
하는 이들이다. 인간의 모든 화와 복은 신의 뜻에 의함으로 인간의
재화를 방지하기 위해 신과 접촉하여 이를 미리 탐지하고 방지하도
록 힘쓰는 일이 굿이라는 것. 또한 인간의 뜻을 신에게 전달해줌으
로써 소원을 성취시킬 수 있도록 하는 것 또한 굿의 마력이라고 했
다. 당골들은 집에 신당을 만들어 신을 모시고 있다. 원래 여자가 당
골이고 남자를 박수라고 불렀으나 나중에는 남녀 구별 없이 당골이
라 불렀다. 여자는 춤을 추어가며 신을 불러들이고 박수무당은 징이
나 꽹과리 등 악기를 두드리며 장단을 쳐주는 일을 했다. 이번 화전
놀이에도 어김없이 마을 당골이 불러졌는데 이번만은 학동 아범의
제자들이었다.

하얀 소복을 입은 두 쌍의 당골네가 고깔을 머리에 쓴 채 꽹과리
와 징 그리고 칠금방울을 들고 제단 옆으로 가서 자리를 정했다. 산
신제를 지낼 때 집사들이어서 산령을 부를 참이었다. 그들은 봉화산
을 향해 두 손을 모아 빌면서 주문을 외워대었다. 산령이 내리길 빌
어대는 그들의 모습이 진지하기 이를 데 없었다. 사람들의 눈길이
모두 봉화산으로 모아졌다.

오랜 옛날부터 산은 신성한 곳, 사람이 사는 마을과 하늘을 연결
시켜주는 다리와도 같은 곳이라 하여 죽은 영혼이 산을 통하여 하늘
로 올라간다고 믿었다. 단군신화에 의하면 환웅은 태백산 아래로 내
려와 고조선을 세웠으며 그의 아들 단군왕검은 아사달로 들어가 산
신이 되었다고 했다. 가락국 김수로왕도 구지봉에 내려와 가락국을
세우고 나중에 산신이 되었다. 주몽 또한 능심산에 내려와 고구려를
열었고 죽어 산신이 되었다. 고려 왕건 또한 산악 숭배로 고려를 세

웠다고 할 수 있다. 산신인 '호경과 이야기'는 산신 신앙의 결과였다. 그뿐만이 아니었다. 태조 이성계가 산신의 도움으로 조선을 건국한 이야기, 계룡산에 가서 빌었으나 정씨왕 산이라 해서 압정산이라 불렀고, 지리산으로 가서 빌어도 들어주지 않자 임금이 되어서 전라도를 귀양지로 정했던 것이다. 나중에 남해 보광산에 올라 기도를 올린 후 마치 산신이 여자여서 비단 치마를 입혀 주겠다고 약속을 하고 조선을 건국했다고 전해진다. 나중에 비단으로 온 산을 감싸줄 수 없어 보광산을 금산이라 정한 이야기는 유명하다. 그렇다면 산신의 심부름은 누가 했는가? 그것은 호랑이었다. 호랑이가 산신이요 사자(使者)였다. 호랑이는 가장 용맹한 동물이어서 두려움과 존경의 대상이다. 나중에 산신은 불교에 흡수되면서 호랑이가 산신각 안으로 들어가고 말았다. 지금도 절에 가면 산신도가 있다. 흰 수염을 늘어뜨린 노인이 그 곁에 호랑이를 거느리고 있다. 나중에는 호랑이가 산신으로 여겨지게 되었다. 호랑이는 사람을 해칠 수 있기 때문에 신의 사자가 되려면 사람을 잡아먹는 탐욕을 씻어야 한다고 해서 영약인 감로수를 먹여 그 탐욕을 잠재웠다는 것이다. 이렇게 산신 신앙은 우리 민족에게 정신적으로 활력 있는 삶을 영위할 수 있도록 해 주었다. 산령은 자식을 점지해 주고, 악귀들로부터 생명을 지켜주고 길흉화복을 관장하는 신이었다. 그래서 산에 사당을 세우고 산 신령에게 제사를 지냈다. 산령은 마을의 수호신이기도 해서 마을을 지켜주고 잡귀를 몰아내며 역병도 막아준다고 믿었다. 가뭄이 들 때면 주봉(主峰)의 제단에 동물을 피를 뿌려놓고 제사를 지냈다. 제단에 피를 뿌려두면 산령이 비를 내려 씻어준다고 믿었다. 이를 기우제라 불렀다.

때문에 조상들은 일 년 농사를 시작 할 이때 산신제를 지냈다. 봄을 맞이하여 꽃놀이를 산에서 하는 까닭도 산신에게 제사를 먼저 지내기 위해서였다. 각 고을마다 산신에게 제사를 지내는 주산(主山)이 정해져 있었다. 보성에서는 봉화산이 주산이었다. 이를 진산 숭배라고 했다. 봉화산 밑자락에 자리 잡은 호음동 마을 사람들은 주봉이 훤히 올려다 보이는 백이재 골짜기 정토골에서 산신제를 올렸다. 옛날부터 제단이 마련되어 있었다. 산신제를 지내려면 먼저 제관과 축관을 정해야 했다. 제관과 축관이 되려면 집안에 궂은 일이 없었던 사람이어야 했다. 초상이나 해산이 없는 집안은 물론 그와 같은 집에 가서도 아니 되었다. 외지 출타 등을 금하고 개고기는 물론 궂은 음식까지 피하며 언행도 조심해야 했다. 목욕재계를 하는 등 매사에 근신해야 하고 그 집 대문에는 금줄을 치고 황토를 뿌려 놓아 부정을 막았다. 대개 마을 이장이나 문중 어른이나 종손이 맡기도 했다.

제물은 마을 동답에서 수확한 곡식으로 비용을 충당했다.

제례는 제물을 진설하고 제관들이 절을 하고 축문을 읽거나 비손을 하고 축문종이를 태워 올리는 소지(燒紙)를 하면 끝난다. 제사가 끝나면 음복을 하면서 함께한 모두가 음식을 나눠먹는다. 이어 산신굿이 열리게 된다.

드디어 삼짇날 사시(巳時)가 되어 마을 사람들은 제단 위에 산신 제물을 차리기 시작했다. 제관으로 선정된 허 용 문장 어른과 허 성 그리고 마을 이장 허 백이 새벽에 일어나 목욕재계 하고 검은 유건(儒巾)을 쓰고 흰 도포를 제복(祭服)으로 입고 있었다. 이어 산신제 단에 제물이 진설되었다. 박수 당골 순달이가 집사가 되어 산신제물

을 진설했다. 제물로는 메, 편, 적, 과, 포, 채, 주였다. 특히 돼지머리
가 올려졌다.

촛불을 켜고 향로에서 향기가 피어올랐다. 이어 산신제가 시작되
었다. 제관 허용이 제단 앞에 꿇어앉고 향을 피웠다. 놋 향로에서 뿌
연 연기가 춤을 추듯 피어오르고 있었다. 이내 주변에는 향냄새가
진동하기 시작했다. 집사가 제상에서 잔을 들어 그에게 건네주었
다. 향불 위에 세 번 돌린 다음 모사 그릇에 조금씩 세 번 부었다. 향
불은 하늘에 계신 천신에게 알리는 것이요, 모사에 붓는 것은 지신
에게 알리기 위함이다. 이어 일어서 두 번 절을 했다. 이어 남자들이
줄을 서서 제관을 따라 했다. 이어 초헌이 이뤄졌다. 허 성이 앞으
로 제단 앞에 꿇어 앉아 분향한 뒤 집사가 따라준 잔을 오른 손으로
들고 향불 위에 세 번 돌리고 모사에 세 번 부은 뒤 집사에 건네주었
다. 집사는 잔을 들어 제단 메 앞에 놓고 젓가락을 적에게 올려놓았
다. 허성이 두 번의 절을 하고서 축문을 읽어 나갔다. 또다시 두 번
째 잔을 올리고 나서 절을 하자 모두가 똑같이 재배를 했다. 이어 마
지막 마을 이장 허용이 종헌을 했다. 이는 산령에게 마지막 잔을 올
리는 것이다. 종헌이 끝나자 제관들은 다시 제단 앞으로 다가가 술
잔을 가득 채우는 첨작을 했다. 잔에 술을 가득 채우는 것이다. 이어
당골이 메 그릇의 뚜껑을 열고 그 중앙에 숟가락 바닥이 동으로 가
도록 꽂았다. 젓가락은 육적에 가지런히 올려놓았다. 제관들이 산신
제 마지막 재배를 하러 일어서자 모두가 함께 재배를 했다. 이제 마
지막 남은 일이었다. 제관이 축문을 촛불에 가져다 대었다. 불이 붙
은 축문 창호지가 훨훨 타며 공중으로 솟구치더니 어느새 검은 재
를 뿌리고 말았다. 집안에서 조상 제사를 모실 때는 대개 그 집 맏며

느리가 아헌을 하는 경우가 많은 데 산신제에서는 여자는 제관이 될 수 없었다.

산신제가 끝나자마자 마을 어른들은 기다렸다는 듯 덩실덩실 춤을 추며 농악 놀이를 시작했다. 산신 굿을 하기 위한 서막이었다. 머리에는 울긋불긋한 고깔을 쓰고 어깨에서 허리춤으로 삼색 천을 둘렀다. 꽹과리와 징, 북, 장구를 치는 농부들이 고깔을 흔들면서 제단을 빙빙 돌며 신명을 내었다. 산령께서 강림하여 함께하길 바라는 그들의 흥겨운 장단이 산골에 울려 퍼지고 있을 때 불어오는 봄바람에 낭창낭창 거리는 수양버들가지 위로 노란 꾀꼬리 한 쌍도 목을 놓아 맑은 청음을 쏟아내었다. 남쪽 바다를 건너온 제비들도 일제히 활갯짓을 하며 쏜 살 같이 창공을 누비고 있었다. 봄을 맞은 산 꿩들이 쌍쌍이 짝을 지어 산굽이에서 푸드덕 날아오르고 산 노루가 겁에 질려 허겁지겁 숲속으로 내달렸다. 저 건너 맞은편 운적봉 노루목에서 애절한 뻐꾸기 울음소리도 시작되었다.

제단 앞에는 당골이 신령과 마을 사람들과 융합시키기 위해 하얀 소복을 입고 산령을 부르고 있었다. 당골의 역할은 신을 불러 인간과 하나로 합쳐지도록 하는 데 있다. 산령이 하늘에서 내려오고 사람의 혼이 신을 받아들여 결합하도록 하는 것이다.

산신 굿은 인간을 음주가무를 통해 황홀 지경에서 신과 만나는 체험이다. 인간은 이러한 신과의 결합을 통해서 화를 면하고 복을 추구하며 소원성취를 할 수 있다고 믿어왔다. 무속 신앙은 가무로 이뤄진 제례로서 신령과 교제할 수 있고 화복을 조절할 수 있다고 믿었다. 제단 주위를 돌며 산령에게 신명나게 산신 굿이 시작되었다. 서막을 알렸던 농악장단이 슬그머니 뒷전으로 물러나고 소리꾼이 쳐대는 징과 장구 그리고 북소리에 당골들의 무신 춤사위가 제단 앞에 신명을 내기 시작했다. 쌍학의 날개 짓처럼 애염하게 앞다리를 살짝 꼬아가는 무녀의 춤사위는 강신의 산령을 맞으러 하늘을 향한 애절함 그대로였다. 하얀 버선코를 사뿐사뿐 들어 올려 앞으로 나아가는 발걸음은 산령을 맞이함이었다. 소리꾼은 당골들의 춤사위에 황홀감을 더해주려는 듯 손장단과 고갯장단으로 흥을 북돋아 주었다.

어깨를 들썩이며 신명나는 장단이 모두를 황홀지경으로 몰아가고 있었다. 당골들은 축원의 주문을 읊어가며 하얀 천 자락을 흔들어대었다. 고깔 머리도 흔들고 칠금방울을 울려대는 가하면 삼불제석이 그려진 부채를 오른 손에 들고 왼손에는 삼지창(三枝槍)에 칼을 든 이도 있었다. 햇빛에 무구(巫具)가 반짝거리며 강신(降神)을 비는 이들의 무용(巫踊)이 신명나게 움직일 때마다 무악(巫樂)의 소리가 산골에 울려 퍼졌다. 호젓한 산속, 적막 속에 자신들의 소원을 들어달라고 잠든 산령을 일깨우는 산신 굿 소리가 산자락을 타고 하늘로 올라가는 것이다. 산령을 향한 그들의 외침이 모두 하나가 되어……연기처럼 산화하고 있었다. 당골들은 이내 쌀과 잡곡을 산에 뿌려가며 주문을 외어대었다. 무가(巫歌)를 부르며 춤을 추는 산신제는 마을에 우환이 없게 그리고 가뭄과 홍수도 없게 해주고 농사가 풍년들게 해달라고 산령에게 비는 간절한 소원이었다. 한동안 굿은 계속되었고 동리 사람들은 연신 합장배례를 하는 이도 많았다. 무악의 장단소리가 쿵딱딱 쿵 하고 멈추니 일순간 당골의 춤동작도 끝을 맺었다. 고깔을 쓴 얼굴에 땀방울이 송알송알 맺혀 흘러내렸다. 산신을 받아 내린 그들의 얼굴에는 평안하고 성스러운 빛이 찬연하게 발하고 있었다. 신비로운 능력으로 산령과 함께한 그들은 산령으로부터 소원성취를 이뤄낸 것처럼 숭엄히 산마루를 바라보았다. 마치 산령의 얼굴이라도 보이는 것인지 흥분된 표정을 지은 채 온몸이 와들와들 떠는 것 같았다.

아직은 초봄이지만 중천에 걸린 햇덩이가 벌써 이글거리는 것처럼 따사로운 햇볕을 쏟아 내고 있을 때 산신 굿이 끝나고 마을 사람들은 음복을 겸한 점심시간이 이어졌다.

산신제물을 골고루 나눠 남녀노소 할 것이 한 조각이라도 맛을 보게 하는 것이 예로부터 내려온 미풍양속이었다. 그뿐 아니라 집에서 준비해온 음식도 맛이 있든 없든 간에 서로 나눠먹는 후한 인심이 또한 자랑이었다. 아무리 일본이 나라를 빼앗아 이 아름다운 고장을 차지하고 고혈을 짜낸다 할지라도 이 사람들의 마음을 자기편으로 돌려놓거나 후한 인심만은 빼앗을 수 없었다. 이렇게 해서 산신제와 산신 굿이 끝나자 이제는 화류놀이라고 부르는 가무음곡(歌舞音曲)이 펼쳐질 차례다. 이날따라 특별히 당골들의 소리스승인 학동 영감이 아들을 데리고 온 것은 흥을 일궈주는 데 한몫을 담당하고자 함이었다. 물론 정렬 어른의 부름도 있었지만 그동안 소리를 가르쳐왔던 제자들과 장단 한번 맞춰볼 심사도 깔고 있었다.

학동 아범은 단단히 마음을 먹고 온 사람처럼 오반(午飯)도 아직 끝나지 않았는데 장구를 둥당거렸다. 이어 떵기떵기 쳐대는 장구소리가 고수의 북장단과 함께 타령조의 노랫가락이 울려 퍼지니 아낙들의 어깨가 저절로 들썩거리며 너른 풀밭에 신명나는 놀이마당이 벌어졌다. 학동 아범이 먼저 일어나 제자들의 노랫가락에 맞춰 설장구 춤을 추었다. 구경꾼들은 마치 넋이 나간 양 입을 해 벌리기 시작했다. 당골 제자들은 덩실덩실 춤추며 남도의 성주풀이를 불러댔다.

1. '에라 만수 에라 대신이야 대 활연으로 설설이 나리소서, 에라
   만수 에라 대신이로구나 놀고 놀아 봅시다. 아니 놀지는 못 허
   리라. 이 댁 성주는 와가 성주 저 집 성주는 초가 성주 한테 간
   에 공댁 성주 초년 성주 이년 성주 스물일곱에 삼년 성주 서른
   일곱 사년 성주 마지감 성주는 쉬흔 일곱이로다. 대활연으로 설
   설이 나리소서.'

2. '에라 마수 에라 대신이야, 반갑네 반가워 선리춘풍이 반가워
   더디도다 더디도다 한양 행차가 더디여 남원 옥중 추절이 들어
   이와춘풍이 날 살렸구나.'

3. '낙양성 십리 허에 높고 낮은 저 무덤은 영웅호걸이 몇몇이며
   절대가인이 게 누구냐 우락중분미백년 소년행락 편시춘 아니
   놀고 무엇하리 한송정 솔을 베어 조그맣게 배를 모아 한강에
   띄워놓고 술이며 안주 많이 실어 술렁 배 띄워라 강릉 경포대
   로 가자.'

4. '청천에 뜬 기력아 니가 어디로 행하느냐 소상으로 행하느냐
   동정으로 행하느냐 소상동정 어디다 두고 여관한등에 잠 못 이
   루나.'

5. '왕왕헌 왕왕헌 북소리는 태평연월을 자랑허고 둘이 부는 피리
   소리 쌍봉황이 춤을 추고 소상반죽 젓대소리 어깨춤이 절로 나
   노라.'

6. '성주야 성주로구나 성주근본이 어디메노 경상도 안동땅 제비
   원의 솔씨 받어 공동산에 더졌더니만은 그 솔이 점점 자라나서
   황장목이 되었구나 도리 기둥이 되었네 낙락장송이 쩍벌어졌
   구나.'

성주풀이는 전라도 무가에서 비롯된 노래다. 성주란 집을 짓는다는 뜻이요, 풀이란 일의 과정을 차근차근 설명한다는 말. 무속에서 집을 짓고 나면 안녕을 비는 신이 성주신이고 그 신의 내력을 설명하는 노래가 성주풀이다. 성주는 집안 전체의 안녕을 지배하는 신이다.

집을 짓거나 이사했을 때 편안함을 비는 고사소리를 노래로 부른 것이다. 남도의 세습제 당골들이 즐겨 부르는 노래라서 산신제 뒤풀이나 집안 굿을 할 때 등장하기 일쑤였다.

학동 아범의 설장구 춤 솜씨가 가장 돋보였다. 생글생글 피어난 웃음을 머금으며 장구에 손장단을 맞춰가는 모습이 마치 너울너울 춤을 추는 나비와 같아보였다. 사뿐사뿐 앞으로 갔다 뒤로 돌며 까치걸음으로 가볍게 발을 옮기는 흥겨운 춤동작은 모든 사람들의 혼을 빼놓으려는 기세였다. 고개를 덩실덩실 흔들어대며 북을 치는 청승맞은 어린 것. 학동의 외동아들이었다. 여남은 살밖에 되지 않은 것이 북장단 솜씨가 어른 못지않았다. 천부적 감정이 없고서는 불가능할 것 만 같은 장단을 지칠 줄 모르고 쳐대었다. 스승의 설장구 장단에 흥이 난 당골네들은 하얀 소복을 흐늘거리며 한껏 여유로운 목청을 뽑아내었다. 흔들어대는 고깔머리가 바람결에 펄럭이는 꽃송이 같았다. 장구채를 부여잡고 휘어감아 돌리는 소복의 소매 끝이 낭창낭창 거리는 수양버들가지도 같이 하늘거렸다. 맑고도 텁텁한 성음의 노랫가락은 산속을 흥분의 도가니로 몰아가고 있었다.

모두가 흥에 겨워 춤을 추는 가운데 군계일학과도 같은 때깔의 춤을 추고 있는 사람이 모든 이의 눈에 띄었다. 그는 학동아범과 짝이 되어 설장구를 치며 타령을 하고 있었고 춤을 추는 손놀림과 발놀림이 예사롭지 않았다. 장단을 치는 솜씨 또한 학동아범과 별반 다르지 않았다. 젊음을 술과 풍류로 허비하다 문중으로부터 한때 조소와 경멸의 눈초리 속에 살아온 사람이었다. 소리꾼이 되겠다고 해서 조상님의 시향에도 거절당하며 눈총을 받았던 이. 조상님의 유언을 어기고 광주 이씨와 혼인을 했다는 이유로 문중으로부터 눈엣가시로 비쳐진 이. 천한 상것들이나 하는 소리를 하면서도 조상의 유훈까지 거역한 이라고. 하지만 그도 나름대로 문중어른들의 하는 짓 중에 납득하기 어려운 점이 있었다. 정녕 소리가 천한 것들이나 하는 짓이라면 왜 양반들이 좋아하는지 묻고 싶을 따름이었다. 집안에 경사스런 일이 있을 때면 소리꾼을 불러 즐거운 소리마당을 벌이면서도 천한 짓이라 매도하는 까닭이 매우 아니꼽살스러웠다. 소리가 무엇인지 그리고 소리를 왜 하는지 그 참맛을 보여주고 싶었다. 소리라는 것은 운치 있고 멋이 있어 인생의 참맛을 알게 해주는 것이라는 것을 알게 해주고 싶었다. 소리를 한다는 것은 풍류의 삶이건만 천하다고 몰아붙이는 세상의 풍토가 원망스러웠던 것이다. 학동을 부르는 까닭도 여기에 있었다. 문중 어른들에게 진정한 소리의 진수를 들려주고 싶기에 학동을 불렀던 것이다.

학동아범은 본디 부유한 명문가의 아들이었다. 그러나 그는 부모의 만류에도 불구하고 소리를 배워 명창이 되고자 집을 나와 떠돌이 삶을 살아왔다. 15년 전쯤 호음동마을에 정착한 또랑광대였다. 그가 처음 소리를 배우기 시작한 곳은 광주 속골과 나주였다. 그러나 그의 나이 스물두 살 때 당대의 국창 박유전 선생님께 소리를 배우기 위해 보성으로 내려왔다. 하지만 찾아갔을 땐 이미 국창은 노색이 짙어 제대로 가르쳐줄 수 없었다. 하지만 국창과 맺은 인연으로 곁을 떠나지 못하고 보성에 정착하고 말았다. 이곳 호음동까지 와서 살게 된 또 다른 사연이 있다고 한다면 정렬 어른의 역할을 빼놓을 수 없었다.

광산 속골에서 김채만 명창 수하에서 소리를 배울 때 함께 지냈던 사이였다. 정렬 어른은 도중에 그만 두었지만 학동아범은 계속 소리를 해왔고 강산 국창이 타계하자 오갈 곳 없는 그를 불러주었던 이가 정렬 어른이었다. 그는 당골들에게 소리를 가르쳐주고 함께 장마당에 나가 소리마당을 열어왔다. 원래 그의 이름은 정문기였다. 본관이 하동이었고 소윤공파 15대손이었다.

양반 자녀로서 있어서는 안 되고 해서도 안 될 소리꾼이 된 그는 당연히 집안에서 쫓겨나 떠돌아다닐 수밖에 없었다. 이름마저 바꿔 순치라고 부르다가 나중에는 하동정씨라는 것을 잊지 않기 위해 학동이라 불러달라고 했다. 소리가 좋아 성(姓)마저 집어던지고 이름마저 바꾼 학동. 아들 하나를 데리고 구름처럼 떠돌면서 부모님을 애훼하는 마음만은 달랠 길 없다고 해왔다. 가문의 명예를 더럽히는 것에 대한 속죄라도 하려는 듯 비가 오나 눈이오나 작은 삿갓을 쓰고 다녔다.

성주풀이 한마당이 이어지는 동안 맑은 날씨만큼이나 화사한 해맑은 웃음이 모두들 얼굴에 내려앉았다. 이어 학동아범이 세마치장단을 쳐대었다. 박수당골들이 스승과 같이 장단을 맞추었다. 여자들은 귀에 익은 장단이라서 단박 알아차렸다. 정렬 어른과 작천 댁이 합심하여 맨 앞에서 메김 소리로 처음을 열어갔다. 남도 지방의 대표적 노래 진도 아리랑. 여인들의 한을 삭여주는 노래. 구슬프면서도 흥의 정취를 맛볼 수 있는 노래, 부요적(婦謠的) 성격이 강한 서정민

요로 진도지방에서 발생했으나 남도지방에서 가장 많이 불려왔다. 주된 사설은 기본적으로 남녀의 사랑과 이별을 주제로 하고 있다. 욕과 상소리 그리고 한탄은 물론 익살까지 녹아들어 부인들의 야성을 거침없이 토로하는 노래이기도 하다. 진도아리랑을 부르면 한이 풀린다는 까닭은 순간마다 즉흥적인 의미가 깔려있기 때문이다.

자신들의 삶을 운명의 탓으로 돌리는 여인들. 노래를 통해 남정네의 행실을 비꼬며 푸념을 쏟아내는 방편으로 삼았다. 낭만과 해학 그리고 애한이 서려있으면서도 흥을 더해주는 노래가 또한 진도아리랑이다. 독특한 가락과 멋이 구성진 장단과 어울러지면서 어깨춤이 저절로 들썩이게 만들어 준다. 때문에 남도 사람들은 흥을 끌어올릴 때면 진도아리랑을 불러왔다.

'아리 아리랑 스리 스리랑 아라리가 났네 아리랑 응응응 아라리가 났네'

문경새재는 웬 고갠가 굽이야 굽이굽이가 눈물이 난다

앞강에 드는 물은 갈라지면 갈라져도 우리 들이 든 정은 갈라질 수가 없네.

가노라 간다 내가 돌아간다 정든 님 따라서 내가 돌아간다

산천이 좋아서 내가 여길 왔냐? 님 사는 곳이라서 내가 여길 왔지

아리살살 춥거든 내 품안에 들고 베개가 높거든 내 팔을 베어라

노다가세 노다가세 저 달이 떴다지도록 노다나 가세

산천초목은 달이 달달 변해도 우리들의 먹은 마음 변치를 말자

만경창파에 두둥둥 뜬 배 어기여차 어야뒤어라 노를 저어라

서산에 지는 해는 지고 싶어서 지며 날두고 가는님은 가고 싶어서 가느냐

청천하늘엔 잔별도 많고 우리네 살림살이 수심도 많다

남이야 남편은 자전거를 타는데 우리야 남편은 논두렁만 타누나

정든님 오신다기에 꾀를 벗고 잤더니 문풍지 바람에 고뿔만 들었네

저기 있는 저 가시나 가슴팍을 보아라 넝쿨없는 호박이 두 덩이나 달렸네

우리집 서방님은 명태잡이 갔는데 바람아 불어라 석달열흘만 불어라

앞산의 딱따구리는 참나무 구멍도 뚫는데 우리집 멍텅구리는 뚫린 구멍도 못찾네

물속에 노는 고기 잽힐듯해도 못잡고 저 처녀 마음도 알듯말듯 못잡네

춥냐 더웁냐 내 품안으로 들어라 비개가 높고 야차믄 내 팔을 비어라

높은 봉 상산봉 외로 선 소나무 외롭다 허여도 나보담은 났네

날 다려 갈때는 사정도 많더니 날 다려다 놓고는 잔말도 많네

싫어요 싫어요 당신은 싫어요 연지 분통 안 사준께 당신은 싫어요

신작로 복판에 솔 때는 양반 임 정 떨어진 데는 못 때운다요

울타리 밑에서 깔 비는 총각 눈치만 빠르거든 나를 따라 오너라

높은 봉 산산봉 외로 선 소나무 외롭다 하여도 날보담은 났네

저 달 뒤에는 별 따라 가고 우릿님 뒤에는 내가 따라 간다

갈매기는 어데가고 물 드는 줄을 모르고 사공은 어데가고 배 뜨는 줄을 모르네

청천 하늘엔 잔별도 많고 이내 시집살이 잔말도 많다

오동나무 열매는 감실감실 큰 애기 젖가슴은 몽실몽실

섣달 열흘이 가뭄이 들어도 큰애기 궁둥에 생수가 나간다

땡감은 고와도 섬들에서 놀고 유자는 얽었어도 한량골에서 논다

노랑저고리 앞섬에 떨어진 눈물 니탓이냐 내탓이냐 중신애미 탓
이냐

허리똥 떨어지고 가느쪽쪽한 큰 애가 앞동산 좁은 길로 날만 찾
아 오너라

노메야 서방님은 전차기차를 타는데 우리야 서방님은 논골 밭골
만 타누나

임 떠넌 빈 방에 향내가 나고 배 떠난 선창에 연기만 난다

시압씨 선산을 까투리 봉에다 썼더니 눈만 빵긋 벌어지면 콩밭으
로만 달린다

사람이 살며는 몇백년 사나 개똥같은 세상이나마 둥글둥글 사세

가버렸네 정들었던 내 사랑 기러기떼 따라서 아주 가버렸네

저기가는 저 기럭아 말물어 보자 우리네 갈길이 어드메뇨

널보고 나를 봐라 내가 너따라 살것냐 모진 것이 팔자라서 할수
없이 산단다

살림살이 잘한다고 소문을 냈더니 요강단지 씻어다가 살강위에
엎어 놓았네

담넘어 콩밭에 꼴을 베는 총각아 담넘어로 외나간다 참외 받아라

담넘어 뛸 때는 무슨 맘을 먹고서 문고리 잡고서 발발발 떠느냐

시어머니 죽었다고 춤을 췄더니 꽁보리 방아 찧던 일이 생각이
나네

해당화 한 송이를 와자지근 꺾어 마누라 머리에 꽂아나 주세

시엄씨 줄라고 명태를 쪘더니 쪄놓고 봉께 방망이를 쪘네

　　남의 집 서방님은 가방을 드는데 우리집 낭군님은 개똥 망태를 든다
　　왜 왔던고 왜 왔던고 울고 갈 길을 왜 왔던고
　　바다에 뜬 배는 날 실어다 놓고 다시 데려다 줄줄 왜 그리 모르느냐
　　강이나 바다가 땅 길이 된다면 내 발로 걸어서 내 고향 갈란다

　…… 흥겨운 풍물 소리에 신명이 난 마을 사람들은 모두 자리에서 일어나 춤판을 벌였다. 설장구 춤을 춰가며 학동아범이 아랫배에서 뽑아 올린 통성으로 선소리를 매겨드니 모두들 자지러지듯 소리돌림으로 한 가락씩 받아내었다. 세마치 북장구소리에 진도아리랑 노랫소리가 실밧둥에 쩡쩡 울러 퍼지자 모두들 춤사위에 빠져들었다. 흥에 겨운 노인들은 너울춤을 추며 팔다리를 내저었고 젊은 남자들은 엉덩이를 흔들며 익살스럽게 웃음을 자아내었다. 나이든 초로의 남자들은 손뼉을 치며 한쪽 발을 든 채 빙빙 맴을 돌기도 하면서 '얼씨구'추임새로 흥을 돋우며 까치춤을, 시끌벅적 아이들 틈에 오그랑 쪼그랑 할머니도 어깨를 들썩이며 허튼춤으로 신명을 내었다. 초로의 여인들도 가만히 있지 않았다. 나름대로 장단에 맞춰 운빈화용(雲鬢花容)처럼 고운 자태로 빙빙 돌면서 나비춤을 추어가며 노래를 불렀다.
　흥에 겨운 젊은 여인들의 춤사위는 요정같이 간드러졌다. 회창회창한 나뭇가지가 바람에 휘날리듯 건들거리는 반춤, 양팔을 너울거리고 어깨를 들썩거리며 번갈아가며 한쪽 팔을 어깨 위에 올렸다가 펴는 활개춤, 꼿꼿한 자세로 손목과 팔꿈치만 폈다 오므렸다 하는 보릿대춤을 추는 이도 있었다. 바가지를 등허리에 넣어놓고 곰배팔

이 흉내를 내어가며 익살을 부려가는 춤으로 웃음꽃을 피워내는 남정네도 보였다.

춤추는 여인 가운데에 계군일학(鷄群一鶴)처럼 동백기름 반짝이는 낭자머리에 육각 족두리를 걸치고 청옥 비녀 곁에 참꽃송이를 꽂은 궁녀와 같이 아름다운 여인이 있었다.

두 팔을 살포시 들어 올려 마치 천년 학이 선녀가 되려고 하늘을 향해 비상하려는 날갯짓을 하더니, 두 팔을 벌려 활처럼 둥글어지다 낭창낭창 휘어져서 부드러운 곡선의 극치를 이루기도 하고. 버선코가 살포시 들어나도록 발꿈치를 앞으로 뻗더니 두 팔을 휘젓고는 어느새 오른손으로 수건을 잡고 왼손으로 수건을 살짝 받쳐 들었다. 손목을 고이 접어 자연스러운 백학의 머리처럼 우아하고 아름다운 곡선미를 그려내고 있었다. 양 팔을 펴고 돌아 접었다가 비스듬히 허리를 구부리더니 두 손으로 수건머리를 잡고 머리위에서 곱게 돌리는 것이었다. 수족상응(手足相應)이라 했든가. 손과 발이 어우러져 춤추는 봉황을 그려내고 있는 듯했다.

하얀 버선을 신은 발뒤꿈치를 살며시 들어 올려 산들바람에 흔들거리는 버드나무 가지처럼 몸을 흔들어대며 앞으로 나아갔다 뒤로 물러나기도 하고, 이리저리 고개를 돌려가며 앞으로 나아가다가 무릎을 살며시 굽힌 뒤 사뿐사뿐 돌아서는 것이었다. 긴 소맷자락을 슬그머니 들어 올려 날갯짓을 하도록 요동치는 아름다운 자태, 그녀의 우아하고 아름다운 춤사위는 마치 하늘에서 인간 세계로 내려온 선녀가 아니고서야……. 그것은 분명 천년 학이 선녀가 되려고 하늘을 향해 비상하려는 날갯짓임에 틀림없어 보였다. 팔색조 매무새에 춤을 추는 봉황처럼 예쁜 성요가 조신한 맵시로 춤을 추니 구경꾼들은 너 나 할 것 없이 탄성을 질러대었다. 양반집 부모로부터 배운 태도에서 풍기는 여염함이 조금도 나무랄 데 없으면서도 춤으로 살아가는 이들을 압도하고 있었다. 농익은 복숭아처럼 백옥 같은 살결에 오달진 매무새는 사람들의 마음을 온통 사로잡으려 들었다. 입을 다물고 숨마저 죽인 채 우두커니 서서 바라보는 사람들의 눈에는 넋이 나가고 없었다.

나비처럼 나르며 춤을 추어대는 성요의 황홀한 실경은 구경꾼들로 하여금 금방 기를 죽게 만들었다. 마음을 다져먹고 온 그녀의 월궁항아와 같은 끌밋한 맵시를 바라보는 이마다 침을 잘금잘금 흘려대었다. 친정집과 자신을 드러내기 위해 한바탕 춤 솜씨로 사람들을 사로잡은 그녀가 이제 구경꾼 앞으로 나와 창을 해대었다. 창꾼들과 함께 불러대는 그녀의 목소리가 유난히 청아하게 날아들었다. 고고한 황조처럼 단연 으뜸이었다.

그녀는 타고난 맑고 깨끗한 목소리를 가지고 있었다. 어릴 때부터 창을 한 번 들으면 곧 잘 따라하는 솜씨가 하도 신통해서 소리꾼으로 나가면 명창이 될 수 있을 거라고 마을 사람들이 쑥덕거리기까지 했던 것이다.

성요가 뭇 사람들의 시선을 온통 끌어당기고 있을 때 색다른 옷을 입고 다가오는 이가 있었다. 빛바랜 새까만 사지양복에 흰 와이셔츠를 입고 검정 구두를 신고서 나이에 걸맞지 않은 중절모자에 지팡이까지. 오만하고 도도함이 잔뜩 묻어난 차림이었다. 시선을 모로 세워가면서 능청스럽게 교활한 웃음을 지어가며 다가왔다. 혼자만이 아니었다. 짚신짝에 핫바지를 입은 이들이 뒤를 따르고 있었다.

"야들아! 저 이쁜 여자가 순이 각시 맞냐?"

　그는 심상치 않게 눈길을 비끄러맨 채 물었다. 그는 진성이란 사람이었다. 순과 깨벅쟁이로 자란 친구였다.

　"맞당께. 저그 강골 이용철씨 따님이랑께."

　곁에 있던 허현이 대답했다. 그는 같은 또래 단짝 친구였다.

　"앗따! 춤을 잘 충께 우리 집에서 기생했으면 딱 좋겠는디."

　진성은 노골적으로 입을 쩝쩝 다시며 음탕한 눈빛을 감추지 못했다.

　"순이 각시가 맘에 드냐?"

　종산이가 능글거리는 웃음을 지어가며 비아냥거리듯 물었다.

　"우리 집에는 꼭 저런 여자가 필요하당께. 춤 잘 추고 노래 잘허고 얼굴 반반하게 생긴 여자 말이다. 그래야 남자들 품에서 잘 놀아나지 않겠냐?"

　진성은 능갈스러운 웃음을 지어가며 음충을 떨었다. 그는 보성에서 기생집 포주였다. 젊은 여자들을 보쌈해다가 몸을 빼앗은 뒤 접대부로 고용해 왔다. 틈나는 대로 고을을 돌아다니면서 미색이 출중한 처녀에게 미끼를 던져 유혹하는 일이 일과였다. 특히 남편과 떨어져 지내거나 사별한 청춘과부를 노리기 일쑤였다.

　"그래도 그러제. 깨벅쟁이 친구 각신디 그런 마음을 묵어서야 쓴다냐?"

　허현이 냉엄히 타이르기라도 하려는 듯 입술을 비죽이며 되물었다.

　"그래서 보고만 있는 것 아니냐? 친구 마누라만 아니라면 당장 오늘 저녁이라도 둘둘 말아서 싸가고 싶당께."

　그는 범상치 않은 얼굴로 성요를 뚫어지게 바라보며 침을 흘려대는 것이었다.

"내가 봐도 이쁘다야. 야들야들한 살결에 낭창낭창 몸매 좀 보랑께! 얼굴도 이쁜 데다가 춤추는 맵시가 영락없이 전생에 기생이었는 개비다."

해정이가 마른 침을 꿀꺽꿀꺽 삼켜가며 맞장구를 치고 나섰다.

"그 자식은 왜 마누라를 데려가지 않고 놔둔다냐?"

"누가 그 속을 알겄냐? 인자 한양으로 갔다고 허드라. 과거를 본담서야."

"지가 무슨 돈이 있겄냐? 공부허는 중이어서 못 데리고 간다고 허드랑께."

현은 집안 내막을 알고 있는 터라 핀잔스러운 입정을 놀려댔다.

"즈그 처갓집이 고을에서 제일 부자집이지 않냐? 돈을 대달라고 허믄 대줄 텐디."

진성은 의심의 눈초리를 틀어가며 현을 쳐다보았다.

"논문서 들고 시집왔고 학비까지 대어주었는디 또 주겄냐?"

"인자 나이 스물잉게 한참 물오를 때인디 밤마다 서방이 얼매나 그립겄냐?"

진성은 목울대가 꿈틀대도록 마른 침을 삼켜가며 야살을 떨어대었다. 가만히 듣고만 있던 대운이 실없이 피식 웃음을 쏟고서

"야! 그런 소리들 허들지 말란 말이여. 사각모자에 제복을 입은 놈에게 시집온 여자랑께. 순이 장가 갈 때만해도 부러워서 말도 못했음시롬 무슨 말이여?"

의리를 소중하게 여기며 살아온 대운이 살래살래 고갯짓을 하며 훈계조로 말했다.

"일러치면 한 번 품어봤으면 좋겄다 그 말이제."

진성은 계속해서 음흉한 웃음을 흘려가며 입술에 침을 발랐다.

"즈그 서방이 과거에 급제해갖고 오면 어쩔라고 그런 말을 입에 담냐? 삼현육각 소리에 말을 타고 금의환향할 날이 곧 올 것인디. 그런 소릴랑은 입도 뻥긋하지 말란 말이여. 잘못했다간 개죽음 당할 것인디 어쩔라고 함부로 지껄여쌌냐 그 말이여."

대운이 고개를 살래살래 저어가며 따가운 질책을 하고 나섰다.

"꼭 그런다는 것은 아니고. 혹시나 해서."

"어허! 그것이 무슨 말이냥께. 혹시라니?"

"사람은 내일 일을 모르는 것이고 타고난 팔자는 불에도 타지 않는 것잉께 나중에 내 첩이 되지 말라는 벱은 없제."

진성은 실없어 보일 만큼 야릇한 웃음기를 띠어가며 알아들을 수 없는 말을 중얼거렸다.

"솔직히 순이 그놈이 우리를 친구라고 여긴 줄 아냐? 배웠다고 으시댐서 우리를 무시했제. 발밑에 떼꼽자구로 여겼단 말이다."

해정이가 울분에 찬 목소리를 더듬거렸다.

"그래서 어떻게 허자는 것이냐?"

"왜 우리가 그 자식한테 무시당하고 살아야 허냥께. 지보다 밥을 달라고 했냐 아니면 옷을 주라고 했냐? 그 자식 꼴 보기 싫응께 진성이 니가 보쌈해다 작은 각시 만들어부러라."

해정이는 입술을 악물며 분통이 터지는 심사를 털어놓았다.

"지금은 때가 아니랑께. 조금만 기다려보고 기회를 노려볼란다."

진성 일행은 침을 잘금잘금 삼켜가며 말하고 있을 때였다.

"워매! 시방 먼 소리를 했쌌당가? 참말로 싸가지 없는 소리를 허는구만."

춤구경을 하고 있는 누묵댁이 그들이 지껄이는 소리를 듣고서 냅다 야단을 치고 나섰다.

그들은 노인의 눈치만 슬금슬금 보고서 슬며시 자리를 떠났다.

"참말로 남새스러워 못 보겄구만. 뭐 보쌈해간다고? 늑대같은 놈들!"

누묵댁은 춤구경을 하다 말고 계속해서 핀잔스럽게 악을 써대었다.

"앗따! 조용히 허시랑께라우. 진성이한테 그랬다간 순사한테 잽혀간당께요. 그냥 못 본대끼 허시랑께요."

젊은 점례 엄니가 혀를 내밀어 턱을 떨어대며 겁먹은 목소리로 말했다.

"알았네."

누묵댁은 일부러 표정을 누그러뜨리며 춤추는 여인네들에게 눈길을 돌렸다.

"워매! 워매! 참말로 이쁘네! 눈이 부셔서 못 보겄네."

"부잣집 딸이라는 태가 나는구만. 저만 항께 순이 각시가 되었겄제."

아낙들은 입입이 성요를 칭찬하고 있었다.

"워매! 참말로 멋저부요. 시어미 닮은 데는 눈꼽만치도 없네 그랴."

"부잣집에서 시집온 태가 나능구만. 누가 저리도 고운 옷을 입었을꼬 했더니. 죽산댁 며느리였구만!"

"근디 어쩌면 저리도 춤을 잘 춘다요? 딱 기생인 줄 알았당께."

"기생이라니 봉황이 하늘에서 내려온 것 같구만."

"맞는 말이구만. 틀림없어. 어떻게 보면 선녀 같기도 허고……."

모두들 부러운 시선을 감추지 못하고 흥분된 시선으로 바라보면서 침이 마르도록 칭송하는 것이었다.

"아따! 시아버지 조항에 며느리 낳제. 시어미 닮았으면 그러간디……."

신기댁이 고추 먹은 소리를 쏟아내었다. 곁에 죽산댁이 있다는 것을 깜박 잊고 무심결에 튀어나온 것이다. 그녀는 머쓱한 듯 머리를 긁적거렸다. 죽산댁이 이내 그 말을 알아듣고서 금방 얼굴이 발그족족해지기 시작했다. 그런데도 신근댁이 한술 더 떠 염장을 찌르고 나섰다.

"뭘 보고 그런 집으로 시집을 왔을까이. 나 같았으면 딸 안 주네."

그 순간 죽산댁이 이마에 내 천 자를 내려그리며 신근댁을 향해 게거품을 물고서

"뭣이 어쩌고 어째라우? 시방 누구 속 터진 꼴 볼라고 그리요? 우리 집이 어째서. 워매 고것도 아들이라고 낳놓고 저절로 터진 입이라고 함부로 입방정을 떠능가?"

신근댁도 보통은 넘은 노인네였다. 먹고살 만한 살림에다가 문중이라면 내일인 양 손발을 벗고 나서는 성품이었다. 정렬어른과는 열 촌관계로 형님 벌 되는 동서 간이었다. 옳고 그름을 정확히 선을 그을 줄 아는 사람으로 죽산댁 하는 일이 맘에 안 든다고 해서 사이는 좋지 않았다.

"솔직히 말하면 누가 뭐라고 했간디. 그놈의 논 욕심으로 문중에서 반대해도 혼사를 했제. 우리 노루목 할아버지께서 뭐라고 하신지 아능가? 이가 하고 상종하지 말고 더 나아가 혼인은 절대로 안 된다고 하셨다는디 논 준다고 형께 슬그머니 며느리 데려왔제. 그 속모를 사람 있능가 만장 가운데 가서 물어보소."

"워매! 내 아들이 얼매나 욕심이 났으면 땅문서 싸가지고 시집 보냈겠소. 며느리한테 쌀 한 되도 못 얻어먹음시롬 배가 아프면 아프다고 할 일이제. 만장 가운데에서 오두방정을 떤당가? 참말로 남새스러워서 못 보겠네."

죽산댁은 아니꼽다는 듯 눈알을 치굴리며 몰풍스럽게 핀잔을 쏘아대었다. 무시하려는 심사를 버리지 않고 아들 자랑으로 맞받아치고 나선 것.

춤 구경하다 말고 느닷없는 사소한 말이 설전으로 치닫고 말았다.

"그만허랑께. 좋은 날 춤구경험시롬 쓰잘대기 없는 소리를 했쌌능가?"

곁에 앉아있던 노인들이 죽산댁을 향해 조용히 하라고 지청구를 퍼부었다. 허나 죽산댁은 조금도 물러날 기색이 아니었다.

"이래 봐도 나는 아들을 일본으로 유학을 보낸 사람인디 어디서 함부로 입들을 나부렁거린당가? 그것도 아들이라고 놔놓고 감히 내 앞에서 입방정을 떨어쌌는가 모르겠구만."

얼굴을 홍시처럼 붉힌 채 가자미눈으로 째려보며 은근히 무시하고 나섰다.

"놈 부끄러운 일 그만들 허소. 동녘이 훤하면 새벽인 것인 줄 다 아는 것인디. 한두 번 겪어본 것도 아니고 쓸따깽이 없는 짓 그만허랑께. 처갓집 덕분에 유학공부했제 자기가 돈 댔간디. 재주는 곰이 넘고 돈은 대놈 받는다고 허드구만 꼭 그꼴이구만."

여태까지 곁에서 지켜보고 있던 박실 아짐이 못마땅한 듯 입을 뾰로통히 내밀다가 이내 핀잔을 내쏘았다. 그것은 신근댁을 두고 한 말이었다. 죽산댁 속을 다 알고 있으면서 쓸데없는 소리 집어치우라는 단도리였다. 하지만 신근댁은 하고 싶은 말을 가슴에 묻어두고 지내지 못한 성미인지라 거침없이 단근질까지 해낼 기세였다.

"이가 집에서 며느리 데려왔응께 잘되능가 보더라고. 내 눈에 흙이 들어가기 전에 눈 뜨고 볼 것잉께. 조상 없는 자식 어디 있당가? 유훈을 어겼는디 출세는 무슨 놈의 출세! 되레 벌을 받겄제."

신근댁은 덜렁 자리를 박차고 일어나 저쪽으로 가고 말았다. 모두들 죽산댁 입만 쭈볏쭈볏 쳐다보았다. 한동안 서로들 힐금힐금 눈치만 쳐다볼 뿐이었다. 그러나 죽산댁은 분을 삭이지 못한 듯 오만상을 찡그렸다. 물위에 뜬 기름처럼 겉돌고 있으면서도 알아차리지 못한 것 같았다.

그러는 가운데에서도 창과 춤은 계속 되고 있었다. 건너편 영감들이 춤추는 성요를 바라보며 넋을 잃은 소리를 쏟아내었다.

"꾀꼬리보다 이쁘구만 그려."

"처음 시집왔을 땐 좋지 않은 소문이 들리더구만 저만 헝께 순이 각시가 되었겄제."

"말이야 바로 말이제. 우리 집안하고 사이가 나뻐서 그러제 양반 중 양반 딸 아닝가? 혼수로 땅문서를 가져온 며느리가 어디 있간디? 솔직히 말해서 정렬이가 며느리 덕분에 끼니 걱정을 않고 사는 것이제."

"하기사 그러제."

"지금은 아주 딴 여자가 되었다는디. 저 가녀린 몸으로 논일이며 밭일까지 품앗이를 해감서 농사를 짓는다는구만. 양반집 딸은 어디가 달라도 다른개비여."

"집안이 잘되려면 사람이 들어와야 하는 것인디 인물 좋겄다, 재물 가져왔겄다, 복이 터졌네 그랴! 참으로 죽산댁이 말년에 복 받았

176

제. 저런 집안을 보고 호박이 넝쿨째 굴러 왔다고 허는 것이네.”

“그것뿐인가.”

“또 머시 있당가?”

“힘든 일을 허고도 늦잠 한 번 안 잔다네. 닭이 울면 일어나 물랑골로 달려가 남편 과거급제를 위해 치성을 드린다는구만. 참말로 장한 일이드랑께.”

“지성이면 감천이라고 성황님께서 도와주시겠구만?”

“그런디 말이여 젊은 며느리를 왜 혼자 살린당가? 지 서방한테 보내야제.”

“혼자 가서 공부헌다고 허던디.”

“그래도 그렇제. 땅을 팔아서라도 같이 살게 해사제. 젊음이 몇 쪼금 간당가?”

“아믄. 젊다고 항상 젊간디. 잠자고 나면 다른 것이 인생이제. 금방이제. 금방이여.”

“그래서 친정에서도 서운허다고들 허드라네.”

“아므래도 그러겄제.”

“양호유환(養虎遺患)이란 말이 있는 것이네. 억지로 살면 나중에 무슨 화를 입을지 모르는 것이 인생이란 말이어.”

한바탕 춤을 추며 진도아리랑을 불렀던 놀이꾼들은 즐거움에 땀이 흐르는지조차도 모르고 있었다. 노래가 끝나갈 무렵 아낙네들이 물을 마셔가며 땀을 닦았다. 잠시 휴식시간에 막걸리 잔을 서로 권하며 사발씩 들이키고 밀개떡과 화전을 서로 나눠먹고 있었다. 마냥 웃는 모습이 밝고 화사하여 봄꽃송이가 얼굴에서도 피어나고 있었다.

놀이꾼들은 지칠 줄도 모르고 ‘산아지 타령, 육자배기, 까투리 타령, 새타령' 남도창을 부르며 홍거운 춤사위를 이어가고 있었다.

어느새 햇덩이는 중천의 선을 넘어 서쪽으로 기울고 있었다. 따사로운 봄기운이 한나절을 내리쬐고 나니 아침보다 한층 새싹이 쌩글빵글 거리고 나무들도 푸릇푸릇 해지는 것 같았다. 천자만홍(千紫萬紅) 산야에서 벌어지는 화전놀이는 겨우내 얼어붙었던 호음동 마을 사람들의 가슴속에 즐거움을 차곡차곡 담아주었다. 가무에 음주를 곁들이며 모두가 한마음이 되어가고 있었다.

이어 타령에서 소리 창으로 이어갈 차례가 되었다. 정렬 어른이 학동아범과 함께 벼르고 있었던 소리. 이 고장 사람들은 독특한 멋을 지녔다고 하면 과장일이지 모르지만 분명 소리를 하고 산다는 것은 크나큰 자랑임에 틀림없었다. 이 고장이 유달리 소리를 좋아하는 까닭이 있었다. 조상 대대로 한(恨)을 안고 살아온 고장이라고 전해 내려왔다.

한은 맺힘과 풀림의 계기성과 대립의 묶음들로 정리할 수 있다. 맺힘은 타인에 의한 것이고 맺음은 스스로에 의한 것이다. 다시 말하면 남이 부여하는 것이고 스스로 일으키는 경우가 있다. 전자는 삶의 욕구나 의지를 좌절시키고 파국을 초래하는 경우이고 후자는 삶의 파열을 강요당하는 경우로 타인에 의해서이다. 전자는 타상이고 후자는 자상이다. 따라서 한은 웅어리며 맺히거나 맺는 자에는 살아있는 자는 물론 죽은 영혼에까지 포함된다. 그렇다면 한은 맺힘과 맺음으로만 끝나는 것이 아니며 소유자는 살거나 죽거나 이를 편집적이고 강박적으로 풀려고 하는데 문제가 발생한다. 즉 풀림과 풂에 있어서 풀림은 스스로 푸는 것이 아니라 타인에 의해 풀리는 것이고, 풂은 스스로 풀면서 아픔과 상처의 웅어리의 응집력에 비례해

178

서 문제의 크기가 다르게 나타난다. 품은 복수와 같이 자신에게 안겨준 이에게 앙갚음을 행하는 것이다. 또 다른 경우는 직접적인 자에게 뿐 아니라 제삼자에게 행하는 경우도 있다. 좋은 방향으로 전이하는 경우도 있으나 원한의 전이를 하기도 한다. 문제는 누구든 상관하지 않고 자신이 입은 상처와 아픔을 너도 한번 당해보라는 앙갚음으로 나타날 수 있다. 우리 민족은 한의 정서가 매우 강하다.

조선시대 지배자들은 정치를 치정의 원리로 삼았다. 민한(民恨)은 천한(天恨)이고 민원(民怨)은 천기(天氣)의 원(怨) 자체로 생각한 것이다. 한과 원이 조화를 이뤄야 한다고 보았다.

허목(許穆)은 미수기언(眉叟記言)에서 천재(天災)란 헛되게 나는 것이 아니라 원망이 쌓는 결과이고 앙재(殃災)가 된다고 말했다. 당쟁의 정치를 펴온 조선시대에는 철저한 보복이고 증오와 원한의 정치였다. 따라서 여기에는 한의 맺힘과 맺음이 반복되었다고 할 수 있다. 조선을 개국한 태조 이성계는 자신이 임금이 되려 산신기도 수량을 펴고 다닐 때 지리산을 증오했다. 임금이 되고 나서는 지리산이 가까운 전라도를 죄 지은 선비들의 유형지로 정하여 실행했으며 이것은 조선시대에 계속 이어져 내려왔다. 때문에 전라도는 당연히 한과 원이 조화를 이루기에 역부족일 수밖에 없었다. 선비들은 한의 응어리를 살아있는 후손에게 자연스럽게 물려주었고 또 안고 죽은 영혼은 조상신이 된 경우가 많았다. 사람이 한을 오래 품으면 운명으로 바뀐다고 한다. 운명론은 미리 정해진 필연적인 법칙에 따라 일어나므로 인간의 의지로는 변경할 수 없다고 체념하고 참고 사는 데서 출발한다. 결국 반사회적이거나 부도덕하게 반항하지 못하고 기껏 민요나 무술(巫術) 풍자극(諷刺劇)으로 참아내는 방법을 찾아야 했다. 여기에서 도출 된 것 중 하나가 소리였다. 예술성이 높은 전통음악 중에서 한을 표현하는 데 가장 가까운 성악곡이 소리였다. 이 고장에서 널리 흥행하는 것도 조상의 한과 무관하다고 볼 수 없다. 소리는 양반층의 청중이 주요 고객이었다. 성악곡이지만 소리 문체의 특징적 현상으로는 신분적. 성적, 분위기, 서술자의 태도 등에 따라 문체가 판이하게 바뀌기기도 하지만 존귀하고 품위 있는 인물이 등장하는 대목에서는 운율이 우아할 뿐 아니라 사설 역시 한문구(漢文句)와 전고(典故)를 담은 장중한 문체로 된다는 점, 그리고 19세기 초기 이래의 소리가 양반층의 청중을 주요 고객으로 의식하면서 발달해온 점 등을 보면 소리는 선비들이 유배지에서 남긴 한의 응어리와 결코 무관하다고 볼 수 없다. 따라서 소리가 단순 천민들의 서민 의식을 대변하는 예술이었다는 데는 생각해 볼 대목이다. 비록 당쟁에 밀려 죄인이 되어 유배의 신세를 진 선비라고 하지만 한 때는 권력을 손에 쥐고 호령했던 분들이 머물다간 곳, 후손들은 조상의 한을 물려받은 채 신처럼 모시고 집성촌을 이뤄왔다. 보성에는 특히 집성촌이 많은 소리고장이다. "내 소리 받아가라!" 는 혼백의 외침이 마을 뒷산에서 들렸다는 고장, 북장단이 울리면 소리 한 대목쯤은 아니리와 발림을 곁들여 구연할 줄 아는 사람들이 사는 고장이다.

정렬 어른이 학동아범을 데리고 온 이유 중 하나는 소리였다. 춘향전 한바탕을 불러 자신의 존재감을 보여주고자 이제껏 벼르고 있었다. 젊어서 배운 춘향가는 정렬이 가장 잘 부르는 소리였다. 그 중에서도 사랑가였다. 며칠 전부터 준비해온 창은 이 도령과 성춘향의 사랑가로 노는 것이었다. 그는 판소리 창에 앞서 단가로 목청을 뽑왔다. 정렬 어른과 학동아범이 호남가(湖南歌)를 먼저 불렀다.

'함평(咸平) 천지 늙은 몸이 광주(光州) 고향 바라보니 제주(濟州) 어선 비러타고 해남(海南)의로 건너올 제 흥양(興陽)의 돋은 해는 보성(寶城)에 비쳐 있고 고산(高山)에 아침 안개 영광(靈光)에 둘러 있고 태인(泰仁)하신 우리 성군 영학을 장흥(長興)하니 삼태육경은 순천심(順天心)이요 방백 수령은 진안민(鎭安民)이라 인심은 함열(咸悅)이요, 풍속은 화순(和順)이고 고창(高敞) 성에 홀로 앉아 나주(羅州) 풍경 바라보니 만장 운봉(雲峯) 높이 솟아 층층이 익산(益山)이요, 백리 담양(潭陽)에 나리는 물은 구비구비 만경(萬頃)이요 …… 여산(礪山)에 칼을 갈아 남평루(南平樓)에 꽂았으니 어떠한 방역객이 놀고 가기를 즐겨하랴.'

합죽선을 폈다 오므리며 팔을 쭉쭉 뻗어 힘차게 내 질렀다. 학동 아들이 진양 조 북장단을 쳐대었다. 어린 것이 쳐대는 북장단은 사람들의 애간장을 녹이고도 남을 정도였다. 정렬과 학동은 합죽선을 오른 손에 들고 춤을 추며 사랑가를 부르기 시작하자 당골 부부도 일순간 춘향이가 되고 이 도령이 되었다.

놀이꾼들도 마찬가지 발림을 해대었고 남자는 모두 이 도령이고 여자는 춘향이었다.

도: 사랑 사랑 내 사랑이야 어허둥둥 내 사랑이지야 삼오신정 달 밝은 밤 무산천봉 완월사랑 목락 무변 수여 천에 창해같이 깊은사랑 월하에 삼생연분 우리 둘이 만난사랑 어허둥둥 내 사

랑이지야 지리산 높은 봉과 요천수 맑은 물의 산수정기 한데
모아 우리춘향 삼겼는가. 전생의 연분으로 이생에 만났으니
추천 허든 채색 줄이 월로의 적승인가 내보든 광한루가 초왕
의 양 대련가 사랑사랑 내 사랑이지 어어어어어허 두둥 내 사
랑이야 너 죽어도 내 못살고 내가 몬저 죽거들랑 너도 부대 못
살어라. 생전사랑이 이럴진대 사후기약이 없을 소냐 너 죽어
서 될 것있다 너는 죽어 글이 되되 따지 따곤 달월 그 늘음 아
내 처 짜와 계집녀 짜 변이되고 나는 죽어 글이 될제 하늘 천
하늘 건 날일 별 양 지애비 부짜와 아들 자짜 몸이 되어 계집
녀짜 변에다가 아들 자짜를 떤 부치여 좋을 호짜로 만나거 덜
랑 나인 줄을 알려무나

춘: 나는 그것 되기 싫소

도: 러면 너 죽어 될 것 있다 너는 죽어 꽃이 되되 이백도홍 삼춘
　　화가 되고 나는 죽어서 나비 될제 화간 쌍쌍 범나비 되어 네
　　꽃봉이를 내가 덤벽 물고 바람 불어 꽃 봉이 노는 대로 두 날
　　개를 쩍 벌리고 너올너울 놀거들랑 나인 줄로 알려무나

춘: 그것도 나는 되기 싫소

도: 러면 죽어서 될 것있다 너는 죽어 종로인경이 되고 나는 죽어
　　인경마치가 되어 새벽이면 삼십삼천 저녁이면 이십팔수로 뎅
　　뎅 다른 사람이 듣기에는 인경소리로 들리어도 우리 둘이 듣
　　기에는 내 사랑 춘향 뎅 이 도령 서방뎅 그저 뎅뎅 치거 덜랑
　　나인 줄을 알려무나

춘: 나 아무것도 되기 싫소

도: 애 그게 웬 말이냐 우리가 살아서 인연이 하 지중허기에 죽어

서도 만나자는 말인데 마단 말이 웬 말이냐

춘: 정리는 그렀오마는 살어서 밑으로 생긴 것도 원통 헌되 죽어
　　서도 날더러만 밑으로 가라니 재미없어 내사 싫소

도: 이애 그러면 우리정리에 너를 우으로 생기게 못헐게 무엇이란
　　말이냐

도:: 사랑사랑사랑 내사랑이야 어둥 둥둥 내 사랑이지 사랑이로구
　　고나 내 사랑이로다 어허둥둥 내 사랑이야 그러면 너 죽어 될
　　것있다. 너 죽어 우으로 될 것 있다. 너는 죽어서 매 웃짝되고
　　나는 죽어서 매 밑짝 되어 사람의 손길이 얼른 허면은 천원지
　　방의 웃짝으로 빙빙 돌거드면 너인 줄을 알어 주마

춘: 나 그것도 되기 싫소

도: 이애 위으로 갔어도 마단 말이냐

춘: 위으로는 갔어도 가운데 주인삼아 따러 다니는것 하나 꼴보기
　　싫여 아무것도 안 될나요

도: 그는 네 팔자 소관이라 할 수 없느니라 고만두고 우리 업고 좀
　　놀아보자

춘: 아이고 도련님은 험한 소리도 다 허시요 업고 놀다가 미끄러
　　운 장판방에서 넘어지면 어쩔라고 그러시요

도: 이에 네가 모르는 말이로다 업고 놀다 넘어지면 넘어지는 체
　　허고 그말속 알어 듣것느냐

효: 도련님이 춘향을 업고노는듸

도: 둥둥 내사랑 어허둥둥 내 사랑 사랑 이로고나 내 사랑이로
　　다 아마도 내 사랑이야 천하일색의 내 사랑 만고절색의 내 사
　　랑 사랑이로고나 내 사랑이로다 선마둥둥 내 사랑이야 이히

이 히이히 내 사랑이로다 아마도 내 사랑이야 내 사랑이지야
사랑애짜로 놀아보자 일년명월 금소다 천하만국 사랑애 초당
연상 만권시서는 문장재사가 사랑애 세사는 금삼척이라 고금
율객이 사랑애 생애는 주일배라허니 호걸주객이 사랑애 사창
월색 삼경야 우리 두몸이 사랑에 이리보아도 내사랑 저리보
아도 내사랑이지 내간간이지 둥둥둥둥 어허둥둥 내사랑 네가
무엇을 먹으랴느냐 네가 무엇을 먹으랴느냐 둥굴둥굴 수박
웃봉지 떼띄리고 강릉백청을 다르르 따라 씰랑 발라 버리고
붉은 점만 가려 그것을 네가 먹으랴느냐

7
농부가

　이른 새벽 어두움을 걷어내고 성요가 찬이슬 잠방이는 물랑골을 향하고 있었다. 치성길이 아직은 어두운데 서산마루 쪽빛 하늘에 하얀 그믐달이 동녘 붉은 노을에 자신을 산화하며 밤하늘 주인의 자리를 내어주고 흐릿흐릿 사라져가고 있었다. 아무도 보는 이 없는 산자드락길, 그녀의 발걸음에 놀라 새벽잠을 깬 풀벌레들이 후드득후드득 뛰어 달아나고 종다리가 삐르르 삐르르 소리를 내며 공중으로 솟구치고 있었다. 홀로 산을 오를 때면 사위스런 소리에 온몸이 오싹오싹 움츠러지고 머리끝이 꼿꼿이 설 때가 있어도 아랑곳하지 않았다, 치성을 드려야 한다는 일념뿐이어서 무서움조차도 떨쳐 버린 듯 입술을 지그시 깨물었다.

　단오 때부터 시작한 모내기와 보리타작이 하지까지 계속되어 농군들은 숨을 돌릴 시간조차도 없는 바쁜 철이 돌아왔다. 하지 때엔 밤이 짧아 한숨 붙이고 나면 금방 동녘이 밝아오기 때문에 농사꾼에게 심신이 피로한 철이기도 했다. 하지만 그것이 치성을 위한 그녀

의 마음을 붙잡을 수 없었다. 산안개가 자욱하여 앞이 보이지 않아
도 외갈래 산길을 터벅터벅 걸었다. 돌무덤 할매당에 절을 하면서
도…… 삼신나무를 붙잡고서도…… 성황당에 촛불을 밝히고 정화수
를 떠놓고 빌면서도…… 동녘하늘에 떠오른 햇덩이를 바라보고 절
을 하면서도 오직 남편의 합격을 빌고 또 빌었다. 몸뚱이가 부서지
는 한이 있더라도 지극 정성을 다해야 한다는 심중을 바꿀 수는 없
었다. 이틀이 묶어져 하루가 되어 흘렀으면 좋으련만 하루하루가 몽
글게 지나가는 것이 안타까울 지경이었다. 마패를 가슴에 차고 내려
올 남편을 그리는 마음뿐이었다.

   예년에 비해 달라진 것이 있다면 자신이 가지고 있던 것을 내려놓
은 것이다. 타관객지에서 혼자 공부에 전념하고 있을 남편을 그려보
며 집안에서 아내의 역할을 충실히 하는 것이 남편을 위한 것이라고
마음을 고쳐먹었기 때문이다. 금의환향을 맞을 때 조금도 부끄러움
이 없는 아내가 되겠다고 다짐했던 것이다. 지난날을 다 잊고 새로
운 마음으로 살아가자고 애를 써보지만 몸이 따라주지 않을 때도 있
었다. 일도 해 본 사람이 잘하는 법. 부잣집 막내딸로 자랐던 터라 집
안일조차도 종잡을 수 없어 허둥대기 일쑤였다. 시집생활 삼 년은 말
동무 하나 없는 외로운 삶의 연속이었다. 이씨 성이라고 해서 마치
얄망궂은 사람인 양 사람들은 그녀를 멀리 했다. 그럴 때면 뒷동산에
올라 우두커니 떠가는 구름을 바라보는 것이 소일거리였다. 뒷동산
은 유일하게 그녀를 반겨 주었고 외로이 서 있는 노송은 그녀의 친
구였다. 둥실 떠가는 구름들을 바라보노라면 떠나간 남편이 그리워
눈가에 처연한 이슬이 맺혀 들 때가 많았다. 마음이 서글퍼질 때면
외로운 노송을 쳐다보며 중얼거리는 버릇도 생겨났던 것이다. '너는

어찌 외로이 서있느냐'고. 홀로 살아가는 나하고 벗으로 지내자고 혼잣말로 속살거렸다.

기나긴 엄동설한 모진 북풍한설이 불어와도 푸르름을 잃지 않고 꿋꿋하게 견디어온 그 기백. 그것은 머지않아 따뜻한 봄날이 올 것이라는 믿음이 있어서 가능할 일인지는 모르지만……. 노송은 봄이 오면 모든 것을 다 잊은 채 백로들을 불러들여 백화난만의 아름다운 꽃밭을 일구는 것을 보았다. 청솔은 백로를 만나 그 청순한 미를 더해가고 백로는 청솔을 만나 그 속살까지 하얗게 도드라지는 것이었다. 성요는 노송으로부터 기다림의 미학(美學)을 배웠다. 사람이 새로운 환경에 맞닥뜨려지면 가졌던 꿈과 이상이 무감각해지는 것인지 모른다. 그녀는 달관이라도 한 사람처럼 마음을 고쳐먹었다. 삶의 고독으로 비애와 부딪힐 것이 아니라 그것을 극복하는 길을 찾기로 하고 농사일에 나서기로 작정했다.

난생 처음 보리 베는 품을 앗아 들판으로 달려든 그녀는 선무당이 사람 잡는 것처럼 죽을 둥 살 둥 모르고 일을 했다. 요령도 가닥도 모른 채 마구잡이식으로 하루를 채웠다. 집으로 돌아온 뒤에는 손가락에 물집이 생겨 쓰라리고, 불두덩 곁에 가래톳이 서서 걸음걷기조차 힘들 때가 있었다. 목덜미가 쑤시고 어깻죽지가 빠질 것만 같았다. 팔목을 들 수도 없고 발목이 아렸다. 오금까지 쑤셔 물찜질을 하고서야 간신히 자리에 누울 수 있었다. 세상 살아가는 모든 일은 순리를 좇고 요령을 터득해야 능률이 나는 법인데 힘으로만 밀어붙인 보드라운 삭신이 견디지 못했던 것이다. 그녀는 농사일은 쉬운 일이 아니라는 것을 알아차렸다. 하지만 그보다 더 힘든 공부를 하고 있을 남편을 생각한다면 참고 견뎌낼 수 있다고 의지를 불태웠다.

작년까지만 해도 들일은 시어머니의 몫이었다. 시아버지는 젊어서부터 약주를 가까이 한 탓에 지금은 섬섬약골이었다. 하나 있는 시동생은 남의 집 머슴살이를 하느라 집을 비운 상태. 결국 시어머니와 함께 농사를 지을 수밖에 없었다.

힘든 일도 자주 접하다 보면 적응해가는 것 같았다. 날마다 들일을 쫓아다니다 보니 성요도 반 농사꾼이 되어가고 있었다. 시집을 적만 해도 복숭아처럼 잔털이 보송보송 돋아있었고 배꽃 같이 하얀 얼굴이 이제는 따가운 햇볕에 숯검정을 발라놓은 듯했다. 목과 콧잔등까지 비루먹은 것처럼 허물이 벗겨지고 있었다. 손등도 검게 탔다. 손톱이 닳아 자그럽고 장단지에는 거머리 물린 흉측한 자국이 듬성듬성 보였다. 남편이 돌아와 몰라보면 어떨까 싶어 그게 두려웠다. 들일을 마치고 집에 돌아와서 시부모 봉양하는 일도 게을리하지 않았다. 해거름이 지나서야 집에 돌아오지만 저녁을 짓고 반찬도 마련하고 빨래까지 마치면 자정이 가까울 때까지 꼼지락거려야 했다. 새벽 치성길을 다녀온 그녀는 부모님께 아침을 차려드리고 인사부터 했다.

"아버님, 오늘은 상금 댁 품 갚으러 갈라요."

"오냐, 민순이는 내가 잘 데리고 있으마."

"예. 아버님. 참이 나올 때 민순이 데리고 오싯시요."

"오냐, 알았다."

"민순아, 할아버지 말씀 잘 듣고 놀아야 돼! 알았지?"

하나밖에 없는 금쪽같은 딸이 엄마의 마음을 헤아려주는 듯싶었다. 아침이면 엄마와 헤어져야 하는 것임을 알아차리고 고개를 끄덕끄덕했다. 온종일 할아버지와 함께 지내야 하면서도 보채지도 않고 쌍글빵글 웃는다고 했다. 참 때가 되면 할아버지 등에 업혀 들판으로 나왔다. 모내기꾼들에게 가장 기다려지는 시간은 참 먹는 시간이다. 먹는 즐거움도 있지만 젖먹이 애들을 떼어놓은 엄마들은 젖을 먹일 수 있기 때문이다.

지난밤 밤늦게까지 일을 하느라 불과 네다섯 시간 밖에 눈을 붙이지 못했다. 누런 삼베 적삼에 검정 허드렛바지를 젖가슴 위에까지 끌어올려 단단히 동여매었다. 삼베로 토시를 만들어 손목을 감싸고 거머리에 뜯기지 않으려고 덧버선도 신었다.

몹시 피곤했지만 성요는 곧장 도토리들로 달려갔다. 그동안 힘든 일에 단련된 까닭인지 견딜만 했다.

어느덧 망종을 지난 봉화산 자락은 짙은 쑥색 물감을 뿌려놓은 듯 청초의 옷으로 갈아입었다. 도토리 들판은 보리 익는 내음으로 가득 차 있었다. 아직 베지 않은 누르스름한 보리목이 하늬바람에 흐늘거리며 농군을 부르고 있었다. 실가지가 실실이 늘어진 수양버드나무에서 속없는 꾀꼬리는 청아한 노래를 부르고, 산비탈 산신나무 위에 뻐꾸기도 이에 시샘이라도 하는 것처럼 애절함을 흘려보내고 있었다. 오랜 억수장마로 불어난 냇물이 하얀 물살을 콰르르 쏟아내고 있었다. 아침햇살이 물살에 부서지면서 번적번적 물비늘을 일으켰다. 물이 그득하게 고인 논에서는 누렁이 황소를 앞세우고 쟁기질이 한창이었다. 소고삐를 휘어잡고 "이랴!" 외치면 황소는 고개를 끄덕이며 쟁기를 끄집었다. 주인의 말을 신통하게도 알아듣는 것 같았다. 목덜미에 구부러진 멍에를 메고 찰방거리는 발길에 하얀 물살이 튀어 올랐다. 쟁기질이 끝난 논에서는 덩이진 흙덩이를 으깨는 써레질을 하고 있었다. 못자리에서는 벌써부터 사람들이 허리를 굽혀 모를 찌느라 손놀림이 바빠지기 시작했다. 지난 사월부터 못자리에 정성들여 길러온 모를 본 논으로 옮겨 심는 일이 모내기다.

논두렁에는 잡초들이 우북이 돋아 있었다. 풀잎 위로 총총하게 맺힌 물방울이 아침햇살을 받아 은빛으로 반짝거렸다. 풀숲에서는 흑갈색 뜸부기가 아침부터 짝을 찾아 뜸북뜸북거리고, 백로 한 쌍이 사뿐 내려앉아 깐닥깐닥 목을 빼가며 먹이를 쪼다가 한 다리를 들고 서서 경계하는 눈초리로 시선을 곤두세우기도 했다. 찰랑찰랑거리는 논물에는 재복신(財福神)이라 불리는 청갈색 개구리들이 헤엄을 치며 개굴개굴 울어대었다. 수놈이 암놈 등 위에 올라타고 흘레질을 하느라 눈깔을 뛰룩거리기도 했다. 논두렁을 걷다 보면 겁에 질린 개구리들이 폴딱폴딱 뛰면서 오줌을 찔끔 찔끔 뿌려대었다.

성요는 못자리에 들기 전에 매무새부터 단단히 해 두기 위해 하얀 수건을 두르고, 머리에 맥고모자를 눌러 썼다. 못자리로 들어선 그녀를 먼저 와있던 이들이 반갑게 맞이해 주었다.

"아이고! 어서 와. 농사꾼이 다 되어부렀네 그랴."

탕실댁이 모를 찌다 말고 주먹으로 구부렸던 허리를 톡톡 두드리며 반갑게 맞아 주었다.

"일찍들 오셨구만이라우?"

"우리도 얼마 전에 왔당께."

"질부도 모내기 할 줄 아능가?"

오랜만에 종빈 아제가 마치 놀리는 것처럼 실쭉 웃어가며 물었다.

"그러믄이라우. 저도 이제 잘 한당께요."

"싸목싸목 해야 써, 안하던 일 무리했다간 큰일 나믄 안 항 것만 못항께."

190

　종빈 아제는 논바닥에 바지게를 짊어지고 찐 모를 나르고 있었다. 본 논으로 날라 듬성듬성 모단을 던져놓고 있었다. 못자리에 바닥이 드러나자 쟁기로 갈아엎기 시작했다. 이제 못자리 임무는 다 끝나고 본 논으로 돌아가고 있었다.

　모를 찌고 나면 행해지는 것이 바로 아침나절 참을 먹는 시간이다. 모내기를 하다 들판에서 먹는 음식이야 말로 정말 맛있었다. 먹어보지 않은 사람은 그 맛을 알 수 없다. 집에서 먹는 밥하곤 사뭇 다른 맛이다. 보리밥에 풋김치만 먹어도 꿀맛이기 마련이다. 못밥 먹을 때만큼 후한 인심이 드러나는 경우도 드물다. 길가는 사람에게도 농주 한잔쯤 권하는 것은 늘 있어온 일이다. 어린 아이들은 집에서 놀다가도 새참 때가 되면 엄마 일터로 달려간다. 젖먹이 아이들은 시어머니가 데리고 와 젖을 먹이고 함께 새참을 나눠먹곤 한다. 어느덧 못자리에 모들의 흔적이 사라져가고 있을 즈음 저 멀리 논두렁길에 상금댁과 딸이 새참을 머리에 이고 논으로 다가오고 있었다. 모내기철 새참음식으론 열무김치, 톳과 콩나물을 함께 무친 톳나물, 갑오징어를 송송 썰어 미나리와 함께 새콤하게 무친 오징어 회, 머위 줄기를 삶아 고추장에 버무린 머위나물, 연한 죽순을 삶아 무친 나물이 제철음식이다. 이때가 되면 바다도 풍어기에 접어든 것이 보통이다. 남해에서 잡힌 전어와 주꾸미가 못밥을 더욱 풍요롭게 만들어주었다. 쏟아지는 햇볕도 아랑곳하지 않은 채 냇둑 풀밭에 자리를 잡고 도란도란 담소를 나누며 참을 먹었다. 등줄기에서 후줄근한 땀이 흘러 시큼한 냄새가 풀풀 풍겨 나와도…… 콧잔등에 땀방울이 송골송골 맺혀들어도 막걸리 한 사발이면 그 냄새는 온데 간 데 없이 사라지기 일쑤였다.

뜨거운 햇볕이 내리쬐는 한낮 더위에 정렬 어른이 쇠잔한 몸으로 어린 손녀를 등에 업고 냇가를 따라 걸어오고 있었다. 이마에 흐르는 땀을 한 손으로 훔쳐가면서도 행여 어린 손녀가 더울까 봐 부채로 가려주며 걸었다. 어린 것은 할아버지 등허리에서 혼곤한 잠에 떨어진 채 숨소리만 쌕쌕 거렸다. 깍지걸이 손을 맞잡고 애면글면 떠받친 노인의 모습은 궁상스럽고 처량하기 그지없었다. 딸의 얼굴을 바라본 성요는 그동안 쌓였던 피로가 한꺼번에 풀리는지 웃음꽃부터 머금었다. 눈물자국 마른자리에 내려앉은 하얀 버캐를 쓸어가면서…….

흘러내린 땀방울로 온몸이 후줄근하게 젖었고 목에는 벌써부터 땀띠가 뽈긋뽈긋이 돋아 올라 마음이 편하지 않으면서도……. 이제 두 돌 지난 어린 것이 엄마와 종일 떨어져 지내야 하는 것이 못내 안타까우면서도…….

보드라운 볼을 살짝 흔들어 잠을 깨우려드니 조그만 입술이 움찔거렸다. 성요는 보리밥을 꼭꼭 씹어 입에 다뿍다뿍 넣어주었다. 잠결인데도 어린 것은 넙죽넙죽 잘도 받아 삼켰다. 엄마의 속마음을 알 턱이 없으면서도 어린 것은 마냥 좋아 생긋생긋 웃음까지 지어보였다.

곁에서 모녀를 지켜보던 정렬 어른이 애틋한 심정을 감추지 못하고 처연한 눈빛을 쓸어가며 이내 입을 열었다.

"아가! 얼마나 힘이 드냐?"

"괜찮구만요. 어린 손녀를 보시느라 아버님께서 되레 고생이시겠지라우."

"난 괜찮당께. 농사일이란 뼛속에 밴 사람도 힘든 것인디, 시아비를 얼마나 원망허느냐?"

정렬 어른은 담뱃대를 꺼내어 불을 붙이고 연기 속에 한숨을 내뿜어가며 하소연을 늘어놓았다.

"원망이라니요. 당연히 해야지라우. 처음엔 힘들었는데 갈수록 재미있구만요."

"안 해도 되는 것을. 사서 할라고 그러냐. 한양으로 갈 날이 얼른 왔으면 좋겠다."

"어서 시험 볼 날이나 다가왔으면 좋겠구만이라우."

"얼마 남지 않았제. 팔월이라고 했응께 인자 석 달 남었다."

정렬 어른은 손가락을 접었다 폈다 해가면서 기대에 찬 눈빛을 보냈다.

새참이 끝나고 모내기가 시작되었다. 논두렁에서 '자, 자'거리며 옮아가는 못줄 소리에 모내기꾼들은 허리를 굽혔다 폈다 하며 모를 심었다. 새참 때 농주 몇 사발을 곁들인 일꾼들은 하나같이 흥에 겨워 우줄우줄 어깨춤을 추려는 듯했다. 농군들을 일을 하다가도 취흥이 돌면 농요 가락을 뽑아내곤 했다. 농요에는 신체적 고됨을 흥겨운 노랫가락으로 바꿔가는 철리의 지혜가 담겨 있기 때문이다. 창은 인간에게 즐거움과 위안을 가져다준다고 했다. 힘겨운 상황에서도 웃음과 희망을 잃지 않도록 흥에 겨운 삶을 가져다주는 것이 소리가 인간에게 준 고마움인지 모른다.

농군 중에서도 유난히 소리를 잘하며 분위기를 이끌어가는 이가 있었다. 종빈 아제가 그런 사람이었다. 한때는 정렬 어른이 고장에 풍악 잘하기로 소문난 한량이었으나 그 뒤를 이은 사람이 종빈 아제였다.

벌써부터 농주 한 잔에 신이 난 듯 콧바람을 불어대고 있었다. 논두렁 가에 서서 지게장단을 두드리며 '상사디야' 소리를 토해내기 시작했다. 노래에 춤이 곁들여진 흥겨운 분위기를 돋우려 들었다. 논바닥을 고르고 있던 행종이가 쇠스랑을 놓고는 몸을 웅크린 채 손바닥을 탁 치며 곱사등이춤을 덩실덩실 춰대었다. 앞 둑과 뒤 둑에서 못줄을 잡던 금산이와 종수가 손뼉을 툭 치고 제자리에서 왼쪽 오른쪽 번갈아 돌며 너울춤을 추어대고, 쟁기질을 하던 종정양반은 가던 소를 멈춰놓고 건들춤을 덩실덩실 추었다. 모를 심고 있던 아낙들은 논 가운데에서 둘렀던 수건을 풀어 젖힌 채 흔들춤까지. 종빈 아제와 남자들이 선창을 하자 아낙들이 후렴으로 노래를 불러대니 분위기가 한바탕 화끈 달아올랐다. 노랫소리는 어여 어허여루/상사디여 농부가였다. 남도지방 농부들에게 신명을 가져단 준 노래…… 모를 심거나 김을 맬 때 부르는 노래…… 이 고장 사람들이 육자배기와 함께 가장 많이 부르는 창…… 순박하고 솔직담백한 농민들의 마음을 담은 노래가 농부가이다. 구수한 멋과 냄새를 풍기는 가락이어서 부르면 저절로 흥에 겨워 어깨마저 들썩여지는 구성진 곡이기도 하다.

농부가는 긴농부가와 자진농부가로 되어있다. 중모리와 굿거리 또는 중중모리 장단으로 메기면 여러 사람이 받는 유절형식 곡. 전형적인 남도의 계면조로 부르는 가락의 느낌은 부드럽고 슬픈 느낌을 주면서도 한(恨)을 느끼는 애원성을 갖는 소리다.

여~ 여~ 여허~ 여허루 ~ 상 사 디여.
여보소 농부네들 이내 말을 들어 보소 / 어허와 농부들 말 들어요.

(여보시오 농부님네 이내 말을 들어 보소 / 어허와 농부들 말 들어요.)

1. 이논배미에다 모를 심어 노니 / 장히 펄펄(장입이 훨훨) 영화로구나

2. 이마위에 흐르는 땀은 방울방울이 열매 맺고 / 호미 끝에 뒤난 흙은 덩얼 덩얼이 활금이로구나

3. 전라도라 허는디는 심산이 비친 곳이라 /우리 농부들도 상사 소리를 매겨가며 / 각기 저정거리고 더부렁거리세

4. 여~ 여~ 여허~ 여허루 ~ 상 사 디여. 어럴럴 럴럴 상사디여

여보시오 농부님네 이내 말을 들어보소 / 어허와 농부들 말들어요.

남문전 달 밝은디 순 임금의 놀음이요 / 학창의 푸른데 솔은 산신님의 놀음이요 /

오뉴월이 당도허면 우리 농부네들 시절이라 / 패랭이 꼭지에다 장화를(가화를) 꽂고서 마구잽이 춤이나 추어보세

여~ 여~ 여허~ 여허루 ~ 상 사 디여.

후소리 : 어(여)~화 어 화 여허루 상~사 디 여

여보소 농부들 말듣소 어화 농부들 말들어

* 후소리 1절, 후소리 2절......8절로 마무리한다.

1. 이논배미를 어서 심고 서마지기로 건너가세

2. 충청도 충북성은 주지가지가 열렸고 / 강남땅 감대추는 아그데(레)다그데(레) 열렸단다

3. 우리집 뒷산 능금나무 능금 한 쌍이 열렸는데 / 이 능금 이름은 원앙금이라 내가 님(아가씨, 총각 등) 줄라고 가져왔네(소)

4. 운담풍경 근오천에(거누천에) 방화수류 하야 천천히 내려간다

(나려간다)

5. 다되었네 다되어 서마지기 논배미가 반달만큼 남었네 / 니가
   무슨 반달이냐 초생달이 반달이로다

6. 부귀공염 탐치 말고 고대 광실을 원치(원을) 마소
   오막살이 단칸이라도 태평성대가 비쳐온다(제일이라)

7. 우리가 농사를 어서 지어 팔구월 추수하여 우곡찌걱으(오곡백
   곡으) 쓸여들여다가
   아~ 물 좋은 수양수침(청) 떨크 덩떵 방아를 찧세

8. 떠들어 온다 점심바구니 떠들어 온다 / 어(여)~화 어 화 여허루
   상~사 디 여

쇠뿔도 녹인다는 중복이 며칠 앞으로 다가왔다. 무더운 여름에는
그 나름대로 정겨운 풍경을 볼 수 있었다. 칠흑같이 어두운 밤을 가
르며 떠다니는 반딧불은 마치 떠도는 별과 같이 반짝였다. 아이들은
반딧불을 잡아 호박꽃등을 만들어 등잔 위에 걸어놓기도 했다. 마당
한 모퉁이에 피워놓은 모깃불에서 연기가 모락모락 피어올랐다. 매
캐한 냄새에 질식된 모기들이 힘을 잃고 삼십육계 줄행랑을 치기라
도 하면 할머니는 멍석을 깔아놓고 부채를 부쳐가며 아이들 잠을 재
웠다. 연기 냄새가 온 동네를 가득 채워도 앵앵거리는 모기 소리에
밤잠을 설치는 것보다 나은 일이었다. 울타리를 따라 숨을 죽이며
움츠리고 있던 노란 호박꽃이 아침을 기다렸다. 캄캄한 지붕 위에
새득새득한 하얀 박꽃이 아침 이슬을 머금고 방싯 웃을 준비에 들어
갔다. 밤이 되어도 울어대는 매미 소리는 잠을 설치게 만들고 깊어
가는 여름이 아쉬운 듯 뻐꾸기 울음소리는 날이 갈수록 애절함을 더

해갔다. 왕거미가 쳐놓은 거미줄에 새벽이슬이 내려앉으면 도톰하게 살이 찐 하얀 은실이 대롱대롱 매달렸다. 아이들은 시간 가는 줄 모르고 개울에서 물장구를 쳐대다가도 발밑에서 으드득거리는 소리에 재첩을 주어들고 나오곤 했다. 사마귀, 풀무치, 여치, 배짱이, 개미, 사슴벌레, 장수하늘소 같은 미물을 잡아 목을 비틀고 다리를 자르고 걸음마를 시키고 달리기 시합을 벌이기도 했다. 냇가에서는 아낙네들이 물풀을 얼개미로 훑어내어 민물 새우를 떠올렸다. 더위가 무르익을수록 짙푸르게 자라나는 벼 포기 사이로 머슴들은 상사소리를 부르며 논을 매었다. 머름 산 자드락길에 산도라지 꽃이 휘늘어졌다. 남보라색 초롱꽃이 백도라지와 사이좋게 잔등에 수를 놓았다. 산도라지 초롱꽃 사이를 헤매다 보면 하늘색 원추 꽃을 피워내는 사삼을 발견할 땐 횡재를 맞은 꼴이다. 사삼 뿌리는 달착지근하면서도 아삭아삭해서 아이들 여름 먹을거리로 더없이 좋았다. 여름 아이들은 산도라지 꽃을 꺾어 목걸이를 만들어 걸기도 하고 산새 알을 찾으러 산비탈도 헤맸다. 가뭄에 지친 밭곡식이 뜨거운 물에 뒤쳐놓은 것처럼 풀이 죽어 있었다. 고구마 밭고랑에는 콧수염을 기른 허수아비가 밀대 모자를 내려썼으면서도 더위에 지친 모습이었다.

　보름 전에는 엄청난 폭우가 쏟아져 냇둑이 갈라지고 하천 답이 떠내려가는 방천이 났지만 그 후론 불볕더위가 연일 이어져 콩밭은 마치 붉은 벽돌을 깔아놓은 것처럼 말라버렸다. 유정댁 삼베 적삼이 젖가슴에 턱석 들러붙었다. 이글거리는 햇볕 아래 콩밭은 그야말로 대장간 불구덩이보다 더 뜨거운 열로 가득했다. 더운 줄도 모른 채 아낙네들이 밀짚모자를 눌러쓰고 호미질을 하고 있었다. 흐르는 땀을 주체할 수 없어 목에다 수건을 걸쳐두고 연신 닦아보지만 당해낼

재간이 없었다. 주전자를 곁에 두고 물을 마셔보아도 타는 목은 어쩔 수 없는 일이었다. 푹푹 찌는 무더위가 달포째 기승을 부리고 있는 터라 사람들은 하늘만 쳐다보고 간절히 비를 기다릴 뿐이었다. 소나기라도 한 줄금 쏟아지면 타들어가던 속까지 시원하겠지만 하늘은 비를 머금을 생각조차 없이 새털구름만 흘리고 있었다.

동촌 댁 큰 딸 금순이가 어른들 사이에 끼어 있었다. 스무 살이 넘었는데도 아직 혼담이 없었다. 지 또래들은 벌써 시집가서 아들딸 낳고 살고 있는데 언제까지 이러고 있을 것인지 알 수 없는 일이었다. 그녀의 부모는 과년에 찬 딸이라 급할 것 같지만 실은 그렇지 않았다. 혼수로 이불 한 채 해줄 수 없는 형편이라서 어느 놈이 그냥 보쌈이라도 해가기를 바라는 눈치였다. 시집갈 밑천을 장만하기 위해 들 일 품팔이로 나서는 줄 알았더니 식구들 먹여 살리기 위해 호미를 들고 콩밭에 나온 것이었다. 하도 날씨가 더운지라 아직 시집도 가지 않은 그녀가 부끄러운 줄도 모르고 단속곳 고무줄을 들었다 놓았다 하면서 밑으로 바람을 밀어 넣었다. 이미 속곳까지 다 젖었는지 더운 바람이라도 들기를 바라는 눈치였다. 금순이는 성요와 동갑나이였다.

모두들 턱밑으로 떨어지는 땀방울을 훔쳐보지만 땅에서 올라오는 뜨거운 열기에 얼굴이 홍당무가 되어 있었다. 저 멀리 성각시들판에서는 일꾼들의 상사소리가 날아들었다. 구성진 상사소리는 삼복더위도 이겨낼 기세가 물씬 배어 있었다. 모내기가 끝나고 나면 논바닥에 자라는 수초를 제거하기 위해 네 번 정도 논을 매어야 했다. 반면 아녀자들은 콩밭이나 고구마 밭을 매는 일에 나섰다. 콩밭 가에는 빌빌 꼬인 수수잎이 피를 흘려가며 비를 기다리고 있었다. 가뭄에도 아랑곳하지 않는 것이 잡초들이었다. 잡초들은 가뭄을 더 좋아하는지도 모를 일. 깊게 박힌 뿌리가 뽑히지도 않기 때문에 생명을 부지하는 데 도움이 될 수도 있다. 잡초들 중에 손목이 시리도록 파고 뒤집어도 마디마디 떨어져 다시 땅을 덮어가는 대바라기, 온몸을 쪼아놓아도 죽지 않고 열흘을 버틴다는 쇠비름, 뽑아냈다 싶어도 작은 실뿌리에서 다시 싹이 튼 방동사니는 농부들을 지겹게 만드는 풀들이다. 때문에 뽑거든 바짝 말리거나 산에라도 가져다 버려야만 했다. 그렇지 않으면 밤사이 이슬을 맞고 다시 살아나는 질긴 생명력을 지니고 있다.

어느새 햇덩이가 머리 위에까지 올라와 뜨거운 열을 쏟아 내리고 있었다. 콩밭 고랑은 그야말로 훨훨 타오르는 화로였다. 아낙네들은 고됨을 잊기 위해 쉴 새 없이 입심을 뽑아내었다. 푹푹 찌는 더위도 도란거리는 아녀자 수다 앞에선 맥을 출 수 없었다. 아녀들 입담 속에는 눈이 달려있음이었다. 위뜸 아래뜸 할 것 없이 가가호호 방 뚜껑을 열어본 듯 훑으며 지나갔다. 먹는 음식에서부터 입고 다니는 사람들의 매무새까지 심지어 부부가 살아가는 자질구레한 것들까지 모두가 입담거리였다. 혼담, 제사, 부부생활, 저승길까지 속속들이 내리 엮어가는 것. 개중에는 남의 말을 입에 담지 않고서는 잠을 못 이루는 사람들도 있었다. 가만히 있으면 입이 가려운지 마냥 남의 귀를 간지럽게 만드는 이들…… 남의 흉허물을 잡아 쏙달대는 재미로 살아가는 이들…… 말은 또 다른 말을 물고와 점점 격해지는 특징이 있는 데도 아랑곳하지 않는 사람들이 있기 마련이다. 발도 없는 것이 온 동네방네를 헤매고 다니다가 결국은 사람 사이를 어뜩비뜩하게 만들고 집안까지도 서로 뜨악한 관계로 몰아가는 것이 아녀자들의 입심이다. 아녀자들 입방아에 오르면 삼년간 재수 없고 쇠도 녹는다고 하는 까닭은 이 때문이다.

그동안 호음동마을 아녀자들 입담에 가장 많이 오른 이는 단연 성요였다. 이유는 잘못된 혼사라는 것. 두 집안 간에 없었던 혼인을 했다는 것은 입담의 좋은 호재였고 게다가 성요 친정이 부잣집이요 혼수에 땅문서까지 챙겨 들어왔으니 배가 아팠던 것만은 사실이었다. 또한 그의 남편은 대학을 나온 걸출한 이로 높은 벼슬을 따 논 당상이라는 소문은 아픈 배를 채워주기에 충분한 소재였다. 때문에 성요는 동네 아녀자들로부터 먹고 입고 사는 것까지, 더 나아가 귀밑에 검은 점 하나까지 입에 오르내리기 일수였다. 모든 것이 허물을 들춰내는 것들이어서 성요는 이미 몰풍스런 여자가 된 지 오래 되었다.

유난히 그녀를 헐뜯는 일에 앞장서는 이는 남도 아닌 재당숙모였다. 재당숙 허성의 부인 새터댁은 성요를 못 잡아먹어 안달이 난 사람 같았다. 그녀는 여자들과 함께 하는 자리마다 성요의 흠집을 물고 늘어졌다. 광주 이씨 집안과 혼사는 뒤틀었어야 했다느니…… 친정아버지 욕심 때문이라느니…… 죽산댁 재물 욕 탓이라느니…… 조상 가르침을 거역하고 잘 된 사람 눈을 씹고 봐도 없었다느니…… 하며 입에 달고 다닌 사람이었다.

그 속을 들여다보면 하찮은 명예욕이 가슴속에 박혀있기 때문이다. 남편 허성은 허씨 가문의 종중을 이끌어가고 있는 허리 역할을 하고 있는 사람이었다. 문중의 족보를 작성하고 시제와 시제 답을 관리해왔다. 그런데 큰 아들이 장흥에서 헌병보조원을 하고 있어 그 자랑이 하늘을 찌르고도 남을 지경이었다. 나중에 허씨 문중을 이끌어 갈 인물은 자기 아들뿐이라고 큰소리 쳐왔던 것인데 순이 일본대학,

그것도 법학부를 졸업한 것을 보고는 마음이 편할 리 없었다. 못내 질투심이 발동하여 비난과 험담으로 못된 속심을 채워가고 있었다.

아침부터 재중이 부인을 올려놓고 입방아를 찧어대던 새터댁이 땀을 뻘뻘 흘리는 성요를 가련한 눈빛으로 슬쩍 바라보고서 말길을 돌렸다.

"민순 어매는 뭣 땀시 사서 이런 고생을 허능가?"

입심하면 새터댁에 조금도 뒤지지 않을 세동댁이 주전자를 입에 대고 찬물을 꿀떡꿀떡 마시고서 말결을 달고 나섰다.

"손톱에 봉숭아물이나 들이제 그 손이 뭣이당가. 서방도 없음스 롬……"

말이 땅에 떨어지기도 전에 또 다시 세터댁이 꼬리를 물고 늘어졌다. 새터댁이나 세동댁은 사촌 동서지간이었다. 성요와는 별반 만날 일이 없었던 것인데 덜몰댁과 품을 앗은 탓에 꼼짝 없이 하루를 보내게 되었다.

"서방이 없간디. 있으나 마나여서 그러제."

마치 철심이 튀어나오면서 목덜미를 내리찍는 것 같았다. 그렇지 않아도 서리 맞은 호박잎이 되어 풀이 죽어 있는 그녀에게 펄펄 끓는 물을 끼얹는 것이나 다름없는 짓이었다.

성요는 목이 부러진 것처럼 고개를 쳐들 수 없었다. 일순간 말도 못하고 시무룩해지고 말았다. 젊으나 늙으나 놀려대는 입심이 다시 시작되는 것 같아 못들은 척 몸을 수굿하게 기울이고 호미질만 하고 있었다. 하지만 팔목에 힘이 쭉 빠져나가면서 손끝이 무디어지는 느낌이었다. 아직도 귀청이 멍멍하는 데도 이에 뒤질 새라 덧칠이라도 하려는 듯 유정댁이 말부리를 따고 나섰다.

"시집 잘못 왔제. 조상님이 허지 말라는 일을 왜 할 것잉가. 응당 자네는 우리 집안으로 시집와서는 안 될 사람이랑께. 그것은 자네 탓이 아니고 시어미 욕심 때문이제. 그 늙은이 욕심 구멍은 봉화산을 떠다 막아도 못 막을 것인디 며느리 노는 꼴 보겠능가?"

그 순간 성요는 하늘이 무너지는 것 같았다. 아직도 남편과 속마음 풀어헤치고 이야기를 나누어볼 시간조차 없었는데 시집을 잘못 왔다는 심책(深責)을 쏟아 내다니……. 갑자기 썰렁한 바람이 불어와 한속이 들고 냉기가 머리에서부터 등줄기를 타고 훑어내려 발끝까지 오싹거리게 만들었다. 어깻죽지를 도리깨로 호되게 내리칠 때 느끼는 냉기와 전율이었다.

가슴이 뭉개지고 창자가 뒤틀리면서 울분이 눈물샘을 때리는 것이었다. 핏덩이도 목구멍에서 울컥 솟구치며 숨소리마저 집어 삼키려 들었다. 일순간 거적눈가에 애련한 눈물조각이 산연히 아롱지기 시작했다. 말문이 막혀 버린 그녀는 망연자실이라도 한 듯 창공을 떠가는 흰 구름에게 처연한 눈길만 뿌렸다. 장수봉 산마루를 넘고 있는 구름은 북쪽을 향해 발길을 재촉하고 있었다. 그리운 남편에게 비를 삼아 뿌려줄 구름들이었다. 보고 싶은 남편의 얼굴이 문득 구름 속에 피어나자 자신도 모르게 손등으로 눈자위를 찍어 내고 있었다.

하지만 정곡을 찌른 유정댁은 별일 아닌 것처럼 얼굴 표정 하나 바꾸지 않은 채 이맛살만 씰룩씰룩 거렸다. 성요는 아슴아슴한 정신을 가다듬으려 찬물 한 모금을 입에 넣었다. 잠시 입안에 맴돌고 있던 속내를 꺼내들었다.

"집에 있으면 멋한당가요. 재미도 있고 해서 왔당께라우."

"오살 맞겄네. 재미는 무슨 재미가 있당가! 숨이 콱콱 막힌디 재미

있어?”

새터댁이 한바탕 핀잔을 뿌려대듯 소리쳤다.

“진짜랑께라우. 재미있당께요.”

“워매, 일이 재미있단 사람 첨보겠네. 천상 민순 엄마는 요로코롬 살아야 쓰겠구만.”

유정댁이 핀잔기를 섞어 지궁스럽게도 물고 늘어졌다. 요로코롬 이란 말의 뜻을 얼른 알아차리지 못한 성요는 가슴이 터지는 것 같았다.

“요로코롬이라니요?”

본디 유정댁은 품은 말을 속심에 감춰두지 못한 사람이라서 누가 있든 없든 간에 입정이 고약했다. 그녀는 짐짓 태연한 선웃음을 지으며 입에 발린 소리를 꺼내들었다.

“이 사람아. 시집오자마자 생과부 되는 것이 인력으로 헌당가. 다 조상 탓이제. 인정머리 없는 자네 시어미 욕심 때문이랑께. 친정집이 부잔디 좀 대달라고 허제 그렁가. 그랬으면 이러코롬 손톱 닳는 일은 안 허제.”

빈정거림을 넘어 시비곡절을 따지려 드는 것도 같았고 날카로운 손톱으로 온몸에 흠집을 내려는 듯했다. 뒤통수를 여지없이 후려 패는 쇠망치와도 같았고, 가슴팍을 도려내려는 듯 서슬이 시퍼런 칼날과 다름없었다. 천애의 낭떠러지에 세워놓고 뒤에서 밀치려 드는 것만 같았다.

난마처럼 얽힌 가족사정을 훤히 꿰뚫고 있을 뿐 아니라 들여다보고 있음이었다.

“곱던 얼굴은 어디로 가부렀능가. 얼굴에 들깨가루를 뿌려놓은 것

맹이로 쓰겠능가. 자네 서방은 한량인디 안 데려가면 어쩔라고 그러고 사냔 말이시? 시어미와 계속 산다믄 고생문이 훤한 것도 모릉개비여.”

얼굴까지 홈을 잡아가며 조소를 뿌려대는 유정댁의 눈빛은 젖가슴에 소름 젖은 진땀을 돋게 하였고 결결마다 한기가 오싹오싹거리게 만들었다.

“맞고 말고. 톱니바퀴에 자네 남편 거시기를 넣고 말제 죽산댁 밑에 시집살이는 못 견딜 것이네. 자네가 예뻐서 며느리 삼았겠능가. 친정집 재물 보고 했겠제.”

새터댁이 넝쿨진 이맛살을 실큼하게 오므렸다 펴기를 몇 차례 하고 나서 성요의 타는 가슴에 불쏘시개를 쑤셔 넣으려 들었다.

순간 성요는 등골이 오싹거리며 한속이 다가온 느낌이었다. 마치 다가올 귀띔을 해주는 것 같아서 불길한 예감이 번갯불같이 뇌리를 스치며 퍼뜩 지나가는 것이었다. 야릇하고도 예측할 수 없는 비감을 가슴속에 묻어주는 것 같았다. 머릿속은 점점 뒤숭숭해지고 의혹의 불씨만 총총 가라앉고 있었다. 하지만 시어머니까지 입담에 올려 빈정거리고 조소를 할 줄이야! 고부간에 흠집을 내려 안달을 하는 것 같았다. 고부간에 이간질을 놓아 어그러뜨리고자 하는 심사임에 틀림없었다.

성요는 창공을 향해 잠시 눈길을 돌렸다. 물기를 품을만한 회색구름이 장수봉 산마루에 걸려 시커먼 그림자를 드리울 때. 그녀는 구름을 향해 자신이 뭇사람들의 입에 오르내리는 것을 막아달라고 간절한 애원을 청하고 싶었다. 천둥을 머금은 빗방울을 내려달라고 반혼자말을 중얼거렸다. 귀를 막고 살아가게 해달라는 소원을 청하고

있었다. 아직 반나절도 지나가지 않았지만 밭 매는 일을 그만 둘지
라도 말길을 막아달라고 애원하고 싶었다. 다시는 그런 무지막지한
소리가 나오지 않게 해달라는 애절한 빎이었다.

허나 새터댁과 세동댁은 성요의 속마음을 거들떠보려 하지 않았
다. 새터댁이 피씩 거리며 요망스러운 웃음을 쏟아내더니 다시 말부
리를 달고 나섰다.

"그건 그렇고 민순 애비는 언제 오는 것이랑가? 아직도 공부가 안
끝난 것이랑가?"

세동댁이 씨알이라도 받은 것처럼 기다렸다는 듯 달랑 말끝을 달
고 나섰다.

"아따! 공부는 끝이 없다고 허둥개비. 언제는 졸업만 허면 벼슬
길로 나간다고 허더니 그것도 아닌 것이제. 벼슬하기가 그렇게 쉽
간디."

성요는 더 이상 가슴을 억누를 힘조차 잃어가고 있었다. 마음을
다져먹을 수 없을 지경에 이르렀다. 새터댁의 비꼬는 말이 가슴을
깎아내리더니 울대를 치받고 목구멍으로 넘어오고 있었다. 이제는
더 이상 참을 수 없어 목구멍에 엉킨 입심을 토해내고 말았다.

"왜들 이러싱가요. 저는 아무렇지도 않당께요. 좋아서 한다는디
왜들 그러시냐고라우. 그리고 지 남편은 한양에서 공부하고 있당께
요. 얼마 안가서 시험 볼꺼구만요. 그러면 벼슬길에 오를 것이고 나
는 한양으로 갈 것이랑께요. 지들은 궁합도 사주도 맞아 혼인했당께
요. 우리 민순 아부지는 일본유학까지 마친 사람인디 벼슬 못하겠어
요. 고을에서 민순이 아빠만큼 배운 사람이 어디 있능가 보싯시오.
지가 사람을 죽인 죄인이라도 된답디여? 우리 집안도 내놓을만한 양

반이디 왜 난도질을 하느냐고라우. 한 번 이루어진 혼사인데 왜들 이러싱가 모르겠구만요.”

그녀는 입술도 목소리도 얼어 있었다. 입안에서 얼음이 부딪히는 소리가 나는 것 같았다. 싸늘한 소리는 콩밭고랑 사이를 잠잠하게 만들었다. 아낙들은 모두 입을 다물고 삐뚜름한 성요의 얼굴만 민둥민둥 쳐다보고 있었다. 산 위에서 불어오던 실바람이 콩 이파리를 흔들고 지나는 소리조차 요란스럽게 들렸다. 삿매질을 해대는 것처럼 딱딱한 밭고랑 파는 호미소리만 탁탁 거렸다. 모두가 콩잎들을 사이에 두고 성요에게 슬쩍슬쩍 곁눈질을 보내고 있었다. 한식경 냉랭한 분위기가 이어지고 있을 때에 세동댁이 인중머리에 살살 웃음기를 얹어가며 다물고 있던 입술을 째고 나섰다.

“다 민순 엄마를 위해서 허는 말이제, 왜 말귀를 못 알아 들을까이! 벼슬이야 험사 좋은 일이 아니겠능가부테. 큰 나무 덕은 못 봐도 큰 사람 덕은 보는 것이라고 헌다는디. 우리도 덕 좀 보세. 가문에 영광이겄제. 그때 가서는 모른 척 해불랑가?”

“앗따. 양반집 딸이라고 했잖능가. 양반집 딸이 그러면 안 되제. 우리가 남이간디. 모도가 한 집안 친척들인디. 어야 질부! 너무 선운 케 생각들 말소. 자네 서방 잘되면 오죽 좋겠능가. 우리도 그렇게 빌고 있응게 꼭 벼슬길로 오를 것이네.”

“아믄요. 피는 물보다 진하고 팔은 안으로 굽은 것인디. 집안 총생들이 잘 되어사제. 남이 잘되면 무슨 소용 있다요.”

셋이서 주거니 받거니 맞장구를 쳐대었다. 생사람을 곁에 두고 가마를 태웠다가 내려놓기를 수차례, 그것도 부족해서 찬물을 줬다가 어느새 뺏고 다시 뜨거운 물을 주어가며 현혹에 빠뜨리려 들었다. 그러나 성요는 이성을 잃지 않고 친정아버지의 가르침을 떠올려 가며 못내 침울해지기 시작했다. 가르침을 따르며 살아야 하는 것을……

'높은 낭떠러지를 보지 않으면 굴러 떨어지는 무서움을 모르고, 깊은 샘물을 보지 않으면 빠져 죽을 환란을 모를 것이며, 바다를 보지 않으면 풍파의 무서움을 알 수 없다.'

그 순간 그녀의 얼굴에 그늘이 내려앉고 있었다. 어른들에게 불쑥 한마디 던진 말이 마음에 상처가 되지나 않을까 속으로는 전전긍긍했다. 뒤늦은 생각이었지만 죄스러운 생각이 가슴을 채우고 나서 미구에 닥쳐올 것만 같은 불길한 예감마저 떠오르는 것이었다.

인일시지분(忍一時之忿)이면 면백일지우(免百日之憂)라 한때의 분한 것을 참으면 백날의 근심을 면할 수 있다고 했거늘 어찌 일언에 참지 못하고 홍분을 했는지. 부인부계(不忍不戒)면 소사성대(小事成大)라 참지 못하고 경계하지 않으면 작은 일이 크게 되는 것이라 했는데. 아버지께서 친히 말씀하신 것을 벌써 망각하고 배운 사람의 아내로서 본분을 어겼다는 죄책감을 떨칠 수 없었다. 어리석고 똑똑하지 못한 사람은 쉽게 성을 내는 것이라 했는데, 마음에 화를 더하지 말고 다만 귓전을 스치는 바람결로 여기면 되는 것을……. 그녀는 곧바로 고두사죄하고 행실부터 바르게 하기로 마음을 고쳐 먹었다.

"저! 제가 잘못했구만이라우. 생각이 짧아 어른 앞에서 함부로 지껄인 것 용서해 주싯시오. 죽을죄를 지었구만요."

성요는 마치 고두사죄라도 하려는 듯 용서를 청하고 나섰다. 하지만 모두의 뒤통수를 부끄럽게 해주려고 내뱉는 소리였다. 치통으로 볼이 탱탱하게 부어 얼얼하듯 깊은 아픔을 느끼게 해주는 말이었다. 겸손이 배어 있는 그녀의 말투에는 자신을 되돌아보라는 용서와 자성이 담겨 있었다. 모두들 예상치도 않은 소리가 또 다시 분위기를 침울하게 만들고 말았다. 모두 눈꼬리를 가늘게 모은 채 성요를 뚫어지게 바라보았다. 도란도란하던 콩밭 고랑이 일순간 바람 소리로 채워지면서 침묵에 빠져들기 시작했다.

중천을 향해 기어오르고 있는 햇덩이의 열기는 콩밭 고랑을 불덩이로 달구고 있었다. 주전자 물마저 찬 기운을 다 잊은 채 뜨거워지고 있었다. 무더운 여름 들일을 할 때는 반드시 물을 곁에 두어왔다. 더위를 이겨내는 쉬운 방법이 물을 마셔두는 것이기 때문이다.

산밭에서 일을 할 때면 샘이 멀리 있어 어려움을 겪을 때가 많았다. 다행히 머름 산전 밭엔 반산 밑에 옹달샘과 다름없는 먹을 물이 있었다. 아침나절이 반도막 쯤 지나가고 있을 즈음 새터댁이 벌떡 일어났다. 시원한 물을 먹지 않고서는 도저히 견딜 수 없었던 것이다.

주전자 바닥에 깔려 있던 물이 햇볕에 더워져 끓여놓은 숭늉과 다름이 없었다. 콧등이며 목에서 송골송골 맺혀 흐르는 땀을 훑어내며 주전자를 들고 반산으로 바삐 발걸음을 내딛었다. 푹푹 찌는 더위는 아낙들의 입심마저 무디게 만들었다. 땀을 닦아내느라 입을 놀릴 새가 없었다. 슬쩍 시늉만 내고 걸쳐놓은 등거리와 삼베적삼들이 막 물에서 건져놓은 것처럼 살갗에 찰싹 달라붙어 있었다. 젖가슴에서도 구슬 같은 땀이 맺혀 끕끕함을 느낀 아낙들은 연신 적삼 단을 걷어 올리고 수건으로 문질러댔다. 몸빼 고무 단을 들었다 놓았다 하면서 허벅다리와 불두덩에 땀을 식히려 들었다. 어느새 살걸음으로 물을 떠온 새터댁이 밭가에 서서 사람들을 불렀다.

“조금 쉬었다 허잖게. 자 시원한 물도 한 모금 마시고 허잔 말이
시. 얼릉 나오랑께.”

그녀는 등짝에 잘싹잘싹 달라붙은 삼베 적삼을 들어올렸다. 주위
를 한번 휙 돌아보고는 땀에 흠뻑 젖은 젖가슴을 덜렁 꺼내었다. 물
에 적신 수건으로 쑥쑥 문지르고 있었다. 모두가 일어서 밭둑으로
나갔다. 덜몰댁이 새참을 가져다놓은 곳을 가리키며 불렀다. 새참으
론 밀개떡과 찐 하지감자였다.

“자! 어서들 이리들 나오랑께. 배가 팍 고풍께 팔에 힘이 뚝 떨어져
못허겠네.”

세동댁과 유정댁이 주전자를 받아들고 찬물을 꿀꺽꿀꺽 마셨다.
이어서 한 손에 물을 부어 얼굴을 쓸어내리고 나서 탄성을 질러댔다.

“워매, 인자 살겠네. 무슨 놈의 날이 이리 덥데야. 송신나겠네. 금
순아 너도 이리 오니라. 질부 자네도 이리 나오고.”

“예.”

기다렸다는 듯 말이 끝나기도 전에 금순이가 밭고랑에 호미를 던
져놓고 벌떡 일어섰다.

눌러쓰고 있던 밀짚모자를 벗어들자 도랑물에라도 들어갔다 나
온 사람처럼 땀으로 목욕을 한 듯 보였다. 그늘을 향하여 쏜살같이
밭두렁으로 나아갔다. 성요도 일어설 참이었다. 그 순간 누가 뒤통
수를 쇠망치로 내려치는 것 같은 아픔이 몰려왔다. 온몸이 오싹하더
니 하늘이 노래지며 어리어리해졌다. 다리에 힘이 쑥 빠진 채 덜덜
떨려 일어설 수 없었다. 다시 일으켜보려 몸부림을 쳐보아도 소용이
없었다. 차츰 어지러움은 더해가고 있었다. 콩 이파리들이 빙빙 돌
았다. 자기도 모르게 콩밭 사이에 털썩 주저앉고 말았다. 숨마저 쌔

근덕대며 가쁘게 쉬기 시작했다. 손발이 오그라드는 것 같아 몸을 움츠려가며 엎드려 있었다.

아무도 눈치 채지 못했다. 먼저 간 어른들은 큰 소나무 그늘 아래 앉아서 참을 꺼내어 먹을 준비를 하고 있었다. 밭두렁을 가다가 금순이가 뒤를 돌아다보았다. 하지만 따라올 것으로만 여겼던 성요가 보이지 않았다. 콩잎에 가려 얼른 눈에 띄지 않았다. 두리번거리며 주위를 살펴보았다. 그때 성요는 밭고랑에 드러누워 버르적버르적 거리고 있었다. 금순이가 다시 콩밭고랑으로 향해 달려갔다. 밭고랑에 엎드려 신음하고 있는 성요가 그녀의 시선 안으로 들어왔다. 순간 섬뜩한 전율이 등골에서 흘러내린 기분이었다. 머릿속에서 불안한 생각도 피뜩피뜩 스쳐 지나갔다. 잽싼 걸음으로 달려가 윗몸을 일으키려 들었다. 그녀의 몸을 만지는 순간 온몸이 오싹함을 느꼈다. 만지는 곳마다 냉기만 썰렁하게 감돌았다. 힘마저 쭉 빠져나가는지 팔다리가 흐늘거리는 것이었다. 목덜미를 잡고 흔들어도 의식을 차리지 못하는 것 같았다. 그것만이 아니었다. 온몸으로 냉기가 퍼져가면서 식은땀을 흘리고 있었다. 눈두덩을 내리 감은 채 이빨 사이에서는 게게 침이 새어나왔다. 꼴을 본 순간 입술이 덜덜 떨리고 심장이 멈춰들었다. 두려움에 혓바닥이 굳어지면서 말이 나오지 않았다. 그러나 정신을 가다듬고 다짜고짜 소리쳤다.

"아짐! 큰일 났당께요. 큰일 났어라우!"

하지만 그 소리는 바람결에 흩날려 멀리 가지 않았다. 그녀는 다시 힘을 모았다. 목을 놓아 울먹이는 소리로 외쳤다.

"사람 살릿시요. 사람 살리랑께라우."

한 손으로 밀짚모자를 벗어 들고 흔들기 시작했다. 화급을 다투는 소리가 머름 산자락에 퍼져나갔다. 그늘 밑으로 다가가 미풍에 땀을 식히고 있던 어른들 귓등에까지 울려 퍼졌다. 흔들어대는 밀짚모자를 바라보고는 자리에서 벌떡 일어섰다. 밀개떡을 먹다가 예사로운 일이 아닌 것이라는 것을 눈치 챈 어른들은 소스라치게 놀라며 소리쳤다.

"금순아! 무슨 일이냐?"

"덜몰 아짐! 민순 엄마가!"

일어설 수도 없는 금순은 성요를 부둥켜 앉은 채 울먹인 소리로 악을 쓰고 있었다.

"덜몰 아짐. 어서 오시랑께요."

그녀의 목소리는 겁에 질려 울먹였고 탱탱 부풀어 오른 소리였다. 세동댁과 유정댁이 뒤도 돌아다보지 않고 콩밭으로 냅다 달음질을 쳤다. 밭고랑으로 뛰어 들어가자 금순이가 성요를 붙들고 정말 눈물겹도록 울부짖고 있었다. 성요는 몸을 가누지 못하고 고개를 내려뜨릴 뿐이었다. 눈두덩을 반쯤 밀어 올려 실눈을 뜨고 있는 눈동자는 초점이 흐리흐리하면서 산뜻하지 못했다. 반쯤 벌어진 입술 사이로 허연 게거품도 흘리었다. 윗몸을 일으키자 울타리에 매달린 오이처럼 대롱대롱 거렸다. 눈뜨고 볼 수 없는 참상이었다. 그를 본 세동댁과 유정댁이 싸늘한 공포감에 젖어들었다.

"어째서 갑자기 이렁가? 눈을 떠보소."

겁에 질린 유정댁은 눈을 부릅떠 휘둥글리며 성요의 내리덮은 눈꺼풀을 밀어 올렸다. 죽어가는 시신을 만지는 것 같아 등줄기에 전율이 스멀스멀하고 으스스한 찬바람이 몰아치는 것이다.

"워매! 우리가 무슨 말을 했다고 이런당가?"

지레 겁을 먹은 덜몰댁이 벌벌 떨고 있었다. 온몸을 달달 떨며 얼굴색마저 파리해지는 것이었다.

"우리가 너무 몰아세워부렀는개비요."

유정댁이 눈을 씀벅거리며 자신들을 자책하고 나섰다.

"무슨 일잉가? 비암한테라도 물렸능가?"

눈물콧물도 없는 새터댁은 나무 밑에서 찐 감자를 입에 넣어가며 소리를 내질렀다. 숨을 껄떡대고 죽어가고 있는 데도 아무런 관심도 없다는 듯 심드렁한 낯빛이었다.

"아니랑께요. 참으로 이상하구만이라우."

금순이는 눈물을 질질 짜면서 목이 메어 어눌한 말투로 울먹였다. 금세 볼을 타고 닭똥 같은 눈물이 주르르 흘러내렸다.

"민순 엄니! 민순 엄니!"

금순은 흘러내리는 눈물을 닦을 겨를도 없이 목덜미를 흔들어 대었다. 그러나 아무런 대답도 없었다. 올뚝볼뚝하기로 소문난 세동댁이 성요를 빼앗듯이 덥석 껴안고 이마에 손을 얹었다. 또 다른 손은 덜덜 떨며 손목을 추켜들고 맥을 짚었다. 그것도 부족하여 귓바퀴를 성요의 젖무덤 위에 슬그머니 올렸다. 도드라진 젖가슴 속에서는 별일 없이 맥박이 퍼떡퍼떡 뛰고 있었다. 하지만 다소곳이 밑으로 내려 뜬 성요의 눈망울을 바라본 세동댁 가슴이 철벙 내려앉은 것 같았다. 그것은 더위를 먹은 것 같은 예감이 짙게 밀려오는 것이었다. 예로부터 삼복더위를 무릅쓰면 병을 얻는 것이 으레 있는 일. 이를 서증(暑症)이라 하는데 뜨거운 햇볕 아래 노역하는 사람이 쉽게 걸리는 병이었다. 잘못했다간 인명을 상하기도 했다. 일을 해보지 않았던 그녀가 하루도 쉬지 않고 뙤약볕에서 밭을 매왔으니 당연히 예견된 일이었다. 이미 지칠 대로 지친 몸을 돌보지 못한 탓도 있다고 하겠지만 그보다 더 큰 것은 아녀자들 입심이 충격으로 다가왔던 것이다. 날씨도 더운데 콩밭고랑에서 어른들의 빈정거리는 말투가 그녀의 신경 줄을 잡아당긴 것. 비단 그날만이 아니었다. 그동안 동네 아녀자들의 놀려대는 입정에 몸서리쳐왔다. 말 같지도 않은 말이 중첩으로 날아온 탓에 오매불망 지내왔던 것이다.

"워매 어쩐당가! 더우를 먹어도 보통 먹은 것이 아니랑께."

세동댁이 성요의 눈꺼풀을 슬쩍 올려보고 나서 귀청이 날아갈 듯 소리를 질렀다.

"얼른 가장께. 이러고 있다가 못 볼 일이라도 보면 어쩔 것잉가."

유정댁도 성요 이마에 손을 얹고 나서 손목을 쥐고서 근심 떠는 소리를 보태고 나섰다.

이내 목덜미를 움켜잡고서 급하게 일어서며

"너는 멋하고 있냐? 달랑 업고 가잔 말이다."

이번에는 금순이를 향해 연득없는 소리를 내질렀다.

"알았구만이라우."

눈물을 쥐어짜다 말고 금순이 성요의 윗몸을 추켜들었다. 세동댁이 곁을 따르며 어깨춤을 부축하고 유정댁은 두 다리를 붙잡고 밭고랑을 나왔다. 잽싼 걸음으로 산언저리 큰 소나무 밑 그늘로 향했다.

"어째서 이럴까이?"

뒤를 따라온 덜몰댁이 초주검이 된 꼴로 걱정스럽게 물었다.

"더우를 먹었는 개비요. 워낙 날이 더워 그렁갑제."

성요는 서늘한 그늘 밑 풀밭에 뉘어졌다. 모두들 당황한 기색이 역력했다. 나이가 가장 많은 새터댁이 벌떡 일어나더니 주전자의 찬

물을 성요의 얼굴에 확 끼얹었다. 흥건하게 물벼락을 맞은 성요가 이마를 움츠리고 눈두덩을 밀어 올렸다.

이마에서 흘러내린 물이 목덜미로 흘러내렸고 낭자머리가 흠뻑 젖어들었다. 새터댁이 다시 어깻죽지를 잡고 흔들기 시작했다. 성요가 실눈을 뜨고서 눈동자를 굴렸다. 모두들 기쁜 얼굴로 가까이 다가가 웃음을 지어가며 어쩔 줄을 모르고 반색을 지었다.

"어야! 민순이 어매야. 얼른 일어나보소."

덜몰댁이 얼굴을 들여다보고 소리쳤다. 하지만 성요는 다시 눈을 감았다.

"내 이럴 줄 알았당께. 소뿔 빼려다 소 죽이는 꼴이제."

새터댁은 아무렇지도 않는 듯 넉살 좋게 능을 치는 여유를 보였다. 이내 혀를 쩍쩍 차며 구시렁거렸다. 인정머리는 눈곱만큼도 없는 사람처럼 쓸데없는 말을 씩둑댄 것이다.

"이럴 줄 알았다니 그 말이 무슨 말이다요? 뭘 알았단 말이요?"

덜몰댁이 고개를 옆으로 비틀어가며 부러 물었다.

"일도 못한 사람을 왜 데려왔능가? 엿새 동안이나 쉬지 않고 뙤약볕에 밭을 맸다고 헝께 저러고도 남제. 우리 보고 송장 치라고 데려왔능가?"

새터댁이 핀잔기를 섞어 빈정대는 말을 내리 쏘았다.

"앗따 성님도 그러면 못쓰지라우. 이 마당에 송장이란 말이 왜 나온다요? 젊은 것이 죽기라도 허면 좋겠소? 젊은 나이에 혼자 살면서도 일하러 댕긴 것을 본께 속이 저린디, 아무리 이가 성바지라고 해서 그러면 못쓰제. 솔직히 말해서 민순이 애미한테 무슨 죄가 있다요. 지가 시집오고 싶어 왔간디. 부모들 욕심에 가라고 해서 왔겄제."

덜몰댁이 아니꼽살스럽다는 듯 쌍미 간을 좁히며 탓을 하고 나섰다. 하지만 새터댁은 못 들은 척하며 밀개떡만 똑똑 떼어 입에 넣고 있었다. 성씨 하나만 양반이지 내놓을 것 하나 없으면서도 알량한 오기만 부려대는 그녀를 향해 일침을 놓았던 것이다. 덜몰댁은 목이 잠겨 말을 제대로 할 수 없었다. 오른손으로 목을 움켜쥐고 마을을 가리키며 입을 열었다.

"금순아! ……어서 담박굴로 뛰어가거라. 민순이 할아버지 모시고 와야 쓰겠다."

눈이 짓무를 정도로 울고 난 금순이는 온통 얼굴이 눈물과 땀으로 뒤범벅된 채 혼자 앉아 있었다. 끓어오르는 심정을 누를 길 없는지는 몰라도 연신 새터댁에게 곱지 않은 눈길을 쥐가면서 풀잎만 똑똑 분지르고 있었다. 그녀는 금방 말귀를 알아듣고서

"야, 얼른 가서 모시고 올께라우."

밭고랑에 벗어놓은 신발조차도 찾지 않고 그냥 맨발로 머름 산길을 내달렸다. 가깝지도 않은 산길인데 두려움도 없이 달려가는 것이었다. 혹시 풀숲을 달리다 독사를 만나거나 돌부리에 치이면 큰일인데도 아랑곳하지 않았다. 나이가 들면 힘보다는 지혜로 산다는 것인데 한동안 능을 떨고 있다가 덜몰댁에게 뒤통수를 한 대 얻어맞고 난 새터댁이 얼빠진 사람처럼 입을 한 자나 빼고 앉아 있었다. 여전히 삐뚜름한 표정으로 턱을 괴고 앉아 먼 산만 바라보고 있었다. 동서지간인 세동댁도 속이 편할 리는 없는 듯 자못 쑥스러운 표정을 지으며 마지못해 성요 곁에 앉아 손목을 잡고 맥을 짚는 시늉을 하고 있었다. 성요는 눈두덩을 덮은 채 팔다리만 꼼지락거렸다. 덜몰댁은 불안한 기색을 감추지 못하고 성요 곁을 떠나지 않았다. 가슴

에 손을 올려 맥박을 짚어보았다. 허나 유정댁은 혼자서 온다간다 말도 없이 사라지고 없었다. 모두들 몹시 당황스러웠던 터라 그녀가 어디 갔는지조차 관심 밖이었다. 유정댁은 콩밭머리로 혼자 달려갔다. 눈썰미가 남달랐던 그녀는 예민한 지혜를 발휘하고 있었다. 콩밭 모퉁이에 붉은 자주색 꽃이 활짝 핀 익모초를 이미 봐뒀던 것이다. 그녀는 젊어서부터 시부모를 모시고 살아왔기에 주변에서 자란 여러 가지 단방약을 잘 알고 있었다. 더위를 먹었을 땐 익모초 잎을 찧어 그 물을 마시면 금방 낫는다는 것을 알고 있는 터였다. 혼자 모퉁이로 간 그녀는 익모초 잎을 뜯어 한 움큼 들고 반산 샘물로 달려갔다.

넓적한 돌 위에 올려놓고 굵은 돌멩이로 몽글게 찧기 시작했다. 찧은 것을 꼭꼭 짜서 바가지에 담아 급하게도 달려왔다. 생각지도 못한 약을 들고 온 그녀는 아직 정신을 차리지 못하고 누워있는 성요에게 다가갔다. 익모초 즙의 쓴 맛 나는 풋내가 풀풀 풍기자 모두들 쉽게 알아차렸다. 얼굴에 수심이 가득한 채 곁에 앉아 부채를 부쳐주고 이마에 물찜질을 해주고 있던 덜몰댁 입가에 엷은 우음기가 설핏 내려앉았다.

"더위를 먹은 것이것제, 이것을 먹이면 괜찮을 것잉께 어서들 먹여들 보잖께."

"아이고! 눈 하나 좋네. 언제 봐뒀능가? 소가 더위를 먹어도 이 잎을 먹인다는디."

세동댁이 유정댁의 재치 있는 지혜를 칭찬하고 나섰다. 유정댁과 덜몰댁이 성요 윗몸을 일으켰다. 바가지를 입에 대고 조금씩 부어댔다. 볼기짝이 부풀어 오르면서 표정이 단박 험상궂게 일그러지기 시

216

작했다. 약물이 넘어가지 않고 입에 가득 차는 것 같았다. 세동댁이 이내 콧구멍을 움켜쥐었다. 얼굴이 벌게지고 눈망울이 휘둥그레지며 기절할 듯했다. 쓴물이 구멍을 잘못 찾았는지 푸욱 하며 토악질을 해대었다. 유정댁이 얼른 그녀의 입을 막아보지만 막무가내였다. 외옥외옥 소리를 질러대며 손바닥을 밀치더니 세동댁과 유정댁 얼굴과 적삼에 푸른 물을 들여놓고 말았다. 시큼하면서도 풋내가 콧속을 뒤흔들었다. 토악질을 하고난 성요는 벌겠던 얼굴이 희끗해지기 시작했다. 하지만 유정댁은 입을 벌리고 남은 익모초 물을 다시 부었다. 지독한 쓴맛에도 불구하고 목구멍에서 글컹거리는 소리를 내고서 울대를 꿈틀거렸다. 이내 익모초 액을 모두 홀라당 삼키고 말았다.

잠시 후 머름 산을 넘어 시어머니 죽산댁이 금순이랑 함께 성급한 걸음으로 내려오고 있었다. 몹시 긴장된 모습으로 다가온 죽산댁은 낭자머리 풀어지도록 달려온 것 같았다. 누워있는 며느리를 보고는 기겁을 하며 달려들어 가슴팍에 귀를 가져다 대었다.

글컹거리는 숨소리를 듣고는 한숨을 내쉬면서 납빛처럼 창백해진 며느리의 이마에 손을 가져다 대고는 오들오들 떠는 것이었다.

"갑자기 왜 이렇게 되었당가?"

"아이고! 말도 마시랑께라우. 몸도 저리 약한디 일을 보냈소? 샛것을 먹을라고 막 나오고 있는디 나오지 않길래 콩밭 속에서 오줌을 싸고 있는 줄 알았구만이라우. 한참을 기다려도 안오드랑께요. 그러더니만 금순이가 큰일 났다고 소리를 지릅디다. 달려가서 봉께 벌써 뻐르적뻐르적 거리드란 말이요. 송장 칠 뻔 했당께라우."

유정댁이 능청스럽게 야지랑을 피우며 너스레를 떨었다. 있는 말

없는 말을 둘러 붙여가며 야발스럽게 으스대기도 했다. 죽산댁은 수
건에 물을 묻혀 눈과 입술을 닦아주었다. 입에서는 한숨 섞인 매운
바람이 새어나오면서 눈시울도 붉어지고 있었다.

"누가 익모초 물을 믹였당가?"

"더우 먹으면 익모초가 최고 아닝가요, 그런디 막 토해부러서 조
금밖에 못 믹였당께요."

"고맙네. 데리고 가야 쓰겄는디 어떻게 해야 할까 모르겄네."

"성님 걱정 마싯시오. 종정양반이 저기 있드랑께라. 구루마도 있
습디다."

"어서 가서 말 좀 해주소. 내가 업고는 못 가겄네."

"내가 가서 종정양반을 데리고 올라요. 쪼금만 기다리고 계시시요
잉."

"알았네."

덜몰댁과 금순이가 잽싸게 밭둑으로 내달렸다. 그녀의 걸음걸이
는 미친개에 쫓기기라도 하는 것처럼 털렁거리는 젖가슴을 움켜쥔
채 헐레벌떡 뛰고 있었다. 산비탈 된비알 길을 거침없이 올라챘다.
삼복더위 뙤약볕도 무색할 정도로 가쁜 숨을 몰아쉬면서 헐레벌떡
산밭으로 향했다. 마침 종정양반 식구들이 며칠 전부터 삼을 베어
다듬느라 애를 쓰고 있었던 것. 소 구루마를 곁에 두고 있다가 삼 다
발을 실어 나를 요량이었다. 종정양반은 육척 장신에 힘이 장사여서
청년시절부터 쟁기질로 잔뼈가 굵은 사람이다. 워낙 착한 부모 밑에
서 배우고 자란 통에 심성이 곱고 인정이 잘잘 흐르는 사람이었다.
이웃집에 어려운 일이 있으면 마치 내일처럼 성근지게 도와주는 까
닭에 동네사람들로부터 신망도 두터웠다. 마을에 소작농들은 거의

218

소를 기르지 못하고 논갈이를 그에게 맡기고 있었다. 그에게 맡기면 뒷손 볼 것 없다고 심덕을 칭찬해왔다.

"종정양반! 종정양반! 큰일 났어라우. 민순 엄니가 쓰러져부렀단 말이요."

덜몰댁이 산부리에 올라 종정양반에게 손짓을 하며 외쳐대었다. 하늘을 향해 쭉쭉 뻗은 삼대 밭 속에서 낫질을 하고 있던 종정양반이 산바람을 타고 날아든 외침소리를 들었다. 그는 덜몰댁이라는 것을 금방 알아차리고 두 손을 나팔처럼 모아 소리쳤다.

"무슨 일이라도 있소?"

"민순 엄니가 쓰러졌당께라우."

덜목댁은 있는 힘을 다해 냅다 소리쳤다. 단박 알아차린 종정양반은 조금도 머뭇거림이 없었다. 낫을 집어 던져놓고 산길을 쏜살같이 달음질쳐 올라왔다. 숨이 꼴딱 넘어갈 듯 달려온 그는 혀가 꼬부라진 소리로 다시 물었다.

"무슨 일로 민순 엄니가 그랬다요?"

"워매! 밭을 매다 말고 쓰러졌당께요."

"아니! 젊은 여자가 어쩌다가……"

"그렁께 말이요. 더우를 묵었는지 갑자기 버르적버르적 허드랑께요."

"어허! 일도 안 해본 사람인디, 이 더우에 날마다 밭을 매더니만 지쳐 쓰러졌능갚소."

"익모초 물을 먹였봐도 소용이 없드께랑께요."

"한 번 믹여갖고 낫는다면 병도 아니지라우. 그럼 나 먼저 갈텡께 싸목싸목 오싯시오."

종정양반은 적이 당황하는 표정을 짓더니 냅다 살걸음으로 내달렸다. 콩밭을 가로 질러 큰 소나무 그늘 밑으로 이른 그는 먼저 성요의 상태부터 살피려 들었다. 입에서 푸른 침을 흘리며 실눈을 뜬 채 누워있는 그녀의 손목을 잡고 맥을 살피기 시작했다. 사태가 심각하다는 것을 직감한 그는

"워매, 이러코롬까지 멋하고 있었소."

눈을 지릅뜨고 퉁명스럽게 소리쳤다.

"익모초 즙을 내서 먹였다네. 하지만 집으로 가야 쓰겄네."

새터댁이 급할 것도 없다는 듯 한껏 여유로움을 부리며 대답했다.

"익모초 갖고 된다요. 이러고 있어서는 안 되겄는디요. 얼른 집으로 가야 쓰겄소."

"그래서 종정양반을 불렀당께요. 마침 밭에서 일을 하고 계셔서 불행 중 다행이구만이라우. 그렇지 않았드라면 딱 죽이고 말제 별도리 없겠습디다."

"자 얼른 갑시다. 금계랍을 사다 먹여야 헐 것 같소. 저를 따라오싯시요."

종정양반은 누워있는 성요를 들어 팔로 안았다. 그는 거침도 없이 밭두렁으로 내달렸다.

힘든 줄도 모른 채 땀을 뻘뻘 흘려가며 비탈산길을 올라채었다. 팔에 안긴 성요는 온 몸이 흐느적거리며 너울너울 춤을 추어대었다. 종정양반은 머리에서부터 발등까지 땀으로 홍건했다. 눈가에 흐르는 땀방울을 숨 바람으로 훅훅 불어가며 달려왔다. 다리쉼도 없이 산길을 넘어질 듯 내달려 산밭에 다다른 종정양반은 거친 숨을 몰아쉬며 구루마로 다가갔다.

220

“지순아! 얼른 이리 와야 쓰겄다. 이거 큰일 나부렀다.”

종정양반은 삼밭에 서 있는 아들을 향해 숨넘어가는 소리를 질러 대었다. 여자를 안고 온 아버지를 바라보고 있던 지순은 두 눈을 두 렷거리며 뛰어왔다.

“얼른 구루마에 삼잎을 깔아야 쓰겄다. 구루마 바닥이 데워져 불 덩이가 되어 부렀당께.”

화급을 다투듯 흥분된 목소리로 다급하게 소리쳤다. 지순은 수북 이 쌓아놓은 삼잎을 한아름을 안고 구루마로 달려가 깔았다. 종정은 삼잎 위에 의식을 잃은 성요를 눕혔다. 아직도 몸을 가누지 못하고 흐늘거렸다. 뜨거운 햇볕을 가려주려는 듯 떡갈나무 가지를 꺾어 그 녀의 몸을 이불처럼 덮었다.

그는 냅다 구루마를 끄집기 시작했다. 구루마 바퀴가 울퉁불퉁한 산길을 굴러가며 삐거덕 덜커덩거릴 때마다 성요의 두 발이 흔들거 렸다. 죽산댁이 수심이 가득한 얼굴로 나뭇가지를 다독거려 덮어주 며 구루마 뒤를 따르고 있었다. 어느덧 구루마가 산길을 내려와 신 작로로 접어들었다. 길을 가던 사람들이 몹시 궁금한 눈초리로 바라 보았다. 한낮 뙤약볕에 사람을 구루마에 싣고 오는 것을 보고는 고 개를 모로 세워 갸웃거리며 의심의 똬리를 트는 모습들이었다. 더군 다나 나뭇잎으로 사람을 덮은 것을 보고 시선들이 심상치 않게 돌아 가고 있었다. 예전부터 아픈 사람을 의원집이나 체를 내러 갈 때 구 루마에 태우고 가는 경우가 있었지만 이불 대신 나뭇잎으로 덮은 경 우는 없었던 것이다. 종정양반이 소고삐를 세게 잡아당겼다. 황소가 재빠르게 내달렸다. 구루마가 크게 덜컹거렸다. 나뭇가지도 덩달아 흔들리더니 성요의 얼굴이 햇볕에 반짝거렸다. 입에서 푸른 익모초 즙이 마치 게거품처럼 질질 새어나오고 있었다. 풀어 헤쳐진 머리카락 사이로 눈을 꼭 감은 샛노란 얼굴은 영락없이 시신처럼 보였다.

길을 가던 사람들은 송장을 실고 가는 줄로 알고 소스라치게 놀라며 으악 소리를 치는가 하면 쯧쯧 혀를 차며 안타까운 시선으로 바라보기도 했다. 발을 동동 구르는 아낙네도 있었고 눈물을 글썽거리는 이도 있었다. 죽산댁이 뒤를 따르는 것을 보고는 며느리라는 것을 단박 알아차린 눈치들이었다. 입맛을 씁쓸히 다시는 사람들…… 그래서 여자 팔자는 뒤웅박 팔자라고…… 사람 팔자는 죽어 관 뚜껑 덮기 전에는 그 누구도 알 수 없다고 속달거리면서…… 용철 어른 딸이 저리 될 줄 누가 알았냐고…….

성요가 더위를 먹고 쓰러진 지 이레가 지나서야 겨우 제 발로 방문을 열고 바깥출입을 할 수 있었다. 그동안 머리를 빠갤 정도로 짓눌러온 두통에다가 미음만 먹어도 똥물까지 토해내는 고통이 이어져 왔었다. 뱃속이 쓰려서 가슴팍을 만질 수도 없었다. 마디마디마다 바늘로 쿡쿡 찔러대기도 하고 한속(寒粟)까지 밀려올 때면 삼복더위에도 불구하고 솜이불을 덮어야 지낼 수 있었다. 눈도 뭉개질 것처럼 따갑고 귓속에서는 귀뚜라미가 울어대었다. 일어서려고 애를 써 봐도 다리가 후들거려 앞으로 꼬꾸라질 것만 같았다. 그렇게 닷새가 지나서야 간신히 고개를 들 수 있었다. 금계랍을 계속 복용한 탓인지도 모를 일이었다. 이레 만에 바깥으로 나온 그녀는 정말 남루한 몰골이었다. 포동포동 달덩이 같던 얼굴은 어디로 가고 괴죄죄한 데다 부석부석 부어오른 얼굴이었다. 피부색이 파리하고 바짝 여위었고 다리도 후들거려 걸음을 제대로 걸을 수 없었다. 뒷마루에 나와 쪼그리고 앉아 바깥바람을 쏘이다가 그것도 잠시 뿐, 다시 방으로 기어들어가 누워만 있더니 그 뒤로 사나흘이 지나고 나서야 억지로라도 녹두미음을 제 손으로 떠먹었다. 처음 앓아누울 땐 들깨미음을 떠먹여 줘도 넘기지 못했던 것인데 이제 남의 손 빌리지 않을 수 있게 되었다. 하지만 아직도 핏기 가신 입가에 하얀 버캐가 내려앉았고 눈언저리가 산골 다랑이만큼 쑥 꺼져 들어가 있었다. 웃을 때마다 움푹 패던 보조개마저 흔적이 가물가물했다. 입술에는 희부연 물집이 청포묵을 붙여놓은 것 같았다. 목덜미마저 삐쭉 말라 목울대 옆으로 핏줄이 툭 튀어 올랐다. 생기라고는 몸 어느 한 곳에서도 찾아볼 수 없었다. 고생한 흔적만이 곳곳에 고스란히 남아 있었다.

아픈 그녀보다 더 힘든 이는 시어머니였다. 나름대로 며느리 병수발을 하느라 집안일에 이어 들일까지 해야 했다. 며느리가 앗아놓은 품까지 갚느라 녹초가 다 되어 널브러진 것이었다. 시집온 지 삼년 만에야 겨우 살림 맛을 알고 일손을 추켜들더니만 여름도 못 넘기고 죽사발이 된 것처럼 방안에 들어 누워 버리자 시어머니는 못내 토심스러웠다.

말은 하지 않으면서도 서방 얼굴만 쳐다보고 사는 여자는 서방 등골 빼먹는다고…… 그냥저냥 입만 갖고 빈둥거리며 살아서 어쩔 것이냐고…… 저런 몸뚱이로 뭘 해먹고 살 것인지 아들이 불쌍하다고…… 혼자서 푸념을 쏟아내었다.

하지만 시아버지 정렬 어른의 마음은 그렇지 않았다. 남편 떨어져 혼자 지내느라 마음고생이 심한 며느리한테 들일까지 시키려 드느냐고 부인을 나무랐다. 그럴 때마다 부부지간 의견이 서로 어뜩비뜩 해지면서 다툴 때도 있었다. 정렬 어른은 하루에도 몇 번이고 며느리 방문을 열어보지 않고서는 마음이 놓이지 않았다. 비지땀을 흘려가며 금계랍을 사가지고 와서는 제때에 먹여주었다. 금계랍은 쓴 맛이 강해서 입에 넣으면 금방 토악질을 하기 일쑤였다. 시아버지는 며느리가 쓴 맛 나는 것을 입에 넣으면 울컥거리는 비위를 알고 김치 가닥에 싸서 꿀떡 삼키도록 도와주기까지 했다. 며느리로 인해 부부간의 갈등이 표출되면서 금실에 금이 가고 있는 것만은 사실이었다.

죽산댁도 처음에는 시아버지 며느리 사랑쯤으로 예쁘게 봐주며 넘어가곤 했던 것인데 급기야 병이 난 며느리에게 약을 먹여주는 남편을 보고는 옛적 일을 들먹이기 시작했다. 나 젊어 아팠을 때 그렇게 해줬냐고…… 속 들여다보인 짓 그만 하라고 야살을 떨었다. 며느리 방을 들여다보기라도 하면 날콩을 씹어 먹은 듯 빼뚜름하더니 나중에는 날선 눈꼬리를 귀밑까지 끌어당겨 쌍심지를 세우곤 했다. 역시 며느리 사랑은 시아버지라는 옛말이 틀림없었다. 사흘 전에는 남편이 미음을 들고 며느리한테로 가는 것을 보고는 못마땅한 표정을 지으며 놋그릇 깨지는 소리를 내질렀다.

"아이고 워매! 부모한테 그리 잘했으면 효자비 세워줬겠소."

허나 정렬 어른은 부러 들은 척도 않고 방으로 들어갔다. 며느리 머리맡에 앉아 핼쑥해진 얼굴을 보고는 안쓰러움을 감추지 못하는 말을 꺼내었다.

"이제 들일일랑 그만 허그라. 석수쟁이는 눈 깜박이는 것부터 배워야 하는 것인디, 안 해본 일을 그리 억척스럽게 해야 쓰겠냐? 잘못했다간 남편 벼슬하는 것도 못 보고 죽겠다. 우리 집 논은 다 니 논이다. 논을 팔아먹는 한이 있더라도 일은 허지 말그라."

가슴이 찡하도록 곰살가운 시아버지의 말에 그녀의 눈가에 연한

눈물이 글썽거렸다. 성요는 너무 감격스러움에 목이 잠겨들면서

"아버님! 괜찮당께요. 민순이 애비 데리러 올 때까지만이라도 헐라요."

"이제 시험 볼 날도 얼마 안 남았응께, 몸을 잘 가꾸고 있어야 쓴 당께. 남자는 일 잘하는 여자보다 이쁜 여자를 좋아하는 벱이다."

여위어 가는 며느리를 안타깝게 바라보면서 정이 착착 붙고도 남을 소리만 골라 해주는 것이었다.

"예. 아버님."

성요는 감명 깊은 시아버지 위로에 두 줄기 눈물이 볼을 적시며 흘러내렸다. 그러나 시어머니는 방문 밖에서 두 사람이 주고받는 소리를 다 듣고 있었다. 짐짓 못 들은 척하고 방으로 들어와 눈초리를 꼿꼿하게 세웠다. 성요는 아픈 몸을 이끌고 일어서려 들었다. 하지만 죽산댁은 손사래를 치며 이지렁을 떨었다.

"가만히 있거라. 몸이 조금은 우선허냐?"

"예, 어머님."

"나도 니가 아픈게 밥맛도 없고 살맛이 안 난다."

"죄송허구만요 어머님."

"아픈 것을 맘대로 헌다냐. 일은 안 해도 괜찮허다. 그런디 말다. 민순이 애비 시험 볼 날이 돌아오고 있는디 성황님께 정성이 부족해서 탈이랑께. 지금까지는 서운했다 헐지라도 지금에는 지극정성을 다해야 쓰는 것인디 신령이 노하실까 봐 큰일이란 말이다."

"저도 그리 생각하구만이라우. 어머님."

"부모가 빌 것 따로 있고 니가 빌 것 따로 있제. 조금 우선 하면 몸을 끌고라도 내일 아침에는 치성을 다녀오니라. 그보다 더 중한 일

이 어디 있었냐?"

"예, 어머님. 자고 나서 걸을 수 있으면 갔다올게요."

"그건 아니제. 걸을 수 있으면 간다고? 각시가 그리 정성이 부족해서 남편 출세 시키겠냐? 가다가 쓰러져 죽더라도 가야제. 서방을 위한 일인디 목숨을 바꿔서라도 해야제."

시어머니는 얼굴 표정 하나 바꾸지 않고 집요한 추궁을 해대었다. 예전과 달리 시쁘장스러운 어투로 다그치듯 말했다. 성요는 당연하다고 생각했다. 시어머니의 지성스러운 마음이 되레 고마울 뿐이었다. 아침마다 부뚜막에 정화수를 떠놓고 아들의 합격을 비는 지극정성을 눈으로 보아왔던 것. 조왕신 비위를 거슬러서 되는 일이 없다고…… 부엌에서는 절대로 남의 험담이나 서운한 말을 입 밖으로 내지 말라고…… 부뚜막에 걸터앉아서는 안 된다고…… 하루에도 몇 번이고 깨끗하게 쓸고 닦아야 한다고 단도리까지…… 보시기에 정화수를 아침저녁으로 떠 올려놓고 가운(家運)을 빌며 절을 해대었다. 성요는 이 모든 것이 남편을 위한 것이라는 고마움에 자꾸만 눈물만이 맺혀들었다.

조왕신에게 드리는 치성은 시어머니 몫이고 성황님께 드리는 치성은 며느리 몫으로 딱 구분을 해뒀다. 하지만 시아버지는 치성을 드리는 일에 덤덤했다. 신에 대해 부인도 그렇다고 신봉자도 아니었다. 신에게 빌어 이뤄진다면 당골들은 왜 못 사느냐고 쏘아 붙일 때도 있었다.

아픈 몸으로 치성을 다녀오라는 시어머니의 다그침 소리를 들은 시아버지가 정색을 하며

"그것은 안 된다! 그 몸으로 산길을 어떻게 간다냐. 잘못했다가 또

다시 도지기라도 허면 어쩔 것이냐? 사람 목숨이 중하제 시험이 중하다냐? 설령 떨어졌다고 헌다면 또 보면 되능 것이지마는 목숨이야 여벌이 없는 것이제. 그 무슨 말을 그리 징허게 허능가?”

정렬 눈을 햘끔 흘기며 말했다. 심통이 부글부글 끓어오르는 것 같기도 하면서 따지려 들었다.

“워매! 그까짓 물랑골에 오른다고 해서 죽을랍디여? 지 서방 잘되면 제일 덕 볼 사람이 누구겠소? 그런디도 몸을 애껴서야 쓰겄냔 말이요?”

입가에 거품이 뽀글대도록 으르렁거리는 소리를 토해내면서 눈까지 부릅떴다.

“치성을 올려 안 될 일이 없다면 못살 사람이 어디 있겠냐? 너는 몸이 우선할 때까지 가만히 있도록 허그라. 정 그렇다면 내가 가서 드리면 될 것 아니냐.”

정렬 어른은 뽀로통한 얼굴로 부인을 쳐다보며 입막음을 하고 나섰다. 아픈 사람을 다그치는 것에 대한 불만이었다. 그가 보기엔 분명 며느리가 저승문턱까지 갔다 온 것인데 인정 없는 짓이 얄미웠던 것이다. 아파 누워있는 며느리를 보고 위로는 못해 줄지언정 저런 몸뚱이로 뭘 해먹고 살 것이냐고…… 등골만 남을 내 아들이 불쌍하다고…… 자꾸 중얼거리는 것을 보고는 정나미가 떨어졌던 것이다. 내가 낳은 자식이 아니라고 해서 벼슬과 목숨을 바꿔도 된다는 논리는 말도 안 되는 시어미의 횡포였다. 도저히 용서할 수 없는 일이어서 내심으론 벌써부터 벼르고 있었던 참인데 마침 잘되었다는 듯 일침을 놓고 말았다.

죽산댁은 독침 한 방을 쏘인 것처럼 일각에 표정이 일그러지더니 눈알을 내리깔고 남편을 째려보았다. 며느리 앞에서 남편으로부터 면박을 당한 것이 못내 서운했던 것이다.

"워매매! 지금 그것을 말이라고 허시오. 내가 못할 소리를 했소? 며느리 앞에서 시어미를 아무것도 모르는 생병신으로 보는 것이제. 한집에 삼시롬 시아비 며느리 역성들어 좋을 일 없을 것잉께 그리 아싯시오."

마치 빡빡 대들기라도 할 듯 두 눈을 흘긋거리며 꼬챙이로 가슴팍을 후비어 파는 소리를 내질렀다. 솟아오르는 분함을 참지 못하는 듯 입을 한 자쯤 빼고서 미간에 내 천자도 그려내었다. 이내 입을 삐죽삐죽 거리며 구시렁대다가 벌떡 일어나 방문을 내동댕이치듯 밀어젖히고 나가버렸다.

"너무 서운해 하지 말그라. 느그 시어머니가 자기 좋으라고 그러겄냐? 아들 생각에 그런 것이라고 너그럽게 여기도록 해라."

정렬 어른은 마치 맹감을 입에 넣고 씹은 사람처럼 떨떠름한 표정을 지으며 밖으로 나갔다. 성요는 시어머니 말이 싫지만은 않았다. 어떤 일이 있어도 남편이 시험에 합격해야 한다는 것은 당연한 일이었기 때문이다.

성요는 여름이 깊어갈수록 마음이 조급해지며 들썽거리기 시작했다. 남편이 떠나갈 때 팔월에 시험을 본다고 힘주어 말해주던 일. 두 주먹을 불끈 쥐고 반드시 그날을 위해 열심히 공부하겠다고 입술을 깨물던 모습이 선연히 떠올랐다.

이제 팔월도 한 달 남짓 앞으로 다가왔으니 이렇게 누워 있을 일이 아니었다. 시어머니 말이 맞았다. 왼 종일 성황님께 빌어도 부족할 터인데 여드레가 지나도록 내 몸 편하자고 방안에만 누어있다는 것이 죄송스러울 뿐이었다. 가다 쓰러지는 한이 있더라도 새벽 치성을 가겠다고 입술을 악물었다. 이런저런 수심으로 잠을 이루지 못한 성요는 툇마루에 나와 밤하늘을 바라보고 있었다. 내일은 견우와 직녀가 만나는 칠석이었다. 서쪽 하늘에 걸려있던 초승달이 산을 넘은 지 오래되었다. 하찮은 초승달 빛도 사라지고 들면 서운하기 그지없었다. 칠흑같이 어두운 밤, 높은 하늘에는 양 갈래로 나누어진 은하수가 또렷하게 흐르고 있고 그 사이로 별똥별이 화살처럼 곤두박질을 치며 어디론가 떨어지고 있었다. 칠석 전야(前夜) 견우와 직녀를 동쪽과 서쪽으로 갈라놓았던 은하수는 벌써부터 하얀 물을 머금은 채 유유히 흐르며 까치와 까마귀를 기다리고 있었다.

성요는 꼭 자신이 직녀와도 같은 생각이 들었다. 은하수를 사이에 두고 남편 견우를 만날 수 없이 애만 태울 수밖에 없었다는 것과 닮은꼴이었다. 견우와 직녀는 까마귀와 까치들이 오작교를 놓아주어 만나듯이 성요는 성황신이 다리를 놓아줄 것으로 믿었다.

이제 저 은하수에 견우와 직녀가 흘리는 눈물이 더해지면 그것이 지상에 비가 되어 풍년이 들 것이고, 성요는 한양으로 가서 남편을 만나게 될 것이라고…….

……성요가 종정양반 구루마에 실려 갔다는 소문이 입소문을 타고 고을에 널리 퍼져나갔다. 나무로 덮인 채 구루마로 실고 오는 꼴이 영락없이 죽어가는 산송장이나 다름없었다는 것이다. 사람들이 모인 곳마다 서로들 속닥거린 탓에 순식간에 고을에 퍼지고 말았다. 심지어 말이 보태지면서 걷잡을 수 없는 소문으로 포장되기도 했다. 가난한 집으로 시집을 갔으니 당연하다는 것…… 혼수로 논 가져가

더니 일꾼이 된 격…… 일독에 빠져 기절했다…… 시부모는 손 까딱하지 않고 며느리만 부려 먹는다…… 콩밭 매다 뱀에 물려 죽었다 깨어났다…… 일을 잘 못해서 꾸중을 들어 죽으려고 혀를 깨물었다…… 몹쓸 병에 죽어가고 있다는 악설까지. 차마 입에 담지 못할 말들이었다. 말도 아닌 항설(巷說)들이 걷잡을 수 없이 떠돌았다. 이윽고 소문은 친정마을에까지 날아들었다.

문중 사람들이 그 소문을 들었다. 그들은 하나같이 조상의 음덕으로 잘 살아 왔으면서 배은망덕에 대한 업보라고 비웃었다. 터놓고 말은 하지 않으면서도 입소문은 점점 부풀려지고 있었고 대실댁 식구들을 옭아매기 시작했다. 그렇지 않아도 시집간 지 네 해 동안 남편과 떨어져 살아가는 딸을 생각하면 가슴이 저려왔는데…… 발그레한 볼연지 지우기도 전에 독수공방을 생각하면 가슴이 찢어졌던 것인데. 새색시의 아름다운 꽃 머리 억지로 벗겨지자 손톱발톱 다 닳도록 논일이며 밭일까지, 그것도 모자라 잠도 못자며 길쌈을 해댄다는 소문에 시댁이 원망스럽기까지 하였던 것이다. 대실댁은 입술이 바싹바싹 타들어가는 것은 말할 것도 없고, 길을 가다가 하늘을 우러러보고 눈물로 하소연하다 땅을 잘못 딛고 넘어질 때도 있었다. 꿈자리만 사나워도…… 꿈에 시부모 얼굴만 비춰도…… 호음동 사람들만 만나도…… 제복을 입은 사람만 보아도…… 가슴이 벌렁벌렁 뛰면서 치밀어드는 울화를 가라앉힐 수 없었는데 날벼락과도 같은 비보를 접하자 용철 어른 내외는 오장이 뭉개지는 것이었다.

자식을 셋이나 가슴에 묻었던 까닭에 자식을 먼저 보내는 일이 얼마나 비통스러운 일인지 누구보다 잘 알고 있었다. 막내딸이 밭 매다 쓰러져 죽어간다는 소문이 날아들었으니 그 참담한 심경이야 말로 표현할 수 없었다. 내 뱃속에서 내 몸 떼어주고 낳았는데…… 어쩌다 이지경이 되었는지 대실댁은 가슴을 치며 통곡을 쏟기도 했다. 서쪽 하늘만 바라봐도 방정맞은 생각부터 떠올랐다. 얼이 빠진 채 봉화산만 하염없이 쳐다보다가 하루를 보냈다. 직접 눈으로 보지 않고서는 오금이 저려 견딜 수가 없었던 것이다.

햇덩이가 서산으로 뉘엿뉘엿 기울고 있을 때 강동댁이 대문 안으로 들어섰다.

"마님! 마침 집에 계셨구만이라우?"

"어서 오소. 자네 기다리느라 눈 빠질 뻔 했네."

대실댁은 반가운 마음에 그녀의 손을 덮싸쥔 채 마루로 끄집었다.

"그러셨겠지라우. 그나저나 그동안 별일 없이 지내셨습니껴?"

"별일 없다니? 못 죽어 사는 것이제."

침통한 표정으로 고개를 흔들어대며 목덜미를 뜯어내는 시늉을 했다.

"그러고도 남으셨겠지라우. 지도 그랬당께요. 소식을 전해주지 않고선 네 다리 뻗고 잠을 잘 수 없드구만요."

"내 딸이 죽어간다는 말이 사실잉가? 어서 말해보소. 자네가 오고 낭께 살 것만 같네."

대실댁은 흥분된 감정을 주체하지 못하고 온몸을 오들오들 떨었다.

"마님! 지가 죽일 년이지라우?"

"죽일 년이라니? 내 딸이 잘못되기라도 했단 말잉가?"

갑자기 기겁을 한 사람처럼 망연스럽게 바라보았다.

"지가 중매를 잘못해 갖고 걱정을 끼쳐 드려서 그런당께라우."

"중매를 잘 못헌 것은 아니제. 사위가 과거 시험만 합격한다면야 그보다 더 좋은 혼처가 어디가 있겠능가? 아직 때가 되지 않아서 그런 것 아닝가. 그건 그렇고 내 딸이 죽어간다는 말이 사실이냔 말이시?”

대실댁은 구겨진 종이 장처럼 미간을 일그러뜨리며 다급하게 다그쳐 물었다.

“아니어라우. 죽어가긴 멋을 죽어간다요. 뙤약볕 밑에서 밭을 매다가 그만 더우를 묵었는 갚습디다. 집에 올 때 구루마를 타고 오는디 떡갈나무 잎으로 덮은 것을 보고 마치 죽어간다고 소문이 났드랑께요. 쬐깐 고생을 허고 일어났다고 허드구만요.”

절박한 소문을 들었던 대실댁과는 달리 아니라는 듯 고개를 살살 흔들어대며 태연한 어조로 말했다. 궁금중에 사로잡혀 있는 대실댁 앞에서 무색하게도 눈길마저 흩어 뿌리는 것이었다.

“그럼, 밥도 잘 묵고 지내고 있다등가?”

“오뉴월 폭염에 엿새 동안이나 계속 밭을 맸으니 몸뚱아리가 견뎌 낼 것이요. 아직까지 온전치는 못 하다고 허드랑께요.”

“온전하지는 못하다니 죽진 않겠어?”

“워매! 마님도 무슨 말씸을 그리 허시오? 사람 목숨이 무슨 개미 목숨이다요? 구루마를 타고 오는 것을 보고 그렇게 소문이 났드랑께 라우. 지금은 좋아졌습디다.”

“워매! 죽지는 않겠다고 헝께 마음은 놓이네만…….”

“솔직히 말씸드리면 안 해보던 일을 허다 봉께 그리 되었겠지라 우. 꽁보리밥에 된장국만 묵었으니 삭신이 배겨내겠소?”

강동댁은 한숨 소리를 키워가면서 안타까운 심정을 감추지 못했다.

“멋이여? 꽁보리밥에 된장국이라고 했능가……?”

대실댁이 가슴이 메이는 듯 한동안 말을 잇지 못하고 울먹대었다.

232

“그것도 감지덕지 허지라우. 이 여름에 쌀이 어디 있다요? 꽁보리
밥이라도 삼시세 때 묵고 살면 괜찮은 집이지라우. 저녁으론 밀기울
을 넣어 우거지 죽으로 떼운다고 허든디요.”

“워매! 이 일을 어떻게 헐 것이랑가? 내 딸이 우거지 죽을 묵고 살
다니……”

대실댁은 갑자기 고개를 뒤로 젖혀 흔들면서 눈물을 글썽였다. 마
치 뒤통수를 한 대 얻어맞아 의식이 몽롱해진 사람처럼 보였다. 희
불그레해진 얼굴이 울상으로 일그러지면서 목소리가 비통에 잠겨드
는 것이었다.

“마님! 왜 그러싱가라우? 마님! 마님 정신 차리시랑께요.”

강동댁이 흐느적거리는 대실댁을 바라보고 떨리는 목소리로 소
리쳤다. 이때 사랑채 쪽마루에서 넘어다보고 있던 용철 어른이 가쁜
숨을 몰아쉬며 달려왔다.

“왜 그렁가?”

샛노래지며 부들부들 떠는 부인을 바라보고는 잔뜩 겁을 먹은 표
정을 지으며 물었다.

강동댁은 댓돌 밑으로 내려가 허리 굽혀 인사를 하고서

“딸 때문에 속이 상하신갑구만요.”

“딸이 아프다니 속 좋을 사람 있겠능가? 내 딸은 어떻든가?”

용철 어른은 부인을 붙들면서도 강동댁을 향해 딸 안부부터 꺼내
들었다.

“인자 밥도 묵기 시작했답디다.”

“그래? 천만다행이구만.”

용철 어른은 긴 한숨을 몰아쉬면서 아내를 툇마루로 데려가 눕히

려 들었다. 하지만 흐느적거리던 대실댁이 벌떡 눈을 뜨면서 정색을 하고 나섰다.

"영감! 우리 성요가 아직도 못 일어나고 있다요. 이러다가 죽기라도 허면 어쩔 거라요?"

"죽다니? 밥도 묵는다면서?"

"꽁보리밥에 우거지만 묵고 오뉴월 염천에 일만 시키니 죽었제 살겄소."

대실댁이 콧등에 쌍주름을 그어가며 원망기를 털어놓았다.

"무슨 말을 함부로 허는것이오. 사람의 목숨은 하늘에 달려있는 것인디 죽다니. 꽁보리밥 묵는다고 죽기야 허겄소."

"아이고! 영감, 그런 소리 허지 마싯시오. 어려서는 꽁보리밥이 무엇인지 모르고 컸는디 그런 것만 묵고 어떻게 일을 허냔 말이요?"

대실댁은 북받치는 설움을 달래지 못한 채 울먹이며 말했다.

"더우를 먹었다고 허니 괜찮을 것이요."

용철 어른은 아내를 진정시키기 손을 꼭 잡아주면서 안심시키려 들었다.

"아무리 생각해봐도 내 딸을 잘못 여운 것이랑께요. 더우는 무슨 더우을 묵었겄소. 묵지도 못험서 뙤약 볕에 일만 시키니 몸뚱아리가 배겨 내지 못한 것이겠지라우."

대실댁은 가슴을 쥐어짜내기라도 하는 듯 오만상을 찡그려가며 푸념을 털어놓았다.

"딸의 팔자를 그렇게 함부로 속단하려 드능가? 내 딸을 잘못 여운 것이라니 그 무슨 억지소리를 허능 것이요? 시험도 한 달도 못 남았는데 방정맞은 소리를 해서야……."

용철 어른은 어느새 장죽을 꺼내어 가루담배를 꼭꼭 눌러 담고 있었다. 이어 성냥을 쳐대어 불을 붙이고는 허공을 향해 담배를 뿜어내면서 한숨까지 날려 보냈다. 말없이 몇 모금을 뻐끔 뻐끔거리고 나서 심중을 짚어 낼만한 사실이라도 있는 듯 아내를 향해

"예로부터 식자우환(識字憂患)이란 말이 있소. 남편이 벼슬을 하기 위해 공부하러 갔으디 그 정도쯤이야 참고 견디는 것이 아내의 도리 아니겠소? 이다음 과거급제를 하면 마패를 목에 걸고 금의환향헐 때면 다 잊혀질 것이요. 그때까지만 참고 지냅시다."

용철 어른은 딸의 처지를 함부로 허물하지 말라는 듯 엄렬하게 꾸짖고 나섰다.

"어렸을 때는 보리밥이 무엇인지도 모르고 컸는디. 논까지 싸서 시집 보내놓께 돼지만도 못 허게 묵고 살아서야…… 그것도 부족해서 밤으로는 길쌈까지…… 몸이 쇳덩이가 아니고서야 어찌 견디겠소? 며느리 데려다 일꾼 만들 작정을 했는개비제."

하지만 대실댁은 남편의 말을 들으려 하지 않았다. 아직도 비통함에서 빠져나오지 못하는 듯 입술을 바르르 떨면서 서운기가 물씬거리는 목소리로 되뇌었다. 입가에는 게거품이 희끗희끗하고 일그러진 얼굴엔 노기마저 가득했다.

"어허! 사돈어른이 들을까 무섭당께요. 딸을 시집보내면 출가외인이라 부르는 것도 모르냔 말이요. 친정어머니 역할이 고작 사돈댁 흉허물이나 탓해서야……."

용철 얼른이 강동댁 눈치를 살살 살피면서 뒤틀린 심사를 가누지 못하고 빼뚜름하게 입을 다셔가며 탓을 하고 나섰다. 더 이상 침묵을 이겨낼 수가 없다는 듯 분연히 꾸짖듯 말했다.

"허물을 탓하다니요? 딸이 죽어가는디도 모른 척 허란 말이요?"

"벌써 잊었소? 딸 시집보낼 전날 밤 가르친 말을 잊었냔 말이요? 시집가서는 남편을 잘 좇아야 허고 시부모 공경에 지극정성을 다해야 하며 가사잡무에 헌신험서 관혼상제의 예절을 잘 지키라고 가르치지 않았소. 그것이 부녀자의 도리라는 것도 모른단 말이요? 행여 시어른들께 불순허지나 않을까 노심초사 하며 지내다가 이제 와서 출가외인에게 역성을 든단 말이요?"

그는 장죽의 담배연기를 품어내면서 책언을 아끼지 않았다. 용철 어른은 어려부터 소학, 동몽선습, 명심보감을 익혔고 나중에는 사서삼경을 공부했던 사람이라 인의예지는 물론이요 효제충신을 바탕삼아 살아온 사람이었다. 딸에게 '남편은 하늘'로 받들며 살아야 한다고 가르쳐왔다. 반면 애정도 함께 있어야 한다는 것도 잊지 않았다. 여자는 남편을 떠나 매사를 스스로 결정해서는 안 되고 삼종지도를 중히 여긴 사람이었다. 비록 자기 딸이지만 길쌈과 바느질 그리고 누에치기 등의 가사기술을 익히는 것은 당연하다고 생각해왔던 것이다. 나중에 한양으로 가서 살더라도 근검절약의 생활태도는 필수적이기 때문에 품앗이로 들일을 하는 것을 칭찬해왔던 터였다. 사돈집 하는 일에 이러쿵저러쿵 간섭하는 것 자체가 잘못이라는 것이 그의 소신이었다.

"어찌 그리 입을 가볍게 놀리려고 허능가? 집안의 치란과 흥망은 남자의 능력에 달려 있다고 하지만 부인의 덕성이 옳지 못해서야 어찌 과업을 이룰 수 있겠소? 어릴 때 부귀영화를 누렸다고 해서 그것이 자랑이 될 순 없는 것 아니요. 출가외인이 되었으면 시댁의 가풍에 맞춰 사는 것이 여자의 도리인 것이고, 시부모의 가르침에 따라

야하는 것인디 그까짓 옛일을 들먹이는 것은 친정부모의 도리가 아
니요. 사람이 뼈를 깎는 고통 없이는 큰일을 이뤄낼 수 없는 것 아니
겠소. 그래서 예로부터 며느리를 데려올 때는 반드시 내 집보다 못
한 집에서 데려와야 헌다는 것인데 우리 성요는 너무 호강으로 키웠
어요. 사돈 집안일에 끼어들어 좋은 일 없는 것이니 입 다물고 가만
히 있으시오. 정 그렇다면 딸 녀석이 힘이 부치는 것 같으니 탕제나
두어 제 지어다 주싯시요.”

담배 연기를 연신 뿜어내면서도 낮고 차분한 목소리로 꾸짖듯 말
했다. 점잖은 기품은 예나 지금이나 변함이 없었다. 남편의 근엄함
앞에 고개를 숙이지 않을 수 없는 듯 대실댁은 더 이상 할 말을 잃고
고개를 숙여버렸다.

“지도 잘 알지라우. 타가로 출가한 딸이니 출가외인 아니겠소. 시
부모 가르치는 대로 잘 따라 살아야 허는 것을요.”

말을 하면서도 표정에는 허망스러움을 감추지 못하고 있었다.

……무더운 여름 저녁노을이 붉게 물드는 것도 잠시 검은 먹구름
이 하늘을 덮어가기 시작하자 쪽빛 어두운 그림자가 오봉산 비탈을
타고 내려오고 있었다. 이어 동쪽 하늘에 연붉은 번갯불이 번쩍이며
천둥소리와 함께 알밤 같은 굵은 빗줄기가 퍼부어 순식간에 마당이
며 고샅까지 물바다를 만들어 놓았다. 보리 까끄라기와 생풀을 쌓아
놓고 피워댄 모깃불은 연기 한번 피워내지 못하고 빗물을 흠뻑 둘러
쓰고 말았다. 허연 김만 하늘하늘 피어오르고 검은 잿물만 마당으
로 흘렀다. 사라진 연기에 흥이 난 모기들은 안으로 달려들어 기승
을 부리며 앵앵거렸다. 한여름에는 집집마다 피워대는 모깃불로 온
동네가 뿌연 연기로 그득하여 매캐한 냄새가 흘러나왔다. 연기를 싫

어하는 모기의 습성을 알고 있기에 앵앵거리는 모기 때문에 밤새도록 잠을 설치는 것을 막을 수 있었다. 물린 뒤 가려워 긁어대는 것보다 연기 냄새를 맡는 것이 더 낫기 때문이다. 비가 오는 날이면 화로에 쑥불을 놓아 모기들을 쫓아내기 일쑤였다. 무더운 여름에 쏟아지는 한 줄금 소나기는 시원함을 가져다주었다. 소나기는 국지성이 있어 이웃마을은 뙤약볕으로 밭곡식이 타들어 가는데도 옆 마을은 물난리를 만나는 수가 가끔 있었다. 가뭄에 기우제를 지내면 산신령이 내려주는 비가 소나기라고 믿었다. 신령이 제단에 뿌려진 짐승의 피를 씻기 위해 비를 뿌린다고 믿었다. 단번에 씻으려 하지 않고 세 차례 정도에 걸친다고 해서 소나기는 삼형제라고 했다. 소나기는 갑자기 하늘이 검어지며 천둥 번개와 함께 쏟아지기 때문에 들이나 산에서 일을 하는 농부들에게 버거운 것이기도 했다. 그럴 때면 다리 밑으로 혹은 바위나 큰 나무 밑으로 들어가 비를 피하는 것이 보통이었다. 소나기가 잦아들 때면 어김없이 뒷동산에 무지개가 생겨나고 했다. 오색영롱한 일곱 빛깔 무지개가 활짱처럼 휘어져 산허리에 걸치면 아이들은 환호성을 지르고 달려갔다. 무지개는 지순한 아녀자들의 가슴을 설레게 해주기도 했다. 간혹 쌍무지개가 걸쳐질 때는 더욱 황홀지경에 빠지게 만들곤 했다.

소나기가 잦아들기도 전에 서산마루에는 오리구름이 가로놓여 있고 그 위에 황톳물을 부어놓은 듯 시뻘건 저녁놀이 이글이글 타고 있었다. 저녁놀 앞에 길을 떠날 채비를 하고 있는 대실댁이 바지게에 이바지 아닌 이바지를 차곡차곡 쌓고 있었다. 예쁜 대나무 바구니에 담아 뚜껑을 덮어놓은 것도 있고 하얀 보자기로 싸기도 하고 볏짚으로 엮어놓은 것도 있었다. 벌교 장에 나가 사다놓은 수박, 참외, 복숭아와 같은 여름 과일과 그리고 시아버지 밥반찬으로 굴비두름, 절인 고등어, 말린 서대와 양태였다. 여기에 기운을 돋워주려고 마늘을 듬뿍 넣은 소고기 장조림도 단지에 채워두었다. 날갯죽지가 새끼에 묶여있는 씨암탉 두 마리가 눈깔을 뙤룩이며 겁에 질려 있었다. 무엇보다도 그녀의 손에는 십전대보탕 약제와 약탕관과 삼베 약수건이 보자기에 싸여 들려졌다. 허약하고 피로한 사람들의 기와 혈을 보충해준다는 탕제였다. 무더운 뙤약볕에도 불구하고 산길을 내달려 율어면 고죽리 정 의원을 찾아가 특별히 처방받은 것이었다.

　대실댁은 탕제를 받아들자 곧바로 산사로 가지고 갔다. 딸자식 병을 낫게 해달라고 부처님께 기도부터 먼저 했다. 어둑어둑 해질 무렵 바지게를 짊어진 작은 머슴 인택을 앞세우고 대실댁 내외가 길을 나섰다. 행여나 이웃 사람이 볼까봐 쪽빛 어둠이 산자락을 타고 마을을 덮어갈 즈음 부러 냇가 둑으로 걸었다. 그리로 가면 한참을 더 돌아야 하지만 혹시 사돈 집안사람들 눈에라도 띨까봐 발걸음을 돌려 황급하게 움직였다. 그날은 딸집의 삼을 삶는 날이라는 소식을 들었던 터라 분명 딸이 삼 껍질을 벗기고 있을 거라는 예감이 들었다. 혹시 늦게 가기라도 하면 못 만날 것만 같아 몹시 서둘러 내 달렸다. 해거름에 천둥벼락과 함께 억척스러운 소나기가 지나가고 난 들판 길은 신발에 진흙이 자꾸 튀어 올라 매우 질컥거렸다. 풀잎에 묻어 있던 빗물이 걸음마다 바지와 치마 끝을 질퍽하게 젖게 만들었다. 칠석물의 흔적이 곳곳에 배어 있었다. 칠석물은 견우와 직녀가 만나 기뻐서 흘린 기쁨의 눈물이라고 했다. 그리고 또다시 헤어지며 흘린 슬픔의 눈물이라고도……. 칠석물은 도랑물을 가들막하게 채워놓았는지 흐르는 물소리가 돌돌거리며 몹시 웅글진 소리를 내고 있었다.

　은하수를 건너가던 반달도 칠석물을 머금었는지 이지러진 채 중천에 걸려 있었다. 희끄무레한 달빛이 냇물에 부서지면서 물비늘을 일으키는 것이었다. 물비늘에 놀란 물고기들이 달빛을 향해 펄떡펄떡 뛰는 모습도 눈에 띄었다. 멀리서 개 짖는 소리가 들리는가 하면 등불을 걸어놓고 삼 껍질을 벗기느라 사람소리가 왁자그르르하게 날아들었다.

　인가와 멀리 떨어진 외진 길로 접어들면서 대실댁이 먼저 남편에게 입을 열었다.

　“우리 허 서방이 빨리 시험에 합격해야 헐 것인디 자나 깨나 그것이 걱정이랑께요.”

　어딘지 모르게 의심과 희망이 함께 뒤섞인 목소리였다. 일구월심으로 비는 마음도 그득하게 담겨 있었다. 솔직히 대실댁은 사위가 높은 벼슬에 오르기보다는 딸과 함께 살면서 금실 좋은 부부로 살아갔으면 하는 바램이었다.

　“형설(螢雪)의 공을 쌓았응께 틀림없이 이룰 것이니 두고 봅시다.”

　“그날이 빨리 왔으면 얼매나 좋을 것잉가요.”

　목소리가 신음을 하듯 가냘파지면서 가라앉고 있었다.

　“무슨 좋지 못한 소문이라도 들었소? 왜 표정이 그러는 것이요?”

　허나 대실댁은 연신 입맛만 다시며 발걸음만 내딛었다.

　“얼굴에 수심이 가득 묻어나는 것을 보니 무슨 일이 있는 것 같소.”

　“무슨 일이라니요? 그저 우리 성요에게 아픈 까닭이 있었드란 말이요.”

　“사람이 살다 보면 아플 수도 있는 것이고 안 해본 일을 하느라 몸치도 나졌지요."

용철 어른은 예리한 육감을 피해 가지 않았다. 아내의 속마음까지 꿰뚫고 있는 듯 미리 선수를 치고 나오고 있었다. 허나 대실댁은 서운한 마음을 지울 수 없었던 것이다.

"일도 할 줄 모르는 며느리한테 농사일을 몽땅 맡겨버리고 거들떠보지도 않는다고 헙디다. 새벽 치성부터 시작해서 온종일 들일을 하고 돌아와 자정이 되어야 방바닥에 엉뎅이를 붙여본다고 허니 어떻게 배겨낼 것이냔 말이요? 들일이며 집안일까지 몽땅 며느리한테 맡겨불고 걸레짝 하나 빨아주지 않은 시어미가 어디 있겄소. 차라리 빈손으로 시집보냈다면 들일은 하지 않을 것 아니요. 회초리를 들고 때려주라고 가는 꼴이 되었당께라우."

"어허! 내 말을 해줘도 모르는구만. 왜 쓸데없는 소리를 들먹이냔 말이요? 이제 내 딸이기보다 허씨집 며느리랑께요. 시집을 보냈으면 이제 며느리 역할을 다허도록 가르치고 타이르는 것이 친정 부모가 해야 헐 일이지 않소. 부모님께 효친(孝親)하고 아내로써 경순(敬順)하며 살아야 헌다고 가르치도록 헙시다. 잘못했다가 돌아올 뒤탈을 어찌 감당하려고 그러는 것이요?"

용철 어른은 예전과 사뭇 다르게 매서운 책망이 잠긴 목소리로 불쑥 화를 내가며 말했다.

대실댁은 남편의 심책(深責)에 급소를 맞은 듯 더 이상 할 말이 없었다.

"시어머니가 시키면 힘든 일도 배워가면서 해야 헌다고 가르쳐야 그것이 올바른 친정어머니 역할이랑께요."

점점 위압적인 기세를 세워가면서 완강한 어투로 바짝 다그쳐들기 시작했다. 기가 꺾인 대실댁은 마지막 하소연이라도 하려는 듯 사돈의 흉허물을 들고 나왔다.

"내 딸이 일을 못한다고 그런 말을 허면 못쓰지라우. 서방 등골 빼먹을 며느리라고 험서 들들 볶아댄답디다. 땅문서 받아들 땐 우리 며느리가 최고라고 입에 춤이 마르드구만 이제는 문중 편을 들어간 단디요. 대소가 사람들만 만날 때면 광주 이(李)가라서 배움이 적다고 흉까지 본다니 기가 찰 노릇 아니요. 놈들 앞에서 며느리 흉을 본 시어머니가 어디 있겠소? 어제 다르고 오늘 달라서야……."

대실댁은 강동댁으로 전해들은 안사돈의 흉허물을 숨김없이 털어 놓았다. 푸념 섞인 목소리로 하소연을 쏟아낸 것이다. 용철 어른도 더 이상 아내를 몰아붙일 구실이 없었다.

희미한 달빛 아래에서도 허연 물살을 쏟아내며 쏴쏴 거리는 봇물을 바라보며 애틋한 마음으로 아내를 달래려 들었다.

"나도 대충은 들었소. 옛말에 딸자식을 시집보낼 때는 반드시 내 집보다 나은 집으로 보내라고 했제. 허나 사위자식만 놓고 본다면야 우리 집안과 비교도 할 수 없을 것이니 너무 서운해 허지 마싯시오. 분명 내 사우는 만인이 우러러 보는 훌륭한 사람이 될 것이요. 그러니 눈 딱 감고 기다리도록 헙시다. 딸에게는 부도(婦道)를 꿋꿋이 지켜가도록 이끌어줘야 헌당께요. 비록 지금은 고생하고 있지만 정부인(貞夫人)의 작위(爵位)를 받을 때가 얼마 남지 않았다고 말이요. 참을 인자 셋이면 살인도 면한다는 소릴 못 들었소? 인생이란 저기 저 냇물과 같은 것이지요. 산골짜기에서 흐를 때는 좁은 골짝을 돌고 돌면서 바위와 돌과 나무뿌리에 부딪히며 내려오다가 널따란 평지에 다다르면 태평세월을 누리듯 유유히 흐르는 법, 참고 또 참고

242

흐르다 보니 저렇게 꼬리를 휘갈기며 소용돌이치고 있는 것이랑께
요. 우리 인생도 이와 마찬가지요. 젊어서는 고생을 사서라도 한다
는 것은 저렇게 평탄한 냇물을 가기 위해서가 아니겠소? 성요는 지
금 산골짜기 굽이진 곳을 돌고 돌아가는 물줄기와 같은 삶을 살고
있으니 너무 심려허지 마싯시오."

용철 어른은 어느새 흥분을 가라앉히고 존조리 타이르듯 설득하
기 시작했다. 인생을 냇물에 비유해 가면서 유연한 성품을 드러낸
것이다.

대실댁은 항상 남편의 여유 만만한 덕담 앞에 고개를 숙이며 살
아왔다. 남편의 사려 깊은 언담(言談)은 어디서나 누구에게나 속을
시원하게 풀어주곤 했다. 때문에 남편은 모든 사람들로부터 존경받
고 있음을 그녀도 잘 알고 있었다. 이웃, 문중, 형제, 심지어 부부간
다툼까지도 남편에게 물으면 속 시원히 해결해준다는 소문이 어제
오늘의 일이 아니었다. 그러나 딸에게 닥치는 고통스런 삶은 남편
의 지혜로 해결할 수 없는 것이어서 조바심만 점점 커가고 있었다.
더군다나 딸이 시집간 지 사 년이란 세월이 흘렀는데도 아직 아들
을 낳지 못했다는 것이 그녀를 불안하게 만들었다. 딸의 허물이 비
록 아니라할지라도 결국엔 여자의 몫으로 돌아오는 것. 여자가 시집
을 가면 가(家)의 영속성을 이어가야 할 책임이 주어지는 것인데 여
식 하나만을 둔 채 대를 이을 아들을 생산하지 못한 것이 못내 딸에
게 족쇄로 다가오지 않을까 두려웠던 것이다. 섣불리 예단했다간 피
할 수 없는 여자의 운명이 될 수도 있음이었다. 비록 가사에 충실하
고 부모님께 효경(孝敬)을 다했다 할지라도 대를 잇지 못한다면 칠
거지악의 허물을 둘러쓰는 것. 출거를 당해도 팔자로 받아들일 수밖

에 없는 것이 여자이고 보면 숨통이 조여드는 괴로움으로 밀려들 때가 있었다.

여자의 출거는 비단 개인의 운명으로만 치부할 일이 아니었다. 그것은 친정가문에까지 오욕을 남기는 꼴이기도 했다. 현모양처(賢母良妻), 삼종지도(三從之道), 칠거지악(七去之惡), 남녀칠세부동석(男女七歲不同席), 수절(守節)의 윤리는 오직 여자에게 요구되는 희생의 강요이면서도 유교적 계급관념은 친정가족에게까지 적용되고 있었다. 오로지 여자는 집안에서 가사노역 및 섬기는 본분을 수행하게 하였고 여필종부(女必從夫)나 삼종의 도를 부덕으로 강조하여 항상 남편에게 종순과 정절로 뒤따르게 할 뿐이었다.

'암탉이 울면 집안이 망한다.' '암탉이 울어선 날이 새지 않는다.' '여자는 사흘을 안 때리면 여우가 된다.' '여자는 제 고을 장날을 몰라야 팔자가 좋다.' '아이하고 여자는 길들일 탓.' '여자를 내돌리면 버리게 되고 접시를 돌리면 깨진다.'라는 속언은 하나같이 전통여성의 구실과 지위를 규제하는 말들이었다.

대실댁은 날이 갈수록 수심의 그늘이 짙게 드리워지고 있었다.

"영감!"

대실댁이 은근슬쩍 남편의 의중을 떠보고 싶어 불렀다. 허나 용철 어른은 시큰둥한 표정으로 고개만 돌렸다. 용철 어른은 간혹 말귀가 통하지 않다고 생각할 땐 입을 닫아거는 경우가 있었다. 그러면서 늘 강조한 말. 여자에게 조심해야 할 것은 입이라고 되뇌었다. 말은 사람들의 영예와 치욕을 구분 짓는 시금석이어서 친밀감도 소원함도 그 속에서 나온다는 것. 말은 천 냥의 빚도 갚아주고…… 돌쩌귀처럼 박혀있던 원한도 풀어준다고…… 가슴에 못을 박아주기도 하

244

고 원수로 만드는 것 또한 말이라고…… 말로는 못할 것이 없으면서
도 말로는 사람의 속을 알 수 없다고…… 말로는 천당을 지어주면서
도 말 속에 말 들었다고…… 말은 할수록 늘고 되질은 할수록 준다
고……. 그래서 세 치 혀가 사람 잡는 법이며 뼈 없는 혀가 뼈를 부
수는 것이어서 항상 입조심하고 살아야 한다고 누누이 강조해왔다.

"사 년은 결코 짧은 세월이 아니지라우. 우리 성요가 시집간 지도
벌써 그리 되어가는 디 대를 이을 아들이 없으니 나중에 허물이 되
면 어떻게 헐 것이요?"

아내의 내심이 자신과 동병상련과도 같은 것이었다. 그도 말은 하
지 않았지만 사위가 벼슬길에 오르기 전에 딸 녀석이 득남하길 학수
고대했다. 그런데 시집가서 두어 달 방학 동안 남편과 지내면서 수
태한 결과 외손녀가 태어났던 것이다. 그 후론 아직 아무 소식이 없
었다. 남편과 떨어져 지내느라 사정이 여의치 못한 탓도 있었지만
어찌하든 간에 가장 시급한 것이 외손자였는데 아내도 똑같은 생각
을 하고 있음이었다.

"나도 잘 알고 있소. 사위가 곧장 시험에 합격해서 데려가면 몰라
도 그러지 못한다면 변고가 생길 수도 있는 일이제. 대를 이을 아들
을 낳은 경우와 없는 경우는 극과 극이 될 수 있음이요. 그래서 올
팔월 주의 깊게 기다리고 있어요. 만일 잘못되어 시험에 낙방이라도
한다면 단 한 달만이라도 성요를 한양으로 보내 수태를 해서 내려오
게 만들 작정이오."

진지함이 묻어난 남편의 대답은 그녀를 안심시키고 남았다. 남편
의 일언이 석양에 내린 소나기가 되어 대실댁 얼굴에 시원한 웃음기
를 뿌려주었다.

"워매! 잘 생각했소. 즈그 시부모는 손자를 기다리지도 않는 것 같습디다. 우리라도 나서야 쓰지 않겠소?"

"대를 이을 손자를 기다리는 것은 우리보다 더 하겠지요. 늘그막에 아들을 뒀으니 오죽 허겠냔 말이요."

길을 떠난 지 두식경이 지날 때였다. 또다시 어두운 구름이 몰려들어 하늘을 덮어가더니만 금세 구름 사이로 파란 하늘이 언뜻언뜻 고개를 내밀었다. 구름 사이로 하얀 뜨물을 부어놓은 것처럼 드넓게 은하수가 펼쳐지고 실구름 같은 골짜기로 여름밤이 깊어만 가고 있었다. 밤이 깊어갈수록 달빛은 교교(皎皎)함을 흩뿌리고, 별들은 초롱초롱 빛나면서 별 밭을 일구기 시작했다. 무성한 은하수 사이로 별똥별이 화살 같은 획을 그으며 떨어져 내렸고, 밤이 깊어지면서 고요한 잠을 청하는데 저 멀리 비석거리 마당에 가물가물한 등불들이 겹겹이 걸려있었다. 희미한 등불 아래 오순도순 모여앉아 삼 껍질을 벗기는 아낙들의 모습이 아슴푸레하게 눈길을 끌어당겼다. 벗겨놓은 하얀 마골(麻骨)이 길가에 즐비하게 세워져 있고, 길컨에 피워둔 모깃불에서 자우룩한 연기만이 거불거불 타오르고 있었다. 속없는 삽살개는 잠도 없이 꼬리를 흔들어대고, 실없는 맹꽁이는 밤이 깊은 줄도 모르고 짝을 부르느라 맹꽁맹꽁 울대를 떨어대었다.

장정들이 집채만큼 큰 삼 구덕에 올라 익은 삼 다발을 꺼내면서 땀을 뻘뻘 흘려대고 있었다. 삼 구덕 아궁이 장작불에서는 반딧불 같은 불티가 공중으로 떠오르고 기차 화통에서처럼 하얀 김을 뿜어내면서 삼 익는 풋풋한 냄새가 코를 찔러댔다. 아낙들이 삼대 밑동 껍질을 돌려 잡고 밀어젖히면 하얀 겨릅대가 홀라당 옷을 벗고 맨몸으로 튀어나왔다. 땅바닥에 덥석 주저앉아 시시닥시시닥 수다를 떨면서 삼대를 벗기고 있었다. 밤이 깊어가는 것을 아는지 잡설을 늘어놓으면서도 손놀림만은 느려 보이지 않았다.

벗겨 놓은 삼 껍질은 대가리가 묶여진 채 세워놓은 겨릅대에 거꾸로 매달려 있었다.

희미한 불빛 아래 사랑하는 막내딸 성요의 뒤태가 용철 부부의 눈길 앞으로 설핏 스쳐지나가는 것이었다. 더위에 지쳐 쓰러진 지 열흘 만에 처음 집 밖으로 나온 성요가 삼품을 앗기 위해 아녀자들 사이에 끼여 있었다. 대실댁의 가슴이 철렁 내려앉으며 눈시울이 뜨거워졌다. 등불에 비춰진 모습에서도 핼쑥하게 여윈 몰골이었다. 벗겨 놓은 삼 껍질을 묶는 모습마저 몹시 어설프면서 힘에 겨워 애처롭게 보였다. 여인들은 둥그렇게 둘러앉아 도란도란 웃음을 지어가며 수다를 떨고 있는데도 정작 성요는 외딴 곳에 홀로 있었다. 아직도 그녀 손길을 기다리는 삼 다발이 서너 개나 놓여있었다.

대실댁은 당장 달려가 삼 다발을 벗겨주고 싶은 마음이 굴뚝같았다. '아가' 하고 불러보고 싶지만 차마 마른 침이 들러붙어 입술을 떼지 못하고 우두커니 바라만 보고 있었다. 딸이 있는 곳으로 갈 수가 없어 처연한 눈길만 뿌리며 속울음을 달랬다.

부부는 도둑질을 하러 온 사람처럼 뭇사람들의 눈을 피해 젖어드는 눈시울을 쓸어가면서 당산나무 뒤로 몸을 숨겼다.

"왔다매! 아팠다더니 얼굴이 놀짱하구만. 이제 괜찮은거?"

젊은 아낙네들의 비아냥스러운 말투가 귀청을 여지없이 두드렸다. 사람을 깔보는 어투에 가슴이 철렁 내려앉는 것 같지만 성요는 씰쭉 웃기만 할 뿐 묵묵부답이었다. 벗겨 놓은 삼 껍질을 가지런히 추리는 데만 여념이 없었다. 또 다른 여자가 힐끔 쳐다보고는 빈정거림이 잔뜩 묻어나는 소리를 내뱉었다.

"그것도 모르는 게비네. 여자는 혼자 잠자리에 들면 병이 나는 것이랑께. 그러다가도 하룻저녁만 서방 품에 들면 감쪽같제. 그런 것은 다 상사병이라고 하잖여?"

"그래서 서방이 좋은 것이제. 혼자 사는 사람은 무슨 재미로 사는지 모르겠구만."

"그럼, 길고 긴 밤 혼자 어떻게 지내겠능가."

모두가 꼴까닥꼴까닥 숨이 넘어갈 것 같이 까르륵 웃어대면서 너나 할 것 없이 입방귀를 뀌기 시작했다. 은근슬쩍 곁눈질을 해가면서. 옆에 사람을 앉혀놓고 가슴팍을 야금야금 도려내는 것이나 다름없는 말로 씩둑거렸다. 하지만 성요는 들은 척도 하지 않았다.

"아니 친정이 그렇게 부자람서 딸이 저토록 송장이 되도록 놔둔디야. 여자는 시집오면 다 소용없당께. 서방을 잘 만나야 쓴단 말이여. 그래서 여자팔자는 뒤웅박 팔자라고 헌 것이제."

나이가 지긋하게 보인 여자가 입을 삐주룩이 내밀면서 별쭝난 말투로 볼멘소리를 입술에 바르고 나섰다. 싱거운 눈웃음을 쳐가며 시기심 돋아나는 말을 나불거렸다. 그것은 뜬금없이 맹혹하게 친정 탓을 들고 나온 것. 여자들의 시시덕대는 소리는 용철 부부의 가슴을 겹겹이 저미는 아픔으로 날아들었다. 동네 사람들 눈에 미운털이 박혀 있을 줄이야……. 밉살맞은 천덕꾸러기가 되어 있을 줄이야……. 눈에도 넣어도 아프지 않을 딸이 동네북 신세가 되어있다는 생각에 정신이 아찔해지면서 현기증이 일어나는 것이었다. 하염없는 눈물이 볼 줄기를 타고 흘러내리면서 삼경에 우는 귀촉도처럼 슬피 한 번 울고 싶었다.

재물을 덜어내서라도 딸을 남편에게 보내겠다고…… 굳은 결심에 두 손을 불끈 쥐면서도…… 당장 달려가 입방정을 떨고 있는 사람에게 혼쭐이라도 내주고 나면 속이 후련하건만…… 세인의 이목 때문에 그럴 수도 없었다. 성요는 엄마가 곁에 있는 줄도 모르고 아낙들의 빈정거림에 풀이 죽은 채 흐르는 땀을 쓱쓱 문질러가며 삼을 벗기고 있었다.

그때 어둠 속에서 한 여인이 우산각으로 걸어오고 있었다. 그녀는 강동댁이었다. 지난번 만났을 때 약속을 했던 터라 저쪽에서 기다리고 있었다. 이내 숨소리를 죽이며 귀에다 대고 조용조용히 말했다.

"마님! 따님 보셨능가요?"

"아니! 먼발치에서만 보았네만……."

"그럼! 여기 계싯시오. 지가 가보고 올텡께요."

우산각은 들 마당에서 조금 떨어진 거리에 있었다. 바윗돌이 가로막고 있어서 쉽게 눈에 띄지 않았다. 바윗돌에는 용철 어른과 복개가 바지게를 바쳐놓고 앉아 있었다.

"워매! 혼자 이 많은 삼을 다 벗길랑가? 이렇게 벗기다간 날 새겠네!"

성요는 갑자기 다가온 강동댁이 몹시 반가운 눈치였다. 아직 온전치 못한 몸을 이끌고 나왔던 처지였다. 더위에 흘린 땀이 아니라 아직 환자의 등골에서 나온 식은땀을 흘려대는 것 같았다. 말할 기운도 없는 듯 입을 다문 채 물끄러미 쳐다보았다.

"얼굴을 봉께 많이 아픈가본디. 내가 벗길 것잉게, 얼른 가서 쉬소. 이러다간 또 쓰러지겠네."

강동댁이 야살스럽게 입정을 달기 시작했다. 강동댁은 원래 언사가 달통하기로 소문 난 사람이고 내둘 심도 따를 자가 없었다. 눈치 빠르기로 도갓집 강아지보다 나은 사람. 청춘에 과부가 되었으면서도 능수능란한 처세술 하나로 중신어미로 살아온 사람이었다. 그녀는 성요에게 곁눈질을 해가며 어서 우산각으로 가보라는 암시의 눈길을 보냈다. 그리고 곁에 있던 아낙들을 향해 마치 매닥질을 하듯 궤변적 언사를 늘어놓았다.

"오매! 이레 동안이나 밥풀 하나 입에 넣지 않았다는디 밥 늦도록 일을 해사 쓰겄소? 잠깐 데리고 가서 금계랍이라도 한 알 믹여 데리고 올텡게 그리 아싯시오. 알았지라잉?"

느닷없이 쌀자루 옆구리 터져 흘러나온 것처럼 혼자 떠들더니 성요를 데리고 훌쩍 가버린 것이었다. 삼 껍질을 벗기고 있던 사람들의 눈초리가 일각에 뜨악하게 일그러지면서 입을 모로 틀기 시작했다.

"그러믄 가서 약을 가지고 올 일이제 사람을 데리고 가분당가? 워매! 별꼴 다 보겄네."

"그러믄 지라도 벗겨야제 누구보고 벗기라고 그런당가?"

"할 수 없제. 아프단디."

아낙네들 사이에서 서로 엇갈린 소리가 터져 나왔다. 우산각으로 다가간 그녀를 덥석 끌어안은 사람은 친정엄마 대실댁이었다. 성요도 친정어머니를 바라보자 눈에 갈쌍갈쌍 눈물이 고여 들었다. 대실댁은 잘금잘금 흘러내리는 얼굴로 목을 끌어안고 볼비빔을 해대더니 한참 동안이나 말도 못하고 딸의 이마만 어루만지기 시작했다. 성요의 얼굴에는 식은땀이 송골송골 맺혀있으면서도 신열(身熱)도 있어 보였다.

"얼마나 고생했냐? 죽었다고 소문이 났드란 말이다."

대실댁은 창자가 찢어질 것 같은 비탄의 한숨을 내쉬면서 울먹였다.

"전생에 무슨 죄가 많아서 너에게 이런 고통이 따릉가 모르겄다."

"엄마. 민순 아부지 합격해서 곧 올 것잉게 괜찮아요."

성요는 엄마의 눈언저리를 손으로 닦아주며 안심시키려 들었다.

"그럼. 마패를 목에 걸고 올 날이 있을 것잉게 괜찮기는 허다만. 아부지께서 같아 오셨단다. 어서 인사올려라."

대실댁은 곁에 서서 모녀를 바라보고 있는 남편을 가리켰다.

"아버지! 그동안 건강허셨어요?"

성요는 덥석 무릎을 꿇어 큰절을 올리듯 인사부터 했다.

"오냐. 그동안 몸이 아팠담시롬 어떻게 지냈나?"

"시부모님께서 보살펴주서서 괜찮아졌구만이라우."

"한사코 몸 조심해야 쓴다. 그러나저러나 내 딸이 참말로 장허다. 밤늦게까지 품앗이를 하다니 장한 일이제."

용철 어른은 딸의 손을 잡아 일으키며 심덕을 칭찬하고 나섰다.

"아부지 고마워요."

"고맙기는. 보드랍던 손이 상머슴 손이 다 되었구나. 니가 죽어간다는 소문을 들었을 때는 하늘이 무너지는 줄 알았는디 너를 본께 인자 살 것 같다."

"어제부터 밥도 묵고 그래요."

"그럼. 밥맛이 없더라도 악착같이 묵어야 쓴다. 얼마나 아팠기에 구루마에 실려 갔냐?"

"저도 어째서 그랬는지 잘 모르겄구만요. 그런디 하필 어두운 밤에 오셨어요?"

"딸이 죽어간다는디 밤이면 어쩌고 낮이면 어쩌냐. 시집보낸 친정 부모는 항상 죄인이제. 친정 식구가 딸집에 자주 들락거려 좋은 것 없는 법이란다. 좋을 때는 몰라도 궂을 땐 다 허물이 될 것이어서 밤에 왔다."

"그건 그렇고 허서방한테 연락은 왔느냐?"

"아직 없었어요."

"시험 공부허느라 편지 쓸 시간이 없었제."

대실댁이 가냘픈 목소리로 사위를 두둔이라도 해주려는 듯 말했다.

"말이라고 허는가. 객지에 나가 공부하느라 저는 더 죽겠제. 성요야. 혼자 시부모를 모신다고 해서 소홀히 해서는 안 된다. 니가 집에서 아내의 도리를 잘해야 네 남편이 복을 받고 출세하게 되는 것인 줄 알지야?"

"예, 아부지."

"그럼. 그래야제."

"어야! 이리로 짊어지고 오소."

대실댁이 우산각 가에 서있는 머슴 인택이를 불렀다. 어둠 속에서 인택이가 지게를 짊어지고 가까이 다가왔다. 대실댁은 바쳐놓은 지게를 가리키며 가져온 것을 말해주었다.

"이건 십전대보탕잉께 그리 알거라. 원기 회복에 좋다고 해서 특별히 처방을 해왔다. 아침마다 달여 마시고 모아났다가 재탕으로 또 다리도록 해라. 너만 먹기 거북스러우면 시부모님 것도 지어 보내줄 것잉께. 연락만 허그라. 그리고 이것은 시부모 밥반찬이다. 니가 좋아했던 굴비도 넣었다. 과일도 시원한 물에 담가뒀다 깎아 먹어

라. 이 씨암탉은 길러서 알을 낳으면 민순이 밥반찬 해주도록 해라."

"엄니, 고마워요."

"괜찮다. 너한테만 잘 해준다믄 뭣을 못해주겠냐? 노인들은 무더운 여름엔 입맛을 잃기 십상잉께 이 장조림을 해서 노인들 밥반찬으로 올려라."

"예, 엄니."

"물 묻은 치마에 땀 묻었다고 탓할 사람 없는 것이랑께. 시부모를 모시는 일을 잘허면 다른 흉허물은 다 묻힌 것잉게 잘허도록 해라. 필요한 것이 있으면 강동댁을 보내도록 해라. 그럼 보내주마. 알았지야?"

"예! 엄니."

이어 대실댁은 어둠에서도 속곳을 들춰내며 고쟁이 밑에서 두루주머니를 꺼내어 종이돈을 손에 쥐어 주었다.

"몸에 돈이 있으면 힘이 지는 것잉께 넣어둬라."

대실댁은 주위를 한 바퀴 돌아보고선 강동댁에게 말했다.

"여보게! 딸집으로 가서 짐을 내려놓고 오도록 허소."

"예, 마님!"

"남한테는 친정에서 왔다갔다는 말은 하지 말거라. 몸조심하고 잘 있어."

성요는 고개만 끄덕끄덕하며 말을 못한 채 부모님을 물끄러미 바라보고 있었다. 대실댁은 다시 딸 손을 잡았다. 발길을 돌려야 하는 아쉬움에 손을 놓지 못하고 볼에 흐르는 딸의 눈물을 닦아주며 이내 입을 열었다.

"또 오마. 잘 있거라."

"예. 안녕히 가싯시요."

성요는 고개 숙여 인사를 하고서 마당으로 걸음을 옮겼다.

8
난장과 농악놀이

 '훠이 훠이' 참새를 쫓는 소리가 논두렁마다 들려왔다. 어린 아이들에서부터 꼬부라진 노인에까지 들판으로 나와 낡은 양은 냄비와 세숫대야를 두드리고 있었다. 주전자에 자갈을 넣어 흔들어 대기도 했다. 깡통에 돌멩이를 넣어 새끼줄에 매달아 흔들어대기도 했다. 대나무로 만든 새총으로 논흙을 집어 새를 향해 팔매질을 하고 허수아비를 군데군데 세워 놓았다. 칠월 백중이 지나고 나면 나락은 배동을 한 뒤 위로 올라와 허연 벼꽃이 핀다. 수정을 마친 벼들은 뜨물처럼 하얀 액이 생겨나고 이것이 여물어 벼가 된다. 참새들이 가장 좋아하는 때가 이때였다. 떼를 지어 날아들어 이 액을 쪽 빨아먹고 나면 쭉정이가 되어 농사를 망치게 된다. 참새들은 냇가 대나무 숲 속이나 솔숲에 숨어 있다가 순간적으로 날아들곤 했다. 한 보름 정도만 지나면 참새 피해를 막을 수 있기 때문에 이때쯤이면 사람들은 남녀노소를 막론하고 논두렁으로 나와 참새를 쫓느라 야단법석이었다. 언제 날아들지 모르는 까닭에 논둑마다 아예 해가림을 해놓고 지키고 있었다.

　성요가 어린 딸을 데리고 들판으로 나왔다. 우거진 대나무 숲에서 쩩쩩거리다가 눈 깜박할 사이 날아드는 참새 떼들, 논두렁을 달려가며 세숫대야를 두드리고 새총으로 팔매질을 해대었다. 깡통을 땡그랑 땡그랑 거리고 '훠이 훠이' 외쳐대며 따가운 햇볕 아래서 참새와 씨름을 하다보면 초조한 하루도 금방 지나갈 뿐이었다. 논두렁을 찰팍거리고 걸어 다니는 어린 딸도 새를 쫓다가 얼떨결에 손에 쥔 메뚜기가 꼼지락대기라도 하면 기겁을 하고 놀라 울었다. 엄마가 메뚜기를 잡아 풀모가지에 꿰어주면 옴질옴질거리는 신기함에 놀소리를 그치지 않았다. 댕그랑댕그랑 양은그릇을 두드리며 시간 가는 줄 모르다가도 칙칙폭폭 소리를 내며 달려오는 기차소리를 들으면 조마조마하는 마음을 달랠 길 없었다. 혹시나 하는 기다림에 가슴이 울렁거려 넋이 나간 사람처럼 논두렁에 덥석 주저앉았다. 북쪽 하늘을 바라볼 때면 남편의 얼굴이 어름어름 떠올랐다. 떠오른 잔상을 바라보며 엷은 웃음기를 머금다가도 못내 눈물이 맺혀들었다. 기다림은 사람을 설레게 하면서도 당황과 혼란 속으로 밀어 넣기도 했다. 행여나 잘못되기라도 한다면 어떻게 해야 할지 가슴이 두근거렸다. 남편이 떠나가면서 힘주어 일러준 달은 팔월이었다. 타국에서 사년이란 세월 동안 공부했던 것도 어찌 보면 이번 시험을 위해서였다. 성요는 시험을 생각하기만 하면 오금이 쑤시고 손발이 저리는 것 같았다. 심장이 벌렁거리며 가슴속에서 두방망이질을 했다. 저만큼으로 보이던 팔월이 어느새 턱 밑으로 다가왔다. 팔월로 접어들자 하루하루가 설렘과 두려움뿐이었다.

　늠름하게 마패를 차고 올 그림을 그리다가도 혹시나 생각에 세월을 붙잡아 두고 싶은 심정이었다. 그러면서도 그녀는 성황님께 지극한 정성을 다했다. 새벽닭이 홰를 치기도 전에 줄곧 일어나 치성 길을 오른 지 어언 열 달, 성황님께 빌고 또 빌어도 조마조마한 마음은 가라앉지 않았다. 책을 펴놓고 공부하고 있을 남편의 얼굴을 떠올리며 기쁨으로 상봉하게 해달라고……. 단번에 꼭 합격하게 해달라고 간절히 빌었다. 한양으로 가서 살게 해달라고……. 남편이 월컥 보고 싶을 땐 액자 속의 남편을 하염없이 쳐다보다가 온몸을 뒤척이며 밤을 지새우기도 했다. 그리움이 가슴에 사무쳐들 때면 하염없이 눈물도 흘려대었다.

시어머니께서 집을 비운 지 오래 되었다.

백중물이 끝나가는 즉시 봉화사로 갔다. 아들의 합격을 기원하기 위해 밤낮으로 불공을 드린다고 했다. 아예 법당에 머무르면서 지내겠다고 했다. 떠나면서도 며느리에게 당부한 말이 있었다. 몸을 정결히 하고 지극정성으로 치성을 올리고, 생선꼬리 하나라도 밥상에 올리지 말라고 했다. 그리고 추석에는 아무것도 장만하지 말고 달맞이 놀이에 나가지 말고 만월이 떠오를 때 동쪽을 향해 정화수를 떠놓고 '꼭 시험에 합격해 달라'고 빌라는 당부였다. 객지에서 고생하고 있는 아들을 생각한다면 추석 명절이라 해서 즐겨서 되겠냐고 했다. 이다음 시험에 합격하여 말을 타고 오면 논을 팔아서라도 동네 잔치를 해야 할 것이니 이번 추석에는 그냥 조용히 지내자고 약조를 해놓고 떠나갔다.

팔월도 어느새 만월(滿月)을 향해 바삐 다가가고 있었다.

깊어가는 가을밤 서늘한 바람이 뼛속까지 스며들었다. 뜨락에서 울어대는 귀뚜라미 소리가 그녀의 가슴을 더욱 구슬프게 해주었다.

뒷마당 아름드리 밤나무에서는 벌써 탐스러운 알밤이 살랑대는 가을바람에 후드득 떨어지기 시작했다. 장독 뒤에 외로이 서 있는 대추나무에는 어느새 대추들이 붉은 피를 찍어가며 탐스럽게 익어갔다. 마당가 장등이 감나무에 매달린 감들이 노릇노릇 하고 지붕에는 푸른 넝쿨 사이로 둥그런 하얀 박이 탐스럽게 커갔다.

가배 또는 가위라고 부르기도 하고 한가위 또는 중추절(仲秋節)이라고도 한 추석은 농경민족인 우리 조상들에게 가장 즐거운 명절이다. 봄에서부터 여름에 이르기까지 가꾼 곡식과 과일을 수확하여 조상에게 감사를 드리는 날. 그래서 년 중 가장 만월의 날이라 부르니 즐겁고 마음도 풍족했다. 풍년을 감사하고 조상에게 성묘하며 추원보본(追遠報本)을 하는 달. 먹을 것이 풍족하니 마음마저 너그러울 수밖에 없었다. 신을 섬기고 점복하는 달이기도 하고 온갖 놀이가 곁들어진 명절로 전승되어왔다. 춥지도 않고 덥지도 않아 더도 말고 덜도 말고 늘 가윗날만 같으라고 했다. 성요는 추석 명절을 안중에도 두지 않았다. 시어머니 당부 말씀도 있었지만 오직 남편이 과거에 합격하기만을 기다릴 뿐이었다. 혹시 추석 전에 남편한테 좋은 기별이라도 있을까 싶어 눈이 빠지도록 기다렸으나 아무 소식이 없었다. 아침저녁으로 드리는 치성 길에 정성을 다하다 보니 얼굴에 핏기마저 빠져 창백해졌다. 추석에는 성황당 외에는 바깥출입도 하지 않을 방침이었다. 이른 새벽 쪽빛 어둠이 물러나기도 전에 성황당으로 올랐다. 백팔 배를 마치고 일어서려니 다리가 얼얼하면서 머리가 핑 돌았다. 그러나 오직 일편단심, 남편이 시험합격하길 바란다면 그보다 더한 일도 해낼 수 있었다. 집으로 돌아온 그녀는 다시 조왕신 앞에 꿇어앉아 종일 비손만 하고 있었다. 저녁때가 되어 또

다시 뒷산으로 성황당으로 올라 만월이 떠오를 때 '꼭 시험에 합격해 달라.'고 정화수를 떠놓고 빌었다.

추석이면 늘 난장이라는 것이 열려왔다. 보통 장은 닷새 간격 정기적으로 열린 것이나 이러한 장이 아니라 특수한 장이라는 뜻이다. 이를 두고 '난장 튼다'라고 불렀다.

난장은 하루만 열리는 장이 아니고 보통 닷새에서 이레 정도이나, 길게는 열흘까지 낮과 밤을 가리지 않고 열리기도 했다. 난장을 틈으로써 많은 사람이 모여들어 떠들어대고 왁자지껄하면 불길한 여러 악귀를 꼼짝 못하도록 누를 수 있다는 믿음 때문에 이러한 난장을 튼다는 설도 있었다. 난장판이 열리면 투전꾼, 도박꾼, 건달패, 싸움패, 사기꾼, 요식업자, 창녀 등과 장마당 굿을 벌이는 소리꾼과 각설이도 모여들어 유흥을 이끌었다.

1910년 한일합방조약에 의해 한국의 통치권을 일본이 빼앗은 후 몇 년 동안은 난장이 열리지 못했다. 그러던 것이 고을 백성들의 사기를 북돋워주기 위해서 난장만큼 좋은 것이 없다고 해서 추석 전전날부터 닷새간 보성 장에서 씨름과 농악 대회를 겸한 난장판이 열린다고 했다. 난장을 튼다는 소식이 전해지면 힘깨나 쓰는 장정들은 들 독을 들어 올리는가 하면 몰고 가는 소 구루마를 뒤에서 끌어당기기도 하고, 도끼질을 하며 몸을 단련했다. 이미 드러난 장사들도 있었고 새로운 장사가 탄생하기도 한 곳이 난장 씨름판이었다.

동네 사람들은 자기 마을에 씨름선수가 출전하기라도 하면 마치 내 식구처럼 모두 몰려가 열정적으로 응원을 했다. 이미 이름난 외지 장사들은 마지막 날 결승전에 몰려들어 송아지를 노리기도 했다. 호음동 사람들은 난장을 틀면 무척 마음이 설레었다. 송시노란 이름난 장사가 마을에 있어 동네 사람들에게 씨름굿에 빠져들게 만들었다. 육척 장신에 황소도 때려눕힐 수 있을 만큼 힘이 세서 백미 한 가마 정도는 흘라당 집어 던지고도 남았다. 그는 씨름을 할 때마다 자신의 큰 몸집을 이용해서 돌림배지기를 주특기로 삼아왔다. 샅바를 잡고 호각을 불기만 하면 전광석화와 같이 달려들어 배지기 형태로 돌려 집어 던졌다. 힘이 넘쳐난 까닭에 잔기술을 쓰지 않고 오직 집어 던지는 선수였다. 그의 씨름을 보고 있노라면 마치 번갯불같이 상대방을 들어 눕히는 까닭에 모두를 열광시켰다. 때문에 구경꾼들로부터 박수와 환호를 한 몸에 받는 이였다. 그가 씨름장에 나가는 날엔 온 고을이 들썩였다. 힘이 센 것은 타고난 덩치 탓도 있지만 음식을 실하게 먹어치운 때문이기도 했다. 끼니때마다 보통 세 사람 분의 밥을 먹어야 하고 돼지고기 한 근 정도는 앉은 자리에서 게 눈 감추듯 했다. 술 먹기 내기를 할 적엔 막걸리 한 말을 단숨에 둘둘 마셔도 얼굴색 하나 변하지 않은 이였다.

그렇다고 집안 살림이 푼푼한 것도 아니어서 그의 식욕을 감당하기가 버거웠던 것이다. 부부가 열심히 일을 해야만 겨우 끼니를 해결할 지경이었다. 날품팔이를 하려 해도 그 식탐을 당할 재주가 없어 불러주는 이가 없었다. 버는 것보다 먹어치우는 것이 많은 터여서 잘살기는 틀린 사람이었다. 때문에 난장이라도 열리면 사력을 다해 달려들 수밖에 없었다. 간혹 이웃 고을에까지 가서 송아지를 거머쥐고 올 때도 있었다. 애석하게도 난장판이 멈추면서 실망이 컸던 터인데 다행이었다. 그는 여름부터 산을 오르내리며 땀을 흘려왔다. 들기도 어려운 들 독을 안고 달리는가 하면 빈 구루마를 끄집고 달렸다. 한나절이 되도록 빈 도끼질을 하기도 하고, 모래자루를 집어

260

던지는 훈련을 계속 해왔다. 감나무에 새끼를 감아놓고 끌어당기기도 하고 진흙 밭에서 메질을 했다. 추석이 다가오면서 호음동 마을 사람들이 점점 흥분의 도가니로 빠져들고 있었다. 황소 같은 뚝심으로 배지기를 해대는 모습을 볼 수 있기 때문이었다. 마을 사람들은 벌써부터 응원 계획을 세우고 있었다. 송아지를 몰고 오는 날 국수 잔치도 할 요량이었다.

난장판이 열리면 으레 농악놀이 대회도 열렸다. 마을별로 농악대를 구성하여 참가했다. 농악대를 만들어 시합에 참가하기란 쉬운 일은 아니었다. 일단은 농악대를 꾸밀만한 규모의 마을이어야 하고 재력도 갖춰야 가능한 일이었다. 가장 중요한 일은 농악대를 이끌어갈 지도자 즉 상쇠가 있어야 했다. 대개 동성동본 집성촌이면서도 반촌 사람들이 문중 자랑을 할 요량으로 농악대를 만들어 참가하는 것이 보통이었다. 강골 마을은 전통적으로 농악놀이가 성했다. 이씨 집 안사람들은 가문의 벌열을 자랑이라도 하려는 듯 농악대를 조직하여 꾸준히 명맥을 이어왔다. 그 중심에는 늘 용철 어른이 있었다. 농악을 잘 해서가 아니라 재력을 바탕으로 뒷받침에 앞장서왔다. 농악대는 많은 수가 혼연일체가 되어 장단에 맞춰 움직여야 하고 호흡을 맞춰야 하는 놀이다. 그 중심에 서 있는 사람을 상쇠라 부른다. 상쇠는 농악대의 행렬과 음악을 주도하는 사람이다. 뿐만 아니라 집안의 가신(家神)을 위한 고사소리나 덕담도 할 줄 알아야 상쇠를 할 수 있다. 상쇠 밑에는 부쇠, 중쇠, 사쇠, 꽹쇠가 있다. 이들은 상쇠와 호흡을 맞춰가며 농악대를 이끌어간다. 다음으로 징재비가 보통 수징, 부징, 종징, 끝징이라 하여 네 명으로 구성된다. 가장 무거운 악기를 들고 치는 재비여서 힘들 수밖에 없다. 장구재비는 다섯 명인데 설장구, 부장구, 종장구, 사장구, 끝장구라고 부른다. 북재비도 수북, 부북, 종북, 사북, 끝북 등으로 나눈다. 소고재비도 수법고, 부법고, 종법고, 사법고, 끝법고 등으로 나눈다.

여기에 나팔쇠 새납 그리고 기수와 잡색으로 농악대는 꾸며진다.

농악대의 깃발은 농기(農旗: 農者天下之大本)와 영기가 기본이고, 용(龍)을 그려 넣은 용기(龍旗)를 편성하는 곳도 있다.

치배(농악에서 타악기를 치는 사람)들의 복장은 흰 바지저고리가 기본이며 그 위에 꽹재비와 징재비는 색동 반소매가 달린 쇠옷을 입는다. 상쇠는 등에 일월(日月)을 상징하는 둥근 거울 모양의 장식을 두 개 다는 것이 보통이다. 나머지 치배는 소창옷을 입고 삼색띠를 맨다. 꽹쇠와 영기수는 머리에 전립을 쓰고 나머지 치배는 고깔을 쓴다. 소고잽이 중에는 채상소고를 쓰고 상모놀이를 하는 잽이도 있다. 치배들이 대부분 고깔을 쓰는 것은 여러 모양의 진(陳)을 짜면서 노는 놀음 때문이다.

농악은 강골마을 사람들을 한마음 한뜻으로 뭉치게 해주었다. 더 나아가 반촌으로 자긍심을 키워주고 대내외로 문중의 단합된 힘을 과시하는데 농악이 큰 구실을 해왔다.

문중 사람들은 농악을 대대로 이어가기 위해서 어린 아이였을 때부터 농악장단을 가르쳤다.

이 마을에 이종순이란 상쇠는 고장에서 이름을 날리는 꽹재비였다. 모든 농악이 그의 손끝에서 이뤄진다고 해도 과언이 아니었다. 그는 틈나는 대로 마을 젊은이를 모아놓고 농악가락을 가르쳐왔다. 그도 그의 조상으로부터 대를 이어 물려받은 치배였다.

그는 농악만 잘하는 것이 아니라 넉살 좋고 입살 좋기로 소문난

이었으며 어려서 소학 정도는 통달하여 학식과 덕망을 갖춘 사람이었다. 집안 대소가에 혼인잔치가 있으면 홀기는 그의 몫이었다. 초상이 났을 땐 호상을 도맡았고 제사 때는 축문을 지어 낭독했다.

난장이 열리는 날이면 마을이 텅 비다시피 했다. 남녀노소 할 것 없이 장마당으로 갔다. 늙은 노인들은 소 구루마를 타고 가는 진풍경을 연출했다. 장마당 한곳엔 마을 차일을 쳐놓고 대대적으로 응원을 했다. 난장의 마지막 날이 돌아왔다. 낮에는 농악놀이 경연대회가 열리고 밤에는 씨름 결승이 이뤄질 차례였다. 아침부터 온 마을이 몹시 들뜬 분위기였다. 종일 장마당에 있어야 하는 까닭에 점심과 저녁거리를 챙기느라 아낙네들이 아침부터 분주히 움직였다. 추석빔에 먹다 남은 음식도 싸고 밀개떡도 찌고 보리술도 호리병에 담았다. 단무지에 보리밥도 싸고 우물 속에 넣어 두었던 쉬지근한 식혜도 챙겼다. 풋고추에 된장은 물론이요, 호박나물도 가지나물도 무쳤다. 가을 전어도 굽고 생 갈치조림도…….

호음동 사람들은 씨름 굿을 그리고 강골 마을 사람들은 농악놀이 구경에 아침부터 가슴이 설렜다. 이번에 장원은 자기 마을에서 딸 것이라고 맨망을 떠는 노인네도 있었다.

농악놀이가 이어질 땐 장죽을 손에 들고 신명나는 춤사위를 펼칠 어른들이었다. 마시당 고갯마루에서는 이른 아침부터 출전을 알리는 농악대의 철적소리를 울려대고 치배들의 장단소리가 한마당 울려 퍼졌다.

기다란 간지대 끝에 볏짚으로 닭을 만들어 깃털을 꽂았고 그 밑에는 효행 백행 근본(孝行 百行 根本)과 농자천하지대본(農者天下之大本)이라는 농기(農旗)가 펄럭이었다. 붉은 천에 꿈틀거리며 웅비

하는 황금용 기(旗)도 모습을 드러냈다.

안개가 걷힌 초가을 하늘은 구름한 점 없이 푸른 바다와 같이 푸르렀다. 강골 마을 매구꾼들이 마냥 흥에 겨운 발걸음으로 장마당으로 향했다.

희뿌연 아침 안개가 자욱하게 깔려 있다가 싱그러운 동녘에 떠오르는 가을 햇살을 견디지 못하고 슬금슬금 봉화산 자락으로 기어오르고 있을 때였다. 안개에 가린 올망졸망 산과 등성이는 아직도 희붐한데 소 구루마가 벌써 노인들을 실어 나르느라 길을 떠나고 있었다. 구루마를 타고 가는 노인네들은 호음동 사람들이었다. 오랜만에 장마당으로 나들이를 떠난 노인들 얼굴은 한껏 웃음꽃으로 부풀어오른 채 서로들 들뜬 목소리에 화기애애한 이야기꽃을 피워내고 있었다. 이번에도 시노가 소를 탈 것이라고 장원을 점치기도 했다.

황톳길 위 덜컹덜컹 굴러가고 있는 소 구루마엔 올망졸망 앉아 있는 노인들의 모습은 옛날 어렸을 적 청순함이 아직 남아있는 듯 해어(諧語)를 즐기고 있었다.

"오늘도 시노가 몇 놈 떼려 눕히고 쇠앙치 따 오겠제!"

용정 댁이 자신에 찬 목소리로 씩둑대 듯 말문을 열었다.

"그것 말이라고 형가. 시노를 누가 이기겠능가?"

소고삐를 잡고 가던 종정양반이 어느새 귓등으로 들었다. 그는 시노와 이종 사촌 간이었다. 인정이 잘잘 흐르는 그가 장마다 가는 노인을 위해 구루마를 몰고 나왔다. 남의 일도 성근지게 도와주는 착한 심성은 변함이 없었다.

"그럼든요. 우리 동상이 또 따야지라우."

이때 귀남양반이 여담 같은 말을 들고 나왔다.

264

"오늘 쇠앙치 한 마리 몰고 옵시다요. 두 사람 중 한 사람이 장사가 될 것 이랑께라우."

종정양반이 걸음을 걷다 뒤를 돌아다보고서 고삐를 잡아당겨 천천히 걷게 하고는 귀남양반을 향해 물었다. 코뚜레 소는 고개를 옆으로 돌린 채 속도를 줄이며 꼬리를 흔들었다.

"두 사람이라니 한 사람은 누구당가요?"

귀남양반은 전혀 이치에 맞지 않는 말을 꺼내었다.

"종제도 오늘 씨름에 나간당께. 아마 시노도 종제를 얕봤다간 큰 코 다칠 것이네."

새퉁맞은 소리를 꺼내든 귀남양반을 향해 함께 가던 노인들이 어리둥절하면서도 전혀 수긍이 가지 않는다는 야살스러운 눈길을 뿌려대었다. 마린댁이 내심으로 그 무엇을 알고 있는 듯 입을 손바닥으로 틀어막고 자지러지듯 웃음을 터뜨렸다.

"쇠앙치 따면 밤마다 마누라 죽이겄다."

혹시 사촌동생 종제에게 악담이나 하려드는 것인지 귀남양반이 궁금한 듯 눈초리를 살긋대며 고리눈으로 쏘아보았다.

"죽이다니! 지 색시를 왜 죽인다요? 쇠앙치를 타면 좋아서 더 잘해주겄지라우."

마린댁은 상글상글 웃어가며 무슨 꿍꿍이라도 있는가 싶어 빈정거리듯 쌔물대었다.

"북섭이 안 봤어요? 종제도 북섭이 만큼 한다는디."

귀남양반은 얼른 그 말이 무엇을 뜻하는지 알아차리지 못한 눈치였다. 이내 뭉긋거리다가 북섭이를 입정에 매달고 나섰다.

"북섭이 그놈은 색골이랑께! 밤마다 두어 번 해야 잔다는 놈 인디 어느 여자가 견디겄는가? 앙 그래?"

안노인들이 서로 얼굴을 쳐다보며 우스운 듯 낄낄 웃어댔다.

귓등으로 들은 종정양반이 뒤를 돌아보며 헤벌쭉 웃는 입으로 노인들을 향하여 너스레를 떨었다.

"웃지들 마시랑께요. 북섭이가 그리도 좋응가랑?"

"아이고 요망스러워라. 이 나이에 북섭이라니?"

마린댁이 킬킬대며 치마폭 속에 얼굴을 묻은 채 웃음을 쓸어가자 용정 댁이 남의 입을 빌려다가 대답하듯 소리쳤다.

"늙은 소라고 여물을 마다하는감?"

볼기짝에다 잔뜩 웃음기를 매단 채 야지랑스러운 넉살을 피웠다.

"그러면 오늘 저녁 북섭이 한 번 만나보실라고요?"

종정은 간살웃음을 흘리며 넉살 좋게 소리쳤다.

"겉은 늙어도 속은 새파란 것이고 늙은 말이 콩은 더 좋아하는 벱이랑께."

누묵댁이 뭐가 그리도 좋은지 입을 헤벌쭉거리며 다물지 못했다.

"잘 알겄구만이라우. 오늘 저녁에 북섭이를 보내드릴텡께 기다리싯시오."

종정이 징글맞도록 능청을 떨어가며 가살스러운 웃음을 쏟아내었다. 찌그덕찌그덕 굴러가는 구루마 위에서 노인네들의 파안일소가 더럭 터져 나왔다. 마린댁은 손뼉을 쳐대고, 용정 댁은 두 손으로 눈물을 닦아내었다. 더실 댁은 구루마 바닥을 손바닥으로 쳐대는가 하면, 유촌댁은 숨이 꼴딱 넘어가고도 남을 정도로 자지러지는 울음을 터뜨렸다. 서로들 옆 사람을 붙들어 잡고 눈물을 질금거리기까지……

　이렇게 호음동 사람들 입술에 가장 많이 오르내리는 사람이 바로 북섭이었다. 그는 진즉 홀아비가 되어 살아가고 있었다. 어려서부터 키꼴이 장대하고 이목구비가 시원시원하게 잘 생겨 동네처녀들 침깨나 흘리게 만든 이였다. 부모로부터 제법 많은 재물을 물려받아 나이 열일곱에 이웃 마을 얌순이와 눈이 맞아 혼인을 했다. 그런데 시집간 지 불과 한 달도 못돼서 순진한 얌순이 얼굴에 그늘이 드리워지기 시작했다. 한참 신혼 생활로 깨가 쏟아질 판인데 걸음걸이가 어기적어기적 거리는 것이었다. 야들야들하고 토실토실하던 예쁜 얼굴이 낯가죽만 남고 바짝 말라가기 시작했다. 생글생글 웃음을 멈추지 않던 그녀 얼굴에 고심초사에 쌓인 글자를 새겨놓기까지. 서너 달 만에 그녀의 입에서 잠자리에서 있었던 일이 마치 봇물 터지듯 쏟아져 나왔다. 그는 하도 여색을 좋아하는 탓에 밤이면 아내에게 잠을 재우지 않는다는 것. 하루 저녁에도 서너 차례 그 짓을 하자고 조른 까닭에 밤이 두려울 지경이라고 했다. 그것보다 더한 것은 속궁합이 맞지 않았던 것이다. 북섭이는 거시기가 하도 커서 하문이 찢어지지 않을 수가 없다는 것이다. 말보다 더 커서 그를 만난 여자는 아랫배를 휘저어놓은 탓에 살아남을 수가 없다고…….

　이런저런 탓에 얌순은 기저귀를 찰 수밖에 없었고 마치 걸음걸이가 안짱다리처럼 어기적어기적거렸다. 그래도 첫딸은 낳았다. 하지만 상처가 곪고 터져 삼 년을 넘기지 못하고 요절하고 말았다. 아내가 죽은 지 열흘도 못가 중신어미가 들락거리며 과부며 기생을 들여보낸다는 소문이 파다했다.

　그런데 하룻밤을 지내본 여인들은 날이 새기도 전에 봇짐을 챙겨 달아났다. 죽은 얌순이가 겪다 죽은 고통과 다를 바 없었기 때문이

다. 그래도 그럭저럭 과부들을 교대로 불러들여 재미를 보았던 것인
데 어느 날부터는 뚝 끊어지고 말았다. 한번 거쳐 간 이들이 길 마당
에 소문을 짝 깔아놓은 까닭도 있지만 여인들이 재산을 엿 빨듯 야
금야금 빨아 빈털터리가 되고 말았기 때문이다. 지금은 집에 갇히듯
혼자 지내고 있었다. 마을에서는 젊은 여자들에게 북섭이를 보거든
얼른 피해 도망가야 한다는 금기를 일러준 지 오래되었다. 늙으나
젊으나 북섭이 말만 나오면 낄낄거리다 못해 배꼽을 쥐고 웃는 까닭
이 여기에 있었다.

  어느덧 한바탕 웃다가 보니 구루마는 읍내 장터 가는 길로 들어서
고 있었다. 신작로에는 사람들이 물밀 듯이 장마당으로 향하고 있
었다. 곳곳에서 몰려드는 사람으로 시끌벅적하고 군데군데 농악대
들이 신작로를 휘저으며 길거리 굿을 하기도 했다. 소 구루마 뒤에
는 강골마을 메구꾼들의 철적 소리와 쇠가락이 길거리 굿을 하며 사
기충천한 모습으로 다가오고 있었다. 농기와 영기가 펄럭이고 치배
들의 고깔이 까딱까딱거리었다. 길바닥을 쓸고 가듯 울려대는 철적
소리와 쇠가락은 길 가던 사람들을 황홀하게 만들고 그 뒤를 따라선
사람들의 어깨를 들썩들썩 거리게 했다. 깨갱 깽깽 깨갱깽깽. 이윽
고 강골 매구꾼들이 장마당 입구에 이르렀다. 보성장마당도 여느 장
처럼 비단 포목전, 싸전, 어물전, 우시장, 잡화전 그리고 먹거리 전으
로 나뉘어져 있다. 싸전 너른 마당에는 수많은 사람들이 홍수를 이
루고 있었다. 비단 포목점 가게 사이사이에도 인산인해를 이루는 가
운데 다양한 장사꾼들이 모여 들었다. 보부상(褓負商)들은 소금과
해산물을 가게에 가져다 놓고 손님들을 불러대었다. 등짝에 짊어지
고 팔러 다니는 사람도 있고…… 북을 쳐대며 화장품을 외치고……

염료와 일용잡화를 걸머지고 모여들고…… 정기적 5일장과는 비교
도 되지 않을 만큼 물량이 많았다. 씨름판이 열린 마당에는 원형 모
래판을 만든 뒤 그 가에는 모래자루를 놓아 구경꾼들의 출입을 할
수 없도록 만들어놓았다. 씨름장가에는 벌써 사람들이 자리를 정해
놓고 남이 앉지 못하도록 이름을 쓴 여러 물건들을 가져다 놓은 곳
이 많았다.

　씨름판 주변에는 다닥다닥 붙여 차일을 쳐놓고 차력사, 복술쟁이,
딴따라패들, 투전꾼, 도박꾼, 엿장수, 빵장수, 비빔밥, 메밀묵 장수,
국수장수, 옥수수, 찹쌀떡, 군밤장수, 올벼쌀장수, 신발 때우는 사람,
점치는 사람, 사주팔자를 봐주는 사람, 궁합과 토정비결 보는 사람,
구두닦이까지 이루 말할 수 없는 장사치들이 모여들어 성시를 이루
고 있었다. 그 뒤편으로는 돼지국밥에 소주와 막걸리를 파는 요식업
자들이 창녀를 앞에 두고 그 앞을 지나가는 사람들을 붙잡느라 야단
이었다. 나무 판때기를 두세 겹으로 쌓아 만든 엿판을 등에 짊어지
고 사람 사이를 헤집고 다니는 엿장수는 널따란 엿가위를 철렁철렁
거렸다. 엿판 앞에 모인 사람들은 빙 둘러서서 손마다 가락엿을 들
고 입으로 바람을 휙 불어대며 큰 구멍을 찾아대는 엿치기가 한창이
었다. 엿치기를 해서 구멍이 큰 사람이 이기면 가락엿 하나를 공짜
로 먹을 수 있었다. 찹쌀이나 멥쌀을 물에 불려 고두밥을 지어 엿기
름가루를 넣은 다음 가열 당화시키고 걸러서, 엿밥을 제거하고 오랫
동안 조리면 조청이 된다. 이를 가열하면 농축 정도에 따라 갈색의
물엿이나 강 엿이 된다. 물엿은 각종 음식이나 약과를 만드는 데에
쓰이고, 강 엿은 그대로 먹거나 녹여서 사용한다. 강 엿을 가열하여
약간 녹인 다음에 잡아 늘이는 일을 되풀이하면 내부에 공기가 들어

가 빛깔이 희어지고 다공성이 생겨 쉽게 부서져 먹기 좋게 된다. 엿은 생김새에 따라 가래엿, 꽈배기엿, 밤엿, 검은 엿으로 구분된다. 맛을 내기 위해 깨를 넣어 깨엿, 호도엿, 땅콩엿, 콩엿, 호박엿, 닭엿, 꿩엿도 있었다. 만드는 재료에 따라 찹쌀엿, 쌀엿, 고구마엿, 수수엿, 감자엿들이 있다. 우리나라 사람들의 대표적인 주전부리가 엿이었다. 간식용으로 가장 좋은 음식이고 사탕 대용으로 이용했다.

사람들은 어디서나 엿장수를 쉽게 알 수 있다. 넓적하고 헐렁헐렁한 무쇠가위를 쩔꺽쩔꺽 거리며 내는 큼직한 가위소리 때문이었다. 엿장수가 동네에 나타나면 가위다리로 능숙한 가락을 쳐대며 구성지게 노래를 부르기도 한다. 돈이 없어도 먹을 수 있는 주전부리 음식이 엿이었다. 녹이 슬어 버린 쇠붙이, 찢어지거나 다 닳은 고무신, 망가진 양은 그릇, 삼베조각 등 돌과 흙 그리고 나무만 빼고는 바꿔 먹을 수 있는 것이 엿이었다. 이때를 알아차린 아이들은 집안을 헤집고 다니며 고물을 찾느라 혈안이 되곤 했다. 난장판에 가장 많이 눈에 띄는 이는 엿장수들이었다.

아녀자들 관심을 사로잡은 이도 있었다. 상제도 아닌 사람이 방갓을 쓰고 멜빵 봇짐을 짊어진 채 ‘둥둥 둥둥’ 북을 치며 구루무와 분을 파는 화장품 장수가 사람들 사이를 누비고 다녔다. 이들은 아녀자들에게 화장품을 덜어 파는 사람들이다. 아녀자들이 현금이나 곡식을 가지고 오면 작은 화장품 그릇에 주걱으로 퍼줬다. 처녀들은 경대 속에 감춰놓고 부모님 몰래 바르며 하루에도 수십 차례 경대를 들여다보았다. 마을 어귀에 북소리가 둥둥 울리기라도 하면 빨래하던 아녀자, 밭을 매던 아녀자. 길쌈을 하던 아녀자들이 감춰 놓은 돈을 그리고 쌀이나 보리 그리고 콩 같은 곡식을 들고 나와 화장품과 바꿨다.

270

화장품 장수는 마을에 살고 있는 아녀자를 다 알고 있었고, 언제쯤 그 마을에 가야 할지 주기적으로 마을을 돌아다니고 있었다. 화장품이 피부에 맞지 않기라도 하면 벌겋게 부어올라 피부가 상하기도 하지만 그래도 예뻐지고 싶은 아녀자들의 심리를 꺾을 순 없었다.

널따란 함석 철판 위에 설탕을 녹여 공작새, 배, 동물, 나무를 꾸미는 조각 또한 어린아이들에겐 참으로 인기가 많았다. 아이들은 설탕으로 만든 조각품에 현혹되어 다른 것은 눈에 들어오지도 않았지만 그보다도 더 마음을 끄는 것은 달콤한 사탕이었다. 농악에는 관심도 없이 신기한 듯 쪼그리고 넋이 나가도록 바라보았다. 떨어져 나간 귀퉁이 조각이 생기기라도 하면 뜨거움도 모른 채 날름 낚아채어 입에 넣었다.

팥으로 만든 앙꼬를 가득 넣고 구워낸 붕어빵 또한 빼놓을 수 없는 것이다. 남녀노소를 막론하고 좋아하는 붕어빵과 국화빵은 사람들이 많이 모여드는 곳이라면 단골 간식이었다.

모락모락 김이 나는 붕어빵을 먹는 맛은 그 어디에 비길 수 없는 것이었다. 돼지비계 기름을 묻혀가며 구워내는 누르스름한 붕어빵을 보면 입속에 군침이 스르르 흘러나온다.

난장판이 열리면 어김없이 붕어빵을 굽는 아주머니들이 진을 쳤다. 서로 목이 좋은 곳을 차지하려고 애를 쓰곤 했다. 사람들은 막 꺼내놓은 뜨거운 빵을 손에 들고 입김을 호호 불어가며 먹어야 더 맛있다고 했다. 그것만이 아니었다. 토실토실한 알밤에 칼집을 내어 질화로 석쇠위에 올려놓고 저으면 폭 소리와 함께 누런 살이 드러나는 군밤은 참 먹음직스럽다. 달콤한 그 맛은 꿀 못지않게 맛있다. 군밤장수는 군고구마도 구웠다. 마닐마닐한 군고구마를 파는 장사꾼이 장마당 가에 줄을 이었다. 익은 고구마 껍질을 홀랑홀랑 벗겨내면 누런 살을 드러내었다. 김이 모락모락 나는 뜨거운 군고구마를 호호 불어 가며 한입에 넣으면 달콤하기 그지없었다. 뜨거운 질화로 곁에서 밤과 고구마를 구워내고 있는 아줌마의 콧잔등과 앞가슴엔 땀이 홍건히 배어있었다. 또 콩고물에 굴린 인절미를 머리에 이고 다니는 아줌마가 "떡 사세요. 떡이요."를 외쳐대었다. 아직 말캉하면서도 쫄깃쫄깃한 인절미는 달착지근하면서도 입안에서 준득거렸다. 콩고물을 만들고 떡메로 쳐서 인절미를 만드느라 저녁 내내 잠 못 이뤘는지 눈알이 벌겋다. 사람 사이를 헤집고 다니는 떡장수 아줌마도 엿장수 못지않았다. 젊은이들은 마치 엿판처럼 네모난 판때기를 멜빵끈으로 매고 찹쌀떡과 찐빵을 팔러 다니기도 했다. 참빗장수가 길바닥에 옥양목 천을 깔아놓고 얼레빗인 참빗을 늘어놓았다. 참빗은 머리를 대강 정리한 뒤 머리카락을 보다 가지런히 하려는 데 쓰는 빗이었다. 참빗을 사용하면 머리카락의 때, 비듬 등 불순물을 제거하기도 하지만 머릿속에 살고 있는 머리 이와 서캐를 벗겨내기도 하고 머리 기름을 속 깊은 곳까지 발라주는 효과도 있었다. 또 긴 횃대에 댕기나 허리띠 그리고 대님 등을 지어 척척 걸쳐 어깨에 걸고 돌아다니는 장수들도 많았다. 산중에 사는 사람들은 싸리대로 삼태기며 빗자루 그리고 소쿠리를 만들어 장마당 빈 터에 놓고 팔기도 했다. 장마당 입구에는 가루나무(소나무 잎)를 긁어모아 지게에 짊어지고 온 나무장수들이 나무 짐을 세워놓고 기다리고 있었다,

　이처럼 난장이 열리는 장마당엔 온갖 장사꾼이 모여들고 갖가지 난전(노점)이 벌어졌다.

　특히 난장판에서는 노름이 허락되므로 별의별 놀이가 등장하게

된다. 이 중 팽이놀음이라는 것이 인기를 모았다. 동그란 판때기 중심에 못을 박고 부채꼴 모양으로 선을 그어 돌아가게 한 다음 한쪽 끝에 긴 끈을 매고 끈 끝에 바늘을 달아 막대를 돌려 바늘이 멎는 칸에 있는 상품을 따먹는 놀이가 있었다. 팽이 놀음을 시작하려면 먼저 돈을 걸어야 했다.

한편으로는 장돌뱅이들이 갖가지 상품을 가지고 들어와 노점을 벌여 임시시장을 이루기도 했다. 비어있는 싸전 앞에는 흑립을 쓴 노인이 돋보기를 코끝에 걸치고 사람들을 끌어 모으고 있었다. 토정비결(土亭秘訣)과 당사주(唐四柱) 책을 펴놓고 점을 치는가 하면 새장에 갇힌 파랑새가 부리로 족집게 새 점(占)을 하기도 했다. 덕석 위에 방석을 깔아놓고 그 위에 판돈을 걸고 투전을 하는가 하면 화투로 도리짓고땡 놀음을 하고 있었다. 싸전과 비단 전 사이를 잇는 길목엔 차일들이 즐비했다. 차일 밑에서는 도라무통 옆구리에 구멍을 뚫어 임시 아궁이를 만들고 무쇠 가마솥을 얹혀놓고 장작불을 피워 돼지 살코기와 머리고기를 함께 삶고 있었다. 고기가 익으면 도마에 올려놓고 쑥쑥 썰어 뜨거운 국물을 한 사발을 뚝배기에 담고 송송 썰어놓고서 파 한 숟갈을 덥석 담아주는 돼지국밥은 최고의 별미였다.

장마당 가마솥에서 삶은 돼지고기는 끓이면 끓일수록 부들부들하고 삶은 뒤 물기를 쭉 빼서 걸어놓았다가 먹으면 꼬들꼬들했다. 씹히는 촉감은 물론이려니와 맛은 그 어떤 것도 따를 것이 없었다. 양념으로 깨소금, 고춧가루, 후춧가루, 새우젓을 조금씩 넣은 다음 밥 한 공기 말아 막걸리 한 사발 마시는 재미는 난장에서 최고의 즐거움이었다. 가마솥에는 하루종인 장작불이 타오르고 뜨거운 국 한 그릇을 퍼내면 다시 맹물 한 그릇을 부어야 했다. 그래서 장국도 초 장국이 좋다고 했다. 기생들을 데려다 술을 따라주게 하고 국밥을 파는 술집이 부지기수였다. 대개 돈깨나 있는 부잣집 양반들은 차일 밑에서 돼지국밥을 사먹지만 그렇지 못한 사람들은 침만 삼키도록 만들었다.

강골 용철 어른도 장마당으로 나왔다. 그는 마을 농악대를 이끌어가다시피 하는 사람이어서 농악경연대회가 열리면 반드시 함께했다. 그리고 농악대원들에게 점심 정도는 대접할 줄 아는 사람이었다. 드디어 농악경연대회가 열렸다.

쇠가락연습을 멈추고 모두가 본부석을 향해 일렬로 모였다. 대회장의 인사말이 끝나고 참가한 심사내용과 주의할 점을 알렸다. 고깔꽃 색깔도 가지각색 서로들 마을의 명예를 위해 장원을 해서 송아지를 타내겠다고 다짐하는 눈초리였다. 개회식이 끝나자마자 장마당이 떠나갈 것 같았다. 이쪽저쪽에서 자릴 잡고 쇠가락을 맞추느라 여념이 없었다. 마을 사람들은 놀이를 구경하면서 흥에 겨워 덩실덩실 춤을 추기도 했다. 쇠전머리에서 경연을 위한 준비가 한창이던 강골 마을 농악대. 상쇠 이종순이 마을사람들 앞에서 기어코 장원을 하겠노라고 필승을 다짐했다.

"메구야!"

"어이!"

"오늘 이 좋은 날! 우리 신명을 다해 놀아보세!"

부쇠가 쇠가락을 울려대니 모두가 신명나게 채비를 했다. 상쇠가 딱 소리를 내자 모두가 하나가 되어 재비를 멈추었다.

강골 매구꾼들이 여섯 번째로 나와 경연을 할 차례였다. 새납수

용근이가 시작을 알리는 소리를 허공으로 흘렸다. 농기와 영기가 들썩거렸다.

상쇠 이 종순이 쇠가락을 뽑으며 종종걸음으로 춤을 추기 시작했다. 부쇠 장근이가 쇠가락을 주도하며 장단을 쳐냈다. 쇠전마당에서 달아오르는 흥을 뽐내기라도 하려는 듯 자진모리의 쇠가락을 받으며 흥을 맞추기 시작했다.

상쇠 이종순이 깨갱깽 깽 깨갱깽깽을 울리며 상모를 이리저리 돌리고 앞을 서서 들어왔다. 그 뒤를 따르는 부쇠 장규가 상쇠의 장단에 맞춰 뒤를 돌아보고 매구꾼들을 이끄는데 꽹매기 다섯, 징 둘, 장구 여섯, 소고 여섯, 큰 북 넷 모두 스물 네 명이 한 줄로 입장을 하고 있고 그 옆으론 양반 갓을 쓴 꼽추노인이 탈을 쓰고 기다란 곰방대를 휘저으며 뒤따르자 가면을 쓰고 젖가슴이 훤히 내보이는 적삼에다 무릎에 걸칠까 말까 하는 짧은 치마를 허리에 슬쩍 감은 아낙이 꼽추노인과 신명 나는 춤사위를 보여주었다.

상쇠가 꽹매기를 높이 들고 꽹꽹갱갱을 울리며 신호를 하자 소고를 든 매구꾼들이 가운데로 나와 고개를 돌려가며 넘어질 듯 빙빙 돌며 소고를 쳐대고, 설장구, 큰 북을 치는 매구꾼들의 연기가 구경꾼들의 어깨를 들썩들썩거리게 만들더니 상쇠는 "매구야!" 하고 외쳤다. 매구꾼들이 일제히 "예!" 상쇠는 다시 "농자천하지대본이요, 효행은 백행의 근본이요!" 매구꾼들 모두 "허이!" 상쇠가 깨갱깽 깽 깨갱깽깽 마당굿을 울리며 한 바퀴 휭 돌아 서서 "매구야!" 매구꾼들이 신명나게 춤동작을 하며 쳐대다가 "허이!"

"우리 강골 마을에 모두 효자효녀만 사는 것이 맞지야?"

매구꾼들이 다시 신명나게 북장구와 징을 두드리며

"암은. 그렇지요."

하고 받자 상쇠는 꽹매기를 쳐대며 앞뒤를 돌고 장단을 바꿔가기 시작했다. 매구꾼들은 "얼쑤! 좋다!"고 외치며 신명나는 몸놀림으로 춤을 추고 구경꾼도 가만히 있질 못하고 "얼씨구! 잘한다!" 추임새로 흥을 돋우었다.

장마당은 발 디딜 곳도 없을 정도로 빽빽이 들어차 마을 별로 편이 갈리어 우렁찬 응원소리가 들려왔다. 모두가 상쇠를 따라 하나가 되어가고 있었다. 한마음이 되어 우줄우줄 어깨춤을. 흰 도포를 입은 채 등허리가 불쑥 튀어나온 꼽추양반이 평량자를 쓴 채 장죽을 들고 껑충껑충 도리춤을 추었다. 비단 저고리에 헐렁 바지를 입고 탈바가지를 쓴 채 양반들을 빗대는 농을 부렸다. 젖가슴까지 훤히 들춰 보인 초록 적삼을 입은 꼽추가 무릎에 끝자락이 걸친 연분홍치마를 입고 나왔다. 호박이 열린 듯한 곱사등이면서도 추어대는 춤사위는 마치 곽독처럼 일품이었다. 홍동지기라는 꽹과리재비는 색 들임의 색동이 달린 덧저고리를 입은 채 벙거지를 쓰고 나와서 쇠가락을 구성지게 곱꺾었다.

고깔모자를 쓰고 청홍 띠를 두른 채 너른 마당을 뛰는 모습이 마치 나비가 꽃에 앉아 너울거리는 것 같았다. 상모꾼이 고개 짓, 몸짓으로 채상모를 휘휘 돌려가며 깨-갱 갱갱 깽갱갱, 꽹과리를 쳐대자 장구 북소리가 징소리와 울려대었다. 질굿, 좌질굿, 을자진(乙字陣), 오방진, 쌍방울진, 호호굿, 다드래기, 미지기, 짝두름, 개인놀이, 잡색놀이, 소리굿, 도둑재비, 부넘기, 탈복굿으로 이어졌다.

마을 사람들은 마을 사람대로 농악대와 혼연일체가 되어 영락없이 신이 들린 듯 간드러진 춤사위를 보였다. 구경꾼들은 구경꾼대로 제멋에 겨워 어깨를 들썩이며 장마당이 떠나가도록 와자한 추임새로 함성을 질러대었다. 남녀노소를 불문하고 얼굴에는 흥에 겨운 웃음꽃으로 가득하였다. 농악이 한참 이어지는 순간 용철 어른도 어깨춤을 덩실거리며 응원에 열을 올렸다.

구경꾼 가운데 슬그머니 고개를 내밀고 있는 사람이 있었다. 그는 누구보다 흥을 좋아하는 이였다. 가락이며 장단이라면 일가견이 있는 그는 자기 마을에 농악대가 없는 것이 늘 안타까웠던 것이다. 그래도 농악놀이만큼은 그냥 지나칠 수가 없었다. 구경꾼 사이에서 어깨를 들썩들썩거리며 장단을 맞춰가고 있었다.

용철 어른을 먼발치에서 그를 유심히 바라보고 있었다. 혹시 장마당에서 만나지 않을까 기대에 부풀어 있었던 터였다. 비록 구릿한 관계라고 하지만 용철 어른은 은근히 기다리고 있었다. 예로부터 사돈은 부처님 팔촌만도 못하다는 것. 때문에 사돈집과 뒷간은 멀수록 좋다고 했다. 한 발자국도 더 가까이 가고 싶지 않은 사이 또한 사돈 간이어서 봉치에 포도군사라고 했다.

"이보게. 저기 저 사돈어른께서 나와 계시구만."

용철 어른이 구경꾼 속에 서 있는 것을 사돈을 보고 얼른 재순을 불렀다. 정렬 어른이 정중앙에 서서 농악장단에 맞춰 으쓱으쓱 어깨춤을 추고 있었다.

"맞습니다요. 맞구만이라우."

"솔직히 몸은 장마당에 있었도 마음만은 콩밭에 가 있었단 말이시. 잘 되았네. 얼른 모시고 가게."

"예, 어르신."

동그란 농악경연장을 중심으로 마치 성을 쌓은 듯 구경꾼들이 서

있는데 키 작은 이는 사람 틈에 끼어 꽁지발을 세워도 겨우 보일까 말까 했다. 어린 것들은 농악대 얼굴이라도 보려고 사람과 사람 사이를 뚫고 돌진하여 안으로 들어가곤 했다. 그럴 때면 서있는 사람들의 옆구리나 허리등짝을 머리 통으로 들이밀고 오는 놈 때문에

"아이쿠, 이놈아 사람 죽는다!"고 엄살을 부리는 소리가 들렸다. 혹시 구경꾼 사이에 끼어 있던 아낙들은 기겁을 하며 젖가슴을 팔로 추켜잡고 밖으로 나왔다.

"워매! 깽매기굿좀 볼라다 젖통 떨어지겠네." 하면서 슬금슬금 뒤로 빠졌다.

노인들은 밀어재끼는 사람을 보고 노발대발 소리를 질렀다.

"야 이놈아! 내 옆구리 터지겠다. 이놈아!"

아우성치는 소리가 들려도 아랑곳하지 않고 재순은 사이를 뚫고 들어갔다. 정렬 어른은 맨 앞에 앉아 있었다.

"아이고! 어르신! 안녕하셨습니꺼?"

구재순이 정렬 어른을 향해 인사를 했다. 하지만 농악놀이에 취해 있던 정렬 어른은 듣지 못하였는지 앞만 보고 어깨만 들썩들썩 거리고 있었다. 이번에 팔을 덥석 붙잡으며 다시 인사를 했다.

"어르신! 그동안 별고 없으셨능가요?"

그제야 재순을 알아본 정렬 어른은 두 손을 마주 잡으며 반가운 기색을 보였다.

"그래 자네도 잘 계셨능가? 오랜만일세."

"예! 어르신."

이윽고 강골 마을 경연이 끝났다. 강골 마을 사람들이 일어서기 시작했다. 다음은 복네 당촌 마을 농악대가 들어올 차례였다. 당촌

278

사람들이 물밀 듯이 자리를 잡아가고 있었다.

"어르신! 계속해서 여기 계실랍니껴?"

"내가 어디 갈 디 있겠능가? 우리 마을에는 메구도 없응게 여기서 구경이나 헐라네."

"다름이 아니고라우. 용철 어른께서 지금 기다리고 계시구만요."

"어허! 사돈어른께서 나를?"

"예! 지금 기다리고 계싱께 저랑 같이 가시면 좋겠구만요."

"날 만날 일이라도 있으시당가?"

"가보시면 앙께 저랑 같이 가십시다요."

장마당을 빠져나온 구재순이 어디론가 발걸음을 재촉하기 시작했다. 주조장을 지나 철로를 따라 새로 난 신작로였다. 장마당이 한 눈에 들어오는 곳, 노송이 우거진 숲 뒤로 육간 한옥 기와집이었다. 대문부터 기름기가 번들번들거렸다. 그곳은 기생들을 거느리는 집이어서 누구나 쉽게 갈 수 있는 음식점이 아니었다. 고을에서 최고급 식당이었다. 흙돌담을 돌아들기라도 하면 어김없이 가야금 소리에다 타령소리가 울려 퍼지는 집이었다. 정렬 어른은 분에 넘치는 호화스러운 곳이라 마음부터 떨렸다.

"꼭 여기로 가야 허능가?"

대문으로 다가선 그는 집안을 기웃기웃거리다가 눈을 동그랗게 뜨고서 당황스러운 빛을 감추지 못했다

"예! 괜찮습니다요. 들어가시기만 허면 되는구만요."

"여기는 비싼 곳인디 하필 이런 곳에서 만나야 헌당가?"

"아무렴 용철 어른께서 사돈어른을 장마당에서 그냥 뵐 분이싱가요."

"그럼. 사돈어른께서 안에 계신단 말잉가?"

"아믄요. 지금 기다리고 계시구만이라우."

정렬 어른은 더 이상 토를 달지 않고 재순의 발길을 따랐다. 예상은 했지만 대문으로 들어서니 마당에는 석류나무, 해당화, 향나무, 배롱나무, 모과나무, 진달래, 목련나무, 장미 등이 자연석과 함께 아름다운 정원을 이루고 있었다. 절에나 있을 법한 쑥색 석등이 양쪽에 세워져 있고, 서까래 밑에 대롱대롱 달린 풍경소리가 바람에 댕그랑 맑게 울렸다.

남쪽 재암산 중청을 바라보고 있어 자연과 조화를 이루고 있음이 한 눈에 들어온 집이었다. 기생으로 보인 여인이 다가와 고개를 숙이며 인사를 했다. 곱게 빗은 머리에 은빛 비녀를 꼽고 색동저고리에 연두색 치마를 입었다. 그녀는 앞장서 뒤 안으로 돌아 덧문이 열린 채 귀갑문 미닫이만 닫힌 방문으로 안내했다. 댓돌 위에는 깨끗하게 닦인 흰 고무신이 가지런히 놓여 있었다.

"마님! 사돈 어른 오셨구만이라우."

여인이 방문 앞에서 공손이 아뢰자 용철 어른이 부랴부랴 밖으로 나와 악수부터 청했다.

"잘 오셨습니다요. 사돈어른. 어서 안으로 드시지요."

방으로 들어간 용철 어른은 사돈에게 방석 놓인 아랫목 자리를 권하고 나섰다. 정렬 어른은 호의를 사양하는 척하다가 아랫목 정좌했다. 이어 상다리가 부러지도록 건 술상을 젊은 여자들이 들고 들어와 방 가운데 놓았다. 잠시 처음 안내했던 여인이 가야금을 들고 들어왔다. 여인은 공손히 큰절을 올리고서 청사기 주전자로 놋그릇 잔에 따끈한 정종을 넘실넘실 채웠다. 일순간 시큼하면서도 향긋한 정종 냄새가 화속히 퍼져나면서 콧속으로 스며들었다.

"이보게, 내 사돈어른이시니 권주가 한가락 불러야 쓰겄네."

용철 어른이 여인에게 소리를 청했다. 여인은 생긋방긋 눈웃음을 치며 사뿐히 무릎을 개고 앉아 가야금을 걸쳐놓고 입을 열었다.

"혹시 청하실 노래가 있으신지요?"

간장을 녹일 것만 같은 상냥한 목소리로 부를 곡을 주문하고 나섰다. 정렬 어른은 그녀의 아름다운 미색에 말문이 막힌 듯 물끄러미 바라만 보고 있었다.

"사돈어른께서 청하시지요."

용철 어른은 넌지시 가락을 권하고 나섰다.

"그러면 지가 골라보겠습니다요. 남원산성 한 가락 뽑아보소."

"우리 사돈어른께서는 명창 중 명창이시라네. 잘 불러야 허네."

용철 어른이 입술에 엷은 웃음을 머금으며 거들고 나섰다.

"하믄이라우. 자네가 한 곡 배워야 헐 것이랑께."

재순도 입심을 뽑았다. 정렬 어른이 연한 웃음기를 입술에 그리며 입을 떼었다. 여인은 가야금 줄을 딩동댕 울려 시연을 해보고 나서 남원산성을 뽑아들려 하자 용철 어른은 술잔을 높이 쳐들며 건배를 제의하고 나섰다.

"자! 한 잔 하십시다요."

용철 어른이 술잔을 앞으로 높이 들자 그들도 잔을 들고 맞춰 댕그랑 소리를 내었다.

용철 어른과 구재순은 잔을 비웠으나 정렬 어른이 상위에 그대로 내려놓은 것을 보았다.

"자! 사돈, 오늘은 한 잔만 하십시다요."

"술을 입에 댄지가 하도 오래 되어서……."
"이 술은 괜찮습니다요. 딱 한 잔만 드시지요."
여인은 가야금을 뜯어가며 남도창 남원산성을 부르기 시작했다.

> 1. 남원산성 올라가 이화문전 바라보니 수진이 날진이 해동청 보라매 떴다 봐라 저 종달새 석양은 늘어져 갈매기 울고 능수버들 가지 휘늘어진데 꾀꼬리는 짝을 지어 이 산으로 가면 꾀꼬리 수리루 음음 어허야. 에헤야 디여어 허 둥가 어허 둥가 둥가 내사랑이로구나.
>
> 2. 옥양목 석자 없다고 집안 야단이 났는데 새 보선 신고 속없이 뭐하러 또 내 집에 왔나 음음 어허야.
>
> 3. 니가 나를 볼라면 심양강 건너가 이 친구 저 친구 다정한 내 친구 설마 설마 설마 설설마 제일 천하의 허니 니가 내 사랑이지, 에헤야 디여어 허 둥가 어허 둥가 둥가 내사랑이로구나.
>
> 4. 앞 집 큰 애기 시집을 갔는데 속없는 저 총각 생병 났다더라 음음 어허야, 에헤야 디여어 허 둥가 어허 둥가 둥가 내사랑이로구나.
>
> 5. 사랑 거짓말 옛날 사랑도 거짓말 꿈에 와서 보인다는 것도 그것 또한 거짓말. 에헤야 디여어 허 둥가 어허 둥가 둥가 내사랑이로구나.

이 노래는 대개 「까투리타령」 뒤에 붙어서 불렸다. 입창 노래로 후렴으로 된 유절형식(有節形式)이다. 남도민요의 특색인 한 「육자배기」 토리로 되어 있다.

판소리를 부르기 전에 목을 풀기 위한 단가(短歌)의 구실로 부르기도 하고, 가야금 병창으로 애창되는 노래다. 넘치는 기쁨과 애정

이 듬뿍 담긴 사랑의 서정시, 흐늘거리고 멋스러운 즐거움을 더해주
는 남도 사람들에게 사랑받는 노래 중 하나이다. 일명 둥가타령이라
고도 하며 배꽃이 휘늘어진 남원 산성 주변의 풍경을 노래하고 친정
에 온 딸에게 며느리 몰래 옥양목 석 자를 주었더니, 없어진 옥양목
때문에 가정에 야단이 났는데도 속도 없이 딸이 버선을 만들어 신고
나타나 자랑을 함으로 친정어머니 속을 타게 만든다는 내용. 백낙천
이 벗과 상봉하는 장면을 연상한 내용. 좋아하던 앞집 딸이 시집을
가서 뒷집 총각이 속없이 상사병에 걸렸다는 내용을 노래한 것이다.

머뭇거리던 정렬 어른이 사돈어른의 권주에 그만 꿀꺽 한 잔을 비
웠다. 이어 남원산성을 구슬프게 함께 부르기 시작했다. 여인은 노
래를 하는 도중에도 정렬 어른을 슬쩍슬쩍 바라보았다. 예사롭지 않
은 그의 성음에 놀란 기색이었다.

"어르신께서는 명창보다 잘 허십니다요?"

여인은 끝내 입을 다물지 못하고 혀를 내두르며 칭찬을 하고 나
섰다.

"어허! 무슨 말잉가. 과찬을 허능구만."

"아닙니다요. 참말로 잘 허신당께요."

"그래 자네가 잘 봤네. 이 어르신은 고을에서 알아주는 명창이시
랑께."

재순도 가만히 있질 않았다. 정렬 어른을 바라보며 입에 침이 마
르도록 칭찬을 거들었다.

"그러시구만요."

여인은 혀를 내두르며 바라보았다.

"소리를 잘하신다는 것쯤은 익히 들어 알고 있지만 이리도 잘하시

는지 몰랐습니다요. 가히 국창에 이를 만허십니다요."

용철 어른이 감탄을 금치 못한 듯 무릎을 탁 치면서 칭송하고 나섰다.

"어허! 그리 봐주시니 몸 둘 바를 모르겠구만요."

엷은 웃음기가 감돈 표정으로 고개를 꾸벅거려 감사의 뜻을 전했다.

"외람된 일입니다만 사돈어른께서 가야금 반주에 한가락 뽑으시지요?"

용철 어른이 한 곡을 청하고 나섰다. 정렬 어른은 기다리기라도 한 듯 생글생글 웃음을 지어가며 기생여인을 바라보았다. 가야금 반주를 해 줄 수 있냐는 암시를 깔고 있는 눈빛이었다. 여인은 무슨 뜻인 줄 금방 알아차리고 만면의 웃음으로 흔쾌히 허락을 하고 나섰다.

가야금을 무릎에 포개고서 현에 왼손을 올리고 오른손으로 줄을 뜯고 밀었다. 이내 준비가 끝났다는 듯 정렬 어른을 바라보았다.

"그럼 육자배기 반주를 한번 뜯어 보겠능가?"

기생여인은 고개를 부드럽게 끄덕이며 진양조 여섯 박자를 뜯기 시작했다. 정렬 어른은 가야금 반주에 맞춰 육자배기를 흘렸다. 용철 어른과 재순은 젓가락을 추켜들고 상모서리를 두드리며 추임새를 해대었다. 얼씨구…… 좋다…… 그럼…… 소리가 방 안에 울려 퍼졌다.

산이로구나 헤.

1. 내 정은 청산이요 임의 정은 녹수로구나 녹수야 흐르건만 청산이야 변할손가 아마도 녹수가 청산을 못 잊어 빙빙 감돌아 갈 거나 헤.

2. 백초를 다 심어도 대는 아니 심으리라 살대가고 젓대 우니 그
   리나니 붓대로구나 어이타 가고 울고 그리난 그대를 심어 무삼
   헐거나 헤.

3. 새벽 서리 찬바람에 울고 가는 저 기럭아 너 가는 길편에 내 한
   말 들어다가 한양성중 들어가서 그리던 벗님께 전하여 주려무
   나 헤.

4. 꿈아 꿈아 무정한 꿈아 오시는 님을 보내는 꿈아 오시는 님은
   보내지를 말고 잠든 나를 깨워나 주지 이후에 유정님 오시거든
   님 붙들고 날 깨워줄거나 헤.

5. 우연한 수양버들을 거꾸로 잡어 좌르르르르 훑어 앞 내 강변세
   모래밭에다 시르르르 던졌더니마는 아마도 늘어진 버들가지가
   수양버들이로구나 헤.

6. 인연이 있고도 이러느냐 연분이 안될라고 이 지경이 되든가 전
   생 차생 무삼 죄로 우리 둘이 삼겨를 나서 이 지경이 웬일이란
   말이냐 아이고 답답한 이내 심사를 어느 장부가 알거나 헤.

7. 사람이 살며는 몇 백 년이나 사드란 말이냐 죽음에 들어 남녀
   노소가 있느냐 살어서 생전 시절을 각기 맘대로 놀거나 헤.

8. 춥다 춥다 내 품안에 들어오너라 베개가 높거든 내 팔을 비고
   내 사랑 간간히 잠을 이루어 줄거나 헤.

9. 창해월명 두우성 월색도 유정헌디 나의 갈 길은 천리만리 구름
   은 가건마는 나는 어이 손발이 있건마는 님 계신 곳 못 가는고
   수심 장탄성 간장 썩은 눈물이로구나 헤.

10. 추야장 밤도 길드라 남도 이리 밤이 긴가 밤이야 길까마는 임
    이 없는 탓이로구나 언제나 알뜰하고 유정한 님을 만나서 긴

밤 짜룹게 샐거나 헤.

11. 연당의 밝은 달 아래 채련하는 아이들아 십리장강 배를 띄우고 물결이 곱다 자랑을 말아라 그 물에 잠든 용이 깨고 보며는 풍파일까 염려로구나 헤.

12. 날 다려 가려므나 나를 다려 가려므나 한양의 낭군아 나를 다려를 갈거나 헤.

전라도 민요의 하나로 남도잡가(南道雜歌) 또는 선소리에 포함된다. 6박의 느리고 긴 육자배기 뒤에 3박의 자진육자배기를 잇대어 부르는 것이 보통이다.

진양조로 구성된 육자배기는 임에 대한 그리움과 기다림, 임 없는 외로움이 주요내용이다. 임과 나의 사랑을 녹수와 청산에 비유하고 임은 물처럼 떠나가도 내 정은 산처럼 변함없을 것이라는 연정을 노래하고 있다. 임을 대나무에 비유하여 살대는 떠나가고 젓대는 울고 붓대는 그릴 뿐이니, 다시는 대나무와 같은 임은 사랑하지 않겠다는 임에 대한 애절한 그리움이 담겨있다. 버들가지를 통해 은유적으로 표현하고 떠난 임을 잊고 싶어도 마음에는 정이 남아 있어 버리지 못한 애절함을 노래한다. 놀음에는 남녀노소가 없으니 살아 있을 때에 후회 없이 놀아보자고 하면서도 노는 것이 지나치면 아니 노는 것만 못할 수 있다는 충고도 잊지 않는다. 육자배기는 대체적으로 임과 떨어져 사는 자신을 데려가 달라는 애원을 노래하고 있다.

"참으로 장하십니다. 풍류객이 어떤 사람인지 면모를 보여주십니다요."

노래가 끝나자마자 용철 어른이 손뼉을 쳐가며 극찬을 아끼지 않았다. 허나 얼굴만은 편하지 않은 기색이었다. 어두운 등불 아래 삼 겹질을 벗기고 있는 딸의 얼굴이 떠오른 듯 웃음집을 닫아걸며 멍하니 여인만 바라보았다. 침울한 생각이 심골(心骨)을 꺾는 눈빛 그대로였다. 남편과 생이별 속에 혼자 들일을 마다하지 않고 살아가는 애련한 딸이 눈물겹도록 안쓰러운 것이었다. 정렬 어른의 눈길이 용철 어른과 마주쳤다. 눈시울이 붉어진 사돈을 바라보면서 정렬 어른도 마음이 침울해진 것은 어쩔 수 없는 일이었다.

"너무 과찬을 해 주시니 몸을 들 수 없구만이라우."

"아닙니다. 참말로 잘 허십니다."

용철 어른은 다짐이라도 받으려는 듯 기생여인을 향해 물었다.

"자네도 봤지? 명창 뺨을 때리고도 남지 않겠능가?"

"예, 마님. 명창이 아니고서야……."

"저는 이렇게 고운 소리를 들은 적이 없습니다요. 가왕이 따로 없는 것 같구만이라우."

재순이 놀란 모습으로 눈을 돌려가며 끼어들었다. 그는 한동안 입을 다물지 못하고 정렬 어른만 바라보고 있을 뿐이었다.

"부끄럽네. 한때는 명창이 되어보겠다고 죽을 둥 살 둥 했지만 그게 그리 쉽지가 않더구만."

"육자배기를 좋아하십니까요?"

"좋아하지. 전라도 사람이라면 육자배기 한 대목만은 다 할 수 있지 않겠능가."

"하지만 육자배기 노래는 매우 유장허고 시김새가 다채로워 어렵고도 예술성이 높은 노래라고 알려져왔지 않던가요."

"그렇다고 해야지. 요즈음엔 이 노래를 가끔 부른다네."

"까닭이라도 있으싱가요?"

그 순간 정렬 어른은 심장이 멎은 사람처럼 침울함에 빠져들었다. 서글프고 애련한 빛이 얼굴을 덮어오는 듯했다. 그가 육자배기를 즐겨 부르는 까닭은 며느리에 대한 애틋한 마음에서 비롯된 것이다. 시아버지의 지극한 며느리 사랑을 노래하고자 함이었다.

네 해가 다 되도록 임 없이 외롭게 살아가는 안타까움을 노래해주고 싶어서였다. 임과 떨어져 사는 자신을 데려가 달라는 애원을 노래하고 있는 노래가 육자배기이기 때문. 선곡하여 애절하게 부른 까닭도 시아버지로서 며느리에 대한 애정은 변함이 없으니 사돈어른더러 안심하라는 의미가 담겨 있었다. 용철 어른이 사돈의 얼굴에 그려진 애달픈 심정을 알아차리고 얼른 말꼬리를 돌렸다.

"추석 명절은 잘 새셨능가요?"

"예. 사돈 어르신께서도……?"

짙게 깔린 침울함을 걷어내고 정색을 하며 말을 받았다.

"예. 그리했습니다요."

"안사돈도 안녕하시겠지요? 진즉 인사를 드려야 허는 것인데 인사가 늦었구만요."

정렬 어른이 늦게나마 안부를 물었다.

"덕분에 잘 있답니다. 딸 녀석도 잘 지내는지 궁금하구만이라우."

"잘 있습니다만 남편과 떨어져 있어 그저 안타까울 뿐이구만요."

"자! 자! 식기 전에 진지부터 잡수시고 말씀을 나누기로 합시다."

잠시 침묵이 흐른 가운데 식사가 계속되고 용철 어른과 구재순 사이엔 술잔이 오고갔다. 쉽게 맛볼 수 없는 음식으로 가득 차 있었다. 용철 어른이 일부러 고급 음식점을 택한 까닭은 자신의 진정성을 보여주고 싶어서였다. 갈비찜, 잡채, 굴비, 꼬막, 새조개, 갈치조림, 돼지고기 수육과 김치 종류로 배추, 파, 갓, 부추 그리고 나물로는 고사리, 더덕, 도라지, 취, 시래기, 시금치, 토란대, 고춧잎나물 그리고 식혜, 수정과가 놓여 있었다.

한참 식사가 무르익어갈 즈음 용철 어른은 고개를 들고 정렬을 바라보았다. 진정 하고 싶은 말의 서두를 찾느라 잠시 망설이는 표정을 짓다가 입을 열었다.

"외람된 말씀이지만 어쩔 수 없구만이라우. 오늘 제가 사돈어른을 뵙자고 한 것은 다름이 아니옵니다요."

정렬 어른도 기다렸다는 듯 들고 있던 숟가락을 잠시 내려놓고 귀를 세우기 시작했다.

"어서 말씀해보싯시요."

"예. 자고로 딸은 출가외인이라 사돈댁에 감 놔라 밤 놔라 할 처지는 아닌 줄 알고 있으면서 뵙자고 했구만요. 내 뱃속에서 나온 자식이라서 자나 깨나 눈에 밟히는 걸 어쩔 수가 없어 말씀드릴랍니다. 간섭이라기보다 권장해 드리는 뜻잉께 너무 섭섭해 허지 마시지요."

어느 정도 예감은 하고 있었지만 들고 있는 젓가락이 미미히 떨리는 것 같았다. 뭔가 심상치 않은 낌새가 드러나는 것 같아 정렬은 귀를 기울이며 눈길을 돌리지 않았다.

"말씀해 보싯시요."

"딸이 사위와 너무 오랫동안 떨어져 있다 봉께 외손녀 하나밖에 출산을 못 한 것이 아니겠습니껴? 그것이 안타깝구만이라우. 외람됨을 무릅쓰고 무뢰한 말씀을 드리구만요."

재순도 눈길을 돌려 정렬 어른을 바라보고 헛기침을 서너 번 했다. 이내 용철 어른 빈 잔에 술을 채우고서 사이를 비집으며 끼어들었다.

"여자가 이승에서 가장 가까이 누려야 할 인연이 있다면 남편이라고 헐 것인디, 허고 헌 날 떨어져 그리움만 키워 가면 그게 금실이라 허겠습니까요? 부부는 한 이불 밑에서 살아야 금실이 좋은 벱인디 곁에서 지켜볼 때 그것이 가장 안타까웠던 것이었당께요."

재순의 일언은 정렬 어른의 가슴을 철렁 내려앉게 만들고 말았다. 그도 며느리가 외로운 삶의 질곡에 눌려 있는 것을 잘 알고 있는 바였다. 유달리 며느리 사랑이 많았던 터라 생이별 속에 살고 있는 모습이 안쓰럽고 애틋한 마음을 가눌 길 없었는데 사돈어른이 먼저 여지없이 정곡을 찌르고 달려들었다. 고개를 쳐들 수 없었다. 그냥 무릎을 꿇고 고두백배라도 하고 싶은 심정이었다. 자라목 오그라들 듯 고개를 숙이고 어깨를 구부슴히 움츠렸다.

"다 이 못난 놈 탓이구만이라우. 돈이 없어 딸려보내지 못했는디 할 말이 있겠소."

정렬 어른은 흠칫 몸을 움츠리더니 얼굴색이 주톳빛으로 변해가면서 무안함을 감추지 못했다.

"아니지라우. 의당 그럴 줄 알고 시집을 보냈응께 할 말은 없지요. 젊어서는 고생을 사서라도 해야 헌다는 것잉께 곧 좋은 일이 있겠지요."

용철 어른이 사돈의 의기소침해지는 표정을 보고 그게 아니라는 듯 강하게 손사래를 치며 말했다. 그러나 정렬 어른은 할 말을 잃고 고개를 폭 숙여버렸다. 한동안 멍하니 방바닥만 바라보았다. 도둑이 제 발 저린 격. 며느리가 콩밭 매다 쓰러진 것을 알고 있다는 생각에 초조한 기색을 감추지 못했다. 잠시 고개를 좌우로 서너 번 흔들다가 짐짓 머쓱한 표정을 지었다.

"제가 무슨 염치로 여기 왔는지 모르겠소."

"아이고! 역겹게 생각허시지 마싯시오. 아직 시험도 보지 않았는데 염치없는 말을 꺼냈는개비요. 아이 못 낳는 년이 밤마다 용꿈만 꾼다고 허드니 과분한 혼사를 해놓고 친정아비 역할도 못한 주제에 무슨 할 말이 있다고 제가 이러는지 모르겠……."

용철 어른이 머쓱한 표정으로 자조 섞인 웃음을 흘리며 말끝을 잇지 못했다.

"과분하다니요. 그게 무슨 말씀이랑가요? 당치 않으신 말씀이지라우. 며느리를 붙들고 있을 것이 아니라 어서 아들놈한테 보내야 헐 것인디……. 자나 깨나 걱정은 그것 뿐이구만요. 이번 시험이 끝나고 내려오면 똥 묻은 중우를 팔아서라도 따라 보낼라요."

정렬 어른도 허허롭게 웃으며 씁쓸한 입다짐을 하고 나섰다. 어딘지 모르게 무안쩍은 표정에 어색한 말투였다.

용철 어른이 고개를 돌려 재순에게 눈길을 주었다. 재순은 기다렸다는 듯이 킁킁 헛기침으로 목청을 가다듬고 나서 정렬 어른을 바라보며 입을 열었다.

"오늘 뵙자고 한 것은 다름이 아니구만이라우. 용철 어른께서는 자나 깨나 사우 걱정을 해오셨당께요. 집 떠나면 고생이라고 허는 것인디 객지에서 혼자 공부하느라 얼매나 힘들 것이냐고요. 그래서 며느님을 한양으로 보내고 싶다고 허시드구만요. 사돈어른 허락 없이는 불가능한 일이라 오늘 말씀을 사뢰고 싶어 이렇게 모셨답니다요. 허락만 해주신다면 한양에 살림방 한 칸은 얻을 수 있도록 마런해 주시겠답니다. 그리고 생활비도 대주실 작정이고요. 마누라가 곁에 있어주면 외롭지도 않을 것이며 밥도 해주면 공부도 편히 헐 수 있을 것이라고요. 그리고 무엇보다 빨리 대를 이을 아들을 낳아야 될 것 아니냐고 허십디다. 어차피 시험에 합격허면 한양으로 가야 할 일이니 미리 보내자는 것입니다요. 허락해 주실 수 있으신지…….”

재순이 정렬 어른의 눈치를 살펴가며 용철 어른이 해야 할 말을 대신하고 나섰다. 그는 상대방의 기분 따위에는 아랑곳하지 않은 채 지싯지싯거리며 야지랑을 떨었다. 정렬 어른은 마치 가시방석에 절벅 앉은 것처럼 아픔이 밀려들었다. 어리둥절하여 대체 무슨 말을 해야 할지 할 말을 잃었을 뿐이었다. 마치 무능력한 자신의 마음을 비끄러매는 것 같았다. 용철 어른은 숭엄한 자세를 취한 채 어서 답하라고 채근하듯 바라보고 있었다.

“벼룩도 낯짝이 있다고 하는 것인디 무슨 염치로 받겠소. 논을 팔아서라도 보내야지라우, 맨날 사돈집이나 넘어다보고 사는 꼴이 되어서야…….”

정렬 어른은 마치 땡감을 씹은 사람처럼 씁쓰레한 입맛을 다시며 입가에 자조의 빛을 그려내었다. 반면 용철 어른은 눈가에 화색이 돌면서 무척 반기는 표정을 지었다.

“괜찮습니다. 딸도 자식이니 누가 헌들 무슨 상관 있겠소. 아무래도 제가 더 여유가 있을 것 같응께 부담까지 느끼실 필요는 없습니다요. 쉬 보내드릴 터이니 사우보고 내려오라 해서 데리고 가라고 허싯시요.”

“어허! 이렇게까지 허실 필요가 있으싱가요?”

"허락을 해주신 것으로 알고 수일 내로 쌀 열다섯 섬 값을 보내겄습니다요."

용철 어른은 빙그레 웃었다. 여유로운 미소에서 소박한 기쁨이 넘쳐나고 있었다.

"열다섯 섬이라니! 그 많은 돈을……!"

정렬 어른은 쌀 열다섯 섬이라는 말에 눈이 휘둥그레졌다. 예상하지 못했다는 듯 흠칫 놀라며 말끝을 얼버무렸다.

"많다니요. 한양에 가서 살림을 할라믄 그 정도는 있어야 한다고 들었구만요. 방도 얻어야 하고, 또 당분간은 묵고 살아야 할 돈도 있어야 허겄지요."

"딸을 예쁜 도둑이라고 허질 않습디까? 만석꾼 부자도 재물 아깝지 않겄지요. 허나 여기 계신 용철 어른은 돈 주고 못 사는 것이 자식이라고 하시며 돈을 놓고는 못 웃어도 딸자식 놓고는 웃는다고 허셨당께요."

재순이 두 사람 사이를 비집고 끼어든 채 용철 어른을 칭양하고 나섰다. 담담하고도 자신에 찬 어조에는 신실함이 가득 배어나오는 것 같았다.

"출가외인인디 그 많은 돈을 내놓으시다니요?"

"아닙니다. 그까짓 것이 많다니요. 이번엔 조금이지만 시험에 합격허면 그땐 살림 밑천에 도움이 되는 방안을 찾아보겠습니다."

용철 어른은 흡족한 웃음을 지으며 뒷날의 약조를 꺼내들었다.

"사돈어른께 드리고 싶은 약조가 하나 있는디 들어주시겠습니꺼?"

정렬 어른이 신중한 경계의 빛을 모아가면서 희떱게 쳐다보며 물었다.

“무엇인지 말씀해 보싯시요. 지가 할 수 있는 일이라면 꼭 지킬랍
니다.”

“고맙습니다요.”

“헌데 그게 뭣입니까요?”

“다름이 아니구만이라우. 남자들은 누구나 똑같지 않겄는가요.
처갓집 도움을 받으면 자존심이 상하겄지요. 제 아들한테는 처갓집
에서 보낸 것이라고 알리지 말았으면 헙니다요.”

정렬 어른은 서글서글한 눈웃음 쳐가며 생청스러운 말을 꺼내들
었다. 용철 어른은 잠시 눈을 지그시 감았다가 상글거리는 얼굴을
지으며 대답했다. 사돈에게 자기 자존심을 세워달라는 만불근리(萬
不近理)와도 다를 바 없어 보이지만…… 갑자기 이중심보를 드러내
는 것 같기도 하지만…… 그는 딸을 먼저 생각하기로 했다. 콩밭을
매다 소 구루마에 실려 간 딸의 형상이 어렴풋이 아롱아롱 거리는
것이었다.

“아믄이라. 당연한 일이지요. 처갓집 도움 받고 자존심에 상처입
지 않을 사내가 어디 있겄능가요? 내 사우이니 내가 자존심을 지켜
줘야쓰지 않겄소.”

“고맙습니다. 그렇게 허싯시요.”

용철 어른이 재순을 바라보고 입다짐도 해 두었다.

“재순 자네도 그 점 잊지 말아야 허네.”

“하믄이라. 지가 발설한다는 것은 천부당만부당한 일이지라우.”

“그렇다고 너무 급하게 서두르지 말고 천천히 허십시다요. 지도
떠나가기 전에 딸 얼굴이라도 한번 봐야겄지라우. 너무 조급하게 생
각하다 보면 시행에 착오가 있기 마련이니 차근차근 차질이 없이 해

294

주시기 바라겠습니다요. 딸자식을 멀리 보낸다고 생각허니 서운키도 헙니다만 그래도 지 서방한테로 가는 것이 당연한 일이어서 그렇습니다요."

용철 어른은 허허로운 웃음을 지으며 술잔에 술을 가득 따랐다.

"그러믄이라우. 지도 십 년 묵은 체증이 내려가는 기분이구만요. 혼자 사는 것이 너무 안쓰러웠당께요. 사돈 어른께서 그리 해주시니 몸 둘 바를 모르겠구만요."

정렬 어른은 피해왔던 술잔을 죽 비웠다. 몇 년 만에 입에 대어본 술이었다.

"딸 녀석에게도 저를 만났다는 말은 하지 않은 것이 좋을 듯 합니다요."

"알겠습니다."

"그럼 다음에 또 뵙도록 허시지요."

두 사돈어른이 만나 함께한지도 거의 두어 시간이 흘러가고 말았다. 뜨거웠던 햇볕도 뉘엿뉘엿 서산으로 기울어가고 있었다. 용철 어른은 장마당을 들리지 않고 곧장 집으로 향하고 정렬 어른은 씨름판이 열리는 장마당 싸전으로 발걸음을 재촉했다.

장마당에 어두움이 깔려들고 동쪽 하늘에 희붐해지기 시작했다. 보름을 지난 둥그런 달덩이가 동쪽 하늘만 붉게 달굴 뿐 모습을 드러내지 않았는데도 씨름장은 벌써부터 흥분의 도가니였다. 곳곳에는 남포등이 내 걸려 모래판을 더욱 밝게 비춰줬다.

본부석 곁에는 코뚜레도 없는 수송아지가 주인을 기다리고 있었다. 송아지는 주인을 부르는 듯 연신 음매음매 하며 소리를 질렀다. 타관 지역에서 이름난 장사들이 날아들었다는 소문이 파다했다. 여수 돌산 송 장사, 장흥 회진 임 장사, 화순 동복 조 장사. 장흥 장평 오 장사, 보성 곰재 지 장사 등 쟁쟁한 장사들은 각 고을을 돌며 송 아지를 거머쥐었던 사람들이었다. 어둠이 깔려들자 웃옷을 벗고 잠 방이를 입은 채 다리샅바와 허리샅바를 맨 장사들이 본부석 앞에 앉 아 있었다. 앉아서도 계속 팔을 젖히고 고개를 휘젓는가 하면 가슴 을 펴고 심호흡까지 긴장을 풀고 있었다.

여기에 끼어든 사람이 송시노였다. 그도 이름난 장사의 한 사람이 었다. 두 차례 송아지를 거머쥐기도 했으나 나이가 서른에 다가가고 있어 예전만 못하다는 것이 중론이었다.

그런데 예상치도 못할 일이 일어나고 말았다. 그것은 호음동 사람 들을 설레게 만들고도 남을 일이었다. 넉골양반 아들 종체가 상씨름 장사들과 나란히 앉아 있었다. 벌써부터 소문은 들었지만 쟁쟁한 장 사들과 어깨를 나란히 할 줄이야 몰랐던 것이다.

한 마을에서 상씨름 판에 두 사람이나 오른 경우는 거의 볼 수 없 었다. 그는 시노보다 체구는 작으나 나이가 젊고 잔기술 씨름에 능 하다고 했다. 허나 상씨름 판에서는 잔기술보다 힘으로 들어 메치는 자만이 살아남을 수 있는 것. 몸도 후리후리한 그는 오금 당기기 기 술 하나로 네 사람을 쓰러뜨리고 올라왔다고 했다. 드디어 장사들만 남은 상씨름이 시작되었다. 두 번째 경기에 종체가 출전했다. 그가 만난 이는 곰재 부춘동에서 온 지장사였다. 일명 올벼쌀이라 불리는 이인데 칠 척 장신인데다 손발이 커서 잘 잡히기만 하면 상대방을 벌떡 집어던지는 힘을 바탕으로 하는 씨름꾼이었다. 특히 발이 하도 커서 발에 맞는 고무신이 없는 관계로 죽으나 사나 짚신만을 신을 수밖에 없다고 소문이 났다. 씨름판을 찾아 전라도 곳곳을 떠돌아다니며 따온 송아지만도 족히 열 마리는 넘는다고 하고 베 필은 셀 수 없다고 했다. 이에 비해 종채는 키는 크지 않은 편이나 삼동이 고루고 몸이 날렵하여 기술 씨름으로 결판을 내는 사람이라는 것.

종채가 먼저 청 샅바를 매고 씨름장 가운데로 나왔다. 그는 나오자마자 씨름장 바닥에 엎드려 양손에 모래를 한 움큼 쥐더니 두 팔을 쳐들고 하늘을 향해 "야!" 하고 기합을 넣었다. 호음동 사람들도 모두 "야" 하고 따라 하는데 사기가 하늘을 찌를 듯했다.

모두가 "허종체! 허종체!"를 외치는데 응원꾼들은 큰북과 작은 북을 둥둥둥 울려대며 종체에게 사기를 북돋아 주었다. 이어 지장사가 어기적어기적 거리며 무거운 몸을 이끌고 씨름장으로 나왔다. 큰 키에 다리가 기둥나무만큼 굵은데다가 마치 임산부처럼 배가 나왔고 가슴팍에는 검은 털로 뒤덮여 있었다. 어깨는 쫙 벌어져 있었고 서까래만큼 굵은 팔뚝에 솥뚜껑 같은 손을 높이 쳐들고 기합을 넣으며 우렁찬 소리를 내질렀다.

이윽고 씨름장 한가운데 쪼그리고 앉아 샅바를 잡았다. 심판의 호각 소리에 기우뚱거리며 일어나더니 어깨를 서로 맞대고 나서 등을 굽혔다. 심판이 다시 호루라기를 휙 불었다. 소리와 함께 지 장사가 종체를 불끈 들어 들배지기로 내리치니 종체는 힘 한 번 못 써보고 뒤로 나뒹굴고 말았다.

호음동 사람들은 숨을 죽이고 있는데 반해 곰재 사람들은 양팔을 높이 들고 제자리에서 덩실덩실 뛰며 좋아했다.

"벌써 키에서 결판이 난 것이제."

"애기허고 어른하고 씨름한 것 같으니 당할 도리 있겠능가?"

"뚝심만 믿고 상 씨름판에 뛰어 들었다간 병신 되기 십상인 것이제."

　호음동 마을 사람들은 시들부들 풀이 죽은 얼굴들이었다. 이미 체념이라도 한듯 허망함을 쏟아내었다.

　다시 둘째 판이 시작되었다. 심판 호루라기가 울리자 지 장사는 다시 들어 올려 들배지기를 할 참이었다. 지 장사가 버쩍 종체를 높이드니 두 다리가 땅에서 떨어져 지 장사 몸에 대롱대롱 매달리는 꼴이 되었다. 그는 돌팔매를 하듯 멀리 종체를 내리쳤다. 모래판 위에 내동댕이쳐진 종체는 의식을 잃고 쓰러지고 말았다. 그는 일어나지도 못하고 몸을 움크리고 있었다. 심판이 달려가 가슴에 손을 얹어보고는 사람들을 불러 매고 밖으로 나갔다.

　"아이고 워매! 어째야 쓰까이. 멋 헐라고 나가갖고 저 꼴이 멋이당가!"

　또다시 쥐 죽은 듯 바라보던 호음동 사람들의 얼굴이 삽시간에 일그러지기 시작하더니 이내 고래고래 아우성을 쏟아내었다.

　반면 건너편 곰재 사람들은 어찌할 줄 모르고 양팔을 추켜들고 만세를 부르는가 하면 얼싸 안고 껑충껑충 뛰기까지 했다.

　"워어매! 죽지 않은 것만 해도 다행이랑께. 마치 호랭이 앞에 갱아지 꼴이던디 뭐."

　"씨름하다 병신 된 사람이 많다고 하더니만 큰일 날 뻔 했제."

　"지 장사는 마치 미쳐 날뛰는 뿌사리나 다름없네그랴."

　이렇게 저렇게 씨름 경기는 계속해서 진행되었다. 그동안 열심히 연습을 해 온 시노는 그럭저럭 장사들을 무너뜨리고 준결승까지 진출했다. 이제 두 번만 이기면 송아지를 몰고 갈 수 있는 곳까지 점령한 것이다. 불행하게도 종체를 이긴 지 장사와 다시 겨뤄야 할 판이었다. 밤이 깊어가는데도 자리를 비운 사람이 없었다. 씨름장은 갈수록 펄펄 끓는 화독과도 같은 도가니 속으로 빠져드는 느낌이었다. 송아지를 몰고 갈 주인을 기다리느라 눈빛을 곤두세우며 숨소리마저 죽여가고 있었다. 이제 준결승과 결승만이 남았다. 잠시 쉬는 시간에 모래판을 평평하게 고르고 있을 때 심판이 우승 상품으로 내걸린 송아지를 씨름장 안으로 몰고 나왔다. 음매음매 울어대면서 주인을 찾는 것 같았다.

"송시노! 송시노! 쇠앙치 주인은 송시노!"

호음동 사람들이 송아지를 향해 고래고래 소리를 질러대었다.

"지춘수! 지춘수! 문제없다 송시노. 쇠앙치 주인은 지춘수."

이에 질 새라 곰재 부춘동 사람들도 목이 터져라 고함 질렀다.

호음동 사람들은 송시노의 팔다리를 주물러 주는가 하면 어깻죽지 안마까지. 목덜미에 물을 내리 붓기도 하고 등짝을 두드려주면서 사기를 진작시켜주었다.

"인자 다른 생각 말고 저 쇠앙치만 쳐다 봐야써! 알았능가?"

상금양반이 시노를 앞에 두고 정신력을 불어 넣어주었다.

"예, 알았구만이라우."

"앗따! 저 쇠앙치 눈깔 좀 보소. 자네가 주인이라고 눈이 뛰야지도록 자네만 쳐다보네 그랴. 우리 호음동으로 꼭 몰고 가야 쓴단 말이시. 알았능가?"

종정 양반도 사기를 북돋아 주었다.

"하믄. 말이라고 형가? 소는 반 살림이라고 허는 것인디 남헌테 뺏겨서야 되겠능가. 오늘 우리 동네로 몰고 가야 쓴당께."

정렬 어른도 거들고 나섰다. 소는 값도 값이려니와 농사짓는 데 절대적인 일을 하기 때문에 반 살림이라 불렀다. 그런데 씨름 한판에 소 한 마리가 내 걸렸으니 비장한 각오 없는 사람이 누가 있을까 마는 마지막까지 정신력을 다한 사람이 주인이 되기 십상이었다. 마을 사람들 모두가 하나가 된 느낌이었다. 마치 자기가 씨름선수라도 되는 것처럼 두 주먹을 불끈 쥐기도 하고 어금니를 악물기도 했다. 정신력을 북돋워주는 데 혼연일체가 되어 있었다.

"그렇게 해야지라우. 기필코 이겨야지라우."

드디어 준결승 경기가 시작될 찰나였다. 시노가 두 주먹을 불끈 쥐며 모래바닥에서 일어섰다.

"젖 묵었을 때부터 힘을 모두 쏟아야 쓴당께. 힘을 내소 힘을!"

상홍 어른이 시노 등을 가볍게 두드려주며 격려했다.

"힘을 쓸라면 낮밥을 잘 먹었어야 허는디, 어쨌능가?"

"예, 잘 묵었구만이라우."

"그럼 되얏네. 죽을 각오로 허면 하늘도 도와 주겄제."

곁에 있던 대촌 양반이 거들었다.

"낮에 찹쌀밥 한 솥을 혼자 다 먹었다네. 아직 진기는 가시지 않았 겄제. 시노 배지기에 걸리기만 하면 어느 놈도 살아남을 수 없을 것 잉께 두고 보세."

종정 양반이 마치 자기가 씨름 선수라도 되는 것처럼 이를 악물며 주먹까지 불끈 쥐어보였다. 그때 종체가 정신을 차렸는지 절뚝절뚝 걸으며 시노에게 다가가

"형, 저놈은 오직 들배지기 딱 하나밖에 없웅께 들려거든 몸을 낮 추고 돌림배지기를 해야헌당께. 알았제?"

"알았다."

시노는 입을 앙다물며 알았다는 듯 고개를 끄덕끄덕이며 자신감

을 보여주었다.

"아자자!"

자리에서 벌떡 일어나 어금니를 으드득 갈면서 허공을 향해 팔을 뻗으며 기합소리를 내질렀다. 이내 팔을 휘두르며 당당하게 씨름장으로 걸어 나아갔다.

샅바를 잡는 순간부터 눈치 싸움이 시작되었다. 서로 늦게 일어나려고 버티는가 하면 팔을 오므려 상대방이 쉽게 일어나질 못하도록 비루한 심사를 보이기도 했다. 심판 호루라기 소리가 휙 울리자 씨름이 시작되었다. 처음엔 팽팽하게 긴장감이 돌더니 저돌적으로 밀어젖히며 생동감이 불꽃처럼 피어올랐다. 시노는 역시 종체와는 달랐다. 힘에서도 밀리지 않은 듯 당당히 겨루었다. 먼저 지 장사가 밧다리로 공격을 해 오자 시노가 이를 알아차리고 얼른 피하며 돌림배지기를 들어갔다. 그러나 끄떡도 하지 않은 지 장사. 이어서 지 장사는 시노 다리가 자기 앞쪽으로 많이 나와 있음을 보고 호미걸이를 걸어 밀어붙이니 힘 한 번 써보지도 못하고 시노가 벌러덩 뒤로 눕고 말았다. 들배지기 기술 하나밖에 없다는 종체의 작전을 따르려다 감춰놓은 기술에 걸려든 셈. 예상치도 않은 기술, 체구에 비해 간지러운 기술에 넘어진 시노는 어이없다는 듯 씁쓰레한 미소를 지으며 밖으로 나왔다. 무척 당황스럽고도 겁에 질린 눈빛이었다. 심리적으로 위축되어 보이기도 했다.

호음동 사람들 또한 마찬가지였다. 입맛을 다시는가 하면 혀를 날름거리며 아쉽고 허전하다는 표정을 지어보였다.

"그렇께 작전을 잘 써야 헌단 말이시. 저 큰 덩치로 뒷발을 걸어 올 줄이야 어떻게 알았겠능가? 앗따 그 자석 간사스런 놈일쎄!"

종정 양반이 다가가 어깨를 주무르며 소리쳤다.

"맞는 말이어. 자네가 먼저 기술을 걸어보소. 일어서자마자 추켜 들어 배지기를 해불소. 오래 끌면 자네가 불리하당께."

상금양반이 마치 모의 작전을 구사해주듯 말했다.

"알았구만이라우."

시노는 비지땀을 흘린 채 고개를 끄덕끄덕 거리며 알았다는 시늉을 했다.

"다른 말은 할 필요가 없당께. 저기 저 쇠앙치만 생각하면 되야. 쓰러지는 한이 있드라도 자네가 쇠앙치 주인이 되어야 헌단 말이시. 알겠능가?"

더실 양반이 수건으로 이마를 닦아주며 야지랑스럽게 소리쳤다.

"예. 알겠습니다."

그는 손바닥에 침만 퉤퉤 내뱉고서 두 손을 높이 쳐든 뒤

"아자자!"

또다시 우렁차게 기합을 넣고서 나아갔다. 둘째 판이 시작되었다. 시노는 첫판을 만회하기라도 하려는 듯 물 찬 제비처럼 안으로 파고들었다. 하지만 지 장사는 살살 피하며 일부러 팔을 쭉 뻗어 간격을 멀리하려 애를 쓰는 눈치였다. 그러나 시노는 계속해서 안으로 파고들기만 했다. 자신의 주특기인 들배지기를 하기 위해 황소처럼 돌진 간격을 좁히려 들었다.

하지만 그런 지 장사가 아니었다. 순간적으로 힘껏 샅바를 당겨 오른쪽 허리를 시노의 허리 에 붙이고서 허리를 꺾는 듯 좌우로 흔들다가 젖혀 던지는 것이었다. 마치 성난 황소처럼 달려들었지만 힘 한 번 쓰지 못하고 반 바퀴를 빙 돌다가 한 손을 짚고 말았다. 주특기는

한 번도 써보지도 못하고 헛심만 쓰다가 싱겁게 끝난 한 판이었다.

숨소리까지 멈춘 채 지켜보고 있던 호음동 사람들 입에서 아쉬움과 함께 야유가 터져 나왔다.

"워어따매! 무슨 놈의 씨름이 그 모양이랑가? 사흘에 피죽 한 그릇도 못 얻어먹은 맹이로 힘 한 번 못써봐서야."

혀를 쩝쩝 차가며 고개를 절절 흔들었다. 아쉬움이 녹아든 감정을 억누르지 못한 소리였다.

반면 곰재 사람들 입에서는

"시원허다. 지춘수! 오늘의 승리는 지춘수! 천하장사 지춘수!"

장내가 떠나갈 듯 우렁찬 소리가 늦은 밤공기를 휘저었다. 신나게 풍물까지 울려가면서 싱글벙글 입을 다물지 못하고 소리쳤다.

호음동 사람들은 입하나 뻥긋하지 못하고 안타깝다는 표정을 지어가고 있을 때 셋째 판이 시작될 차례였다. 준결승부터는 오전삼승제였다. 밖으로 나온 시노가 시원한 물 한 모금을 마셨다. 사람들은 시노 머리에 시원한 물주전자를 쏟아 부었다. 얼굴에 흘러내리는 물을 확 쓸고는 악이 받친 사람처럼 씨름장으로 들어갔다. 그의 입가에는 어금니를 사리무느라 턱이 덜덜 떠는 것 같아 보였다. 이제 이판사판이 되었으니 물러설 곳도 아낄 것도 없었다. 마지막에 몰린 시노는 심판의 신호도 없이 샅바부터 잡으려 들었다. 힘차게 샅바를 잡아 끌어당긴 뒤 비척비척 일어섰다. 관자놀이의 핏줄이 선명하게 튀어나오도록 얼굴이 붉어지면서 팔뚝의 근육도 불룩이 뭉쳐들었다. 허리를 바짝 숙인 채 오른편으로 돌면서 몰아붙이기 시작했다. 그것은 주특기 들배지기를 하기 위한 술수로 보였다. 하지만 지장사도 만반의 준비를 다하고 있었다. 그도 시노의 들배지기에 걸리면 견뎌낼 수 없다는 것을 알고 왔는지 쉽게 달려들지 않고 자꾸만 뒤로 몸을 빼려고 안달을 부렸다. 시노는 샅바를 끌어당기며 무릎과 무릎 사이를 약간 앞뒤로 붙이더니 벌떡 들어 올렸다. 지 장사는 중심을 잃고 팔을 바둥바둥 내저었다. 기회를 잡은 시노는 오른쪽으로 회전하여 돌면서 지체 없이 집어 던졌다. 육중한 지 장사를 모래판에 내동댕이치고 말았다. 육 척이 넘는 거구가 여지없이 뒤로 벌렁 나가떨어진 것이다. 숨소리마저 죽여 가며 시선을 모아가던 호음동 사람들의 입에서 일제히 함성이 울려 퍼졌다. 두 팔을 높이 쳐들며 서로 붙들어 잡고 제자리에서 펄떡펄떡 뛰기도 했다.

"그렇제! 고것이랑께 고것!"

"쇠앙치는 우리 것. 문제없다 지 장사. 기권하면 봐준다."라고 외쳐대었다.

이에 질세라 곰재 사람들이 호음동 사람들을 향하여 야유를 보내기 시작했다.

"하룻갱아지 범 무서운 줄 모르는 개비구만. 지금이라도 봐줄 것잉께 집으로 돌아가랑께."

사람들이 외치는 소리가 밤공기를 가르고 있었다. 씨름장은 그야말로 불꽃 튀는 접전이 벌어지고 있는 것이었다. 다시 넷째 판이 시작될 찰나 둘이는 다시 샅바를 잡는 일에 신경을 곤두세웠다. 서로들 조금이라도 안으로 잡아 거머쥐려고 안달을 보였다. 둘이는 온갖 힘을 다 주며 조금도 양보할 기세가 아니었다. 허리를 굽혀 두 팔을 잡아당기니 허리가 고무줄처럼 낭창낭창한 것 같았다. 또다시 심판의 호각 소리가 울렸다. 이번에는 시노가 더 신중한 접근을 시도하는 것 같았다. 버티기만 하고 공격을 하지 않는 시노, 다행이도 샅바는 놓지 않고 따라 다니기만 하는데 무서움이지 아니면 겁에 질렸는 지 공격다운 공격을 하지 못하는 시노였다. 혼신의 힘을 다해 들어 보지만 까딱도 않는 지 장사. 시노가 앞으로 나아가려는 듯 오른 발을 내 딛자 지 장사는 잽싸게 오른 손 샅바를 놓고 시노 오른발을 잡아 오금을 당기자 허무하게 뒤로 물러나며 시노가 나자빠졌다. 시노의 씨름은 이렇게 끝이 나고 말았다. 공동 삼 위가 되어 장사 반열에 오르지도 못하고 내년을 기약해야 처지가 되었다. 아쉬움에 빠진 마을 사람들은 어찌할 바를 몰랐다.

"아유! 벌써 힘에서 딸리던디 뭐."

"저만큼 하는 것만이라도 다행이제!"

"먼저 기술을 걸어야제 따라다니면 되는감."

"잘 먹어야 하는 것인디, 넉넉지 못한 살림에 멋을 묵고 힘을 쓰겄능가?"

"억울하제! 억울해! 지 장사만 이겼으면 그래도 해볼 만했는디, 그 사람이 원치 실하드랑께."

"지고 나면 다 서운한 것이제. 자 집에나 가드라고."

추석이 지난 가을 밤은 깊어갈수록 산꼬대가 일어나 밤공기가 싸늘해지고 있었다.

한기를 느낀 노인들은 어깨를 움츠리고 총총 걸음을 걷다 소 구루마에 몸을 실었다. 호음동 사람들은 김이 빠진 듯 몸을 움츠리며 뒤를 따라가고 있었다. 시노가 장원이라도 했다면 뜨끈한 국물에 대포잔을 돌리고 신명나는 길거리 춤을 추며 갈 것인데 모두들 눈 맞은 잔국처럼 풀이 죽은 채 터덕터덕 밤길을 걷고 있었다.

9

국화꽃이 피어도

마당 한구석 울섶 가에 한 송이 장미꽃이 도톰하게 피어 있었다. 깊어가는 가을 찬 서리를 맞아내면서도 붉은 자태를 잃지 않았다. 성요가 삼 년 전 친정집에 갔을 때 친정아버지께서 장미나무 한 그루를 주셨다. 장미꽃은 아름다움과 사랑 그리고 기쁨과 청춘을 상징하는 것이니 잘 가꿔서 장미꽃 부부로 살라고 말씀해주셨다. 그녀는 울섶 가에 심어 놓고 날마다 뜨물을 주어가며 마치 친구처럼 정성을 다해 길렀다. 장미꽃나무는 보답이라도 하려는 듯 무럭무럭 잘 자랐다. 심은 지 이태가 되자 도톰하고도 봉싯봉싯한 붉은 꽃을 봄부터 피워냈다. 하루에도 몇 번씩 꽃을 들여다보고 함께 웃었다. 날이 갈수록 친한 벗이 되어갔다. 안마당을 온통 붉게 물들이는 장미꽃을 보면서 가장 바라는 것은 남편에게 한 송이 꽃을 살포시 쥐어주고 싶은 마음이었다. 그동안 사무친 그리운 가슴을 꽃 속에 담아 건네주고 싶었다.

사랑한다 말은 못하여도 소박한 마음이 빚어낸 수줍음을 장미꽃에 담아 주고 싶었다.

그리고 장미꽃에 내려앉은 옥나비 한 쌍의 부부처럼 살고 싶었다. 하지만 남편이 돌아올 늦가을이 되면 장미꽃은 이미 시들고 없을 거라고……. 된서리가 내려 한 송이 두 송이 시들어 갈 적마다 남편에 대한 그리움이 뼈에 사무쳐 잠을 이룰 수 없었다. 장미꽃이 지고 나면 국화꽃도 피어오르겠지만……. 그런데 상강이 지나는 절기가 되어 한밤중에 된서리가 두루 내려 지붕 위가 하얀데도…… 북에서 기러기 떼들이 대오를 지어 날아드는데도…… 황국이 휘늘어지게 피어났는데도…… 장미꽃 한 송이가 시들 줄 모르고 붉은 빛을 잃지 않고 뽐내고 있었다. 들판엔 흰 서리꽃이 내려앉은 동짓달로 달려가고 있는데 때늦은 장미 한 송이가 쓸쓸함과 고적함을 머금은 채 청승스럽게 피어 있었다. 지난 밤 찬 서리를 어떻게 견디어냈는지 의연함을 잃지 않고 성요에게 넌지시 눈짓을 보냈다. 무슨 설움이 그리도 컸기에 독야청청 북풍한설을 맞이하려는지? 보은의 정을 갚기라도 하려는 듯 성요와 함께 기다려주려는 것인가? 황량한 늦가을 을씨년스러운데 아직 지지 않은 붉은 꽃 한 송이가 그녀의 뜻을 함께 해주려 들었다. 마치 성요의 마음을 아는 것처럼…… 함께 기다리다 그이의 손안에 살포시 안기고 싶어 안간힘을 쓰는지 모를 일이었다. 심연의 마음을 알아주려는 것일까? 아니면 기다림의 애한을 달래주려는 것일까? 찍어 누르는 설움을 함께 나누고자 벗이 되어주려고 홀연히 견디어내는구나! 어찌 보면 너와 난 똑같은 슬픈 사슬에 묶여 있으니 추운 겨울만은 멀리 뛰어 보냈으면 좋으련만……. 그보다도 이 꽃이 지기 전에 남편이 내려왔으면…… 마치 서리를 맞은 장미꽃처럼 애달파지고 있었다.

장미꽃 한 송이를 떠받치기라도 하려는 듯 황국이 피어나고 있었다. 대신해서 마음을 달래주려는 듯 그윽한 향기를 온 마당에 뿜어내었다. 어린 딸 민순이는 국화꽃이 필 때 아빠가 오신다는 것을 이미 알고 있었다. 시시때때로 국화 옆으로 다가가 고사리 같은 손가락을 오므렸다 펴기를 반복하는 것이었다. 꽃송이를 세어보며 아빠를 기다리는 눈치였다. 어린 것은 아직 아빠의 얼굴도 제대로 익히지 못하였는데도 기다리는 것이 참으로 신통방통했다. 향기를 쫓아 날아드는 어리호박벌떼가 송이송이 내려앉아 꿀을 빨며 윙윙거려도 어린 것은 국화꽃으로 다가가 꽃들과 대화를 나누는 시늉을 했다.

찬 서리 내리는 계절. 창연히 빛을 발하며 피어나는 노란 국화는 어김없이 장미꽃의 화사함을 대신해주었다. 동장군이 엄습해 올 초겨울까지 성요의 벗이 되어 빈 가슴을 어루만져 주었다. 엄동설한 백설이 내릴 때까지 풍염하고도 아리따운 자태로 결곡함을 보여준 꽃.

꽃이 피고 지고 또 피어 뿜어져 나온 진한 향기만큼이나 그리움도 커가고 있었다.

한로(寒露)가 지나고 상강(霜降)에 접어들면서 구렛들에 황금물결이 넘실거렸다. 그것도 잠시 사람들은 팔을 걷어붙이고 가을걷이에 눈코 뜰 새 없이 바빴다. 성요는 아녀자의 역할을 뛰어넘어 집안 상머슴이 다 되었다. 힘든 일도 피해가지 않고 거칠 것 없이 달려들었다. 홀로 시부모 모시며 살아가는 며느리라고 해서 흠을 남겨서는 안 된다는 굳은 결심 때문에 단 하루도 쉬지 않았다. 가을 농번기에 접어들면 일손이 바빠 아이들 손까지도 놀리지 않았다. 벼이삭을 줍고 널어놓은 곡식에 날아드는 참새 떼를 쫓는 일이며 닭을 보는 것까지 바쁘지 않은 사람이 없었다. 시부모는 아침부터 산전 밭에서 콩 수확에 매진했다. 콩꼬투리가 튀어지기 전에 거둬 털어야 했다. 바짝 말린 콩 다발을 모아놓고 도리깨질을 해대면 꼬투리가 빌빌 꼬이며 누런 콩이 꼬투리를 벗고 튀어 나왔다.

　성요는 성각시들 논바닥에 있는 볏단을 이어 날리고 있었다. 하얀 수건을 머리에 두른 채 볏단을 나르는 일이 쉽지만은 않았다. 볏단이 눈앞을 가려 논두렁을 제대로 걸을 수도 없다. 무거운 볏단을 머리에 이면 목이 움츠려지고 걸음이 비틀비틀 걸어지는 것이다. 쓸쓸하게 혼자서 허리 쉼도 없이 비탈길을 돌아 고샅을 오가며 종일 볏단을 날렸다. 볏단은 원래 남자들의 지게등짐이 보통이었다. 허나 시아버지는 이미 지게를 질 수 없는 나이가 되었다. 남자가 없는 까닭에 그녀의 몫이 되었다. 남자가 해야 할 힘든 일도 그녀의 머리 품에 의지할 수밖에 없었다. 품앗이조차도 할 수 없는 일이었다. 남자와 품을 앗을 수도 없고, 앗아 줄 남자도 없는 일이어서 성요의 몫으로 돌아올 뿐이었다. 집은 오직 어린 딸 혼자 지킬 수밖에 없다. 어린 것을 걸리고 다닐 수도 없을 뿐 아니라 업고는 도저히 할 수 없기 때문이다. 엄마와 떨어지기 싫어 눈물을 흘리다가도 쪄서 말린 고구마 몇 조각에 눈물을 거두는 것을 볼 때면 간장이 저리기도 했다. 손을 흔들며 어서 다녀오라고 아양을 떨기도 하지만 어린 딸을 혼자 남겨놓고 사립문을 나설 때면 마음이 놓이질 않았다. 행여 동냥치가 왔는데 문을 열어주지나 않을까…… 엄마를 찾는다고 밖으로 나가지 않을까…… 위험한 짓이라도 하지 않을까…… 걷는 둥 마는 둥 발걸음을 내달리기 일쑤였다. 속 모른 이웃 사람들로부터 일욕에 통꽃이 핀 여자라고 비아냥거림도 받아가면서 대문으로 들어설 때면 어김없이 딸을 불렀다.

"아가! 민순아, 엄니 왔다." 이불 속에 숨어 있다가 엄마의 소리를 듣고 뛰쳐나오면서

"엄니! 엄니! 아직도 멀었어?"

"조금만 기다리면 된께 그렇게 있어. 아이고! 내 딸 참말로 장허다."

어린 것은 엄마가 사립문을 나가기도 전에 방으로 들면서 살갑지 않은 얼굴을 보였다. 무서움을 달래려는지 방문부터 잠그는 것도 잊지 않았다. 엄마의 기척이라도 들리면 밖으로 뛰어나와 마냥 좋아했다. 그러다가 엄마가 다시 가야 한다고 하면 마뜩찮은 표정으로 눈물을 글썽거렸다. 그러기도 서너 차례, 반나절도 못가서 마냥 달려들어 따라가겠다고 눈물바람을 하면 한 번을 데리고 가보기도 하지만…… 쉽지 않은 일. 놀아줄 이 하나 없이 혼자 외롭게 커가는 어린 딸을 생각하면 간장이 으스러지는 아픔으로 가슴속을 채울 수밖에 없었다.

사람들은 딸을 보고 아빠만 쏙 빼 닮았다고들 했다. 오뚝한 콧날, 쌍꺼풀이 진 눈, 웃을 때마다 움푹하게 들어간 보조개, 도톰한 인중까지 영락없는 아빠를 닮은 얼굴이었다.

남편도 아빠 닮은 딸이란 말에 곰살가운 눈웃음을 지어보였는데. 하나 밖에 없는 딸이 얼마나 보고 싶을까?

시어머니는 손녀에게 별로 살갑지 않았다. 첫 손자를 기다렸던 것인데 손녀라고 해서 마음에 차지 않았던 것이다. "대를 이을 아들이 최고지 딸이 무슨 소용이 있냐?"고 설컹설컹거리는 시답지 않은 말만 되새겼다. 하지만 시아버지는 시어머니와 사뭇 달랐다. 나중에 손자 낳으면 된다고 위안과 용기와 희망을 북돋아주곤 했다. 아비와 떨어져 커가는 어린 것이 애처롭기 짝이 없다고 데리고 놀아주었다.

간혹 손녀를 등에 업고 둥가타령을 곧 잘 해주는 할아버지를 민순은 잘 따랐다. 하지만 네 살 어린 것도 할머니한테는 실뚱머룩할 때가 있어 엄마의 애를 태우게 했다. 집안의 눈치쯤은 살필 줄 아는 염량을 키웠는지는 몰라도……. 벌써 어린 것도 엽렵한 눈썰미로 예뻐한 사람을 따르고 있었다.

성요는 볏단을 머리에 이고 논길을 오가면서도 저 멀리 신작로에서 눈길을 떼지 못했다.

그럭재 머리고개에서 기차 소리 요란할 땐 가던 길을 멈추고 멍하니 들판에 서서 애련하게 냇둑만 바라보았다. 행여나 남편이 돌아오지 않을까 싶어 눈을 돌릴 수 없었다. 떠나갈 때 힘주어 말해주던 팔월이 어느덧 지나갔으니 이제나 저제나 기다린 지도 벌써 달포가 지났다. 시험은 끝났을 터인데도 아무 소식이 없었다. 시험 보고 나면 곧바로 내려오겠다고 약조했건만 혹시 신변에 환우(患憂)라도 생긴 것이 아닌지 가슴이 미어져 내리는 것이었다.

오랫동안 타관으로 떠돌다 신병이나 앓지 않았는지…… 객지 생활 삼 년이면 뼛골이 다 빈다는 것인데 서러운 객향에서 말 못할 사연이라도 있는 것인지…… 시험에 실패라도 하여 면목이 없어 못 내려오는 것인지…… 아니면 한양에서 외처(外妻)라도…… 허탈하고도 속절없는 마음이 생겨나더라도 어쩔 수 없이 기다릴 수밖에 없는 것이 여자의 운명이었다.

그녀는 늘 자신을 다독거리며 친정아버지의 가르침을 떠올려 보았다. 애틋이 사랑하는 남편을 위한다면 그 어떤 것을 못하겠느냐고 자신을 엄렬히 꾸짖기도 했다.

사람이 큰 뜻을 품고 큰 사람이 되려면 때를 기다릴 줄 아는 사람이어야 한다는 것을…….

용이 비늘을 움츠리고 새가 깃을 숨길 때는 하늘로 비상을 위한 것이고…… 물고기도 정지하여 움직이지 않을 땐 앞으로 나아가기 위함이며…… 교족인령(翹足引領)이라 사람도 발돋움을 하려면 옷깃을 여미면서도 기다려야 하고…… 진인사대천명(盡人事待天命)이라 최선을 다한 뒤에 하늘의 뜻을 기다려야 함을 누누이 강조하며 견강부회(牽强附會)와 같은 삶을 살아서는 아니 된다고. 그래서 시부모님 모시는 일에 소홀함 없이 며느리의 도리를 다하자 속다짐을 하여왔다. 자신 앞에 떳떳하지 못하면서 무슨 낯으로 남편을 기다릴 수 있을 것이냐고 회초리를 겨눈 적이 한두 번이 아니었다. 하지만 하루가 마치 일 년 같았고 그 초조함은 이루 말로 할 수 없을 정도였다. 오직 마음속으로 남편에게 '힘을 내세요.'라는 말을 되뇔 뿐이었다.

남편이 그리울 때마다 흘린 눈물이 한 말은 족히 되고 남았던 것이다. 저녁에 흘린 눈물이 베갯머리에 흘러내려 축축이 젖어 있을 때가 많았다. 힘든 농사일도 마다하지 않고 남편만 생각하며 살아왔다. 하루에도 몇 번씩 월컥 가슴을 파고드는 보고픈 마음을 달래가면서……. 보고 싶어도 볼 수 없는 춘향이와 닮은 심정으로 한양낭군을 그리워하면서. 꿈에서나 그려보고 싶어 헤매보지만 세월이 흘러갈수록 그리움만 쌓여갔다. 마음이 울적할 때면 밤하늘에 잔별을 바라보며 외로운 마음을 달래었다. 밤마다 툇마루에 나와 밤하늘을 쳐다보는 것도 점점 지쳐가고 있을 때였다. 뒤란 뜰로 떨어지는 낙엽소리가 깊어가는 스산한 가을밤을 더욱 쓸쓸하게 해 주었다. 늦가을 매몰찬 된서리를 견디지 못하고 장미꽃잎이 흩어진 낙엽처럼 하나둘 땅바닥에 나뒹굴기 시작했다. 그녀와 함께해 줄 것만 같은 꽃송이가 먼저 지쳐 쓰러지고 말았다. 함께 기다리자고 붉은 빛을 뽐내며 의젓하더니만 북풍한설의 무게를 견디지 못하고 내년을 기약하고 떠났다. 기다림은 마음의 상처일지는 몰라도 희망은 그 속에 있는 것. 기다림이 클수록 행복의 너울도 크게 일어날 것이다. 그녀는 행복의 끈을 앙가슴에 품고 놓을 수가 없었다. 가슴이 아파도 여자이기 때문에 참고 기다려야 한다고 자신을 채근했다. 고달픈 인생길은 달래어야지 탓을 해서는 안 된다는 것을 이미 깨우쳤다. 가슴속에 묻어두었던 한숨의 깊이도 점점 깊어가고 있었다. 성요는 지난날 남편과의 추억, 동백꽃 숲에서 입맞춤이 아슴아슴 피어올랐다.

"이 꽃이 다시 피는 날…… 또, 또, 언제 돌아올꼬? 내 낭군 돌아올 때까지 보고파도 참아야지! 보고프면 눈을 꼬~옥 감고 말아야지."

성요는 아직 부부간에 금실조차 엮어놓지 못했으면서 동백꽃을 좋아했다. 비록 좋아한다고 하지만 순정의 동백꽃은 좋아하지 않았다. 모진 추위에 피어나는 동백꽃일지라도 무덤 위에 피워내는 순정의 꽃은 좋아하지 않겠다고 강다짐을 했다.

허나 기다리는 운명 속에 자신을 맡겨놓은 번우함 속에서도 동백꽃 속에 감춰진 사연을 가슴에 안은 채 기다림에 빠져들고 있었다. 가슴 시린 찬바람이 옷깃으로 스며드는 겨울인데도 동백은 날마다 올강볼강 꽃망울을 부풀리고 있었다. 이제 동백꽃이 필 날도 머지않았다. 꽃들이 피고 지고 세월이 흘러갈수록 보고 싶은 그리움이 뼛골에 사무쳐 잠을 이룰 수 없었다.

가을걷이가 끝나갈 무렵 첫눈치고는 제법 많은 눈이 흩날리어 봉화산 산등성마루가 하얀 옷으로 갈아입었다. 벌써 겨울이 다가온 것. 아녀자들의 손끝에는 길쌈자루가 들려지기 시작했다. 가을걷이가 끝나고 벼들을 곡간에 쌓아두고 나면 이엉을 엮어 초가지붕을 새로 이을 때까지 들일을 하다가 그 이후로는 아녀자들은 길쌈 공정으로 나서는 것이 보통이었다. 추운 날에는 따뜻한 골방에 둘러앉아 길쌈 품앗이를 했다. 길쌈 공방(工房)은 상당한 숙련이 필요했다. 그래서 여자들이 시집가기 전 필수적으로 배워둬야 하는 것이 길쌈공정이었다. 서로 간에 숙련 정도가 엇비슷해야 품을 앗으려고 하기 때문이다. 아낙네들이 종일 골방에 앉아 삼을 잣거나 삼을 때면 끼리끼리 입심을 털어놓곤 했다. 입과 손이 서로 따로따로 일을 하는 꼴이었다. 소곤닥소곤닥거리다 보면 하루해가 금방 지나쳤다. 지난여름 벗겨놓은 삼 다발을 꺼내어 성요가 본격적으로 길쌈 길로 나섰다. 시집오기 전부터 했어야 할 일이지만 그녀는 배운 적이 없어 서투른 손놀림이었다. 하지만 그녀는 악착같이 마을 아녀자와 궤를 같이 했다. 풍상고초와 같은 어려움이지만 서슴없이 뛰어든 그녀. 본디 입이 무거워 아녀자들 틈에 끼어도 숙맥처럼 말도 하지 못하고 내내 어색한 표정만 지을 때가 많았다. 입심을 털지 않으면 입에 가시가 돋는다는 길쌈 공방 수다스러움 속에서도 묵묵히 듣기만 했다.

삼을 입에 넣어 이빨로 잡아 뜯어가면서도 아녀자들은 입을 멈추지 않았다. 그것이 길쌈 공방 풍속도였다. 집집마다 사립문을 열고 들어가 집안 사정을 샅샅이 살피고 온 것처럼 그들의 입방아에 올리지 않은 사람은 거의 없다시피 했다. 서로들 입을 맞춰가며 이러쿵저러쿵 속삭거리는 입담은 말이 말을 낳고 키워가면서 근거 없는 험담으로 비화되기 십상이었다.

살림살이가 족족유여하느니…… 빈천하다느니…… 심심찮은 처녀총각의 혼담 이야기…… 마을 사람들의 집안 제사…… 시어머니의 시집살이…… 사람들의 옷매무새…… 부부간의 금실의 정도와 부부싸움 이야기…… 사람들의 걸음걸이까지 도마에 올려놓고 난도질을 해대었다.

아녀자들의 입정에 오르내리면 무쇠도 녹아드는 것이어서 삼 년 재수가 없다는 것인데…….

그중에서도 시답지 못하게 가장 입방아에 오르내리는 사람이 있다면 재중이 부인들이 단연 으뜸이었다. 그 다음으론 성요를 빼놓을 수 없었다.

말은 말꼬리를 잡고 늘어지고 꼬리는 또 꼬리를 물면서 가만히 있는 사람들을 그냥 놔두지 않았다. 여인들은 성요를 앞에 앉혀놓고 입에 담아서는 안 될 허물을 거침없이 털어놓았다.

"근디 어쩌다 시집을 와서 이런 고생을 할까이? 워매! 조상님이 하지 말라는 혼인을 왜 해갖고 이 무슨 꼴이랑가? 생과부가 되어 밤마다 혼자서 어떻게 지내능가?"

유정댁이 성요 얼굴을 힐끗힐끗 쳐다보며 놀리듯이 야죽거렸다. 듣는 사람은 안중에도 없이 야지랑스럽기로 소문난 그녀는 면전에서도 해야 할 말인지 안 해야 할 말인지 구별을 할 줄 모르는 푼수기질이 다분해 보였다. 비싼 밥 먹고 헐한 소리 잘하는 사람이라 할지라도 정곡을 콕 찌르는 말에 지난여름 콩밭 생각이 불쑥 떠오르며 오소소 소름이 돋았다.

말이 끝나자마자 달랑 받아 가로채는 이는 젊은 동서 대식이 어미였다. 둘이는 항상 몰려다니며 일을 했다. 큰 동서가 말을 꺼내기라도 하면 어김없이 맞장구를 쳐대는 것이었다.

착살스러운 눈초리를 추켜세워 훑어보는 본새가 영 마음에 들지

않았다. 미간을 좁히고 관자놀이에 핏대를 세워 들더니 가슴속에 감춰놓은 것이라도 있는 듯 들척들척 거리다가

"문중 사람들도 그렇당께. 끝까지 말렸어야제. 처음에는 못하게 하더니만 나중에는 슬그머니 발을 빼버렁께. 혼인이 이뤄진 것이제."

"그렇께 말이시! 그래서 서로 못할 일을 당헌 것 아니겄능가. 춘향이처럼 옥에 갇힌 것도 아니고 젊어서부터 생과부가 된 꼴이 멋이당가? 조상님께서 시험에 합격하도록 복을 내려 주겄능가? 죽산댁도 후회한다고 그러드구만."

도저히 견딜 수 없도록 참담한 질곡을 채우려 드는 말. 둘이는 마치 가슴을 뭉개어 놓고 말겠다고 작정이라도 하고 온 사람들로 비춰졌다. 오직 남편만을 기다리며 살아가고 있는 사람에게 뼈를 돌칼로 발라내고도 부족해서 소금을 치고, 앙가슴을 담뱃불로 지짐질해대는 것이나 다름없는 짓이었다. 순간 성요는 천장이 빙빙 돌면서 눈앞에 아무것도 보이지 않았다. 앉아있는 구들장이 폭삭 꺼져 밑으로 빨려 들어간 것처럼 정신마저 몽롱해지는 것이었다. 서러움이 북받치면서 눈물도 핑 돌았다. 그녀는 아무런 말도 못하고 할미꽃처럼 고개를 숙인 채 어금니만을 사리물었다. 그것도 잠시 부러 태연한 척 웃음기 어린 표정을 지어보였다. 지는 게 이기는 것이라고 속살을 꼬집어가며 마음을 다스려야 한다고…….

남편이 돌아오면 이런 흉허물이 지워질 것이라고…… 모든 것이 하릴없는 짓들이라는 것을 알게 될 것이라고…….

천한 기생 딸 춘향이도 암행어사 이몽룡의 아내가 되니 만인으로부터 부러움을 독차지하지 않았던가? 그까짓 문중 간 허물을 가지고 그리 유난을 떨어대는 것인지 이해할 수 없는 일이었다. 내 남편 마

패차고 벼슬길에 오르면 모두들 부러운 시선을 감추지 못할 것이라
고 내심을 바로 잡았다. 성요는 다시 친정아버지의 가르침 '백행지
본(百行之本)이면 인지위상(忍之爲上)'이라 하신 말씀을 떠올렸다.
참는 것이 용서라는 것을 자신에게 고백했다. 참을 인 석 자면 살인
도 피한다. 백행에 근본은 참는 것이니 남편이 올 때까지 귀를 막고
살자고 흉심을 채근했다. 과거 보러 간 한양낭군을 기다리는 일념으
로 묵묵히 참는 도리를 다해야 한다고 자신과 맹약했다. "이제 좋겄
구만! 남편 따라 한양 가서 살면 이런 일 안 해도 되것제. 깨깟하고
좋은 데서 호강날라리하고 살 것 아닝개비네."

　구동댁이 전혀 아는 바 없는데도 불쑥 엉뚱한 말을 꺼내들었다.
그러나 성요는 관심도 두지 않았다. 그저 귓등으로만 듣고 흘리고
말자고 자신을 달랬던 것이다.

　"시부모도 모시고 갈 것이랑가? 아니면 식구들만 갈 것잉가?"

　지궁스러운 성격 탓에 관심을 두지 않으려 했던 것인데 새살스럽
게 눈웃음을 쳐가며 귀청을 때리는 것이었다. 그러나 그녀는 까닭도
모른 것이어서 삼 껍질만 다듬는데 여일하고 있었다.

　"인자 독새 같은 시어미도 없는 곳으로 강께 좋겄네. 세 식구 삐둘
구처럼 오붓하게 앉아서 도란도란 이야기해가며 살면 얼마나 좋을
까이. 그것도 한양에서. 그동안 떨어져 살았응께, 신방 차린 것처럼
깨가 쏟아지고 콧잔등이 반들반들해지겄제. 앙 그렁가?"

　이번에는 원택이 엄마가 까투리웃음을 쳐가며 심통 궂은소리로
목청을 끌어 올렸다. 힐끔힐끔 눈초리를 모로 세워가면서 보기에도
맵망스럽기 그지없었다. 그러나 성요는 못 들은 척 눈썹하나 까딱하
지 않고 입을 꼭 다문 채 묵묵무언으로 삼만 삼고 있었다.

“버버리가 서방질을 해도 속은 있다고 허드니만 어째서 말이 없능가?”

무던하게도 참을성을 보인 성요를 향해 눈매를 비틀어가면서 맨망을 떨고 나섰다.

“자네가 그렇게 돌부처처럼 속이 깊응께 몸이 고생을 헌단 말이시. 자네를 보고 동네 사람들이 멋이라고 허는 줄 아능가? 손끝부터 버릴 것 하나 없는 얌전한 며느리라고 헌다네.”

“저는 무신 말씀인지 모르겄구만이라우.”

삼 단만 만지작거리고 있던 성요가 여짓여짓하다가 무거운 입을 떼었다.

“한양으로 갈람시롬 멋한다고 질삼을 헐라고 헝가? 한양사람들은 질삼도 안하고 살 것인디 그건 그렇고 언제 갈 것잉가?”

“남편이 데리러 오면 간당께요. 팔월에 시험 봤응께 조만간 올 것이구만요.”

“세상은 참말로 불공평하당께. 어떤 이는 친정 잘 만나 돈 싸 짊어지고 한양까지 남편을 찾아가는디 이 년 팔자는 복쪼가리가 없어 친정이고 시집이고 간에 하루 세 끼 풀칠하기도 어려운 시상……. 무슨 재미로 허구헌 날을 보내야 쓸까 모르겄네.”

원택이 엄마가 다시 입을 열었다. 마치 신세타령이라도 한 것처럼 혼자서 종알거렸다.

그녀는 가난에 한이 맺힌 사람이었다. 바늘 꽂을 밭뙈기 하나 없이 따지기때부터 가을 일이 끝날 때까지 지게 품을 들어야 밥 세끼를 겨우 해결할 수 있는 처지였다. 성요를 바라보는 그녀의 눈빛에는 늘 시샘이 가득 차 있었고, 부러움에 찬 입방정을 떨고 다녔다.

"아이구! 죽산댁이 보내 줄 사람잉가. 공것이라고 하면 고춧가루서 말을 묵어도 맵다할 사람이 아니랑께. 사돈이 보내줬다고 허면 꼴딱 생키고 말겄제. 상머슴 며느리를 보낼 사람은 아니제. 이때 보소! 재중이 각시 꼴이 틀림없을 것잉께."

구동댁이 또다시 시쁜 웃음을 걸쳐가며 푸념 섞인 말로 야살을 떨고 나섰다. 연득없게 찍어대는 말이 그녀의 앙가슴에 대못으로 날아드는 것 같았다. 시어머니를 욕하는 것 같아서 비위에 거슬렸지만 길이 아니거든 가지 말고 말이 아니거든 탓하지 말라는 가르침을 떠올렸다. 그러면서도 그제야 어렴풋이 무슨 말인지 감을 잡을 수 있었다. 성요는 마음속으로 고개를 갸웃거렸다. 한양은 뭣이고, 사돈이 보내준 것은 또 무엇인지 말도 많고 탈도 많은 재중이를 들먹이고 나선 것이 야릇하다는 생각이 들었다.

"재중이 각시 꼴이라니요. 그것이 무신 말씀이다요?"

"자네도 잘못했다간 재중이 각시 꼴 난다 그말이랑께."

구동댁이 화를 덜컹 내듯 입술을 모로 비틀면서 핀잔스럽게 쏘아붙였다. 성요도 재중이에 대해선 어느 정도 알고 있었다. 시어머니가 시도 때도 없이 들먹인 탓에 몸서리치기도 한 말이기도 했다. 자신을 재중이 부인에 빗대는 것이 일각에 몽둥이로 한 대 얻어맞은 것 같았다.

웃돔에 구칠갑이라는 사람이 살고 있는데 제법 재물을 갖고 있었다고 했다. 대밭만 해도 천여 평에 이르렀고 먹고 살 만한데 큰 아들 재중이란 사람은 밖으로만 나돌아 다녔다는 것이다. 나이 열일곱 살 때 회천 영천리 보성 선씨의 딸과 혼인을 했다고 했다. 인물 좋고 얌전한 선씨 부인은 시부모를 깍듯이 모시고 남편을 하늘처럼 위하는 착한 아내였다고 했다. 그런데 어느 날 재중이가 역마살이 끼었는지 온다간다 말도 없이 고향을 훌쩍 떠나고 말았다. 시부모는 모든 것을 며느리 탓으로 돌리고 성화를 대기 시작했다. 선씨 부인은 그것도 팔자려니 하며 시부모를 더욱 극진히 모시며 남편이 오기만을 기다리며 살아갔다.

친정에서도 '여자는 죽어도 시집 울타리 밑에서 죽어야 한다.'고. 그것은 모름지기 남편이 돌아올 때까지 딴 생각 말고 잘 살아야 한다고 일침을 놓았던 것. 얼떨결에 생과부가 된 부인은 그럭저럭 시부모를 모시고 혼자서 아들을 키우며 살고 있었는데 남편이 떠난 지칠 년 만에 웃어야 할지 울어야 할지 알 수 없는 이상야릇한 일이 벌어졌다. 떠난 남편이 집으로 돌아온 것. 그런데 혼자 온 것이 아니라 예쁘장한 여자를 곁에 달고 온 것이었다.

선씨 부인은 등줄기에 식은땀이 돋아나고 숨이 막혀 말이 나오지 않았지만 어쩔 수 없었다. 그동안 남편은 광주에서 트럭운전사로 살면서 이 여자를 만나 함께 살았던 것이다. 첩을 데리고 온 남편은 본부인에게 소개해주면서 동서라고 부르라고 했다. 그리고 친자매처럼 지내라고 일러주며 등에 업힌 아이를 친아들처럼 거두라는 말도 잊지 않았다. 결국 한 집에 두 여자를 거느린 꼴. 남편이 시앗을 보면 길가의 돌부처도 돌아앉는다는 것인데 그것도 아예 한 방에서 차마 말로 할 수 없는 어처구니없는 일이 벌어지고 말았다. 남편은 여자를 양쪽에 누여놓고 교대로 품어가며 지냈다. 사람으로서 할 짓이 아닌데도 마치 개돼지 같은 일을 서슴지 않았다. 그렇게 지낸 지 여섯 달이 지나고 나서 그는 돌연히 집을 나갔다. 두 여인은 시부모가 따로따로 방을 주어 살도록 해 준 탓에 아들 하나씩을 키우며 지냈다.

참으로 기이한 사건임에 틀림없는 일이었다. 그 이후에도 여전히 한 지붕 아래 두 여인은 친자매처럼 잘 지냈다. 시앗끼리는 하품도 옮지 않는다는 것인데 그녀들에겐 통하지 않았다. 어차피 같은 처지요 동병상련과 같은 팔자인데 헛심 쓰지 말고 마음이라도 편하게 살자고 속내를 훌훌 털어놓았다고 했다. 그렇게 살다가도 남편이 돌아오면 여자의 본심이 드러나면서 서로 남편을 차지하려고 안달을 부릴 때가 있다고 했다. 또 남편이 떠나고 나면 언제 그랬느냐는 듯이 마치 죽 떠먹은 자리와 다름없었다. 사람들은 쓸개도 간도 없는 여자들이라고 흉을 보는가 하면 부처님도 할 수 없는 착한 성미라고 칭찬하는 이도 있었다. 이 기막힌 사연은 고을 사람들에게 웃음을 주는가 하면 흉허물이 되기도 했다. 며느리를 두고 있는 시어머니들은 너나 할 것 없이 재중이 부인 이야기를 꺼내들기 일쑤였다. 며느리 길들이기에 이보다 더 좋은 호재가 있을 리 만무했다. 죽산댁도 틈만 나면 재중이 부인을 칭찬하며 며느리 기를 꺾으려 들었다. 육자배기도 세 번 들으면 귀에 싫고 좋은 말도 자꾸 들으면 도리어 불쾌한 법인데 시어머니는 시도 때도 없이 재중이 부인을 입에 달고 살았다. 며느리를 옭아매려는 시어머니의 속셈임에 틀림없었던 것이다.

"은행나무도 마주 봐야 열매가 맺는 것이고 여자는 대를 이을 아들을 낳아야 뒷날을 기약하는 것인디 이렇게 삼이나 삼고 있어서야 되겠는가? 임도 보고 뽕도 따야제. 당장 돈 있을 때 올라가소. 친정 것 가지고 와서 살면서 뭐가 못 해서 궁색스레 살라고 허능가?"

이번에는 나이가 가장 지긋한 유정댁이 성요를 향해 입정을 달았다. 허를 쩍쩍 차가면서 미간에 주름살까지 얹어가며 말했다. 별반 서린 감정도 없을 것 같은데도 몰풍스럽게도 쪼아대는 것이었다. 지난여름 콩밭에서 지궁스럽게 쌔물대어 사람을 밭고랑에 쓰러지게 만들었던 일이 벌컥 떠오른 것이었다.

유정댁은 품은 말을 속심에 감춰두지 못한 사람이었다. 입바른 소리를 잘하기로 소문이 난 사람이었다. 그녀가 문중회의에라도 참석하면 달가워하는 사람이 없었다. 하도 말이 많아서 할 말인지 못할 말인지 구분을 못한 사람이었다. 남의 눈치코치 볼 것 없이 제멋대로 괴덕을 부리는 통에 유정댁이 회의에 나오면 모두가 싸늘한 눈초리였다. "뭣 할라고 나와, 가만히 집에 자빠졌제." 하며 구시렁거리기 일쑤였다. 차라리 그녀 앞에서는 입을 꼭꼭 묶어 천장에 달아매놓은 것이 낫다고들 빈정거리는 이도 많았다. 그렇다고 해서 유정댁은 뒤로 물러서거나 참는 일이 거의 없었다. 그런데 이상하리만큼 그날만은 동정(同情)이 가득 괴인 듯한 말을 꺼내든 것 같았다. 타이르기라도 하려는 듯 선후를 가려가며 깐깐하게 일러주듯 말했다.

"죽산댁이 돈 내놓겠는가? 그 자리에서 보고 다시 준다고 해도 마다할 사람이제. 한두 번 겪어봤간디, 하기야 염라대왕도 돈 앞에선 한 쪽 눈을 감는다고 허드라네만."

유정댁에 비해 서너 살 아래쪽에 속한 능주댁이 가만히 듣고 있다가 갑자기 콧구멍을 벌름거리며 생기침을 하고 나섰다. 그러고 나서 목청을 가다듬더니 싸잡아 나무라기라도 하듯 오뉴월 신 살구를 씹은 것 마냥 떨떠름한 소리를 꺼내들었다.

"시답잖은 소리들 그만 허랑께. 좋은 일을 하겠다고 하면 칭찬은 못해 줄망정 무슨 짓들이여. 친정에서 돈 가져다 시동생 장가보낸 사람 봤능가? 그보다 기특한 일이 어디 있당가? 참말로 장한 일이제. 효부는 아무라도 되는 것인감. 시어미가 며느리보고 '부부는 떨어져 사는 것이 아니다. 친정에서 돈도 보내왔으니 이번 참에 남편 따라 가거라' 했다는디 시동생부터 먼저 챙겨야 한다고 말한 그 착한 속을 누가 알겄어. 아무것도 모름시롱 쓰잘데기 없는 소리들 그만 허고 어서들 삼이나 삼으랑께. 열 사람 죽으러 가는 데는 가도 한 사람 살러 가는 데는 가지 말라고 허지 않던 갚네. 민순이 어매가 혼자 편하겄다고 한양으로 홀라당 가불면 누가 농사를 지을 것잉가? 시동생 장가보내자고 했담서. 참말로 고마운 일이제." 새터댁이 눈웃음을 슬슬 쳐가며 야슬야슬 입술에 입정을 매달았다. 마치 등허리를 두들겨놓고 아프냐고 배를 매만지는 격이나 다름없었다.

성요는 그제야 어렴풋이 감을 잡을 수 있을 것만 같았다. 하나둘 시어머니 속셈을 꿰뚫어 볼 수 있는 말들이었다. 친정에서 돈을 보내왔다는 것도…… 시동생 결혼시키려 드는 것…… 그리고 며느리가 말한 것처럼 꾸며대는 것까지……. 친정집 식구도 시부모도 모두 야속하기 그지없다는 생각이 들었다. 한편으론 친정아버지가 그렇게 섣불리 일을 처리할 사람이 아닌데도 어찌 그런 말이 떠도는 것인지…… 추단할 수 없는 일이었다.

허나 순간 머리를 얼핏 스치고 지나가는 예감이 있었다. 섣부른 예단일지 모르나 어찌 보면 그것은 자신을 한양으로 보내기 위한 사전 포석일 수도 있었다.

성요는 자기도 모르고 있는 사이 집안에 일이 벌어지고 있음을 은근슬쩍 알아차리고 짐짓 빈 웃음을 머금었다.

"영리한 고양이가 밤눈 어두운 볍이여. 자네 시어미는 왕지네를 회쳐 묵고도 남을 사람잉께 그리 알소. 괜히 시동생 생각헌다고 시어미 말 듣지 마소. 그 사람 잔꾀에 넘어가면 재중이 각시 꼴이 될 것이랑께. 오리 새끼를 길러 놓으면 물로 가고, 꿩 새끼를 길러 놓으면 산으로 가는 것 아닝가. 자네 돈 갖고 시동생 장개보낸다고 그 은 공 안당가? 나중에 탓이나 뒤집어쓰지 않으면 다행이제. 눈 딱 감고 남편 따라 가소. 멋을 못 잊어 못가능가?"

구동댁이 모멸에 찬 눈빛으로 쏘아보면서 생뚱맞은 말을 여지없이 쏟아내었다. 소처럼 혓바닥이 들고 날 것처럼 팬 콧구멍을 벌씸벌씸거리며 걱정스러움을 들춰내었다. 입가에 조소를 흘려가며 자신감에 찬 목소리로 마치 고자질이라도 하는 것처럼 짓부릅뜬 눈으로 쏘아보며 말했다.

"워매! 자네 시어미 같은 사람이 어디 있당가? 눈만 뜨면 그놈의 아들자랑. 아들 유학 못 보낸 사람이 사람이랑가? 짐승만도 못한 것이제. 괜히 내 밥 묵고 삼시롬 무시당허고 사는 것도 징글징글허네."

능주댁이 원망스럽다는 듯 고개를 빼뚜름하게 틀어가며 그간에 쌓인 감정을 털어놓았다.

"말도 말랑께. 시도 때도 없이 귀가 따가울 정도랑께. 그놈의 아들 타령을 해대는 통에 우리 같은 사람은 고개도 못 들었어. 사돈댁에 돈 가져와 가르친 것을 시상 사람들이 다 아는 것인디 제 낯바닥 자랑만 했싼당께. 자식 자랑하면 반 미친놈이고 계집 자랑하면 온 미친놈이라고 허는 것도 모른개비여."

아직은 젊어 어른 축에 들지도 못한 원택이 엄마가 고개를 살래살래 저어가면서 야발스럽게 어깃장을 놓고 끼어들었다.

성요는 무슨 말을 해야 할지 가슴이 꽉 막혀들었다. 한바탕 몽둥이찜질을 당한 것만 같았다. 괜스레 아들자랑을 해대는 통에 교만하게 보여 인심을 잃어가고 있음을 알 수 있었다.

주러 와도 미운 놈 있고, 받으러 와도 고운 놈 있다고 하는 것인데 허구한 날 자식 자랑만 일삼으니 좋아할 사람이 없는 것 같았다.

"인자 한양가서 살라고 헌 것은 포기해부렀능가? 참말로 민순이 어매는 속이 비단결이로구먼. 나보다 시동생을 먼저 생각헌 사람이 이 시상에는 없겄제."

"시동생을 먼저 생각허다니요? 그게 무신 말씀이신가요?"

"내동 말해도 못 알아 들었능가?"

"우리 민순이 아부지가 곧 내려올 것이랑께요. 그러면 따라갈 것이구만요."

"그런디 왜 친정에서 보낸 돈을 시어미에게 줘부렀능가? 그 돈으로 시동생 장개보낸담서?"

유정댁이 갈퀴눈으로 째려보면서 의심의 똬리를 틀었다. 성요는 변명할 계제가 아니었다. 더 들먹였다간 생선살 발라내듯 집안의 흉허물만 들춰낼 일이었다.

"눈치가 빠르면 절간에 가서도 새우젓을 얻어묵는 것인디 자네는 한 집에 삼시롬 그렇게 눈치가 없능가? 돈을 딴 데로 빼돌려부렀는디 데리러 오라고 혔겄능가? 폴쎄 오지 말라고 알렸겄제. 오드라도 나중에 오라고 헐 것 아닝가부네."

정동댁이 마치 집안 사정을 훤히 들여다보고 있는 사람처럼 가자미눈으로 핀잔스럽게 꺼들거리며 말했다.

일순간 성요는 가슴에서 두방망이질이 일어나며 가슴이 짓뭉개지는 것 같았다. 대바늘로 목덜미를 쿡쿡 찔러대는 말. 한숨이 목젖을 밀어젖히며 한바탕 분독을 토해내라고 다그치는 것 같았다.

성요는 남편이 오지 않는 연유를 눈치챌 수 있었다. 시부모는 남편의 행적을 알고 있다는 것부터가 충격으로 다가왔다. 이제껏 붙들어 잡고 있던 나뭇가지가 힘없이 부러지고 있다는 생각에 땅바닥으로 팍 고꾸라지는 느낌이 들었다.

그러나 한편으론 남의 험담에 이골이 난 사람들이라는 생각이 설핏 떠올랐다. 온종일 입씨름을 해도 당할 자가 없다는 사람들과 왈가왈부할 일이 아니다 싶었다. 그녀는 마음을 가다듬었다. 양갓집 딸의 체통을 먼저 생각하여 의연한 모습을 보이려 들었다. 하지만 가슴이 벌렁벌렁 뛰고 턱이 덜덜 떨리는 것은 어쩔 수 없었다. 그녀는 생기침을 한 번 하고 나서 정색을 한 뒤 입을 떼었다.

"오지 말라고 했다는 것은 무신 말씀잉가요?"

"소문이 이미 짝 깔렸는디 모른단 말이여?"

정동댁은 의아스럽다는 듯 위아래를 훑어보면서 되레 묻고 나섰다. 도무지 알 수 없는 일. 주소도 모르고 편지 연락도 없는 사람에게 무슨 재주로 알렸다고 소문이 났단 말인가?

그녀는 더 이상 말하고 싶지 않았다. 다시 친정아버지의 가르침을 떠올려보았다.

백 가지 행실에 있어 가장 근본은 참는 것이라는 것을. 난인난인(難忍難忍)이며 비인부인(非人不認)이요, 부인비인(不忍非人)이로다. 참는 것은 어렵고 어렵지만 사람이 아니면 참지 못할 것이요, 참지 못할 것 같으면 사람이 아니로다. 여자가 시집을 가면 벙어리 삼 년 귀머거리 삼 년이라 했거늘. 여필종부(女必從夫)라 것도 참을 인(忍)자에서 오는 것이다. 처녀 때는 비단옷을 입었어도 시집에선 미영적삼에 삼베 치마라 할지라도 감지덕지해야 한다. 뒤주 안에 거미

줄이 쳐져있어도 배고프다는 소리를 하지 말 것이며, 잠이 부족하여 눈이 감기더라도 시어머니 눈에 나지 않도록 참아야 한다. 여자는 혼례식을 마치고 신랑을 따라 나설 때부터 말을 조심해야 하고, 꼭 하고 싶은 말이 있어도 참아야 한다. 아내의 행실이 어질면 남편의 화가 적어진다. 여자의 목소리가 울 밖으로 나가면 그 집의 법도를 알 수 있는 것이다. 예쁜 정(情)도 나에게서 나오고 미운 정도 나한테서 나오는 것이다. 고춧가루가 맵다 해도 시어머니 입보다 더 맵지 않은 것이니 매운 입을 만들지 않도록 해야 한다. 혓바닥 밑에 죽을 말이 들어있는 것이니 시집에서는 고달파도 참아야 한다. 여자는 시부모 하는 집안일에 뛰어들지 말고 시부모를 하늘처럼 모시고 하늘같은 남편에게 순종해야 한다는 것을. 몇 번을 되새겨 봐도 옳은 말. 의당 여자로서 지켜야 할 도리임에 틀림없는 가르침이었다.

하지만 실제의 켯속에서 도무지 알 수 없는 일이 벌어지고 있는 것이 가슴이 아팠다. 그래도 참아내면 반드시 좋은 일이 있을 거라는 가르침 속으로 발걸음을 내딛기로 했다. 며느리로써 참된 도리를 다하기 위해서는 참고 견디자고. 나쁜 소문은 빨리 퍼지는 것이고, 남의 말 다 들으면 목에 칼 벗을 날 없다는 생각도 떠올랐다.

그러나 한편으론 허물없는 사람이란 없는 법인데도 남의 말을 함부로 도마질해대는 것이 얄밉기도 했다. 제 코도 못 보면서 흉허물 없는 사람이 어디 있다고 숯덩이가 검정나무 탓한단 말인가? 개를 따라가면 뒷간으로 가는 것이라고 했는데……. 고부간에 이간질을 하려 드는 것인가?

비록 남편이 객지에 나가 있다고 할지라도. 맏며느리 입장에서 볼 때 시동생 혼사는 자신이 짊어져야 할 임무라는 생각에서 자유로울

수 없었다. 열두 살부터 남의 집 꼴머슴생활을 해온 시동생을 생각
하면 참으로 안타까운 마음이 들었던 것. 이제 나이도 찼으니 혼인
을 해야 하는 것은 당연한 노릇. 마치 팥죽이 끓어오르듯 오만가지
번민이 머릿속에 송알송알 맺혀들었다.

길쌈 공방을 마치고 사립문을 나선 그녀는 왠지 발걸음이 가볍지
않았다. 꿈속에서 몽둥이찜질이라도 당해 잠을 이루지 못한 사람처
럼 정신이 몽롱해지면서 팔다리도 뻐근했다. 빈총도 안 맞은 것만
못하다고 하더니 남의 입방아에 오르내리며 뭇칼질을 당하고 난 뒷
맛은 정말 개운하지 않았다. 어쩐지 미구에 닥칠 일이 불안함으로
다가와 소용돌이치면서 찝찌레한 것이다.

대문을 들어선 그녀는 여느 날과 같이 저녁을 짓기 위해 부엌으로
향했다. 인정 많은 시아버지는 며느리 오기 전에 땔감을 가져다놓고
아궁이 재도 치워놓았다. 시어머니가 내어준 양식을 받아들고 된장
국도 끓이고 오랜만에 친정집에서 가져다 준 마른 굴비도 구웠다.

해가 지면서 어둠이 짙게 깔려들 때였다. 밥상을 차려든 그녀는
시부모 앞에 조심스럽게 놓아두고 부엌으로 나왔다. 숭늉을 챙겨들
고 다시 방문을 여는 순간이었다. 방금 전만 해도 굴비가 맛있다고
도란도란거리던 것인데 느닷없이 시어머니 입에서 밥상을 메치는
소리가 터져 나왔다.

"워매! 늙은 막에 며느리 눈치 보고 살게 해 놈시롬 목구녁에 밥이
넘어가요? 넘어가!"

마치 방문 창살을 내리 찍는 소리였다. 시어머니가 남편을 향해
딱부리 눈을 치떠 굴리며 노발대발 악을 쓴 것이다. 성요는 털끝이
오싹해지면서 공포감에 사로잡혀 기겁을 한 채 마룻바닥에 엉덩방

아를 찧고 말았다. 할아버지 곁에 앉아 납죽납죽 받아먹고 있던 어린 딸도 기겁을 하며 울음을 터뜨리더니 이내 어미 품으로 달려들었다. 허나 시아버지는 대꾸도 없이 숟가락을 내려놓은 채 담뱃대에 담배만 채워 물었다.

"여물지도 못한 자석! 칠 년 동안이나 남의 집 머슴살이 시켰으면 허제 얼마나 더 시킬라요? 늙어 죽도록 머슴으로 놔둘라요? 배운 것도 없제, 가진 것도 없는 놈한테 어느 년이 딸을 주겠소? 떡 본 김에 제사 좀 지낼라고 했더니만……. 왜 말을 못허요? 언제부터 버버리가 되었냔 말이요?"

시어머니가 버럭버럭 악을 쓰면서 눈알을 부라린 채 대들었다. 관자놀이에 푸르스름한 핏발이 빳빳해지더니 턱살까지 부르르 떨면서 무람없이 어깃장을 놓은 것이다. 이제까지 집에서 볼 수 없었던 일이었는데 현실로 다가옴에 무척 당황스러웠다.

"보내야제, 친정에서 보내온 것을 다른 데 쓴다면 짐승만도 못한 짓이제."

시아버지는 거들떠보지도 않은 채 담배연기만 뿜어내면서 오기가 치밀어 오르는 소리를 질러대었다. 조금도 소신을 굽히지 들지 않고 오히려 당당해보였다.

"나는 못 보내겠소. 내 눈에 흙이 들어가기 전에 못 보냉께 그리 아싯시오."

시어머니는 조금도 물러섬이 없이 빠득빠득 대들었다.

"왜 사돈 간 맺은 약조를 내팽개치려고 허능가? 사람 노릇을 허고 살라면 해야 헐 일이 있고 하지 말아야 헐 일이 있는 것인디 그렇게 몰정한 짓을 헐라고 허능가? 나는 절대로 못허겄응께 그리 알랑께."

시아버지는 곰삭은 목소리로 소리가락을 뽑아내듯 넋두리를 하고 나섰다. 애원이 서린 눈을 슬며시 뜨며 사정을 하듯 말했다.

"니가 사람이라믄 당연히 시동생부터 장개보내야 헌다고 해야 쓸 것 아니냐? 너사 서방이 벼슬길에 오르면 얼굴만 처다봐도 배부를 것인디. 배우기도 못 했제 머슴살이를 해옴서 부모를 위해 새경을 다 바쳐온 시동생인디 그렇게 모질게도 모른 척 헐라고 허냐?"

이번에는 성요를 향해 외까풀 갈퀴눈으로 째려보면서 악을 쓰다시피 말했다. 성요는 길쌈방에서 이미 듣고 왔던 터여서 내심 짐작은 하고 있었지만 막상 악성(惡聲)을 질러대는 시어머니의 모습 앞에서는 가슴이 벌렁벌렁 떨려서 고개를 푹 숙여버렸다.

"어째서 말을 못허냐? 느그 친정에서 가져온 돈이라고 해서 네 마음대로 헐라고 허냐? 나는 그런 꼴 못 보겄다. 내 눈에 흙이 들어가기 전에는 그런 꼴 못 보겄응께 그렇게 알어라."

시어머니는 한 눈을 씰룩거리며 오기진 말을 쏘아대었다. 얼굴에 심술이 잔뜩 피어나면서 입가에는 조롱기까지 담고 있었다. 성요는 할 말이 없었다. 품속으로 부쩍부쩍 파고드는 딸만 안고 기죽은 듯 고개만 숙이고 있었다.

"사람은 정월 초하룻날 묵은 마음을 섣달 그믐날까지 가지고 가야 허는 것인디 밴댕이 소갈머리만이로 하루에도 몇 번씩 변덕이 죽 끓듯 허니 살 수가 있어야제. 악만 써댈 것이 아니라 가슴에 손을 올려놓고 생각해봐야 쓴당게. 제발 억지투정 부리지 말란 말이여."

시아버지가 알아듣도록 절곡히 타이르고 나섰다. 하지만 시어머니는 들은 척도 하지 않은 채 이맛살만 꼿꼿하게 세워가면서 고개마저 뼹등그리더니

"나보고 밴댕이 속이라고 했소? 워매! 우리 허일이 머슴살이 사는 것이 누구 탓인 줄이나 아요? 그 좋은 살림 다 말아묵었으면 입이나 가만히 있을 일이제. 무슨 염치가 있다고 그런 말을 입에 바른다요? 늘그막에 난 아들이 머슴살이해서 벌어온 새경을 뺏어다 묵었으면 갚아줘야 헐 것 아니요. 그래야 장개도 가는 것이제. 늙어 죽을 때까지 숫총각으로 놔둘라고 작정이라도 했습디여?"

시어머니는 조금도 물러설 기세가 아니었다. 오히려 한 마디 말에 두 마디로 되갚으며 눈을 뒤집어 까는 것이었다. 목울대를 타고 오르는 핏대까지 빳빳하게 세워가며 옳고 그른지를 따지고 달려들었다.

"아니랑게. 사람은 순리대로 살아야 허는 것이랑게. 우리 순이 시험에 합격해서 벼슬길로 나간다면 하나밖에 남지 않은 동생인디 그냥 놔두겄능가? 그렇지 않아도 지가 해야 헐 일을 동생이 헌다면서 성공하거든 갚고야 말겄다고 했응께 조금만 기다리면 될 것 아닝가? 땅문서 들고 시집와갖고 품을 앗아감서 농사를 지어낸 것을 보면 가슴이 뭉개지는디 인정머리라곤 손톱만큼도 없구만. 부부는 일신이어서 한 이불 덮고 살아야 금실이 생길 것 아닝가? 오죽 했으면 사돈댁에서 돈을 보내오겄능가? 그런디도 그것을 가로채겄다 그말이제. 천하에 몹쓸 심뽀로구만."

핀잔기가 잔뜩 묻어난 뽀로통한 얼굴로 쳐다보며 심드렁한 소리로 휘갈기듯 말했다. 그러나 시어머니의 얼굴표정이 고분고분 따를 것 같지 않아 보였다. 인중 자국에 시쁜 웃음을 얹어가며 가느스름한 눈매를 모로 비틀더니 볼주름까지 달고 나섰다. 성요는 무안쩍어 고개도 돌리지 못한 채 앉아 있었다.

"너는 어떻게 생각허느냐? 아무런 말도 없은 것을 봉께 시동생이

늙어죽도록 혼자 살아도 괜찮다 그 말이제! 왜 말이 없냐?"

꿀 먹은 벙어리처럼 딸을 품에 안고 숭늉그릇만 조몰락거리고 있는 그녀를 향해 불을 뿜듯 대꼬챙이 같은 소리가 날아들었다. 시어머니의 쏘아보는 눈매에 도끼날 같은 서슬이 퍼렇게 번뜩거린 것 같았다. 어린 것도 할머니의 악매 같은 소리에 기겁을 한 채 깜짝깜짝 놀라는 것이었다.

"어머니 저는 무슨 말씀인지 잘 모르겠구만요. 친정에서 돈을 보내온 지도 몰랐구만요. 갑자기 물으시니 뭐라 말씀드려야 헐지……."

성요는 뒤쳐놓은 호박잎처럼 풀이 죽은 채 말끝도 맺지 못하고 얼버무렸다. 시어머니는 푸접스러운 눈빛을 흘리다 이내 시아버지를 향해

"며느리를 보낼 경가 아니면 데리고 살 경가 결정을 해야 쓸 것 아니요? 어서 말을 해보란 말이요?"

시어머니는 마치 마른 나무에서 물을 짜내기라도 하려는 듯 건목수생(乾木水生)과 같이 때글때글한 목소리로 다그치고 나섰다.

"어째서 가만히 앉아 있는 생사람에게 기름을 짤라고 허는 것잉가? 인정머리라곤…… 눈을 씻고 찾아봐도 없구만."

시아버지는 혀를 툴툴 차가며 핀잔하는 투로 가자미눈을 흘겼다.

"워매! 나보고 인정이 없다고라우? 나보다 인정 많은 시어미가 조선 팔도에 또 있능가 찾아보라고 허랑께요."

시어머니는 어이없다는 듯 허허로운 눈웃음을 쳐가며 허풍스러움을 떨었다.

"지 친정에서 땅문서 가져와 갖고 이제껏 그 농사지어 시부모 먹여 살렸으면 허제, 더 이상 뭘 바라는 것잉가? 이제 남편 곁으로 보

내 줘야제. 그것이 인륜인 것인디. 가는 것까지도 지 친정에서 대어
주는디 어찌 못 보낸다는 건가!"

시아버지는 우직하고 곧이곧대로 삶을 살아간 사람답게 조금도
물러앉지 않을 기세였다.

그녀는 가슴이 새삼 두근거리기 시작했다. 이제 더 이상 견디기 어
려운 지경에 이른 것 같았다. 이제껏 마음을 달래 왔던 예감을 완전히
빗겨가고 있는 것이었다. 무어라 엄두를 낼 수 없는 허무한 생각이 들
기까지. 오장이 찢어질 듯한 비통함이 그녀를 덮쳐오고 있었다. 하지
만 참는 것은 어려운 일이지만 사람만이 참을 수 있다는 것, 참는 며
느리가 되겠다고 지그시 두 눈을 감고서 입술을 굳게 깨물었다.

"어머님! 저는 어머님께서 허라는 대로 헐 거구만요."

그녀는 짐짓 허심탄회하면서 침착하게 속심을 털어놓았다. 마치
무거운 짐을 이고 가다 부려 버린 느낌이 들면서 마음이 홀가분해지
는 것이었다.

"먹고 살 일을 해사제. 서방 공부하는디 가서 우두커니 허구 헌 날
앉아 있으면 청승떠는 일이제. 여기서 보지란히 일하면 나중에 다
느그 살림이제 우리가 가지고 죽을 것이냐?"

시어머니는 마치 세 살 먹은 어린 아이 달래듯 느물느물 눈빛을
쏘아가면서 방바닥에 딱 까는 목소리로 말했다. 귓속을 누비고도 남
을 아양스러움까지. 조근조근 타이르듯 달래려 들었다.

"며느리가 머슴으로 들어왔능가? 친정에서 방값까지 대주는디 왜
부부 인륜까지 끊을라고 허능가? 참말로 못된 시어미구만! 우리는
언제 손자를 안아볼 것이란 말잉가?"

시아버지는 마치 한탄하듯 탄식조가 묻어난 어투로 채근하고 나

섰다. 목소리마저 시들어지면서 비탄에 젖어든 느낌이었다.

"손자가 늦다고라우? 워매! 지금 지 나이 몇인디 늦다고 허요? 동촌댁 금순이는 그 나이에 아직 시집도 안 갔는디 늦다니요? 말이 나왔응께 망정이제. 아들 낳겄다고 한양으로 간단 말이요. 시험에 합격하면 곧 올 것인디 그새를 못 참어서. 아들한테 물어 보지도 않고 덜렁 올려 보낸단 말이요? 지가 가서 공부를 가르칠 것이요, 아니면 벼슬길을 만들어 줄 것이요. 뭣땀새 아들한테 물어보지도 않고 맘대로 헌단 말이요? 지금 새끼가 급허요? 벼슬이 급하제. 시다고 허는디 왜 초를 칠라고 허냔 말이요. 된장 신 것은 일 년 웬수요 마누라 잘 못 만난 것은 평생원수라더니 그 꼴을 만들라고 허요?"

노기를 품은 듯 목소리는 갈라지고 입술마저 덜덜 거리면서 말꼬리를 물고 늘어졌다.

그 순간 성요는 새터댁이 쪼아대던 말이 떠올랐다. '자네 시어미는 왕지네를 회쳐 묵고도 남을 사람잉께 그리 알소. 괜히 시동생 생각헌다고 시어미 말 듣지 말소. 그 사람 잔꾀에 넘어가면 재중이 각시 꼴이 될 것이랑께. 오리 새끼를 길러놓으면 물로 가고, 꿩 새끼를 길러 놓으면 산으로 가는 것 아닝가.'

오죽 했으면 사람들의 입살에 오르내릴까 싶은 생각도 들었다. 초례청을 걸어 나오자마자 떠나가는 남편이 그리워 밤마다 울었건만 왜 이리 매정하게 대해주는지 질정을 할 수 없는 심정이었다. 이별이 서러워 동백꽃을 꽂아주며 눈이 짓무를 정도로 울었던 심정을 알아주키는커녕 악담만 들었을 뿐이다. 통곡을 쏟아내고 싶었다. 그러나 짐짓 시치미를 떼고 숭늉을 들고 방으로 들어갔다. 시어머니가 힐끔 쳐다보고서 언제 그랬냐는 듯 태연한 표정을 지으며 숟가락으로 밥을 뜬 다음 굴비 살점을 떼어 올렸다. 그리고 민순이 입에 떠먹였다. 까닭도 모른 어린 딸은 눈알을 빙글빙글 돌리며 눈치를 살피더니 받아먹었다. 눈언저리가 눈물자국으로 범벅이 된 채 훌쩍이며. 이내 긴 숨마저 몰아쉬었다.

굴비가 맛있다고 흠탄을 쏟아내던 시아버지는 숟가락조차 내려놓고 담뱃대만 쭉쭉 빨았다.

수심으로 일그러진 얼굴에는 심란한 기색으로 가득 채웠고 심연에서 뽑아낸 한숨을 담배연기로 뿜어내다말고는

"보내지 않을라면 돈을 돌려줘야헐 것 아닝가?"

억눌린 양심의 가책을 체현하기라도 하려는 듯 다시 입심을 뽑아들었다. 양심에 빚지곤 못 사는 성미 그대로였다. 손녀에게 밥을 떠먹이고 있던 시어머니가 숟가락을 집어던지듯 내려놓고서 마치 생벼락 내려치는 목소리로 말꼬리를 물고 늘어졌다.

"아이고 별 소릴 다 듣겠소. 딸 위해 줘놓고 다시 돌려달라고 헙디여? 한 번 줬으면 그만이제? 그러면 딸도 돌려주마고 허제 입 뒀다 어디다 쓸라요. 시집보낸 지 사 년 되었응게 이제 돌려주라고 헌다면 두 말도 않고 돌려준다고 허싯시오. 남자 잘 나 열 계집 거느린들 무슨 흠절이라도 있답디여? 재중이는 각시가 여섯이나 되어도 말 한마디 없이 잘만 삽디다. 하나밖에 없는 우리 집구석에서는 왜 이리도 말도 많응가 모르겠네. 서방이 데리러 온다고 헌다면 죽은데끼 참고 기다려야제. 그새를 못 참고 야단들이랑가? 친정식구들은 시집에서 허는 대로 보고 있을 일이제. 사돈집 잔치에 감 놔라 배 놔라 헌다요. 출가외인한테 무슨 낯짝으로 낯바닥도 두꺼운 사람들이구만. 줏대 없는 시아부지라고 무시허는개비요? 이다음에 내 아들이 정승 같

은 벼슬에 오르면 그때는 어떻게 헐라고 간섭을 헌가 모르겄소.”

시어머니의 입가에 허연 게거품이 부걱부걱 거렸다. 이미 작정이라도 해 둔 사람처럼 귀청이 쩡쩡 울리도록 악을 써가며 거침없는 볼멘소리를 뱉어낸 것이다.

하지만 시아버지도 조금도 물러날 기색이 아니었다.

“도대체 뭘 어쩌자고 이러는 것잉가?”

시아버지는 시어머니를 뚫어지도록 쳐다보고서 눈알을 부라리며 사박스럽게 몰아붙였다.

“우리 일이 장가보내야지라우.”

마치 실없는 사람처럼 빈정거리는 웃음까지 머금어가며 말대꾸를 하고 나섰다. 오장육부를 쿡쿡 찔러대고도 남을 만큼 맨망스러운 빈정거림으로 비춰졌다.

“그것은 절대 안 될 일이랑께. 돈에도 가는 길이 있는 뱁인디 길이 아닌 곳으로 보낼라고 허능가?”

“그러믄 일이는 아들 아닝가요? 시집온 지 몇 년 되었다고 벌써부터 지 맘대로 하겠다고? 안 돼지라 안 돼. 옛날부터 우리 집안엔 효부가 다발로 나온 집안인디 지가 효부가 되고 현모양처(賢母良妻) 말을 듣고 살라믄 그 돈으로 시동생 장가보내자고 먼저 꺼내야제. 그러믄 얼매나 좋겄소. 그게 사람이제. 옛날 말 틀린 데 없습디다. 그래서 그 집안하고 혼사도 하지 말고 상종도 하지 말라고 하셨는 개비제. 지가 먼저 나서면 효부 중 효부로 이름이 날 것이고 순이도 지 아내를 금쪽같이 아껴줄 것 아니겄소.”

“나는 그럴 수 없응께 알아서들 허소.”

시아버지는 아침을 두어 숟가락 뜨다 말고 문고리를 휘어잡고 거친 손으로 방문을 열어 젖혔다. 그리고 밖으로 나가며 마룻장이 꺼지도록 깊은 한 숨을 내쉬었다. 한바탕 자근자근 몽둥이찜질을 흉물스럽게 쏟아낸 시어머니 입에는 게거품만이 계속해서 부글거렸다.

아직도 남겨둔 말이 맺혀드는지 입술을 실룩실룩 거리며 손녀딸만 바라보았다.

성요는 소름이 끼치도록 무서워 다리가 후들후들 떨렸다. 더 이상 바라볼 기력이 쇠잔해지면서 눈앞이 어둠침침해지는 것이었다. 하고 싶은 말들이 가슴속으로 서리서리 얽혀들면서 입을 다물게 하고 말았다. 울컥 치밀어 오르는 슬픔만을 꿀꺽거리며 한양이란 말을 입밖으로 내지 않겠다고 지그시 어금니를 물었다.

10
배신의 그림자

유학을 마치고 한양으로 올라온 순은 시험을 볼 동안만이라도 묵고 지낼 방을 찾아 헤맸다. 집을 떠나올 때 처갓집에서 보내준 벼 석 섬 값으로는 쓸 만한 방을 구할 길이 없었다. 때문에 허름한 집들이 다닥다닥 붙어 있는 산비탈 마을로 발길을 돌렸다. 손에 쥔 것이 넉넉지 못한 탓에 속칭 변두리 산동네를 찾을 수밖에. 책값이며 교통비 그리고 먹을거리까지 한양 생활은 돈이 없으면 단 하루도 감당하기 힘들어 맹목적인 체면치레에 매달릴 일이 아니었다. 그렇다고 처갓집에 또 손을 벌릴 수 없는 일. 어려운 가정형편은 편안하게 공부만 할 수 있게 놔두지 않아 일본에서 고학을 할 때처럼 다시 생활비를 벌 요량이었다. 한편으론 가족들의 생계는 처갓집 덕에 근근이 해결할 수 있어 다행이라는 생각을 떠올리면서…….

그가 살림방으로 정한 곳은 한양에서도 가난한 사람들만이 모여 살기로 소문난 곳이었다.

처다보면 그냥 소름이 끼칠 정도로 아스라하게 처다보아야 할 산등성이 계단마을이었다. 시내가 훤히 내려다보이는 산동네. 가난한 사람들이 오밀조밀 둥지를 틀고 오순도순 모여 정겨움을 엮어 가는 곳. 비록 한양이라고 하지만 시골보다 더 못한 위태로운 산비탈을 깎아 마을을 만들어 놓은 곳. 비탈진 돌무지 계단을 따라 옹기종기 모여 있는 초가집들은 마치 꼬막껍질을 엎어놓은 것처럼 보였다. 초가집이 있는가 하면 너와집도 있고 함석지붕도 보이고 기름집도 있었다. 한 계단 두 계단을 오를수록 세 칸에서 두 칸짜리까지 작은 집들이 다닥다닥 머리를 맞대고 있을 뿐이었다. 벽이 울타리가 되고 또 담이 되었다. 기어날 만큼 작은 문들이 집을 지키고 창문은 작은 밭 전(田)자 혹은 가로 왈(曰)창문이 하나씩 달려있는 곳도 있었다. 토굴 같이 안으로 쑥 들어간 방들은 하나같이 낮에도 어두웠다. 간혹 초가집 사이로 함석을 이은 양철집도 그리고 판자로 둘러막고 기름을 친 두꺼운 종이로 덮어 씌워놓은 집도 있었다.

언덕을 오르는 돌계단 가에는 개펄처럼 진득진득거린 시궁창 물이 도랑을 이루고 있었다.

집집마다 쓰고 난 물을 버린 까닭에 온갖 찌꺼기가 널려 있었다. 이끼가 푸르스름하고 실지렁이가 득실거리며 고인 웅덩이에는 갈색 장구벌레들이 물속으로 가라앉았다가 물위로 솟아오르기를 반복했다. 똥파리들이 윙윙거리고 파리 떼들이 새까맣게 앉아 있다가 사람이 지나칠 때면 벌떼 소리를 내었다. 시궁창 썩은 냄새는 콧속을 긁다 못해 후벼 파는 것처럼 지독스럽게 찔러대었다. 돌계단을 오를 때마다 어김없이 눈에 띄는 것은 공동변소였다.

산동네 사람들은 네모난 기둥을 세우고 이엉을 엮어 칸을 막고 입구에는 볏짚으로 발을 쳐놓고 드나들 수 있게 공동변소를 만들어놓았다. 그곳을 지날 때면 똥 삭은 냄새가 코를 찔렀다. 산 너머 마을 사람들은 인분을 거름으로 사용하여 채소를 재배하기 때문에 마차를 이끌고 와 인분을 퍼가곤 했다. 멀리서 보아도 상투지붕으로 외따로 서있는 초가집은 거의가 공동변소였다. 여럿이 사용하는 탓에 줄을 서서 기다리는 경우도 있었다. 급한 사람들은 발을 동동 굴러야 하고 얼굴이 발개질 때면 앞사람이 양보를 해줘야 했다. 아녀자들이 밤에 뒷간에 갈 때 으레 식구들이 따라가 밖에서 기다려주곤 했다.

산동네 사람들에게 가장 고욕이라고 한다면 그것은 물이었다. 산 아래 평지에는 저절로 솟아나는 샘물이 있는가 하면 산중턱에는 먹을 물을 얻기 위해 땅을 파서 지하수를 괴게 한 다음 두레박으로 퍼내는 곳도 있었다. 마을 사람들은 우물보다 대개 샘물을 이용했다.

꼭대기에 사는 사람들은 물지게로 물을 짊어지고 나르기도 하고 아낙들은 물동이를 머리에 이고 날렸다. 때문에 온종일 샘물은 물지게 지는 사람과 아낙들로 붐볐다. 아예 물지게를 지고 산동네를 힘겹게 오르며 물을 팔고 다니는 물장수도 있었다.

산동네 사람들에게 또 다른 고통은 땔감이었다. 갈퀴나무를 짊어지고 팔러 다니는가 하면 길가에 나뭇짐을 세워놓고 기다리고 있는 이도 있었다. 산에서 땔감을 긁어다 팔거나, 물지게 짊어지고 물을 나르는 일, 보따리 장사를 하는 일, 지게를 짊어지고 물건을 나르는 일을 하는 사람들이 산동네 사람들의 직업이었다.

순은 산꼭대기 비탈진 언덕에 다닥다닥 붙은 양철집 방 하나를 거처로 정하고 본격적으로 시험공부에 들어갔다. 지붕은 통나무를 걸쳐놓은 뒤 함석으로 덮어놓은 집이었다. 여름이면 뜨거운 열기가 내려앉아 마치 화로 속과 같고, 겨울이면 한기가 몸속까지 파고들어 방안에 놓아 둔 요강마저 얼어붙었다. 공동변소에다 산 아래 공동 샘물에서 물을 떠 나르려면 물지게를 짊어지고 오르는 시간이 줄 곧 잡아 이십분은 족히 걸리는 곳. 하지만 한양에서 공부할 수 있는 것만으로도 만족해야 했고, 도서관이 가까이 있다는 것은 더욱 큰 위안이었다. 그는 살림방을 정해놓은 뒤 곧바로 시험공부에 박차를 가하기 시작했다.

다행이 동창생 선자가 가정교사 자리까지 구해주어 그나마 생활비를 마련할 수 있어 허덕이던 숨통을 열어 주었다. 선자는 순의 어려운 가정환경을 알고 이종 남동생의 가정교사 자리를 알선해 주었다. 순은 매일 가회동 선자 이모네로 가서 고등학생의 가정학습을 지도하며 생활비를 벌었다. 그것만으로 생활을 해결할 수 있는 것은 아니었다. 또 다른 일로 찾아 생활비를 보태야 했다. 새벽 네 시에 일어나 신문을 배달했다. 그렇지 않고서는 하루 세끼 밥을 먹기 힘들었다. 방세며 식량과 땔감을 마련하는 일, 그리고 교통비 등이 만만치 않았다. 그러나 그를 가장 고통스럽게 하는 것은 정작 타관살이보다 고향에 대한 그리움이었다.

순은 창가에 비치는 남쪽 하늘을 바라보며 고향생각에 젖곤 했다. 두고 온 처자식을 그려볼 땐 눈언저리에 이슬이 맺혀 흘러내렸다. 부모님 그늘 아래 두고 왔다하지만 어쩐지 한 구석이 텅 빈 것처럼 허전하면서 그리움을 달래기란 쉽지 않았다. 남쪽 하늘을 바라다볼 때면 아내에 대한 그리움이 문득 밀려오면서 옥빈홍안(玉鬢紅顏)을 종이에 그려보기 일쑤였다. 달 밝은 밤이면 달 속에 그리고…… 하늘에 구름이 떠갈 땐 구름 위에…… 비가 오면 빗물을 찍어가며……

툇마루에 앉아 반짝거리는 별을 헤아리던 추억까지도 그려보기 일 쑤였다.

'부모님 봉양 잘하고 있을 뗑께 집안 걱정하지 말고 가싯시오. 빠른 시일 내에 뜻을 이루시길 빌라요.' 가슴에 사무쳐드는 애절한 아내의 목소리까지 그렸다.

떠나온 고향 길, 동백꽃 한 아름을 안겨주던 아내의 슬픈 미소도…… 밭머리에 서서 이별의 하얀 수건을 흔들어 주던 아내의 슬픈 정회(情懷)도…… 이른 새벽 물랑골 찬 우물로 달려가 맑은 물로 머리를 감고 떠오르는 해를 향해 큰 절을 올리며 천지신명께 빌어대는 아내의 모습도 가슴속에 그려놓았다.

석탄 연기 휘날리는 한양 열차에 몸을 실었을 때 그 초심을 그대로 간직하겠노라고…… 기다리면 꼭 성공해서 데리러 가겠노라고…… 반드시 합격하여 금의환향 뽐내 보고 싶다고…… 굳은 결심 하나로 이몽룡과 같은 어사가 되어 곧바로 달려가겠노라고…… 두 주먹을 불끈 쥐고 입술을 깨물면서.

아내는 공부도 출세도 다 싫다고 말해왔다. 남편에게 배움이 없었던들 생이별을 하고 살겠냐고 하소연했던 것이다. 그 속을 모를 리 없지만 오죽 했으면 그런 말을 꺼내들었을까 싶을 땐 가슴이 미어지는 것 같았다. 초례청을 떠나온 지 얼마 되었다고 삼 년이 넘도록 독수공방에 외로움을 삭이는 소리겠지만 남편이 벼슬길로 나아가는 것을 싫어할 사람이 어디 있겠는가? 아마도 벼슬길이란 부부간의 정마저 끊어놓고 생이별의 슬픔위에 세워지는 것인지도 모를 일이었다. 배움의 길은 부부간의 금실이 여물 기회마저 빼앗아버렸던 것이다.

이별은 정(情)과 한(恨)의 관계라고 했다. 이별로 못다 이룬 정

(情)이 헤어진 사람들의 가슴에 한(恨)으로 남아 앙금처럼 가라앉는 것이 보통이다. 그래서 이별은 정과 한이 갈라지는 분기점(分岐點)에서 일어나는 현상이라고들 말한다. 지난날의 정(情)을 미래에는 한(恨)으로 바꿔놓는 것이 이별이기 때문이다. 새 삶의 터전을 찾기 위하여 서로 분리되는 현상(現想), 특히 가족 또는 사랑하는 사람들 사이에서 불가항력적인 힘에 의하여 눈물을 머금고 강요당하는 이별이야 말로 한으로 다가올 수밖에 없다. 회자정리(會者定離)라는 불교의 가르침 속에는 '만남은 반드시 또 다른 이별을 낳는다.'고 했다. 이별에는 생이별도 있고 유명을 달리하는 이별도 있다. 이별의 명제를 통하여 이별의 경험을 가져보지 못한 사람은 진리에의 접근이 불가능하다고 했다. '이별의 미(美)는 아침의 바탕 없는 황금과 밤의 올(糸) 없는 검은 비단과 죽음 없는 영원의 생명과 시들지 않는 하늘의 푸른 꽃에도 없습니다. 님이여! 이별이 아니면 나는 눈물에서 죽었다가 웃음에서 다시 살아날 수 없습니다. 오오 이별이여, 미(美)는 이별의 창조입니다.'라고. 결국 부처님의 가르침 속에서도 이별은 사람이 본래 갖고 있는 불성을 깨달아 부처가 되는 견성성불(見性成佛)의 도구가 되는 셈이다.

부부의 천생인연이란 내 의지로만 이뤄지는 것은 아닐 테고 그 무엇이 끌어당겨 하나의 몸을 만들었으니 승인연(勝因緣)이든 악인연(惡因緣)이든 전생에 맺어준 인연이 이승에서 나타난 것인지도 모를 일이다.

순은 날마다 새벽 네 시가 되면 방문을 열고 나와야 했다. 모두가 깊이 잠이 든 시각에 신문 보급소로 달려갔다. 그것이 하루의 시작이었다. 어두운 밤길 고달픔도 잊은 채 고객이 원하는 시간에 신문을 날라주어야 했다. 초를 다투며 골목길을 쏜살같이 이리 뛰고 저리 뛰어야 가능한 일이었다. 동이 틀 무렵이 되어야 팔에 들려졌던 신문더미가 다 사라졌다. 몸이 기진맥진 초주검이 되어도 일각도 지체할 수 없는 일. 곧바로 달려가는 곳은 도서관이었다. 그는 한양에 온 뒤부터 도서관 한 모퉁이 외딴 곳을 마치 자기 공부방이라도 되는 것처럼 정해놓았다. 그 자리는 다른 사람이 넘보지 못했다. 손수 싸온 도시락으로 배를 채우고 난 뒤 저녁때가 되면 가회동으로 달려 갔다.

순은 학창시절부터 동창생들로부터 도움을 많이 받고 살았다. 시골에서 태어났으면서도 넉넉지 못한 가정형편을 알고 있던 동창생들은 그를 돕는 데 인색하지 않았다.

재경 일본유학생회에서도 그에게 정보를 제공하고 물심양면으로 도와주었다. 그중에서도 선자는 유별나게 정이 많은 성품이어서 아주 적극적이었다. 특히 순이 선자에게 감사한 까닭이 있었다. 그에게 희망과 용기를 심어준 사람이었다. 선자는 자신의 아버지가 세운 형설지공(螢雪之功)의 공렬(功烈)을 들려주며 힘내라고 격려해주었다. 법학도로써 나아갈 방향을 정립하는데 큰 보탬이 되었던 것. 순도 선자의 아버지와 같은 법조인이 되겠다고 의지를 불태웠다. 자신이 나아갈 목표요, 구훈(舊勳)이라고 되새기기도 했다.

선자는 졸업하자마자 풍문여자학교에서 역사를 가르치는 교사로 재직하고 있었다. 유능한 역사 학자여서 졸업하기도 전에 이미 교사로 내정되어 있었던 것이다.

순이 낯선 한양 땅에 발을 내딛자마자 곧장 찾아간 곳이 선자학교였다. 유학 동창생으로 자신의 처지를 누구보다 잘 이해해주려 했기 때문이다. 마음도 서글서글하면서 늘 호의적인 성품이기도 했다. 솔직히 염치나 체모를 따질 계제가 아니어서 불고염치로 청을 했던 것이다. 예감대로 그녀는 동창생이라는 관계를 저버리지 않고 살갑게 맞이해주었다. 가정형편이 어렵다는 것을 알고 있었기에 굳센 의지 그리고 도전적인 사고를 높이 평가한다는 칭찬도 아끼지 않았다. 비탈진 산동네도 마다하지 않고 찾아주기도 했다. 오직 유일한 대화상대가 되어 주었던 이가 선자였다.

순이 한양으로 간지도 어언 석 달이 다 되어가고 있었다. 봄의 향기를 마음껏 쏟아내던 햇덩이가 어느새 서산마루에 걸터앉아 어두움을 불러들이고 있을 때였다. 도서관 현관문 셔터가 내려지기 전. 이제 산동네로 달려가 이불 속에 묻어놓고 온 식은 밥을 챙겨먹고 곧장 가회동으로 가야할 차례였다. 순은 주섬주섬 접은 책을 가방에 넣고 현관문을 열고 밖으로 나왔다. 도서관 뜰을 지키고 서있는 향나무 뒤에서 젊은 여인이 그를 기다리고 있었다. 촌음도 쪼개 써야 할 순에게는 돌아다볼 여유가 없었다. 바삐 서두르고 있는 그의 앞을 가로막은 이는 선자였다. 순은 깜작 놀랐고 골목은 이미 어둠이 갈려오고 있을 때였다. 그녀는 발길을 멈춰놓고 생글생글한 웃음기를 입술에 매달며 물었다.

"이제 공부 끝났어?"

설핏 날아든 목소리는 무척이나 다정스러움이 깃들어 있었다. 아직도 어린 아이처럼 청아하고도 요요한 그녀의 음성을 쉽게 알아차릴 수 있었다. 순은 어두워지는데 여자가 찾아온 것이 미덥지 않았다. 동창생이라고 하지만 어둠에서 경계심도 없이 달려드는 데 놀라지 않을 수 없었다.

“아니 어두운데…… 언제 왔어?”

“한 시간 정도 기다렸지.”

“뭐? 한 시간……? 여태 기다렸단 말이야?”

“그럼! 더는 못 기다릴 줄 알고.”

“무슨 일로?”

“그냥, 놀러 왔어.”

“다행이다.”

“뭐가 다행?”

“가정교사 그만두라고 일러주려 온 줄 알았지.”

“걱정 마!”

“지금 달려갈 참이었는데 갑자기 나타나니 그런 줄로만 알았지.”

“저녁은?”

“집에 식은 밥이 있어. 가서 먹고 갈 참이야.”

“반찬은 있어?”

“응.”

“내가 저녁 살까?”

“아니. 괜찮아.”

“괜찮긴…… 힘없으면 공부도 못 해.”

“아니야, 시간 없어. 빨리 가야지.”

쑥스러운 순은 머리를 긁적거리며 당황한 기색을 감추지 못했다. 동창생이라고 하지만 태생적으로나 신분적으로나 도저히 함께 해서는 안 될 처지라고 여기고 있었다. 식사를 한다는 것은 더더욱 있을 수 없는 일이었다. 만에 하나라도 사려 깊지 못한 기미라도 누설된다면 감당하기 어려울 뒤탈이 두렵기 때문이기도 했다. 권력을 손아 귀에 놓고 쥐었다 폈다 할 수 있는 지위에 있는 선자의 아버지를 생각하면 오금이 저렸다. 하지만 그녀는 동창생이라는 울타리 안에서 허물없이 대해주려 했다. 비록 남녀 간이라 할지라도 마치 남매처럼 스스럼없이 다정다감하게 다가오는 것. 조금도 때 묻지 않은 청순한 모습 그대로였다.

고결하게 숭앙받아야 할 선생님이지만 태를 벗어나려는 것처럼 간편 복장을 걸치고 있었다. 어느새 저녁 어스름이 짙어가고, 동녘에서 음산한 달빛이 몰려오고 있었다. 그녀는 어둠 속에서도 번쩍번쩍 빛나는 눈빛이었다. 앵두처럼 봉긋한 입술 사이로 다정한 미소를 흘리고 있었다.

예감에도 없었던 것인데 가까이 다가와 팔목을 덥석 붙잡더니 팔짱을 끼고 돌았다. 순간 기분이 야릇했다. 이성(異性)의 감정은 아닐지라도 알 수 없는 전율이 그의 몸을 휘감음을 느낄 수 있었다. 전신이 짜릿하고 오싹해지면서 부싯돌이 서로 부딪쳐 반짝이는 빛을 쏟아내는 것 같았다. 알 수 없는 희열감 그 자체였다. 그러나 부지불식간 있었던 것이어서 모른 척 딴청을 부리며 천연스럽게 고개를 돌렸다. 선자도 얼떨결에 팔목을 잡고서는 머쓱한 듯 벙벙한 눈으로 쳐다보았다. 오뚝한 콧날과 도톰한 입술에 벙싯한 웃음기를 얹어가며 얼굴마저 붉어지는 것 같았다. 순은 놀라움과 당혹감이 얽혀든 눈빛으로 실긋이 웃어주었다.

또다시 묘한 감정이 전신을 자극해 오는 것이었다.

그는 순간 이를 악물고 남쪽 하늘을 바라보았다. 남자가 조심해야 할 것은 세 가지. 여자를 조심하라는 아버지의 당부말씀이 일순간 귀청으로 파고들었다. 이내 담담한 표정으로 정색을 하며 웃음을 거두고 말았다. 이왕지사 이렇게 된 일 더는 못하겠냐는 듯 그녀는 손을 잡은 채 살며시 잡아당겼다. 순은 마치 그녀의 조종을 받는 허수아비처럼 슬그머니 끌려가고 있었다. 괜스레 다리에 힘이 쭉 빠져들며 후들후들 떨렸다. 그녀의 눈빛은 점점 창연히 빛나는 것 같았다. 둘이는 마치 사랑하는 연인처럼 공원길을 나란히 걸어가고 있었다. 어둠의 장막은 갈수록 깊어지고 이파리 없는 나뭇가지 사이로 스산한 바람이 불어오고 있었다.

선자는 팔짱을 풀 기미를 보이지 않았다. 허나 순은 불편한 심기를 드러낼 수도 없어 무심코 그녀의 발걸음에 박자만 맞추고 있었다. 열기는 점점 도를 더해가며 숨이 막힐 것 같이 후끈했다. 지나가는 사람들을 의식하지 않을 수 없었다. 불빛이 비치는 곳에선 얼굴을 숙였다. 하지만 선자는 부끄러움도 없는지 의기 당당했다. 콧노래가 절로 나오는 듯 흥얼거리기까지 했다. 어느새 종로통을 돌아 번화하고 휘황한 밤거리로 나왔다. 사람들로 북적거렸다.

한결같이 양복에 양장차림의 사람들이었다. 선자는 한참을 걷다가 이층집 앞에 발길을 멈췄다. 일본식 전통 고급식당 앞이었다. 선자는 그래도 팔짱을 풀지 않았다. 현란한 조명이 유리창을 통해 비춰지자 두 눈이 갑자기 쓰삑쓰삑해지며 자신이 몰골로 변해가는 것 같았다. 식당 안에는 말쑥한 신사 숙녀들로 가득 차 있었다. 서로들 밝은 웃음을 지어가며 담소도 나누며 음식을 머고 있었다. 순은 더욱 기가 꺾여들었다. 초라하고 남루한 자신의 행색 때문에 일순간 기가 죽어 안으로 들어가고 싶은 생각이 싹 달아나는 것이었다. 하지만 그보다 더한 것은 무일푼인 몸이라 처지가 초조해지면서 서글퍼졌다. 부득불 따라가지만 쑥스러워 속이 까맣게 타 들어가는 기분

348

이었다. 하지만 선자는 남의 속사정은 아랑곳하지 않은 채 팔목을 계속 잡고 놓아주질 않았다.

그의 눈길 안으로 대판지(大阪鮨)라는 간판이 선명하게 다가왔다. 순은 허탈한 마음으로 맥이 빠진 채 식당 안으로 들어갔다. 현관문을 들어선 그에게 선자는 방을 가리키며 다정한 어조로 말했다. 현관으로 들어선 그에게 사람들의 시선이 쏠려들었다. 마치 각설이를 보는 것처럼 의외라는 눈빛들이었다.

"방이 있어요?"

선자가 주인을 향해 방을 달라고 주문했다.

"있지요. 어서 안으로 드시지요."

주인은 건너편의 방을 가리키며 다정한 어조로 말했다.

"자! 방으로 들어가. 어서."

선자는 생글한 웃음을 머금고 다정하게 말했다.

"뭐 이리 으리으리한 이런 식당으로 오는 거야?"

"괜찮아 이 정도는……."

선자는 마냥 희열에 찬 눈빛으로 아랫목에 앉으라고 권하고 나섰다. 얼떨결에 커다란 식탁을 가운데에 놓고 마주앉았다.

벽에는 산수화를 그려놓은 족자가 걸려있었고 그 앞에는 십장생을 그려놓은 팔 폭 병풍이 펼쳐져 있었다. 창문도 방문도 모두가 일본식 그대로였다. 집 안에는 기모노((着物)를 입은 여자들이 음식을 들고 왔다 갔다 했다. 일본식 우동(饂飩) 냄새가 코끝을 찔러댔다. 풍기는 음식 냄새가 이미 코에 익은 느낌이 들었다.

"기억나? 우리 오사카 성에 같이 간 것?"

"그럼, 그때 이런 식당에서 만났었잖아."

대판에서 있었던 추억을 그려내면서 물오른 나뭇가지처럼 그때의 추억을 생생하게 떠올렸다. 선자는 묻는 말에 화끈하게 대답해주는 그가 무척 고마운 듯 입가에 밝은 웃음을 그려내었다.

"시험 준비 잘하고 있는 거야?"

"나름대로 열심히 하고는 있지만 날짜가 다가올수록 초조해지는 것 같아."

"누구나 그렇지 뭐."

"남보다 시간이 부족한 것 같고……."

"왜?"

"새벽엔 신문배달 해야 하고 밤엔 가정교사 하느라 그렇지."

"그럼 가정교사는 그만두지 그래."

순에겐 명줄과도 같은 것인데 선자는 대수롭지 않다는 듯으로 쉽게 말을 내 뱉었다. 자존심을 휴지처럼 구기며 달려든 말이었다.

"아니야. 그건 안 돼!"

"왜?"

"선자도 잘 알잖아. 내 형편을……."

"하기야 그렇겠다. 그때도 가난했는데 그동안 도깨비 방망이를 주은 것도 아니고……."

"빨리 먹고 보희 공부 가르치러 가야 한다니까."

"오늘은 걱정 마. 못 간다고 해뒀으니까."

"왜? 못 간다고 했어?"

순간 순은 불안한 예감이 파도처럼 밀려들어 망연스런 어조로 물었다. 아직껏 하루도 빼먹은 적이 없었는데 그녀는 너무 싱겁게 넘겨치우려 드는 것 같았다. 목줄을 부지하는 유일한 수단을 아무런 대책도 없이 그만두라는 것. 그것은 한양에서 공부하길 포기하라는 말과 다름없는 것이었다.

물설고 낯 설은 천리 타향에서 목숨을 부지하는 것보다 더 급한 것은 없는데……. 혹시 그만두라는 말인지 조마조마해지면서 가슴이 조마조마해지면서 뛰기 시작했다.

"응. 오늘은 동창생 모임이 있는 날이라고 말해뒀지. 그랬으니 걱정 마."

"아니야. 그건 안 될 말이야."

"왜?"

"가르친 보람이 있도록 더 열심히 해야지. 그렇지 않으면 곤란하잖아."

"뭐 잘릴까 봐서 그래?"

"그렇기도 하지만……."

"내가 대 줄게."

선자는 면전에서 아무 거리낌도 없이 웃으며 말했다. 순간 야릿한 생각이 떠오르면서 가슴에 구멍이 뚫리는 기분이었다. 아린 가슴에 아픔과 비애의 멍울이 서리는 것 같기도 하면서 명문이 막혀들었다. 그래도 명색이 사내인데…… 자존심을 완전히 깔아뭉개는 일…… 객지생활의 버팀목이 되어준 목줄을 단칼에 자르려 드는 것 같아 초조와 비감이 한데 얽혀들었다.

"넌 시집 안 가고?"

"나 시집보다 네 시험이 더 급한 것 같은데!"

"관심 가져줘 고마워. 하지만 가정교사는 계속하고 싶은데."

"그건 그렇고. 자 밥이나 먹어."

"근데 왜 이리 비싼 식당에 온 거야?"

"뭐가 비싸? 학창시절 오사카조 공원(大阪城公園)에서도 먹었잖아."

"그건 잘 알지."

"많이 먹어. 혼자 지내다 보면 영양이 부실할 수도 있을 테니까."

"고마워."

회를 담은 접시가 식탁 가운데에 놓여졌다. 생선을 올려놓은 스시가 있었고 각종 과일을 깎아 담은 그릇 접시가 나왔다. 이어 기모노를 입은 여인이 백자 술잔에 따끈하게 데운 정종을 따랐다. 그리고 식탁 가에 무릎을 꿇고 앉아있었다. 술잔을 비우기만을 기다리는 눈치였다.

"자. 한 잔 쭉 들이켜. 그동안 쌓인 피로가 싹 풀릴 거야."

순은 선자의 눈치를 살피고 나서 곁에 기다리고 있는 여인을 한번 둘러보았다. 그리고 두 손으로 잔을 움켜쥐어 들었다. 향긋한 정종 냄새가 코끝을 간지럽혔다. 선자는 술잔을 부딪치고서

"자! 건배! 시험 합격을 위하여!"

선자가 생긋 웃으며 힘차게 외쳤다. 순은 술잔을 비웠다. 따끈하면서도 유순한 정종이 입안에서 달작지근하면서도 향기롭게 감돌았다. 여인은 계속해서 술잔을 채워주고 순은 구멍 뚫린 자존심에 술을 채워가기 시작했다. 술잔을 기우는 횟수가 걷잡을 수 없이 늘어갔다. 오사카초밥과 함께 술을 마셔댄 그는 얼굴빛이 벌그죽죽해졌다. 취기가 흔흔하게 달아오를 때까지 마신 그는 거나하게 취해서 식당을 나왔다. 밖으로 나온 그는 수줍음이나 머쓱함 같은 것을 찾아볼 수 없었다. 어느새 당당하고 여유로움까지 보이면서

"윤석오! 당신은 나의 우상입니다!"

허공을 향해 허허로운 웃음을 흘리더니 넉살스럽게 소리를 질렀다. 그의 얼굴에는 어색함이나 두려움 같은 것은 찾아볼 수 없었다. 그는 선자의 손에 이끌려 고급스런 기와집이 즐비한 계동 골목으로 걸어가고 있었다.

"나는 기어코 법조인이 되어야 한다니까! 그럼 꼭 되어야지."

얼큰히 취기가 돌면서 혼자말로 부르짖었다.

"그럼! 너는 법조인이 될 거야. 또 되어야 하고."

선자도 옆에서 맞장구를 쳐가며 사기를 북돋아주었다. 한식경을 걸은 그들 앞에 커다란 저택이 눈에 들어왔다.

"여기가 우리 집이야!"

선자는 대문을 가리키며 기세등등하게 말했다. 어슴푸레한 달빛 아래에서도 궁궐 같은 대문이 눈길에 잡혔다. 철갑을 드문드문 입힌 대문이 달빛에 반짝거렸다. 그 웅장함에 순은 일순간 술기운마저 사라지는 것 같았다.

"야아! 마치 대궐 같다."

순은 입을 짝 벌리며 감탄하는 표정을 지었다. 그 순간 윤석오(尹錫五)라는 문패가 선연하게 나타나면서 그의 눈길을 끌어당겼다.

"윤자 석자 오자. 나의 우상! 나는 기어코 당신과 같은 길을 갈 것입니다!"

그는 윤석오 석자를 더듬거리듯 외치더니 입을 악다물며 소리 질렀다. 그의 외침에 개들이 요란스럽게 컹컹 짖어대기 시작했다.

"데려다 줘서 고마워. 조심해서 가도록 해."

"고맙긴? 맛있는 저녁 사줘서 되레 내가 고맙다고 해야지."

"돈 걱정 마! 공부만 하라고!"

선자는 알 수 없는 이상야릇한 한마디를 불쑥 내뱉었다. 까닭도 모를 말. 가슴을 뭉클하게 만들고도 남을 말이었다. 한귀로 듣고 흘릴 말이 아니어서 예감을 더듬기란 쉽지 않았다. 분명 어떤 짐작을 지니고 있어 피해갈 수 없다는 추단도 밀려들었다.

선자는 초인종을 눌렀고 잠시 쪽대문이 열렸다. 안으로 들면서 손을 흔들어주었다.

밤이 초이경으로 접어들자 서쪽 마루에 활짱처럼 걸쳐있던 상현달이 밝을 빛을 뿌려대었다. 비탈진 언덕길을 터벅터벅 올라 집으로 들어갔다. 순은 쉽게 잠을 이루지 못할 것만 같았다. 무심결에 들었던 선자의 말이 귓속을 파고들었기 때문이다.

'돈 걱정 마! 공부만 하라'

생도라지 껍질을 씹은 것처럼 쓸쓸한 입맛을 다시며 이불속으로 들었다. 방바닥은 이미 불기운을 잃고 차다기보다 냉골에 가까웠다. 아직은 이른 봄, 비탈진 산동네는 한기에 젖어있었다. 한동안 이불속에서 몸을 뒤척이다가 창문으로 비추는 반짝이는 별빛이 그의 마음을 설레게 해주었다. 그곳은 분명 남쪽 하늘이었다. 간운보월(看雲步月)의 삶에서 흘러내리는 눈물이 어느 새 베갯머리를 적시고 있었다.

잘 가라고 내젓던 아내의 손사래 모습이 문득문득 눈앞에 아른거리며 어린 딸 민순이의 "아부이. 아녕." "바바이." 소리가 귀청을 두드려 잠을 이룰 수 없었다.

필연코 시험에 합격해야 하는 강박감이 목덜미를 내리누르고 있는데 또 다른 세찬 풍랑이 망망대해에 홀로 떠가는 난파선 같은 자신의 뱃머리에 부딪힐 기세였다.

‘나는 처자식이 있는 남자다. 아내 말고 그 어느 여자가 내 앞에 나타난다면 그건 악의 유혹이고 나를 실패와 절망의 나락에 떨어지게 만들 것이다.’

그는 혼자서 허허로운 웃음을 지었다.

……이른 아침 동녘 하늘에 솟아오르는 햇살이 윤석오 집의 창문에 붉은 칠을 해주었다. 새벽이슬을 머금고 피어나는 정원의 새싹들에게 아침 햇살은 싱그러움을 선사하고 있었다.

새봄에 피어나는 청순한 새싹들의 향기가 온 집안을 물씬거렸다.

이른 새벽 윤석오는 새벽잠에서 깨어 잠옷 차림으로 긴 안락의자에서 신문을 들척이고 있었다. 이때 외동 딸 선자가 잠에서 깨어나 하품을 해대며 거실로 나왔다. 돋보기안경을 콧등에 걸친 채 신문을 읽고 있는 아버지를 향해

“아빠! 안녕히 주무셨어요?”

“오냐! 우리 딸도 잠 잘 잤느냐?”

“예. 아빠.”

석오는 안경을 밀어 내린 채 선자를 바라보았다. 오남매를 둔 석오는 항상 선자를 갓난아이처럼 여겼다. 아들 넷에 유일한 여식으로 태어난 탓도 있지만 엄마를 닮아 천혜의 미를 타고났다고 자랑을 해오던 딸이었다. 잔털이 나스르르한 넓은 이마, 반달 같은 진한 눈썹, 가느스름한 쌍꺼풀이 진 눈, 웃을 때마다 오목하게 패인 양 볼의 보조개, 오뚝한 콧날, 홈이 곱고도 선명한 인중, 도톰한 입술은 열 번을 쳐다보아도 싫증나지 않은 미모…… 서운한 곳을 찾아볼 수 없는 얼굴이라고 늘 자랑을 해대던 석오는 금지옥엽으로 귀하게 키웠다. 외모에서 풍기는 것보다 더 예쁜 것은 그의 착한 성품이었다. 겸양

지덕을 갖춘 역사 선생이었다. 어려운 사람을 보면 쓸개까지 빼줘야 심성이 풀리는 인정이 많은 착한 심성의 소유자였다. 왜곡된 조선의 역사를 바르게 정립하여 바르게 세우겠다고 당찬 포부를 보인 역사학자이기도 했다.

"아빠!"

석오는 신문을 읽다말고 딸의 부름에 옴칠거렸다. 그때 마침 이현순 여사가 김이 모락모락 나는 찻잔을 들고 들어와 건네주었다. 커피향이 뿜어져 나와 코끝에 감돌았다.

"왜? 아침부터 아빠한테 하고 싶은 말이라도 있는 것이냐?"

석오는 커피 한 모금을 마시고는 인자로운 눈웃음을 지으며 물었다.

"근데 변호사 고시는 언제 있어요?"

"이미 알고 있으면서 묻는 것이냐?"

"모레 맞아요?"

선자도 커피 잔을 입에 가져다 대면서 물었다.

"그렇단다. 그런데 누가 시험을 보기에 우리 딸이 저리 관심이 많은고?"

석오는 안경을 벗어 탁자 위에 올려놓고 또다시 입술을 축였다. 이내 너털웃음을 호탕하게 터뜨리고서 못내 말꼬리를 잡고 나섰다.

"내 딸도 변호사가 되고 싶은 게로구나!"

"아빠두! 전 역사 선생님이 더 좋아요!"

"그런데 어찌 변호사 시험을 묻는고?"

선자는 생글 웃음을 지으며 자리에서 일어나 아빠한테로 다가갔다. 고개를 외로 꼬면서 아빠의 얼굴을 바라보고 어깻죽지를 지근지근 주무르기 시작했다. 설렁설렁 애교를 떨어가며 은근슬쩍 아빠의 의중을 떠보려 들었다. 이현순 여사는 딸의 경망한 행동이 맘에 들지 않는 듯 웃음기를 거둬들이고 있었다.

"시험에 합격하면 아빠 마음대로 보내줄 수 있어요?"

"시험보기도 전에 합격했나 보구나!"

아빠는 얼렁얼렁 달라붙으며 욜랑거리는 딸의 말을 우스갯소리로 넘겨치우려 들었다. 마치 갓난애 어리광 피우듯 손으로 등을 두드리며 재촉 아닌 재촉을 하고 나선 것이다.

"빨리 말씀해주서요."

"그거야 할 수도 있고 또 할 수 없을 수도 있고!"

석오는 쉽게 감이 잡히지 않는 한껏 늘어진 소리로 중얼거렸다.

"무슨 답이 그래요? 하실 수 있는 것이지요?"

"하나밖에 없는 공주 부탁인데 모른 척했다간 큰일 나겠구나. 그런데 부탁할 사람이라도 있는 것이냐?"

"할 수 있는 거지요? 야 신난다!"

선자는 함박웃음을 지어가며 벌떡벌떡 뛰면서 아빠의 어깨를 두드렸다. 아직도 천방지축 어린아이티를 아직 벗어나지 못한 채 마냥 선웃음을 쳤다.

아빠는 또다시 신문만 뒤적였다. 찻잔을 주방에 가져다 놓고 나온 이 여사가 선자의 의중을 떠보려는 듯 입술에 침부터 발랐다.

"이제 내 딸도 시집가야지. 황 변호사 딸 윤숙이도 날 잡았다더라."

딸의 시집문제로 남편과 의견을 맞추어왔던 그녀는 때마침 좋은 기회라는 듯 서슴없이 혼사문제를 꺼내들었다.

"전 시집 안 갈 거예요."

선자는 사전에 예상을 하고 나온 것처럼 거침없이 내뱉었다. 예상치도 않은 대답이 튀어나오자 이 여사는 무척 황망한 눈초리로 딸을 바라보았다. 석오도 신문을 접고 안경을 탁자에 벗어놓은 채 실망스러운 눈빛을 딸에게 돌렸다.

"왜 시집을 안 간다는 게야? 네 나이 몇인데. 처녀 환갑 나이는 스물다섯이라는 것도 모른단 말이냐?"

이 여사는 심드렁한 내색을 감추지 않은 채 핀잔스러운 투로 눈을 흘겼다.

"가더라도 나중에 간다니까요. 당분간은 생각 없어요."

선자는 망설임도 없이 도도한 목청을 뽑아들었다. 이 여사는 예감에도 없던 투깔스러움에 의아스러운 낯빛을 드러냈다.

"당분간이라니? 임자 있을 때 가야지 환갑 넘은 처녀 누가 데려 간다든?"

이 여사는 성에 차지 않은 듯 표정이 굳어지면서 엉절엉절 투덜거리듯 말했다.

"그럼! 시집은 가고 싶을 때 가야지."

석오는 짐짓 껄껄껄 웃으며 분위기를 가볍게 되돌리려 들었다. 하지만 이 여사는 굳어진 표정을 표지 못한 채 썩 맘에 들지 않은 듯

"늘 그렇게 말씀하시니 저렇지요. 처녀 나이 스물다섯이 넘으면 노각나물이라고 부른답니다. 좋은 혼처 나타났을 때 서둘지 않으면 때를 놓쳐 노각나물 신세라니까요."

이 여사는 입가에 냉소적인 웃음을 그려가며 남편의 말 줄기를 돌리고 나섰다.

"박삼석 변호사 큰 자제의 나이가 올해 스물넷인데 일본 유학을 마치고 동양척식주식회사 간부로 들어갔다고 허데요. 그리고 또 한

군데는 김한수 안성군수 둘째 아들이 변호사 시험에 합격했다고 협
디다. 두 집 모두 서로 사돈을 맺자는데 어쩌면 좋겠어요?”

　이 여사는 기회를 잡았다 싶은 듯 혼처까지 들먹여가며 허두를 떼
고 나섰다. 석오도 동조의 눈빛으로 바라보면서 고개를 끄덕였다.
딸의 혼기를 놓치고 싶지 않았기 때문이었다.

　“박 변호사는 나와 절친한 사람이니 집안 내력을 잘 알지요. 우리
법조인들 사이에서도 박 변호사 자제가 영특하고 인사성이 밝다는
소문이 있어요. 허지만 군수하고 사돈을 맺는 것은 어쩐지 썩 마음
이 내키지 않는군요.”

　“제 생각도 그렇습니다. 허지만 아주 잘 생겼다고 협디다.”

　“같은 값이라면 잘생긴 남자가 났겠지만 집안 체면이 있는 것 아
니요. 솔직히 군수 벼슬아치에 딸자식을 줄 수 없소.”

　석오는 딸 혼인에 대해 자신의 심경을 솔직하게 털어놓았다. 선자
는 입을 다문 채 다소곳이 앉아 듣고만 있었다. 짐작에도 없었는데
아침부터 결혼 얘기가 흘러나오는 것이 성에 차지 않던 차에 일순간
에 혼담으로 번져 나아가자 적이 당황스러웠던 것이다. 솔직히 혼인
문제에 관심도 없었다. 그러면서도 순을 만나면 야릇한 감정에 가
슴이 부풀어 오른 것이다. 알 수 없는 기운에 끌려가면서 몸이 뜨거
워지는 까닭을 알 수 없었다. 보면 볼수록 애련의 감정이 뒤섞여 미
묘한 심적 갈등으로 표출되고 있음을 느낄 수 있었다. 말로 표현할
수 없는 애린(愛悋)의 감성 앞에 이상스럽게도 숙연해지는 것. 그녀
는 혼인은 바람직한 인간관계로 맺어져야 한다고 믿었다. 관계란 마
음과 마음의 움직임이 하나가 되어야 사랑은 성립된다고 보았다. 사
랑은 인간관계의 대등한 마음에서만이 가능하고 마음이 없는 혼인

은 소유욕이거나, 욕정이 서로 엉킨 쾌락원리의 충동이라고 여겼다. 그래서 마음을 움직일 수 없는 혼인에는 관심을 두지 않기로 자신과 약속해 둔 지 오래되었다. 선자는 젖어든 분위기에서 빨리 빠져나오고 싶었다.

슬그머니 엄마의 눈치를 살피고 있을 때 순간적 재치가 번뜩이는 것이다. 이야깃거리를 당장 다른 곳을 비끄러맬 수 있는 매혹적인 묘안이 떠올랐다.

"아빠! 이번 방학엔 일본엘 다녀오고 싶어요."

"무슨 일이라도 있니?"

"그냥 역사적인 연수활동에 참가해보고 싶어서요."

선자는 엄마의 눈치를 엿보면서 궁색할지 모르나 일본연수를 꺼내들고 나왔다. 하지만 이 여사는 그다지 달갑지 않은 눈치였다.

"이야기를 하다말고 무슨 일본이냐?"

뭔가 석연치 못한 듯 얼음처럼 싸늘한 표정을 지으며 질문을 던졌다.

"방학이 얼마 남지 않아 미리 계획을 세워야 할 것 같아서요."

선자는 부러 태연한 척 말꼬리 놓치지 않고 이어갔다.

"일본 어딜 가려고?"

"긴키 지방 오사카와 교토의 역사적 유적과 유물을 둘러보고 연수활동에도 참가할 계획이어요."

"너 혼자 갈 계획이야?"

"아니요. 유학 동창생들과 같이 가기로 했어요."

"그럼! 여자 혼자 가서는 안 될 일이다."

석오는 불안한 마음을 감추지 못하다가 고개를 끄덕이며 허락의 의사를 내비쳤다. 선자는 금방이라도 날아갈 듯 기뻤다. 늘 딸의 제의에 흔쾌히 허락해 준 아버지가 고마웠다.

　선자가 역사공부를 하게 된 계기는 아버지 윤석오의 절대적인 뒷받침이 있었기에 가능했다. 그의 권유로 일본 동북대학에 입학했고 역사교사까지 모든 것이 아버지의 가르침 덕분이었다. 비록 일제강점 하에의 법조인이었지만 역사의식이 유다른 분이어서 딸이 역사학자가 되도록 이끌었다. 그녀가 역사공부를 떠날 때도 마음속 깊이 당부해 둔 것은 일본 역사학자들이 왜곡해놓은 우리 역사를 바로 잡는데 힘쓰라는 가르침이었다. 역사관(歷史觀)과 사론(史論)에 격려자로서 든든한 버팀목이 되어 주었던 것이다. 일본으로부터 억압을 벗어나기 위해서 민족의 정체성을 확보하는 것이 선결되어야 하고 우리 문화를 굳건히 지키고 보존하면 반드시 나라를 되찾을 수 있다고 주창하기도 했다. 그러기 위해서는 민족사관의 정립이 필수조건이라고 강조한 법조인이었다. 과거 역사를 날조하여 민족의 울분을 자아내게 만든 그야말로 인면수심의 파렴치가 일제였다. 비겁하고 옹졸하기 그지없는 그릇된 안목으로 역사마저 구겨가고 있었다. 바위에 황토를 덮어씌웠다고 해서 바위를 황토라고 부를 것인가? 우르르 쿵쾅 천둥에 비바람이 몰아치고 나서도 황토라고 우겨댈 것인가? 어둠이 아무리 짙게 깔렸다고 해서 빛을 이길 수 없는 법인데. 하찮은 촛불 하나에도 자리를 내주고 사라지는 것인데. 석오는 일제의 기만극을 두고 볼 수 없어 딸에게 역사공부를 권하였던 것이다. 반드시 민족사관을 바르게 정립해야 한다고 독려했다. 민족사의 기원을 밝힌 역사학자가 되길 바라고 있었다.

　"역사까지 날조하며 땅을 내놓으라고 생떼를 쓰니 이보다 서러울 일이 어디 있겠느냐? 우리를 무능한 민족이라고 비하하고 있으니 이를 조목조목 반박할 수 있는 역사를 정립해야 한다. 그 역할을 해야 할 사람들이 역사 선생이지. 방학을 헛되이 보내지 말고 전신전령을 다하도록 해라.”

석오는 비장한 결의를 한 사람처럼 동조의 뜻을 표하고 나섰다. 하지만 이 여사는 난데없는 일본연수가 혼인문제를 덮어버린 것 같아 못내 아쉬운 눈빛이었다. 썩 마음이 내키지 않은 표정으로 딸을 바라보다가 그동안 마음속 깊이 감춰두었던 것을 불쑥 꺼내들었다.

“너 그 동창생과 같이 가려는 거야?”

못마땅한 듯 비죽이는 입술로 볼멘소리를 뱉어내었다. 이 여사는 이미 딸로부터 순에 대해 전해들은 바 있었다. 선자는 유학시절부터 가까이 지낸 순에 대해서 서너 번 들먹였던 것이다. 아버지와 같은 시골에서 태어나 고학으로 법조인의 꿈을 키우고 있는 젊은이라고…… 비록 가난하지만 의지만큼은 참으로 꿋꿋하다고…… 거기에다 이목구비가 뚜렷하고 세속의 때가 전혀 묻지 않았고 본디 착한 심성을 타고난 사람이라고…… 더욱이 법조인이 되겠다면서 처지가 엇비슷한 아버지를 귀감으로 삼아 공부하고 있다는 말까지 들려주었던 것.

허나 이 여사는 촌뜨기와는 가까이 지내지 말라고 단단히 잡도리를 해 두었다. 고관대작 딸이 촌무지렁이와 가까이 하는 것은 체면을 구기는 일이라고 매몰차게 호통을 치기도 했다. 남녀 간 사랑은 국경도 없는 것이니 눈길도 주지마라고…… 여자의 마음이란 열 번 찍어서 안 넘어가는 나무와 다름없으니 쏘삭거려도 못 본 채 하라고…… 여자마음은 갈대와 같아 미풍에도 흔들리는 것이니 만나지 말라고 을러대고 성화스럽게 굴기도 했다.

이 여사가 딸 선자에게 늘 하소연하듯 들려주는 말이 있다면 그것은 양반타령이었다.

한양의 명문대가 집 딸로 태어나 부러울 것 하나 없었는데 강원도 산골 남자를 남편으로 만난 것이 가장 자존심 상한 일이었다고 되뇌곤 했다. 비록 변호사 시험에 합격했다고 하지만 높은 자리까지 오른 것은 처갓집 덕분에 가능한 일이었다고 되뇌곤 했다.

"동창생이라니? 그 사람이 누군데 낯빛이 그러는 것이요?"

까닭을 알지 못한 석오는 잠자다 봉창이라도 깬 것처럼 아내를 의심스러운 눈빛으로 바라보다가 입을 떼었다. 이 여사는 심히 당황스러운 듯 움칫하다가 짐짓 표정을 감추고 어색하게 웃었다. 어딘지 모르게 말하기가 겸연쩍은 듯 어름적어름적 눈치를 보면서 안절부절 못하는 것 같기도 했다.

"그래! 아빠 몰래 사귄 남자라도 있단 말이냐?"

석오는 뭔가 짚이는 것처럼 고개를 돌려 딸을 향해 불쑥 질문을 내밀었다.

"아니어요. 아빠, 그런 게 아니구요. 대학 동창생이에요."

선자는 난감한 기색이 역력하면서도 별로 대수롭지 않다는 듯 동창생이라는 핑계를 가져다 붙이고 말았다.

"그럼 엄마께서 말씀하신 까닭이 뭣이란 말이냐?"

"가난한 시골뜨기와 사귀지 말라는 뜻이었어요."

이 여사는 주저주저 눈치를 살피려 드는 선자 대신 선뜻 대답하고 나섰다.

"가난한 시골뜨기라니? 도대체 그 사람이 누구기에?"

석오는 이리저리 눈을 굴려 두리번거리며 물었다. 이 여사는 딸의 눈치를 살피다가 작정이라도 한 듯 입술에 침을 바르고 나섰다. 어차피 한 번쯤은 알려야 할 일. 이왕지사 말이 나온 마당에 숨길 것도 없고 또 숨겨서도 안 된다는 판단이 섰던 것이다.

"대학 동창생이라 하는데 고향은 전라도 보성이라고 들먹입디다. 변호사 시험을 보겠다고 한양에 올라와 저 산비탈 쪽방에서 공부를 한다면서요. 가난한 집안이라서 뒷돈을 대줄 수 없어 과외교사 자리를 구하고 싶다고 하기에 내 동생 집을 소개해줬지요. 착실하고 꼼꼼한 성격이라서 공부를 잘 가르쳐준다고 헙디다. 자세한 것은 알 수 없지만 어찌하던 간에 시골사람이라고 해서 집안과 격이 맞지 않은 것 같아 만나지 말라고 심심당부를 해 뒀었지요."

이 여사는 그간에 있었던 일을 허심탄회하게 털어놓았다.

"듣자하니 법학부를 졸업했나 봅니다. 시골에서 일본 유학을 마쳤다면 벌족한 집안이 아니고서야 상상도 할 수 없는 일이지 않겠어요. 그런데도 산비탈 쪽방에서 공부를 하다니. 더군다나 가정교사까지…… 믿음성을 주는 친구인 것 같은데요."

석오는 부인과 생각을 달리하면서 섣부른 칭찬부터 꺼내들었다.

"아무리 벌족하다 헌들 그게 무슨 대숩니까? 시골에서 뛰어야 벼룩이겠지요. 얼마나 어려우면 신문을 나르고 가정교사로 연명하도록 내버려 두었겠어요."

이 여사는 노골적으로 무시하는 투로 말했다.

"그렇긴 하지만. 기특하지 않습니까."

"기특하면 뭘 해요. 명문대가집 아들들이 차고 넘치는데 굳이 시골뜨기를 사위로 맞이하긴 싫습니다. 우리 집안 위세를 떨어뜨리는 혼인은 할 수 없어요.”

자존심이 강한 이 여사는 다짜고짜 화를 벌컥 내면서 무시하듯 말했다. 선자는 엄마의 벽력같은 소리에 풀이 죽은 듯 멍하니 쳐다보기만 했다. 이내 얼굴이 앵두처럼 붉어지면서 당황함을 감추지 못했다.

“엄마 말씀이 틀린 것은 없다. 결혼은 인륜대사라서 소홀히 해서는 안 된다. 어찌 되었던 부모님의 허락 없이는 남자와 만난다는 것은 지성인의 책무가 아니니 그리 알거라.”

석오는 다 식은 커피 한 모금으로 입술을 축여가며 당부의 말을 꺼내들었다. 고개를 끄덕여 부인의 뜻에 동조하는 눈빛을 보내면서 딸의 표정도 넌지시 살펴드는 것 같았다.

그러나 선자는 마음이 썩 내키지 않은 듯 무겁게 가라앉은 표정을 지었다. 솔직히 선자는 아직껏 결혼의 대상자라고 들먹여본 적이 없었던 것인데 너무 비약적 사고로 접근해 온 어머니가 야속하기까지 했던 것이다. 이왕 말이 나온 마당에 덮고 갈 일이 아니라는 듯

“아빠께서도 강원도 촌마을에서 태어나신 청운객이셨잖아요. 그런데도 엄마 같은 한양의 명문대가(名門大家) 집안 딸을 부인으로 맞이하셨는데 왜 그라고 못합니까? 그리고요 이 세상에서 우리 아빠를 가장 존경하고 우상으로 여기며 공부하고 있다고 했어요.”

선자는 조금도 변명의 여지가 없었다. 오히려 노골적으로 순을 두둔하면서 비호하고 나섰다. 가만히 듣고 있던 이 여사의 얼굴이 마치 주톳빛처럼 변해지더니 이내 벌끈 성을 내며 입을 떼었다.

“다신 만나지 말라고 당부했거늘 어미 말을 어찌 못 알아듣는단 말이냐? 설령 시험에 합격한다고 해도 시골뜨기하고 뭣을 어떻게 하겠다는 것이냐? 고시에 합격한다고 해서 촌놈이 한양 놈이 된다고

허든? 나 하나로 끝나야지 너까지 시골뜨기 만나는 꼴을 볼 수 없다. 시골로 시집가면 얼마나 힘든 줄 아니? 명절이나 집안에 일이 있을 때마다 산 넘고 물 건너 시댁 가는 일 몸서리친다. 차도 없는 강원도 산비탈을 종일 걸어야 했다. 산길을 오르내리다 보면 발이 텅텅 붓고 피가 터져 앓아눕기도 했다. 시골 사람들은 마치 짐승처럼 살고 있더구나. 옥수수에 감자만 먹고 살더라. 집안에 우물이 없으니 동이에 물을 길러 머리에 이고 오는데 목이 부러지는 줄 알았다. 그 후에 며칠 동안 목이 뻐근해서 물조차 마실 수 없었다. 시골 사정을 내가 뻔히 알고 있는데 어찌 너를 시골사람에게 시집을 보내겠느냐. 하늘이 두 조각 난다 해도 난 못한다. 절대로 못한다."

이 여사는 몸서리치도록 증오하는 눈길로 남편을 쳐다보며 말했다. 남편의 자존심을 있는 대로 까뭉갤 수 있는 말인데도 조금도 주저하지 않았다.

하지만 윤석오는 질책은커녕 은근슬쩍 겸연쩍은 웃음을 실실 흘리며 딸의 얼굴을 쳐다보았다. 비위가 거슬리고 아니꼽게 생각되어도 참으려는 웃음 진 얼굴 그대로였다.

남편의 얼굴 표정을 바라본 이 여사는 기분이 몹시 언짢은 듯 딸을 향해 또다시 목청을 뽑아 올렸다.

"다시는 만나지 말거라. 아마 잘생긴 인물이라서 마음이 끌린 모양인데 그것으로 집안 체통을 덮을 순 없다. 정 네가 그자를 만나고 다닌다면 내가 나서서 보희 가정교사도 그만두도록 하겠다. 당장 너는 부모가 정해준 대로 혼인하도록 해라."

이 여사는 고개를 말뚝처럼 빳빳하게 세운 채 거침새도 없이 퉁명스럽게 따르라고 몰아세웠다. 목에 철심이 박힌 소리로 닦아세우듯 말했다.

그렇다고 윤석오는 아내를 탓할 일도 아니었다. 자신이 걸어온 지 난날이 평탄치만은 않은 것은 사실이었기 때문이다. 강원도 산골 촌 놈이 높은 벼슬에 일찍 오른 배경에는 처갓집 배경이 있었기에 가능 했다. 비록 변호사 시험은 합격했다고 하지만 젊은 나이에서부터 요 직을 두루 거치며 승승장구할 수 있었던 것은 단지 처갓집 그늘이 있어 가능한 일이었다.

이현순 여사의 집안은 본관이 전주요, 왕족의 집안이었다. 대사헌 을 지낸 가선대부로 종이품 벼슬을 했던 이의 손녀였다. 대사헌이 란 시정(時政)에 대한 탄핵과 백관(百官)에 대한 규찰은 물론 풍속 을 바로잡고 원억(冤抑) 즉 억울함을 풀어주는 일, 분수에 맞지 않게 너무 지나치게 사는 벼슬아치들의 참람허위(僭濫虛僞)의 금지 등의 임무를 맡아본 벼슬을 말한다. 선자도 고개를 숙인 채 듣고만 있었 다. 허나 혼인을 하겠다고 하는 것도 아니었는데 이 여사는 미리부 터 촌사람은 싫다고 성화를 부렸다. 시골 촌사람을 맹목적으로 업신 여기려 드는 풍토가 뿌리를 내리고 있었기 때문이다.

그러나 선자는 신학문을 접한 탓에 개방적 사고방식이어서 이 여 사와는 사뭇 달랐다.

그렇다고 자신의 생각을 드러낼 수도 없었다. 왕족으로 태어난 까 닭에 우쭐함이 몸에 배어있던 분이라서 어찌할 수가 없었던 것이다.

……동녘 하늘은 햇덩이를 떠올릴 기미도 없는데 순은 어두운 새 벽을 가르고 일어났다.

온 산동네가 어둠의 장막에 가려 스산함만 더해가고 있을 뿐이었다. 어제 같으면 한식경 정도는 잠자리에 그대로 몸을 묻을 수 있으나 그날만은 새벽잠을 팽개칠 수밖에 없었다.

하루의 바쁜 행보가 그를 기다리고 있었다. 그동안 갈고 닦으며 기다렸던 날이 다시 돌아왔던 것이다. 오직 법조인이 되기 위해 몸을 불태웠던 지난날을 심판받는 날이었다. 불굴의 정신으로 도전했었지만 두 번의 실패는 돌이킬 수 없는 좌절과 수치심을 안겨주었던 것이다. 불여의 미숙이 가져온 결과로 고향에도 갈 수 없는 처지였다. 처음 치른 시험만 해도 한 번 정도는 겪을 수 있는 비통으로 치부하면서 자신을 다독거렸지만 두 번째는 돌이킬 수 없는 침통함에 하늘이 누렇고 땅이 빙빙 도는 비감을 맛보았다.

가족을 만날 면목이 없어지면서 고향마저 잊고 싶을 따름이었다. 세상살이가 허무해지면서 한때는 세속을 버리고 출가라도 하고 싶은 마음이 굴뚝같았다. 엄혹히 맞이한 좌절감은 인간을 폐허의 낭떠러지로 몰고 가는 악령과 다름없는 것이었다. 시험만 들먹여도 가슴이 떨리고 손끝이 저려오면서 재도전의 의지마저 인정사정없이 꺾어놓았던 것이다.

좌절감에 빠져 허우적거리고 있는 그에게 벗이 되어주고 힘이 되어준 이가 선자였다. 그녀는 한 줄기 밝은 빛으로 그에게 다가왔다. 아무리 되짚어 봐도 하찮은 동창생이라는 끈 하나밖에 찾을 길이 없지만 재도전이란 희망의 기회를 놓지 않도록 도와준 이었다. 이제 가족은 말할 것도 없고, 선자에게 그 고마움을 갚기 위해서라도 반드시 합격해야 할 입장이 되고 말았다.

그는 마지막 도전이 되길 바라는 충정된 마음으로 집을 나왔다. 콧등이 얼얼하도록 차가운 겨울바람이 매섭게 몰아쳤다. 서산마루

잔등에 걸려있는 잔월은 어둠을 사르지 못하고 흐리마리 흩어지고 있었다. 맑은 하늘에는 보석을 깔아놓은 듯 효성마저 반짝거렸다. 별들을 바라보면서 내 생애에 다시는 후회 없는 날이 되도록 만들자고 입술이 터지도록 어금니를 사리물었다. 하늘에는 쇠기러기 떼가 맑은 음향을 뿌려가며 지혜로운 여덟 팔(八) 자의 대오를 지어 정연하게 날고 있었다. 정녕 따뜻한 남녘 내 고향을 찾아가는 것임에 틀림없어 보였다. 그리운 소식 한마디 전해주고 싶었지만……. 오늘은 마지막 시험을 보는 날이라고…….

산마루에 걸쳐있던 잔월이 슬그머니 서산을 넘어들자 산비탈 마을은 아무것도 알아볼 수 없을 정도로 암흑 속으로 가라앉는 것 같았다. 켜켜이 쳐놓은 어둠장막 속에 빨려든 세상은 숨을 멎고 있었다. 한 치 앞도 보이지 않은 산비탈 길을 내리 달렸다. 그날도 신문 배달만은 멈출 수 없는 일이기 때문이다.

숨고를 겨를도 없이 새벽바람을 가르며 골목을 누비고 뛰었다. 가쁜 숨을 몰아쉬며 비탈산길을 오르내린지 서너 시간. 몸속에서 진땀이 송골송골 배어나오고 있었다. 배달을 마친 그는 땀조차 닦을 겨를도 없이 찬밥으로 배고픔을 달래고 찐 고구마를 호주머니에 집어넣고 수험장으로 내달렸다. 긴 칼을 옆구리에 찬 일본 순사가 정문에서부터 부동자세로 위압적인 분위기를 만들어가고 있었다. 그들을 바라본 순은 등골에서 오소소 소름까지 돋아나면서 전신이 덜덜 떨렸다. 수험장으로 오는 이마다 빳빳하게 굳어 있는 표정들이었다. 가족들은 사기를 드높여주려는 듯 어깨를 다독이며 엿을 입에 물려주기도 했다. 교문 곳곳에 진득진득한 엿이 붙여있는가 하면 불상을 걸어놓고 합장을 한 채 절을 하기도 했다. 찬송가를 부르기도 하고

기도를 드리는 가족이 눈에 띄었다.

수험생을 향해 손을 흔들어주는가 하면 힘내라고 외쳐주기도 했다. 홀로 고사장으로 들어선 순은 괜스레 마음이 착잡해지면서 외롭고 쓸쓸함까지 밀려들었다. 울적한 심사를 달랠 길 없는 그는 이제는 시험을 기다리는 사람이 되지 않을 것이라고…… 마지막 기회가 되어야 한다고…… 두 주먹을 불끈 쥐면서 입술이 터지도록 으물었다.

수험장 복도에도 순사들이 큰 칼을 차고 부동자세로 서 있었다. 그는 수험표를 확인하고서 안으로 들어갔다. 수험장 안으로 들어서자 또 다른 강박관념이 가슴을 짓눌러오는 것 같았다. 온몸이 오돌오돌 떨리기 시작했다. 고사장 안에도 전후로 순사가 배치되어 일거수일투족을 감시하고 있었다.

이윽고 땡땡땡 시작 종소리가 들렸다. 시험지는 나눠졌고 사각사각 연필 소리만이 들릴 뿐이었다. 사방 어디로도 눈을 돌려서는 안 되는 삼엄하고도 살벌한 분위기 속에서도 수험생들 모습이 각양각색이었다. 고개를 갸웃거리기도 하고…… 눈을 감았다 다시 뜨고…… 자신감이 없어 보이는 수험생도 있는가 하면 연필 소리만 내어가며 숨을 죽이는 이도 있었다.

순은 창가에 앉아 열심히 문제를 풀었다. 다시는 수험장에 오는 일이 없도록 하자고 자신을 독려해가면서 굳은 신념으로 문제를 풀고 또 풀었다.

하루의 해가 어떻게 지나갔는지 알 수 없었다. 어느덧 그날의 끝을 알리는 소리가 땡땡땡 울렸다. 감독관은 모두에게 일어서도록 호루라기를 훅 불고 옆구리에 차고 있던 나무 방망이를 꺼내 위압감을 주기 시작했다. 모두 손을 들고 제자리에 꼼짝 않고 서 있는 사이 또 다른 감독은 뒤에서부터 시험지를 걷어 앞으로 나아갔다. 시험지가 걷히고 나서 감독관은 이제 밖으로 나가도 좋다는 신호로 호각들 재차 불었다. 수험생들은 마치 격랑 속에서 뱃멀미가 난 사람들처럼 휘청휘청거리며 밖으로 나왔다. 힘이 쏙 빠진 채 기진맥진해 보였다. 복도를 지나 현관문으로 순간 순은 또다시 외로움을 주체할 수 없었다. 교문에는 수험생을 기다리느라 그야말로 인산인해였다. 시험을 보고 나온 수험생에게 찹쌀떡을 먹이는가 하면 이마에 엿을 붙이기까지. 어린 아이들을 반기는 것처럼 어화둥둥도 마다하지 않았다.

순은 순간 외로움이 밀려들면서 울적한 기분마저 머릿속에서 서리서리 뒤엉켰다. 자신도 모르게 사람들을 피해 눈길을 운동장으로 돌리고 말았다. 황량하고 을씨년스러운 넓은 마당에 는 은행나무들만이 홀라당 옷을 벗은 채 찬바람에 너울거렸다. 마치 자신과도 닮은꼴.

천리타향 외로이 살아가는 자신의 처지가 흡사 앙상한 나뭇가지와 다를 바 없었다. 처절한 고독감을 부여잡고 터벅터벅 교문으로 나온 그의 눈앞에 사랑하는 아내의 잔상이 설핏 날아들면서 눈물이 핑 돌게 만들었다. 아직 시험의 긴장에서 깨어나지도 못했는데 벌써부터 결과에 대한 두려움을 떠밀어주는 것 같아 몸과 마음이 초조해지기 시작했다.

그는 수수모가지처럼 고개를 수그리고 도망을 치듯 교문을 빠져나왔다. 왠지 마음이 수수룹고 허전하면서 착잡함으로 채워지는 것이었다. 말벗 하나 없는 그는 입을 굳게 다문 채 천천히 산동네로 걸어가고 있었다. 어느새 햇덩이는 서산마루에 한 뼘 남짓 걸려 있었다. 인왕산 자락을 타고 어둠이 깔려들고 있을 때 하이힐 굽 소리가 또박또박 들려왔다. 가까이 앞으로 달려들더니 갑자기 어깨에 손을 짚어 앞을 가로막았다. 고개를 슬며시 들어 바라보니 선자였다. 그녀는 하얀 종이로 싼 국화꽃다발을 내밀며 생글생글 웃음 지었다.

"축하해!"

"축하는 무슨 놈의 축하?"

"여기까지 온 것만으로도 축하받을 일이지. 이런 시험을 아무나 보나."

"그렇긴 하지만. 꼭 합격해야 할 텐데 걱정이야."

"이제껏 고생했으니 합격하겠지 뭐."

선자는 포대종이를 들썩이며 그 안에 싸두었던 검은 엿을 꺼내었다. 손가락만큼 크기로 잘라놓은 진득진득한 진한 갈색 엿이었다.

"자! 아 해."

선자는 엿을 꺼내들고서 생글한 웃음을 지어가며 입을 벌리라고 다그쳤다. 순은 엉겁결에 입을 벌려 엿을 입에 넣었다.

"더 먹어야 돼. 많이 먹어야 붙는데."

순은 또다시 엿을 받아먹었다. 입안이 온통 엿으로 가득 차 진득거렸다. 그는 넋이 나간 사람처럼 그녀의 얼굴만 열없이 쳐다보았다. 눈시울이 뜨거워지면서 젖어드는 기분이었다. 감격에 겨운 진한 눈물이 눈언저리에서 가물거렸다. 선자는 계속해서 입을 벌리라고 을러대며 엿 조각을 넣어주었다.

"이제 그만!"

순은 입술을 오므리지도 못한 채 손사래만 활활 쳐댔다.

"많이 먹어야 확실히 붙겠지. 많이 먹으라고."

"고마워! 이 고마움을 꼭 갚고 사는 사람이 되어야 할 텐데 말이야."

순은 아직 녹지도 않은 엿 덩이를 삼키느라 울대를 꼴딱거리고 나서 말했다.

"잘 봤어?"

"아는 데까지 최선을 다했어. 기대해 볼만 해."

"그동안 고생한 보람이 있었으면 좋겠다. 아무튼 고생했어."

"아니야, 모든 게 선자 덕분이었지 뭐. 도움이 없었다면 내 형편에 가당찮은 일이었지."

"우리 아빠께서 좋은 곳으로 발령내주신다 했거든."

"뭐? 이제 시험 끝났는데……."

"열심히 했으니 합격하겠지 뭐."

"아무튼 관심 가져줘서 고마워."

"이제 주사위는 던져졌으니 발표하는 날까지 다 잊고 기다려야지."

"이제 고향에 갈 수 있었으면 좋겠어."

"이제까지 고생했으니 그럴 날이 오겠지 뭐."

순은 허탈한 눈으로 남쪽 하늘을 바라보며 푹푹 한숨을 내쉬었다.

"배고프지? 내가 저녁 살게."

"아냐. 집에 가야 돼."

"집에 가도 반겨줄 사람도 없으면서 일찍 가면 뭘 해. 날 따라와."

선자는 손목을 낚아채듯 끄집고 보신각 골목으로 향했다. 동짓달 짧은 해는 어느덧 해거름으로 다가와 골목길이 어슴푸레해지고 있었다. 골목길에는 짜장면 볶는 냄새가 감미롭게 코끝을 찔러대었다. 순은 엉겁결 선자의 손에 이끌려 따라갔다. 그들이 찾은 곳은 종로 일가 어느 중국음식점이었다. 입구에는 검정색 바탕에 황금색으로 남경각(南京閣)이라고 새겨진 간판이 달랑달랑 매달려 있었다. 입구에서부터 붉은 색 대문 위로 황금색의 용의 그림이 눈에 띄었다. 안으로 들어간 그들은 따뜻한 난로 가에 자리를 잡았다. 붉은 비단에 금색 수를 놓은 수단 복장의 중국 사람이 다가와 김이 모락모락 피어오르는 물을 따라주고서 음식을 주문하라고 말했다. 선자는 손가락을 폈다 접었다하면서 무언의 사인만을 보냈다. 순은 따뜻한 물을 들이키자 그동안 이어졌던 긴장이 풀리는 것 같았다. 배가 고플 때는 침만 삼켜도 낫다고 하더니만 따뜻한 물을 마시니 한결 힘이 났다. 하지만 초라한 신세 앞에 자신도 모르게 다시 기가 죽는 것이었다. 마음이 우울해지면서 고개를 들 수 없었다.

그러나 향긋한 음식 냄새에 침이 질질 새어나오고 뱃속에서 꼬르륵 거렸다. 그는 부러 아무렇지도 않다는 듯 컵 속에 물만 홀쩍홀쩍 비우고 있었다.

잠시 하얀 통모자를 쓰고 붉은색 수단을 입은 종업원이 주문된 음식을 들고 나왔다. 탕수육과 양장피 그리고 고량주였다. 선자는 작은 접시에 간장을 붓고 고춧가루를 뿌린 다음 순에게 전해주며 말했다.

"시험 보느라 힘들었지? 많이 먹어."

아내나 별반 다를 바 없이 다정한 눈빛으로 바라보며 말했다.

"고마워!"

"점심은 먹었어?"

"응 먹었지."

"도시락 준비는 내가 준비했어야 했는데 미처 생각하지 못했어. 미안해."

"아니야. 내가 준비해가지고 갔었다니까."

"다행이다. 배가 고프면 시험도 제대로 볼 수 없었을 테니 말이야."

선자는 못내 애석하다는 표정을 지어가며 말했다. 그러나 순은 시험에 몰두하느라 점심도 거른 처지였다. 셋째 시간 시험이 끝나고 점심시간이 주어졌을 때 수험생들은 도시락을 펼쳐 먹고 있었다. 하지만 순은 호주머니에 넣어가지고 온 날고구마 두개를 그것도 누가 볼까봐 복도 한 구석에서 먹어 치웠다. 물도 없이 날고구마를 먹어 치운 탓인지 뱃속이 썰렁해지면서 가스가 차오르기 시작했다. 염치도 없이 터져 나오는 방귀를 참느라 아랫배를 뒤틀어가며 애를 쓰기도 했다. 뱃속이 뭉개빠지는 한이 있더라도 참아야 한다고…… 오직 마지막 시험이 되어야 한다고 다짐하며 시험에 몰두했던 것이다.

배고픔 앞에선 수치심도 자존심도 헐거워지는 것임에 틀림없었다. 짜장면 냄새가 솔솔 날아드니 기운이 쑥 빠지고 다리가 후들후들 떨렸다.

"이렇게 신세만 져서 미안해. 아무튼 고마워. 이 은혜 잊지 않을게."

"신세는 무슨 신세. 나는 돈을 벌고 있잖아. 배고프겠다, 얼른 먹어."

선자의 위로의 말은 가슴에 뭉클하게 만들고도 남았다.

"나만 먹으니 염치없잖아. 같이 먹어야지."

순은 눈치 볼 것 없이 먹어치우면서 함께 먹자고 권하고 나섰다. 선자는 고량주까지 잔에 채워주면서

"자! 오늘 시험의 합격을 위하여!"

둘이는 잔을 쨍그랑 부딪치며 비웠다. 한동안 먹어치우던 순은 의기소침했던 기운이 사라지고 생기가 도는 것 같았다. 입에서 고량주 특유의 향기가 새어나오고 얼굴이 발그족족 후끈거리기 시작했다. 선자가 음식을 들다말고 핸드백 속으로 손을 집어넣고 뭔가를 꺼내어 보여주었다.

“이거 봐! 뭔지 알아?”

“그게 뭔데?”

“아빠께서 유학의 추억을 더듬어 일본엘 다녀오라고 여권과 배표를 준비해 주셨거든.”

“일본 어디를 가는데?”

“긴키 지방이야.”

“거긴 오사카 그리고 교토잖아. 근데 거긴 왜 가려는 거야?”

“우리 역사와 관련된 유적과 유물을 살펴보고 싶어서.”

순은 지난 일본 유학시절이 오사카 성과 교토의 이총(耳塚) 앞에서 있었던 일들이 어슴푸레하게 떠올랐다. 조상들의 코와 귀를 베어 소금에 절인 뒤 일본으로 가져가 묻어두었다는 묘. 임진왜란 때 전공(全功)을 자랑하기 위해 왜군들이 베어 간 우리 조상들의 수만 해도 12만 6,000명에 달했다는 처참한 비극 앞에…… 숙연히 고개 숙이며 비애를 짓씹었던 순간들…… 역사 정통성을 반드시 세우고 말겠다고 입술을 깨물었던 그 궤적들이 아슴아슴거리며 가슴을 짓눌렀다.

“혼자 가는 거야?”

“아니.”

“누구랑 가는데?”

“여기 우리 말고 또 누가 있어?”

선자는 왼쪽 눈을 실긋거리며 여유롭게 되물었다. 거침없이 함께 가자는 투로 말했다. 그러나 순은 전혀 예기치 못한 말이어서 심히 당황스러웠다. 얼떨떨하고 어리둥절한 기분이어서 할 말을 잃고 멍하니 그녀를 쳐다보았다. 가슴이 철렁 내려앉으면서 칼바람이 등짝을 내리치는 것 같았다. 허나 선자는 아무렇지도 않다는 듯 가냘픈 눈주름이 찢어지고 있었다.

"뭐? 나랑?"

"왜 그리 놀라지?"

"아니야! 난 갈 수 없어."

순은 고개를 살래살래 흔들며 말했다. 무슨 속셈으로 함께 가자고 하는 것인지 마치 우렁이껍질 속 같은 미궁으로 빨려 들어간 느낌이었다. 하지만 선자는 멀거니 쳐다보면서 못내 서운하다는 표정을 지어 보였다. 정녕 함께 가는 것에 의심의 여지가 없다고 생각했던 것 같았다.

"뭘 그렇게 생각하는 거지?"

선자는 썩 맘에 들지 않다는 듯 콧잔등을 씰룩씰룩거리며 물었다. 입가에는 냉소적인 비웃음까지 담아가면서……. 그러나 순은 등짝에 식은땀이 솟아올랐다.

"아니, 아무것도 아니야!"

순은 깊은 생각에 빠진 모습을 보이다가 고개를 흔들어대며 말했다. 뭔가 감춰놓고 빙빙 돌리고 있는 것처럼 미심쩍은 낌새가 보이면서도 아무렇지도 않다는 태도를 취하고 나섰다.

"그럼, 시험도 끝났으니 다녀오면 안 돼?"

기세등등한 표정으로 발목에 족쇄를 채우려드는 느낌을 주기에 충분했다. 비록 동창생으로 맺어진 인연일지라도 남녀 간에는 지킬 법도가 있는 것인데. 타국의 물을 먹었기로서니 너무 개방적으로 나아간다는 생각을 지울 수 없었다. 남녀칠세부동석이라고 했는데…… 유부남이 처녀와 함께 외국여행을 한다는 것은 있을 수 없는 일이었다.

순은 그동안 가슴속에 묻고 살아왔던 지난 과거를 별수 없이 실토
해야겠다는 심리적 중압감에 짓눌리는 기분이었다. 시험에 합격하
는 그날까지는 그냥 이대로 지낼 요량이었는데…… 들먹여 좋을 일
없을 거라는 생각엔 변함이 없는데…… 그녀의 도움이 절실히 필요
했던 까닭에 다물고 있던 속내를 털어놓지 않을 수 없었다.

여자는 자기와 가까이 지내는 사람이 이외의 여자를 사랑하고 있
을 때 대인 감정을 갖기 마련이라고 했다. 이를 질투 혹은 시샘이라
고들 부르며 본능적으로 공통성을 갖고 있음을 그는 잘 알고 있었
다. 자기에게 주어지던 관심이 다른 사람에게 옮아감으로 느끼게 된
경쟁의 감정표현을 두고 이른 말이다. 때문에 기혼자임을 드러내지
않으려 감춰왔던 것이다. 시간이 지나면 자연스럽게 알게 될 사실을
미리부터 들먹일 이유가 없었다. 자신에게 도움이 되지 않을 것이라
는 판단도 작용했던 것이다. 그렇다고 해서 선자를 이성(異性)으로
바라본 적은 없었다. 일편단심 고향의 처자식을 두고 있는 유부남이
라는 마음의 궤를 벗어나본 적이 없었다. 일본엘 함께 간다고 해서
부인을 버리는 것은 아니지만 어쩐지 다른 여자와 같이 간다는 것
자체가 마음으로부터 허락을 받을 일이 아니었다. 가진 것 하나 없
으면서 여자의 요구로 간다는 것 자체가 마음에 내키지 않았던 것이
다. 비비꼬는 말로 어물쩍거리다간 갈수록 의심의 꼬투리만 키워줄
것만 같았다. 그동안 지내왔던 정리(情理)가 한순간에 물거품이 될
수밖에 없는 노릇이었다.

"나 말이야, 사실은 결혼했어."

"뭐? 결혼했다고?"

“그래. 세 돌 지난 딸도 있어. 이번 시험에 합격하면 집식구를 데려오려고 해.”

“정말? 뭐가 잘못되어가는 게 아냐?”

차분하고 포근했던 선자의 눈길이 갑자기 꼿꼿해지면서 서릿발 같은 차가운 시선을 뿌려대었다. 도통 어울리지 않다는 듯 손사래를 치며 의심스러운 눈초리로 변했다. 숟가락을 떨어뜨린 지도 모를 정도로 무의식 속으로 빠져 들어가고 있었다. 외꽃이 피듯 얼굴색이 누렇게 변해 가는 것 같았다. 관자놀이에 핏덩이가 팔딱팔딱 뛰는 듯 눈두덩이 빨개지는 것이었다. 베일에 가려져 있던 것의 실체를 보았다는 듯 허공을 향해 헛웃음을 지어보이며 눈꼬리를 가늘게 모아 훑어보기까지. 미간에 두 개의 겹 주름살을 그려내었다.

“결혼하고 안 하는 건 나하곤 상관없어. 일본 갈 거야 안 갈 거야? 분명히 말해 줘.”

고개를 삐딱거리며 다그치는 말투로 내 쏘았다.

“솔직히 부담스러워.”

“알았어. 그럼 나 혼자 다녀올게.”

“미안해. 그동안 말해줄 기회가 없었어.”

선자는 젓가락을 내쏘듯 떨어뜨리고서 벌떡 일어섰다. 먹던 음식마저 그대로 남겨둔 채 일어섰다. 맵짠 눈으로 할금 흘겨보더니 냅다 밖으로 나가고 말았다. 너무 야박하게 내쏘는 것 같아 말도 붙이지 못하고 눈치만 보고 있었지만 그냥 헤어질 수는 없었다. 그도 곧바로 바깥으로 나왔다. 밖은 이미 캄캄하여 앞이 잘 보이지 않았다.

“선자! 선자! 선자야!”

그는 소리 높여 외치며 뒤따랐다. 하지만 선자는 대답도 없이 어디로 사라지고 없었다. 좁다란 골목을 기웃거려가며 불러보지만 어둠에 묻힌 골목은 그의 눈길을 허락하지 않았다.

"선자! 선자! 선자야! 그냥 가면 안 돼. 그냥 가면 안 된다니까."

애애절절하면서도 애타는 부르짖음이 보신각 뒷골목에 울려 퍼져나가도 선자는 오간데 없었다. 애틋하고 간절하게 울부짖는 목소리는 차가운 겨울밤을 더욱 황량하게 만들뿐이었다.

"선자야! 선자야!"

흔적 없는 메아리만이 밤하늘을 휘젓고 있었다. 한식경 동안 종로통을 이리저리 헤매보아도 선자의 흔적을 발견할 수 없었다. 어깨만 축 늘어뜨린 채 발길을 돌렸다. 가슴이 먹먹해지면서 입에서 탄식이 절로 나왔다.

종당에 가면 알게 될 일을 굳이 들먹인 자신을 질책해가면서…… 궁핍한 가정의 속말이 부메랑이 되어 되돌아올 줄은 꿈에도 생각지 못했던 것이다. 이제껏 후원군이고 격려해준 이와 헤어짐이라고 생각하니 만감이 교차되면서 서글픈 생각이 밀려들었다. 자신의 약한 속내를 들춰 보여주는 것이 쉬워 보이는 것 같지만 기실은 여간 어려운 것이 아니었는데…….

권선복
도서출판 행복에너지 대표
대통령직속 지역발전위원회
문화복지 전문위원

성경에는 '지혜를 얻는 것이 은을 얻는 것보다 낫고 그 이익이 정금보다 나음이니라'고 적혀 있습니다. 책이야말로 '지혜'라는 보물을 가득 담은 창고가 아닐까요? 출판을 해 오며 가장 기쁜 순간이 있다면 지혜라는 귀중한 가치를 담은 글을 발견할 때입니다. 출판인의 입장에서 원석과도 같은 원고를 잘 편집하여 빛나는 보석으로 세상에 내놓는 일보다 뿌듯한 순간은 없습니다. 그 순간을 위해, 책으로 행복해지는 세상을 만들겠다는 사명감 하에 설립된 도서출판 행복에너지는 대한민국 방방곡곡에 행복에너지를 전파하고자 하는 열정으로 부단한 노력을 경주하고 있습니다.

좋은 책을 만들어 내는 것이 결코 쉬운 일은 아니었습니다. 바다 속에서, 숲 속에서 보물을 찾아 헤매듯 수많은 원고들 중 보석 같은 글을 찾기 위해 늘 다양한 모임과 함께 열려있는 사고로 한 달 평균 이십여 편 이상의 원고를 접수하고 세밀한 검토 과정을 거쳐 두세편 정도가 출판이 결정됩니다. 사실 정상래 선생님의 글을 처음 접했을 때에는 엄청난 분량의 원고에 선뜻 출간을 결정하기 쉽지 않았습니다. 문학가로서 이렇다 할 명망이 없으신 분의 글을, 그것도 열 권 분량의 대하소설을 도서출판 행복에너지에서 세상에 펴낼 수 있을까 하는 고민을 많이 하였습니다.

하지만 원고를 읽으면 읽을수록 걱정은 환희로, 의문은 확신으로 굳어졌습니다. 한 장 한 장 페이지를 넘길 때마다 진주를 덮고 있는 진흙을 손수 걷어내는 느낌이었습니다. 그렇게 애써도 찾을 수 없었던 보석이, 바로 기쁨 충만한 행복에너지로 변신하여 눈앞에 다가온 것입니다. 그것이 바로 '한이 혼을 부르다' 『소리』와의 첫 만남이었습니다. 내부 회의를 수십 차례 거쳐 행복에너지에서는 8권의 대하소설 『소리』를 2013년 내에 출간하기로 과감히 결정하였습니다.

정상래 교장선생님은 40성상(星霜)을 후세교육에 바친 분입니다. 선생님의 고향은 유달리 소리문화가 살아 숨 쉬고 있는 곳이었다고 하셨습니다. 그중에서도 서편제의 산실이었다는 것이 너무너무 자랑스러웠답니다. 소리를 위해 살아간 선지자의 고결한 삶을 직접 듣고 자랐던 터라 그냥 묻어두기에는 너무 아쉬워 글을 쓰기로 했다고 하셨습니다. 틈나는 대로 자료를 모으고 지인들을 찾아 자문을 구한 지 6년의 세월이 걸렸고, 현지답사만도 수십여 차례가 넘었다고 합니다. 많은 사람들의 박수를 받으며 명예롭게 정년을 마치고서도 소설 '소리'를 원고지에 담아오셨습니다. 10년에 가까운 긴 세월 동안 빚어낸 인고의 결정체를 본인에게 출판해 달라고 찾아오셨던 것입니다. 출판인으로 보았을 땐 이건 분명 하나의 보석이었습니다.

　다이아몬드는 하루아침에 뚝딱 생겨나는 게 아닙니다. 검정 탄소 덩어리가 억겁의 시간 동안 땅속에서 고열과 어둠을 견뎌낸 끝에 찬란한 빛을 뿜어내는 '결정'이 됩니다. 우리 삶에서 강산이 변한다는 10년의 시간, 그 긴 시간 동안 저자의 열정으로 빚어낸 소설 '한이 혼을 부르다'『소리』는 세상 그 어떤 보석보다도 찬란하게 빛나고 있습니다.

　한 여인의 기구한 삶을 통해 지난 세기 대한민국이 겪었던 고난과 극복의 시간을, 그 한(恨)의 정서를 구성진 '소리'로 뽑아내신 정상래 선생님에게 힘찬 응원의 박수를 보내 드립니다. '가치와 철학'을 잃어버리고 방황하는 모든 현대인에게 한이 혼을 부르는『소리』는 흐릿한 정신을 깨우는 명징한 울림이자 어두운 미래를 밝게 비출 횃불로 다가오리라 믿어 의심치 않습니다. 독자 여러분의 많은 성원과 지도편달을 부탁드리며 만사 대길한 행복에너지 샘솟으시기를 기원드리겠습니다. 정말 감사드립니다.